BASTEI LÜBBE

KIM STANLEY ROBINSON

Pazifische Grenze

Science Fiction Roman

Ins Deutsche übertragen
von Michael Kubiak

BASTEI
LÜBBE

BASTEI-LÜBBE-TASCHENBUCH
Band 24 151

Erste Auflage: Januar 1992

Deutsche Lizenzausgabe 1992
Bastei-Verlag Gustav H. Lübbe GmbH & Co., Bergisch Gladbach
Originaltitel: Pacific Edge
Lektorat: Reinhard Rohn
Titelillustration: Mark Harrison
Umschlaggestaltung: Quadro Grafik, Bensberg
Satz: Fotosatz Schell, Bad Iburg
Druck und Verarbeitung:
Brodard & Taupin, La Flèche, Frankreich
Printed in France
ISBN 3-404-24 151-7

Für meine Eltern

1

Ein solcher Morgen konnte nicht durch Verzweiflung getrübt werden.

Die Luft war kühl und duftete nach Salbei. Sie hatte jene Klarheit, die sich im Süden Kaliforniens immer dann zeigt, wenn der Wind allen Dunst und Ballast der Geschichte aufs Meer hinausgeweht hat – Luft wie ein riesiges Vergrößerungsglas, so daß die schneebedeckten San-Gabriel-Berge zum Greifen nahe erschienen, obgleich sie vierzig Meilen weit entfernt waren. Die blauen Vorberge waren von Schluchten und Rinnen durchzogen, und unterhalb der Vorberge schien die breite Küstenebene aus nichts anderem als Baumwipfeln zu bestehen: weite Gärten und Haine mit Orangen, Avokados, Zitronen, Oliven; Eukalyptus und Palmen als Windbrecher; Tausende von verschiedenen Arten von Zierbäumen, sowohl natürlichen Ursprungs als auch genetisch manipuliert. Es war, als bestünde die ganze Ebene aus einem entfesselten Garten, den die abendliche Sonne in allen möglichen Grünschattierungen erstrahlen ließ.

Auf all dies blickte ein Mann hinab, der einen Bergpfad hinunterschritt und gelegentlich stehenblieb, um die Aussicht zu genießen. Er bewegte sich locker und lässig und vollführte ab und zu einen leichten Hüpfer, als sei er in ein Spiel vertieft. Er war zweiunddreißig Jahre alt, aber er sah aus wie ein Junge, der durch die Berge streunt und alle Zeit der Welt hat.

Er trug eine Arbeitshose aus Khakistoff, ein T-Shirt und schmutzige Tennisschuhe. Seine Hände waren groß, schwielig und voller Narben; seine Arme waren lang. Von Zeit zu Zeit unterbrach er seinen Marsch, um einen unsichtbaren Baseballschläger zu ergreifen und auszuholen und schwungvoll zuzuschlagen. Dabei stieß er ein lautes »Bumms!« aus. Tauben, die ihrem morgendlichen Paarungsritual frönten, flatterten auseinander, und der Mann lachte laut und eilte weiter den Pfad hinunter. Sein Nacken war gerötet, die Haut voller Sommersprossen, die Augen blickten schläfrig, und sein Haar war blond und stand zu allen Seiten ab. Er hatte ein längliches Gesicht mit ausgeprägten Wangenknochen und blaßblauen Augen. Indem er gleichzeitig zu laufen und nach Catalina hinunterzublicken versuchte, stolperte er und mußte ein Stück bergab rennen, um nicht das Gleichgewicht zu verlieren. »Hey!« rief er. »Mann! Was für ein Tag!«

Er kam den Berghang nach El Modena hinunter. Seine Freunde tauchten einzeln oder zu zweit aus den Bergen auf, zu Fuß oder per Fahrrad, um sich an einer aufgerissenen Kreuzung zu treffen. Sie griffen nach Hacke oder Schaufel, sprangen in tiefe Löcher hinunter und fingen an zu arbeiten. Erde flog in Loren, Spitzhacken trafen mit einem Klirren auf Steine, Stimmen riefen sich etwas zu.

Sie rissen die Straße auf. Es war eine große Kreuzung gewesen: vierspurige Asphaltstraßen, Bordsteine aus weißem Beton, große asphaltierte Parkplätze und Tankstellen an den Ecken, dahinter Einkaufszentren. Nun waren die Gebäude verschwunden und auch der größte Teil des Asphalts, wegtransportiert zu den Raffinerien in Long Beach; und sie gruben sich tiefer.

Seine Freunde begrüßten ihn.

»Hey, Kevin, sieh mal, was ich gefunden habe.«

»Hi, Doris. Das sieht aus wie ein Schaltkasten für *Ampeln*.«

»So einen haben wir schon mal gefunden.«

Kevin hockte sich zu dem Kasten und untersuchte ihn. »Jetzt haben wir zwei. Sie haben ihn wahrscheinlich einfach hiergelassen, als sie einen neuen aufstellten.«

»Was für eine Verschwendung.«

Aus einem anderen Krater hörte man Gabrielas Stöhnen. »Nein! Nein! Telefonleitungen, Energiekabel, Gasleitungen, PVC-Rohre, die Leitungen der Verkehrslichter – und schon wieder ein neuer Tankstellentank!«

»Seht mal, hier ist ein Haufen zerquetschter Bierdosen«, sagte Hank. »Wenigstens einige Dinge haben sie richtig gemacht.«

Während sie gruben, neckten sie Kevin wegen der abendlichen Versammlung des Stadtrates, Kevins erster Auftritt als Ratsmitglied. »Ich kann mir noch immer nicht erklären, wie du dich dazu hast überreden lassen können«, sagte Gabriela. Sie arbeitete mit Kevin und Hank auf dem Bau; jung, hart und wild, sie hatte ein loses Mundwerk und machte Kevin oft das Leben schwer.

»Sie meinten zu mir, es wäre ganz lustig.«

Alle lachten.

»Sie meinten zu ihm, es sei lustig! Da geht einer zu Hunderten von Ratsversammlungen, aber wenn Jean Aureliano ihm sagt, es sei lustig, dann pflichtet Kevin Claiborne ihr sofort bei: ›Na klar, das glaube ich auch!‹«

»Sicher, vielleicht sind sie es in Zukunft auch.«

Sie lachten wieder. Kevin schwang seine Hacke und grinste verlegen.

»Das sind sie nicht«, erklärte Doris. Sie war die andere Grüne im Rat. Nachdem sie für zwei Perioden dabei gewesen war, galt sie als eine Art Berater Kevins, eine Aufgabe, die ihr offenbar nicht sonderlich gefiel. Sie waren Hausgenossen und alte Freunde, daher wußte sie, was sie erwartete. Sie sagte zu Gabriela: »Jean hat sich Kevin ausgesucht, weil sie jemanden wollte, der prominent ist.«

»Das erklärt noch lange nicht, warum Kevin eingewilligt hat!«

Hank meinte: »Der Baum, der am schnellsten wächst, wird auch als erster gefällt.«

Gabriela lachte. »Laß dir was Besseres einfallen, Hank, klar?«

Die Luft erwärmte sich, während der Morgen voranschritt. Sie stießen auf den dritten Schaltkasten, und Doris blickte finster drein. »Die Leute waren so verschwenderisch.«

Hank sagte: »Jede Kultur ist so verschwenderisch, wie sie es sich leisten kann.«

»Nee. Es ist nur eine Frage der niederen Werte.«

»Was ist denn mit den Schotten?« fragte Kevin. »Es heißt doch, daß sie geizig waren.«

»Aber sie waren auch arm«, meinte Hank. »Sie konnten es sich gar nicht erlauben, nicht geizig zu sein. Und das beweist doch mein Argument.«

Doris warf Erde in eine Lore. »Geiz ist ein Wert, der nicht von den Umständen abhängt.«

»Man kann doch begreifen, warum sie die Sachen alle hier liegen ließen!« ereiferte Kevin sich und klopfte auf den Schaltkasten. »Es kostet doch eine unendliche Mühe, so eine Straße aufzureißen.«

Doris schüttelte ihr kurzes schwarzes Haar. »Du drehst wieder alles um, Kev, genauso wie Hank. Es sind die Werte, die deine Handlungen bestimmen sollen, nicht umgekehrt. Wenn es ihnen so wichtig gewesen wäre, dann hätten sie dieses ganze Zeug herausgeholt und benutzt, so wie wir es tun.«

»Wahrscheinlich.«

»Es ist genauso wie Radfahren. Die Werte sind der Abwärtstritt, die Aktionen der Aufwärtstritt. Und es ist der Abwärtstritt, der die Dinge vorwärtstreibt.«

»Und?« fragte Kevin und wischte sich den Schweiß von der Stirn. »Wenn du Fußhaken hast, dann hast du beim Hub aber auch ganz schön Dampf. Bei mir ist es jedenfalls so.«

Gabriela sah schnell zu Hank. »Kraft im Hub, Kev? Tatsächlich?«

»Ja, du ziehst doch an den Fußhaken. Ist denn bei dir nichts dahinter?«

»Aber klar, Kev, ich hab eine ganze Menge Wucht beim Hub.«

»Was meinst du denn, wieviel du gewinnst?« fragte Hank.

Kevin rechnete. »Na ja, wenn ich die Dinger fest angezogen habe, dann dürften es so um die zwanzig Prozent sein.«

Gabriela brach in wildes Gelächter aus. »Das, ha! – das ist also der überragende Geist, der in den Stadtrat einziehen will! Ich kann es kaum erwarten! Ich kann kaum erwarten mitzuerleben, wie er sich mit Alfredo auf eine Diskussion einläßt! Scheiß-Fußhaken – er redet über FUSSHAKEN!«

»Was denn?« sagte Kevin stur. »Hast du denn keine Kraft im Aufwärtstritt?«

»Aber zwanzig Prozent?« fragte Hank jetzt mit interessierter Stimme. »Die ganze Zeit oder nur, wenn du deine Muskeln ausruhst?«

Doris und Gabriela stöhnten. Die beiden Männer vertieften sich in eine angeregte Diskussion über das Thema.

Gabriela sagte: »Wenn Kev sich mit Alfredo anlegt, dann sagt er nur Fußhaken! Er sagt: ›Nimm dich in acht, Fredo, oder ich vergifte dein Blut!‹«

Doris kicherte, und Kevin stand in seiner Grube und blickte finster drein.

Gabriela spielte auf einen Vorfall in Kevins Schulzeit an, als er ausgewählt worden war, mit einigen anderen über die Behauptung »Die Schreibfeder ist stärker als das Schwert« zu diskutieren. Kevin mußte die Debatte einleiten, indem er sich für diese Behauptung stark machte, und er hatte vor der Klasse gestanden, puterrot im Gesicht, hatte seine Hände gerungen, hatte sich das Hirn zermartert – bis er schließlich meinte, wobei er unsicher blinzelte: »Also – wenn man nur eine Schreibfeder hat – und wenn man jemanden damit sticht –, dann könnte der Betreffende von der Tinte eine Blutvergiftung bekommen.«

Köpfe fielen auf die Pulte, minutenlang hilfloses, brüllendes Gelächter; Mr. Freeman wischte sich die Tränen aus den Augen – einige fielen sogar von den Stühlen! Niemand hatte das je vergessen. Tatsächlich kam es Kevin manchmal so vor, als wäre an diesem Tag jeder Mensch, den er kannte, in dem Klassenzimmer gewesen, sogar Leute wie Hank, der zehn Jahre älter war als er, oder Gabriela, die zehn Jahre jünger war. Jeder! Aber es war nur eine Geschichte, die die Leute sich immer wieder erzählten.

Sie gruben tiefer, stießen auf rundgeschliffene Sandsteinblöcke. In den Jahrtausenden war der Santiago Creek über die Schwemmkegel gewandert, die sich aus den Bergen von Santa Ana herabsenkten, und es schien, als wäre ganz El Modena zu irgendeinem Zeitpunkt mal sein Flußbett gewesen, denn sie fanden diese Steine überall. Sie arbeiteten ohne sonderliche Eile; man betrachtete das Ganze am besten als eine Art Party, um sich nicht über die Ineffizienz zu ärgern. In El Modena wurde von ihnen verlangt, zehn Stunden pro Woche für die Stadt zu arbeiten, und so gab es alle möglichen Gelegenheiten für Verdruß. Sie hatten das Ganze etwas aufgelockert, indem sie es nicht allzu ernst nahmen.

Kevin fragte: »Wo ist Ramona?«

Doris blickte auf. »Hast du es nicht gehört?«

»Nein, was?«

»Sie und Alfredo haben sich getrennt.«

Das weckte die Aufmerksamkeit aller. Einige unterbrachen ihre Arbeit und kamen heran, um die Geschichte mitzubekommen. »Er ist aus dem Haus ausgezogen und nach Redhill zu seinen Partnern gegangen.«

»Du machst Witze.«

»Nein, ich glaube, sie haben sich in letzter Zeit häufig gestritten. Jedenfalls erzählen das alle im Haus. Wie dem auch sei, Ramona hat heute morgen einen Spaziergang gemacht.«

»Aber das Spiel!« rief Kevin.

Doris stieß ihre Schaufel wenige Zentimeter vor seinem Fuß ins Erdreich. »Kevin, ist dir eigentlich schon mal der Gedanke gekommen, daß es wichtigere Dinge gibt als Softball?«

»Na sicher«, erwiderte er und machte ein zweifelndes Gesicht.

»Sie sagte, sie sei rechtzeitig zum Spiel wieder zurück.«

»Wirklich?« sagte Kevin, dann gewahrte er ihren Gesichtsausdruck und fügte hastig hinzu: »Schade, wirklich schlimm. Tut mir leid. Aber es überrascht mich auch.«

Er dachte an Ramona Sanchez. Zum erstenmal allein seit der neunten Klasse, unglaublich.

Doris sah den Ausdruck seiner Augen und wandte sich von ihm ab. Ihre stämmigen braunen Beine waren unterhalb der grünen Nylonshorts staubig; ihr ärmelloses Leibchen war verschwitzt und schmuddelig. Glatte schwarze Haare schwangen hin und her, als sie erneut die Erde attackierte. »Hilfst du mir mal bei diesem Stein?« sagte sie unfreundlich zu Kevin. Unsicher half er ihr dabei, einen weiteren der von Wasser abgeschliffenen Sandsteinblöcke wegzuräumen.

»Also wenn das nicht der neue Stadtrat bei der Arbeit ist«, sagte eine amüsierte Baritonstimme über ihnen.

Kevin und Doris schauten hoch und sahen Alfredo Blair persönlich, der auf seinem Mountainbike saß. Der helle Titanrahmen blinkte in der Sonne. Ohne nachzudenken, meinte Kevin: »Wenn man vom Teufel spricht.«

»Sieh mal an«, meinte Doris mit einem schnellen warnenden Blick in Kevins Richtung, »wenn das nicht der neue Bürgermeister beim Nichtstun ist.«

Alfredo grinste unverschämt. Er war ein großer gutaussehender Mann, schwarzhaarig, mit Schnurrbart, ebenmäßiges Gesicht. Es fiel einem schwer sich vorzustellen, daß er am Tag vorher eine fünfzehnjährige Beziehung beendet hatte.

»Viel Glück bei eurem Spiel heute«, sagte er in einem Ton, der andeutete, daß sie es brauchen würden, obgleich sie nur gegen die schwachen Oranges antraten. Alfredos Team, die Vanguards, und ihr Team, die Lobos, waren ständige Rivalen; bis zu diesem Tag waren darüber immer wieder Witze gerissen worden, da Ramona bei den Lobos spielte. Nun war Kevin sich nicht sicher, wie es weitergehen sollte. Alfredo fuhr fort: »Ich freu mich schon drauf, wieder gegen euch zu spielen.«

»Wir haben zu arbeiten, Alfredo«, sagte Doris.

»Laßt euch von mir nicht aufhalten. Die Arbeit für die Stadt ist für jeden von Vorteil.« Er lachte und radelte davon. »Wir sehen uns bei der Ratsversammlung!« rief er über die Schulter.

Sie gingen wieder an die Arbeit zurück.

»Hoffentlich machen wir sie richtig fertig, wenn wir wieder gegen sie spielen«, meinte Kevin.

»Das hoffst du doch immer.«

»Stimmt.«

Kevin und Alfredo waren in derselben Straße aufgewachsen und hatten in der Schule viele Klassen und Kurse gemeinsam besucht. Daher waren sie alte Freunde, und Kevin hatte viele Gelegenheiten gehabt, Alfredo zu beobachten, wie er sich mit der Welt auseinandersetzte, und er wußte sehr wohl, daß sein Freund eine äußerst bewundernswerte Persönlichkeit war, klug, freundlich, beliebt, energisch und erfolgreich. Alles fiel ihm leicht; und jeder mochte ihn.

Aber der Tag war einfach zu schön, als daß er ihn sich durch Gedanken über Alfredo verderben ließ.

Außerdem hatten Alfredo und Ramona sich getrennt. Seltsamerweise von dieser Vorstellung erfreut, wuchtete Kevin einen Steinblock in eine Lore.

Als sie Mittagspause machten, waren sie in Augenhöhe der alten Kreuzungsoberfläche angelangt, die nun ein wildes Durcheinander von Kratern und Löchern war, durchzogen von Gräben und Grabungsmarken. Kevin betrachtete die Szene und grinste. »Das wird eines Tages ein absolut spitzenmäßiges Softballfeld.«

Nach dem Mittagessen begann die Softballsaison. Spieler kamen aus allen Richtungen in den Santiago-Park geradelt, die Schläger quer über den Lenkstangen, und sie verfielen sofort in alte Verhaltensmuster; denn Softball war eine rituelle Angelegenheit, und die Aufnahme und Durchführung des Rituals ist ebenfalls ritualisiert. Füße wurden in steife Stollenschuhe geschoben, Handschuhe wurden übergestreift, und sie gingen hinaus auf das grüne Rasenfeld und warfen sich in Gruppen von zwei und drei Spielern die Bälle zu, die hin und her flogen und ein Netzwerk feiner weißer Linien in die Luft woben.

Die Schiedsrichter fuhren mit ihren Kreidewagen über die Auslinien, als Ramona Sanchez auf der Seite der dritten Base auftauchte und ihr Fahrrad fallen ließ. Lange Beine, breite Schultern, spanische Farbe, schwarzes Haar ... Die restlichen Lobos begrüßten sie herzlich und waren erleichtert, sie zu sehen. Sie lächelte und sagte: »Hi, Freunde«, fast in ihrer üblichen Art; doch jeder konnte sehen, daß sie ziemlich verändert war.

Ramona war einer von den Menschen, die immer ein strahlendes Lächeln und einen freundlichen Tonfall haben. Doris fand das entsetzlich. »Sie ist eine biologische Optimistin«, schimpfte Doris immer, »das paßt eigentlich gar nicht zu ihr. Es hängt irgendwie mit ihrer Blutchemie zusammen.«

»Moment mal«, widersprach Hank ihr dann, »du bist doch diejenige, die immer von Werten redet. Sollte Optimismus nicht die Folge des Willens sein? Ich meine, was heißt *Blutchemie*?«

Und Doris erwiderte, daß Optimismus tatsächlich ein Akt des Willens sein könnte, aber daß gutes Aussehen, Intelligenz und große sportliche Fähigkeiten zweifellos die Willensleistung minderten; und diese Qualitäten waren nun mal allesamt rein biologischer Natur.

Ramonas Anblick an diesem Tag war auf jeden Fall beunruhigend: eine unglückliche Optimistin. Selbst Kevin, der die feste Absicht hatte, sich völlig normal zu verhalten und ihr so eine Erholung von all dem unerwünschten Mitgefühl zu bieten, war betroffen, wie niedergeschlagen sie wirkte. Er kam sich wie ein Narr vor, als er versuchte so zu tun, als sei alles in Ordnung, und da sie seine Bemühungen ignorierte, warf und fing er nur und wärmte sie auf.

Ramona Sanchez hatte einen guten Wurfarm; sie war eine richtige Kanone. Einmal hatte Kevin beobachtet, wie einer ihrer Fehlwürfe eine Speiche sauber aus dem Rad eines geparkten Fahrrads herausgeschlagen hatte, ohne das das Rad sich auch nur einen Millimeter bewegt hatte. Sie zerriß regelmäßig die Lederriemen in den Handschuhen des Mannes an der ersten Base. Kevin mußte aufpassen, daß ihm nicht das gleiche Schicksal blühte, denn der Ball sprang ständig in dem Raum zwischen ihnen hin und her. Eine echte Kanone. Und nicht in der besten Stimmung.

Daher warfen sie schweigend, und es war nur das lederne Klatschen des Balles im Handschuh zu hören. In diesem Ritual steckte eine gewisse Art von Gemeinschaftsgeist, eine Art praktizierter Solidarität. Jedenfalls hoffte Kevin das, da ihm nichts einfiel, was er hätte sagen können. Dann riefen die Schiedsrichter zum Spielbeginn auf, und er ging rüber und stand neben ihr, als sie sich setzte und ihre Stollenschuhe anzog. Sie tat es derart heftig, daß es geradezu gekünstelt wirkte, das nicht zu bemerken, daher sagte Kevin zögernd: »Ich hab das von dir und Alfredo gehört.«

»Wirklich«, sagte sie wenig beeindruckt.

»Es tut mir leid.«

Sie zog für einen Moment ihre Mundwinkel nach unten. So unglücklich wäre ich, wenn ich mich gehen lassen würde, verkündete ihr Blick. Dann kehrte die stoische Miene wieder zurück, und sie zuckte mit den Achseln, stand auf, um noch einige Auflockerungsübungen zu machen. Die Rückseiten ihrer Oberschenkel zuckten und verhärteten sich, und unter der glatten braunen Haut waren die Muskelstränge deutlich zu sehen.

Sie gingen zurück zur Bank, wo ihre Teamkameraden die Schläger schwangen. Die Manschaftskapitäne gaben dem Zähler ihre Aufstellungskarten. Alle Aktivitäten konzentrierten sich auf das Ritual; mehr und mehr von dem, was nicht dazu gehörte, löste sich ab und verschwand, bis zu dem Zeitpunkt, als ein Team sich im Feld aufstellte, war alles Unwesentliche des Rituals ausgelöscht. Kevin, der erste Batter des neuen Jahres, trat an die Platte, und ein Adrenalinstoß jagte durch seinen Körper. Die Spieler riefen ihm und dem Pitcher aufmunternde Bemerkungen zu, und der Schiedsrichter brüllte: »Spielen!«

Und der Batter trat in die Box, und der erste Wurf der Saison stieg hoch in die Luft, und die Rufe (›Treffer!‹, ›Guter Anfang!‹, ›Ein Hoch auf den Batter!‹) versanken, entfernten sich, verhallten, bis niemand sie hörte, nicht einmal die, die sie ausstießen. Die Zeit verwarf sich, und der dicke neue weiße Ball hing auf dem höchsten Punkt seiner Flugbahn mitten in der Luft, wurde zum Mittelpunkt all ihrer Welten – und das Spiel begann.

Soweit es Kevin betraf, war es ein großes Spiel: die Lobos hielten die ganze Zeit die Führung, wenn auch nicht besonders hoch. Und Kevin war vier von vier, was ihm immer ausreichte, um glücklich zu sein.

Im Feld stellte er sich an der dritten Base auf, achtete auf jeden Wurf, vor allem auf die Rechtshänder. Die Dritte Base war wie ein Rasiermesser, die dritte Base war wie ein Mungo in der Schlangengrube: so hatte der Ansager in seinem Kopf es seit seiner Kindheit immer verkündet. Gelegentlich ergab sich mal die Chance, etwas zu tun, doch meistens hieß es nur Stellung halten, aufpassen, die gleichen Phrasen immer und immer wieder. Das Spiel als eine Art des Gebets.

So war er ein wenig abgelenkt, eingelullt von dem Rhythmus eines im Grunde völlig alltäglichen Spiels, als plötzlich das Tempo abrupt hochschnellte. Die Oranges schafften vier Runs bei ihrer letzten Schlagrunde, und nun, bei zwei Aus, sollte Santos Garcia schlagen. Santos war ein starker Schläger mit ausgeprägtem Zug, und während Donna sich auf den Wurf vorbereitete, ging Kevin in seine Startposition an der dritten Base und paßte besonders auf.

Ein kurzer Wurf sackte ab, und Santos schleuderte einen wilden Wurf auf Kevins linke Seite. Kevin tauchte sofort ab, doch der Ball sprang über seinen Handschuh hinweg und verfehlte ihn um Zentimeter. Er hämmerte mit der Faust fluchend in den Staub, und während er auf seiner Brust und den Ellbogen vorwärtsrutschte, drehte er sich gerade noch rechtzeitig um und sah, wie die sprintende Ramona einen Satz machte und den Ball erwischte.

Es war ein phantastischer Rückhandfang, doch sie hatte beinahe das Gleichgewicht verloren, und nun rannte sie direkt von der ersten Base weg und war in vollem Schwung. Es blieb keine Zeit anzuhalten und zu zielen, daher sprang sie hoch in die Luft, drehte sich und ließ den Ball mit einem ruckartigen Abknicken des Handgelenks fliegen. Der Ball segelte über das Feld, und Jody fing ihn sauber an der ersten

Base, dicht vor dem heranrasenden Santos. Drei aus. Spiel vorbei.

»Großartig!« brüllte Kevin.

Alle jubelten. Kevin schaute zu Ramona. Sie war nach dem Wurf gestürzt und saß nun auf dem Rasen, entspannt, graziös, mit gepreizten Beinen, und die schwarzen Haare hingen ihr in die Augen. Und Kevin verliebte sich in sie.

Natürlich war es nicht genau so passiert. Das ist nicht die ganze Geschichte. Kevin war ein ziemlich direkter und offener Bursche und verrückt nach Softball, aber dennoch war er nicht die Art von Mensch, der sich auf Grund eines besonders guten Spielzugs in einem Softballmatch verliebte. Nein, das war etwas anderes, etwas, das sich über viele Jahre hinweg entwickelt hatte.

Er kannte Ramona Sanchez, seit er nach El Modena gekommen war, als sie beide noch die dritte Klasse besuchten. Sie waren in derselben Klasse der Grundschule gewesen. Und Kevin hatte sie immer gemocht. Eines Tages im sechsten Schuljahr hatte sie ihm erklärt, sie sei römisch-katholisch, und er hatte erzählt, daß es auch griechisch-katholisch gab. Sie hatte das indigniert abgestritten, und so hatten sie zusammen in einem Lexikon nachgeschlagen. Sie hatten keinen Eintrag für »griechisch-katholisch« gefunden, was Kevin nicht begreifen konnte, da sein Großvater Tom ganz gewiß eine solche Kirche erwähnt hatte. Aber nachdem nachgewiesen worden war, daß sie recht hatte, wurde Ramona richtig mitleidig, und sie sahen im Index nach und fanden einen Eintrag für »griechisch-orthodoxe Kirche«, was die Dinge zu erklären schien. Danach saßen sie vor dem Schirm und lasen den Eintrag und gingen auch die anderen Artikel durch, unterhielten sich über Griechenland, über die Reisen, die sie schon unternommen hatten (Ramona war in Mexiko gewesen, Kevin im Tal des Todes), über die Möglichkeit, eine griechische Insel zu kaufen und darauf zu leben und so weiter.

Danach war Kevin unsterblich in Ramona verliebt, etwas, von dem er niemals jemand anderem erzählte – und ihr ganz bestimmt nicht. Denn er war im Grunde ein schüchterner Junge. Aber das Gefühl blieb bestehen, und in der Junior High, als es »in« war, sich zu verlieben und eine Freundin oder einen Freund zu haben, wurde das Leben zu einem verwirrenden polymorphen Strudel von Liebesleid und Liebesglück. Im Laufe der drei Jahre Junior High raffte der schüchterne Kevin sich nach und nach und mit viel Mühe auf, Ramona zu einem Tanzfest in der Schule einzuladen. Als er sie fragte und dabei ängstlich zu stottern begann, vermittelte sie ihm das Gefühl, daß sie dies für eine ganz wundervolle Idee hielt; aber sie sagte gleichzeitig, daß sie bereits eine Einladung von Alfredo Blair angenommen habe.

Der Rest war Geschichte. Ramona und Alfredo waren von jenem Fest bis zu diesem Tag ein Paar.

In späteren Jahren jedoch, als Biologielehrerin an der Highschool von El Modena, hatte Ramona sich angewöhnt, mit ihren Klassen zu Kevins Bauplätzen hinauszufahren, um etwas angewandte Ökologie zu lernen – auch Tischlerei und ein bißchen Architektur – und ihm ein wenig zu helfen. Kevin gefiel das, obwohl die Studenten eher Störung als Hilfe waren. Es war eine freundliche Geste, etwas, das Ramona und er taten, um ein wenig zusammensein zu können.

Dennoch waren sie und Alfredo Partner. Sie heirateten nicht, aber sie lebten zusammen. So hatte Kevin sich daran gewöhnt, Ramona nur als Freundin zu betrachten. Eine gute Freundin, so ähnlich wie seine Schwester Jill – nur nicht genauso wie eine Schwester, denn es war immer noch ein besonderer Reiz dabei. Eine gegenseitige Anziehungskraft, so schien es. Es war nicht so bedeutend und wichtig, aber es gab ihrer Freundschaft eine Art Nervenkitzel, eine schöne Erfülltheit. Was diese Beziehung so romantisch machte.

Eine Sache fürs Leben also. Und vor dem Softballmatch, während er sich mit Ramona aufwärmte, war er sich bewußt gewesen, sie in einer Weise zu sehen, wie er es seit Jahren nicht getan hatte – ihre perfekten Proportionen von Rücken und Beinen, die spanische Färbung ihrer Haut, die feinen Züge, die sie zu einer Schönheit machten, ihre sorglose Lässigkeit. Tief in ihm hatten sich Erinnerungen gerührt, Erinnerungen an Gefühle, von denen er gemeint hatte, daß sie schon längst vergangen und vergessen wären, denn er dachte nie viel über die Vergangenheit nach, und wenn man ihn gefragt hätte, dann hätte er wohl gemeint, daß alles längst dahin war.

Daher, als er sich umdrehte, um sie nach ihrem spektakulären Spiel anzuschauen, und sie ausgestreckt im Gras liegen sah, war es so, als wäre er in einen Traum geraten, in dem alle Emotionen intensiviert wurden. Sein Herz klopfte, die Haut seines Gesichts erglühte und kitzelte unter dem Ansturm, unter der Erkenntnis, daß dies, ja – Liebe war. Daran bestand kein Zweifel.

Für Kevin war Fühlen gleichbedeutend mit Handeln, und daher hielt er nach Ramona Ausschau, nachdem er sich umgezogen hatte. Sie war ungewöhnlich still geworden, als nach dem Spiel Gratulanten auf sie zugestürmt waren. Und nun radelte sie allein davon. Kevin holte sie auf seinem kleinen Mountainbike ein, dann paßte er sich an ihr Tempo an. »Gehst du heute abend zur Ratsversammlung?«

»Ich glaube nicht.«

Sie wollte nicht miterleben, wie Alfredo als Bürgermeister vereidigt wurde. Demnach stimmte es also. »Na gut«, sagte er.

»Nun, weißt du – ich habe einfach keine Lust, dort zu sein

und viele Leute glauben zu lassen, daß wir noch immer zusammen sind. Es wäre einfach zu peinlich.«

»Das verstehe ich. Also ... was treibst du heute nachmittag?«

Sie zögerte. »Ich hatte vor, zu fliegen. Etwas aus meinem Trott herauszukommen.«

»Aha.«

Sie sah zu ihm hinüber. »Hast du Lust mitzukommen?«

Kevins Herz klopfte ganz hinten in seinem Hals. »Wenn dir wirklich nach Gesellschaft ist, komme ich gerne mit. Ich weiß nur, daß ich manchmal am liebsten ganz allein abhauen möchte ...«

»Ach ja. Ich hätte gegen Gesellschaft nichts einzuwenden. Vielleicht hilft's.«

»Gewöhnlich schon«, sagte Kevin automatisch. Er konnte seinen Herzschlag spüren. Er grinste. »Hey, das war ein Superspiel, das du da gemacht hast.«

Auf dem Gleiterplatz auf Fairhaven banden sie den Zweipersonenflieger der Sanchez', ein Northrop Condor, los und hängten ihn an die Startschlinge. Dann schnallten sie sich an und hakten die Füße in den Pedalen fest. Ramona gab den Flieger frei, und mit einem Ruck zogen sie los und traten wie verrückt in die Pedale. Ramona schloß die Landeklappen, die Schlinge wurde ausgeklinkt, und sie schossen hoch wie ein Stein aus einer Schleuder; dann erwischten sie den Aufwind und stiegen aufwärts wie ein Drachen, der von einem Läufer in den Wind gezogen wird.

»Juuhuu!« schrie Kevin, und Ramona sagte: »Tritt schneller«, und sie pumpten und arbeiteten, lehnten sich weit nach hinten und drückten das kleine Fluggerät mit jedem Tritt höher. Der große Propeller surrte vor ihnen, doch Zweisitzer waren nicht ganz so leichtgängig wie Einsitzer; sie mußten ziemlich in die Pedalen treten, um das Fluggerät auf zweihundert Fuß zu bringen, wo der Wind sie dann in größere Höhen trieb. Selbst ein Zweisitzer wog weniger als dreißig Pfund, und Windböen konnten ihn herumwerfen wie einen Federball.

Ramona drehte sie mit einem eleganten Möwenschwenk in den Wind. Dieses Gefühl des Fliegens! Sie verringerten ihr Tempo und kreisten am Himmel über Orange County. Harte Arbeit; es war ein seltsames Zeichen ihrer Zeit, daß die höchstentwickelten Technologien Geräte und Vorrichtungen schufen, die mehr und intensiveren physischen Einsatz erforderten als alles andere zuvor – wie zum Beispiel im Fall des durch Menschenkraft gesteuerten Fliegens, zu dem äußerste Anstrengungen nötig waren. Aber wenn es schon mal die Möglichkeit gab, wer konnte ihr widerstehen?

Nicht Ramona Sanchez; sie strampelte mit einem seligen Lächeln dahin. Sehr oft, wenn er auf Dächern arbeitete, in seine Tätigkeit vertieft war und sich das fertige Haus vorstellte, hörte Kevin eine Stimme von oben, und wenn er dann hinaufschaute, sah er sie in ihrem kleinen Hughes Dragonfly, mit dem sie dahinschwirrte wie ein Radfahrer und zu ihm herabwinkte wie ein verschwitzter Luftgeist. Jetzt sagte sie: »Fliegen wir nach Newport und sehen uns die Wellen an.«

Und so tauchten sie in den Seewind wie ihr Namenspatron, der Kondor. Von Zeit zu Zeit warf Kevin einen Blick auf Ramonas Beine, die im Tandem neben seinen arbeiteten. Sie hatte sehr muskulöse Beine mit wohlgeformten Oberschenkeln. Die Haut war sehr glatt, kaum aufgerauht durch feine, seidige Härchen …

Kevin schüttelte den Kopf, überrascht davon, wie sehr er ihre Beine anstarren konnte. Er schaute hinunter auf den Newport Freeway, wo wie immer viel Verkehr herrschte. Von hier oben waren die Fahrradspuren eine bunte Kollektion von Helmen, Rücken und pumpenden Beinen über spinnenhaften Gespinsten aus Metall und Gummi. Die

Autospuren glänzten wie in Beton eingelegte Silberstreifen, und die Wagen huschten darüber hinweg, eine bunte Folge von blauen und roten Dächern.

Während sie durch die Luft segelten, sah Kevin auch Gebäude, auf denen er irgendwann einmal gearbeitet hatte: ein Haus, das den Sonnenschein mit seinem Dach aus Wolkengel und Thermobeton reflektierte; eine Garage, die zu einem Wohnhäuschen umgebaut worden war; Lagerhäuser, Büros, ein Glockenturm, ein Teichhaus ... Seine Arbeit, hier und da zwischen den Bäumen versteckt. Es erfreute einen, sie zu sehen, sich an die Herausforderung der jeweiligen Aufgabe zu erinnern, der man sich gestellt und die man irgendwie gemeistert hatte.

Ramona lachte. »Es mußt dich sicher erfreuen, dein ganzes Lebenswerk auf diese Weise betrachten zu können.«

»Ja«, sagte er und war plötzlich verlegen. Er hatte nur mit halber Kraft getreten.

Hohe Eukalyptus-Windbrecher zerteilten das Land in riesige Rechtecke, als ob das ganze Becken eine Flickendecke aus Häusern, Obstgärten, grünen und gelben Äckern wäre. Kevins Lungen füllten sich mit Wind, er war überwältigt von dem Anblick von so viel Land, und alles war ihm so wunderbar vertraut. Der Seewind wurde über Costa Mesa stärker, und sie trieben ab zu den Irvine Hills. Das große Kreuz des San Diego und des Newport Freeway erschien wie eine Betonbrezel. Dahinter erstreckte sich viel Wasser, in dem sich das Sonnenlicht widerspiegelte wie in unzähligen Spiegelscherben, die über das Land gestreut waren: Flüsse, Fischteiche, Stauseen, die Marschlandschaft der Upper Newport Bay. Es herrschte gerade Ebbe, und ein großes Gebiet grauen Watts lag frei. Tausende von Enten und Gänsen tanzten auf dem Wasser.

»Es ist wieder Wanderzeit«, sagte Ramona nachdenklich. »Die Zeit der Wandlung.«

»Es geht nach Norden.«

»Die Wolken kommen schneller herein, als ich angenommen hatte.« Sie wies hinüber nach Newport Beach. Der nachmittägliche Seewind brachte die niedrigen Wolken mit, wie es häufig während des Spätfrühlings geschah.

»Also, wegen der Ratsversammlung würde es mir nicht unangenehm sein, wenn wir schon früh wieder zurückkehren könnten«, sagte Kevin.

Ramona betätigte die Kontrollen, und sie beschrieben einen weiten Bogen über Irvine. Die verspiegelten Glaskästen in den Industrieparks glänzten wie Bauklötze grün, blau und kupferfarben. Kevin streifte Ramona mit einem verstohlenen Blick und sah, daß sie heftig blinzelte. Weinte sie etwa? Verdammt, er hatte die Ratsversammlung erwähnt. Und sie hatten soviel Spaß gehabt! Er war ein Idiot. Impulsiv streichelte er den Rücken ihrer Hand, die auf dem Steuerknüppel lag. »Tut mir leid«, sagte er. »Hab nicht dran gedacht.«

»Ach«, meinte sie mit bebender Stimme. »Schon gut.«

»Also ...« Kevin wollte fragen, was denn nun geschehen war.

Sie verzog das Gesicht, wollte wohl, daß es eine belustigte Miene wurde. »Es war ziemlich unangenehm.«

»Das kann ich mir vorstellen. Ihr wart ja sehr lange zusammen.«

»Fünfzehn Jahre!« sagte sie. »Fast mein halbes Leben!« Sie schlug ärgerlich auf den Knüppel, und der Condor sackte nach links. Kevin zuckte zusammen.

»Vielleicht war es zu lange«, meinte sie. »Ich meine, eine zu lange Zeit, in der nichts passierte. Und keiner von uns beiden hatte irgendwelche Partner gehabt, ehe wir zusammenkamen.«

Kevin hätte beinahe ihre gemeinsame Lektüre in dem Lexikon erwähnt, entschied aber, es nicht zu tun. Als Beispiel für eine frühere Partnerschaft ließ es sich wohl doch nicht verwenden.

»Studentenliebe!« rief Ramona. »Es klappt wirklich nicht, wie alle sagen. Man hat zwar eine Menge Gemeinsamkeiten, aber im Grunde weiß man nicht, ob die andere Person wirklich der beste Partner ist, den man finden kann. Und dann geschieht es, daß einer von beiden sich darüber Klarheit verschaffen will.« Sie schlug auf den Rahmen über den Kontrollen und ließ Kevin und das Flugzeug einen Hüpfer vollführen.

»Au-au«, sagte er. Sie war wütend, das war klar. Und es war toll, daß sie Kevin erzählte, was sie empfand. Wenn sie nur ihre Argumente nicht mit solchen harten Schlägen auf den Rahmen unterstreichen würde.

Sie bewegten dieselbe Kette, und Ramona pumpte wie wild und arbeitete für sie beide. Sie sackten immer wieder seitlich weg, wenn sie auf den Rahmen schlug. Kevin schluckte krampfhaft, entschlossen, ihre Gedanken nicht mit lächerlichen Warnungen zu unterbrechen.

»Ich meine, eigentlich braucht man sich nicht zu wundern!« sagte sie und wedelte mit der Hand. »Ich weiß, daß Alfredo sich seine Gedanken machte. Ich glaube, ich bin überhaupt nicht so interessant ...«

»Wie bitte?«

»Na ja, es gibt eigentlich nur wenige Dinge, die mir wichtig sind. Und Alfredo interessiert sich für alles.« Rumms. Ein Schlag direkt auf die Landeklappen. »Er befaßt sich mit so vielen Dingen, daß man es einfach nicht glauben kann.« Rumms. »Und er war immer so verdammt beschäftigt!« RUMMS! RUMMS! RUMMS!

Kevin trat heftig in die Pedale, aber er bewegte sie nur wirkungslos mit, so als wäre die Pedale gar nicht mit einer Kette verbunden.

»Ich selbst bin gar nicht so scharf auf die Ehe, aber meine Eltern und meine Großeltern sind katholisch, und Alfredos Familie ebenfalls, und du weißt ja, wie das ist. Außerdem dachte ich daran, endlich eine Familie zu gründen, jeden Tag hatte ich mit den Kindern in unserem Haus zu tun, versorgte sie, und ich dachte, warum soll eins davon nicht von uns sein?« Rumms! »Aber Alfredo wollte nichts davon wissen, o nein. Ich habe dafür keine Zeit, sagte er. Ich bin noch nicht soweit. Und wenn er dann endlich soweit ist, dann ist es für mich zu spät.«

»Autsch«, sagte Kevin und blickte gespannt auf die Baumwipfel. »Aber soviel Zeit würde es doch gar nicht in Anspruch nehmen, oder? Nicht in eurem Haus.«

»Du würdest staunen. Viele Leute sind dort, um zu helfen, aber am Ende steht man mit ihnen allein da. Und Alfredo ... na ja, er hat seit Jahren davon geredet. Doch nichts hat sich verändert, verdammt! Deshalb wurde ich ziemlich giftig, glaube ich, und Alfredo war immer häufiger weg, weißt du ...« Sie fing wieder an zu blinzeln, und ihre Stimme zitterte plötzlich.

»Eine Feedbackschleife«, sagte Kevin und versuchte, analytisch zu denken. Eine Beziehung hatte Feedbackschleifen, wie jedes andere ökologische System – das sagte Hank immer. Eine Bewegung in die eine oder andere Richtung konnte sehr schnell außer Kontrolle geraten. So ähnlich wie eine Trudelbewegung, wenn Kevin es sich recht überlegte. Verdammt schwierig abzufangen, wenn man einmal hineingeraten war. Tatsächlich kamen dauernd Menschen bei Abstürzen ums Leben, die dadurch ausgelöst wurden. Unkontrollierte Feedbackschleifen. Er versuchte sich an die wenigen Flugstunden zu erinnern, die er genommen hatte. Meistens war er einer, der nur paukte und sich abmühte, wenn er flog ...

Aber es konnte auch in die andere Richtung wirksam werden, dachte er, als er in seinen Pedalen wieder etwas Gegendruck verspürte. Ein Aufwärtssteigen, ein Aufblühen des Geistes, in den alles hineinströmt ...

»Eine ganz schlimme Feedbackschleife«, sagte Ramona.

Sie strampelten weiter. Kevin pumpte heftig, behielt die

Kontrollen im Auge, beobachtete Ramonas rechte Faust. Er fand ihre Geschichte in einiger Hinsicht ziemlich erstaunlich. Er verstand Alfredo nicht. Wenn er sich vorstellte, die Chance zu haben, diese wunderschöne Frau zu lieben, dabei zuzusehen, wie sie mit einem Kind dick und rund wurde, einem Kind, das aus ihm und ihr … Er verdrängte diesen Gedanken und sah auf Tustin hinunter. »So«, sagte er frei heraus. »Du hast Schluß gemacht.«

»Ja. Ich weiß nicht, ich wurde richtig wütend, aber ich hätte wahrscheinlich weitergemacht, durchgehalten. Ich hatte eigentlich nie an etwas anderes gedacht. Aber Alfredo, er wurde auch wütend auf mich, und … und …«

»Ach, Ramona«, sagte Kevin. Das war wohl die falsche Taktik. Der direkte Weg war nicht immer der beste. Er trat fester und leistete plötzlich die Pedalarbeit für sie beide. Er biß die Zähne zusammen und begann zu strampeln wie ein Besessener. Ihr Flieger sank trotzdem, rutschte leicht seitlich weg. Ungeheurer Widerstand auf den Pedalen. Sie sanken den Bergen hinter Tustin entgegen. Ramonas Augen waren fest geschlossen; sie war zu erregt, um irgend etwas zu bemerken. Kevin merkte, wie seine Besorgnis wuchs und seine Gedanken abglitten. Tödliche Unfälle waren in solchen Situationen gar nicht so selten.

»Entschuldige«, keuchte er, strampelte wild. »Aber …« Er nahm eine Hand vom Rahmen, um ihr kurz auf die Schulter zu klopfen. »Vielleicht … hmm … «

»Es ist schon gut«, sagte sie, und rieb sich mit den Händen über das Gesicht. »Manchmal geht es einfach mit mir durch.«

»Ja.«

Sie blickte auf. »Scheiße, wir krachen gleich auf den Redhill!«

»Nun, ja.«

»Warum hast du nichts gesagt?«

»Also … «

»O Kevin!«

Sie lachte, schniefte, streckte die Hand aus und kniff ihm in die Wange. Dann begann sie wieder in die Pedale zu treten und steuerte sie nach Hause zurück.

Kevins Herz füllte sich mit Zuneigung für sie. Es war eine Schande, daß man ihr derart weh getan hatte. Obgleich er nicht unbedingt den Wunsch hatte, mitzuerleben, wie sie und Alfredo sich wieder miteinander versöhnten. Überhaupt nicht. Er sagte sehr vorsichtig: »Vielleicht ist es besser, daß es jetzt passiert ist, wenn es schon dazu kommen sollte.«

Sie nickte knapp.

Sie kreisten bald über dem kleinen Gleiterplatz von El Modena. Ein Dragonfly vor ihnen sank herab, schwer wie eine Biene bei kaltem Wetter. Geschickt leitete Ramona den Landeanflug ein. Ihr Schatten eilte ihnen auf der grasbewachsenen Rollbahn voraus. »Ich fliege sehr oft in dieser Höhe«, sagte Ramona, »nur um diesen Eindruck zu haben.«

»Gute Idee.« Ihr leises Lächeln, die Bäume ringsum – Kevin hatte das Gefühl, als führe der Wind mitten durch seine Brust. Wenn er sich vorstellte, daß sie eine ungebundene Frau war! Und hier neben ihm saß.

Er konnte sie nicht ansehen. Sie brachte sie in einem eleganten Bogen auf die Rollbahn herunter, und sie traten hart in die Pedale, als sie landeten. Ein schnelles, kurzes Ausrollen bis zum Stand. Sie schnallten sich los, standen schwankend da, streckten und lockerten ihre müden Beine, schoben den Flieger von der Bahn hinüber zu seinem Stellplatz.

Ramona atemete heftig ein und aus. »*Estoy cansada*.«

Kevin nickte. »Ein schöner Flug, Ramona.«

»Ja?« Und während sie den Flieger im Hangar verstauten, umarmte sie ihn kurz und drückte ihn an sich und sagte: »Du bist wirklich ein guter Freund, Kevin.«

Was durchaus eine Warnung hatte sein können, doch Kevin hörte nicht hin. Er spürte noch immer die Berührung. »Das möchte ich auch sein«, sagte er und merkte, wie seine Stimme zitterte.

Der Stadtrat von El Modena hatte seine Räume im ältesten Gebäude der Gegend, nämlich in der Kirche in der Chapman Avenue. Dieses Bauwerk hatte im Laufe der Jahre wie ein Totem das Schicksal der Stadt widergespiegelt. Die Kirche war von den Quäkern im Jahre 1886 erbaut worden, kurz nachdem sie diese Gegend besiedelt und Weinberge angelegt hatten. Ein Freund stiftete eine Glocke, die sie in einem Turm am vorderen Ende der Kirche aufhängten; doch das Gewicht der Glocke war zu groß für die Konstruktion, und beim ersten starken Wind brach das ganze Bauwerk zusammen. In ähnlicher Weise vernichtete die Trockenfäule in den Weinbergen die wirtschaftliche Grundlage der Ansiedlung, so daß die neue Stadt praktisch aufgegeben wurde. Soviel zu El Modena Eins. Aber sie pflanzten neu an, und dann wurde die Kirche wiederaufgebaut, die erste einer langen Reihe von Wiederauferstehungen; es folgten der Barrio und seine verborgene Armut (die Kirche wurde geschlossen), dann kam die Zeit der Vorstädte (die Kirche wurde zu einem Restaurant umgebaut) – dann entstand El Modena neu als Stadt mit eigenen Zielen und Aufgaben, und dann kaufte der Rat das Restaurant und verwandelte es in ein enges und seltsam aussehendes Rathaus, das für alle möglichen Anlässe gemietet werden konnte. So wurde die Kirche am Ende doch der Mittelpunkt der Gemeinde, wie die Quäker es sich fast zwei Jahrhunderte vorher gewünscht hatten.

Nun waren die Hofmauern mit bunten Papiergirlanden geschmückt, und japanische Papierlaternen hingen in den drei großen Weiden im Hof. Die *McElroy Mariachi Men* schlenderten umher, während sie ihre leichte, einschmeichelnde Musik spielten, und ein langer Tisch bog sich unter einer Unmenge Flaschen mit Al Shroeders abscheulichem Champagner.

Unbehaglich radelte Kevin auf den Parkplatz. Als selbständiger Handwerker war er unzählige Male vor dem Rat erschienen, doch diesen Hof als Ratsmitglied zu betreten, war etwas völlig anderes. Wie, zum Teufel, hatte er sich nur in diesen Schlamassel hineingeritten? Schön, er war ein Grüner, war es immer gewesen. Renoviert dieses heruntergekommene Loch von einer Welt! Und dieses Jahr mußten sie einen ihrer Spitzenposten im Stadtrat besetzen, aber die meisten der prominenten Parteimitglieder hatten entweder zuviel zu tun, oder sie hatten vorher schon mal zur Verfügung gestanden oder konnten aus anderen Gründen nicht zur Wahl antreten. Plötzlich bestürmten alle Kevin, die Aufgabe zu übernehmen. Er sei bekannt und beliebt, und er habe in der Gemeinde sehr viel Arbeit geleistet, die für alle zu sehen sei. Am Ende war er überredet. Grüne Ratsmitglieder stimmten in allen wichtigen Angelegenheiten entsprechend der Meinung ihrer ganzen Gruppe ab, daher waren seine Aufgaben eigentlich nicht zu schwierig. Wenn es irgendwelche Dinge gab, die er nicht kannte, dann würde er sie schon erlernen. Jeder sollte mal an die Reihe kommen. Es würde sicherlich ganz lustig! Und er konnte sich Hilfe holen, wenn es sein mußte.

Aber am meisten würde er Hilfe brauchen, wenn er tatsächlich da oben an dem Ratstisch saß. Das war mal wieder typisch für ihn, dachte er düster. Nun war es zu spät, er hatte den Job. Er konnte anfangen zu lernen.

Doris kam mit einer älteren Frau angeradelt. »Kevin, das ist Nadeshda Katajew, eine Freundin aus Moskau. Sie war meine Chefin, als ich dort im Austausch am Institut für Superleiter gearbeitet habe. Sie ist auf Besuch hier und wohnt bei uns.«

Kevin reichte ihr die Hand, und sie mischten sich unter die Leute. Die meisten waren Freunde oder Bekannte. Sie neckten ihn wie üblich; niemand nahm diesen Abend besonders ernst. Man reichte ihm einen Becher Champagner, und eine Gruppe der Lobos versammelte sich, um auf das Match des Tages anzustoßen. Mehrere Becher Champagner später fühlte Kevin sich bedeutend besser.

Dann betrat Alfredo Blair den Hof, begleitet von einer Schar Freunde und Bewunderer und von seiner Familie. Die McElroys intonierten die ersten Takte von »Hail To the Chief«, und Alfredo lachte und schien sich wohl zu fühlen. Dennoch war es seltsam, ihn bei einer solchen Gelegenheit ohne Ramona zu sehen.

Die Party wurde lauter und geriet richtig in Fahrt. »Da ist ein Wahnsinniger«, stellte Doris fest und wies auf einen Fremden. Sie beobachteten ihn: ein großer Mann in einem flatternden schwarzen Mantel, der mit seltsamer rhinozeroshafter Eleganz von Gruppe zu Gruppe schlich und eine Unterhaltung nach der anderen störte. Er sagte etwas, und die Leute reagierten verwirrt oder schockiert; er zog sich zurück und drängte sich woanders dazwischen, wobei seine Haare flogen und der Champagner aus seinem Becher schwappte.

Das Rätsel wurde gelöst, als Alfredo ihn vorstellte. »Hey, Oscar, kommen Sie mal her! Leute, das ist unser neuer Anwalt, Oscar Baldarramma. Sicherlich habt ihr ihn schon während der Befragung gesehen.«

Kevin hatte ihn nicht gesehen. Oscar Baldarramma näherte sich. Er war groß – größer als Kevin und ziemlich fett, und dieses Fett war über seinem ganzen Körper verteilt; sein Gesicht glich einem Mond, sein Hals war wie ein Baumstamm, und seine mächtige Brust entsprach in ihren Proportionen seiner ausladenden Mittelpartie. Sein krauses schwarzes Haar war sogar noch widerspenstiger als Kevins, und er trug einen dunklen Anzug, der schon mindestens fünfzig Jahre aus der Mode war. Er selbst sah aus wie vierzig.

Langsam nickte er, legte sein Mehrfachkinn in Falten und schürzte die Lippen. »Schön, den anderen Anfänger im Team kennenzulernen«, sagte er mit einer kratzigen, lakonischen Stimme, als meinte er diese Bemerkung als Scherz.

Kevin nickte und wußte nicht, was er erwidern sollte. Er hatte gehört, daß der neue Anwalt der Stadt eine Kanone aus dem Mittelwesten war und schon einige Jahre in Chicago gearbeitet hatte. Und sie brauchten einen guten Anwalt, denn El Modena wurde wie die meisten Städte ständig wegen irgend etwas verklagt. Der alte Stadtrat hatte fast sechs Monate gebraucht, um den vorherigen Anwalt zu ersetzen. Aber dann ausgerechnet auf diesen Burschen zu verfallen!

Oscar trat zu Kevin, senkte den Kopf und wackelte vielsagend mit den Augenbrauen. Ein Schmierenkomödiant hätte nicht dicker auftragen können: *Achtung! Geheim! Vertrauliche Angelegenheit!* »Ich hörte, daß Sie alte Häuser renovieren?«

»Das ist mein Job.«

Oscar schaute sich vorsichtig nach allen Seiten um. »Ich durfte ein älteres Haus in der Nähe des Gleiterhafens mieten, und ich dachte, daß Sie vielleicht interessiert wären, es für mich umzubauen.«

»Nun, dazu müßte ich es mir zuerst einmal ansehen. Aber angenommen, wir werden uns in allen Punkten einig, dann könnte ich Sie auf unsere Warteliste setzen. Zur Zeit ist sie ziemlich kurz.«

»Ich wäre durchaus bereit zu warten.«

Für Kevin klang das eigentlich ganz vernünftig. »Ich komme mal vorbei, schaue es mir an und gebe Ihnen dann einen Kostenvoranschlag.«

»Natürlich«, flüsterte der fette Mann.

Ein Tablett wurde herumgetragen, und jeder nahm sich einen Pappbecher mit Champagner. Oscar starrte nachdenklich in seinen Becher hinein. »Ich nehme an, ein hiesiges Gewächs.«

»Ja«, sagte Kevin, »Al Shroeder stellt ihn her. Er hat auf den Cowan Heights einen großen Weinberg.«

»Cowan Heights.«

Doris meinte in scharfem Ton: »Daß er nicht aus Napa oder Sonoma kommt, heißt noch lange nicht, daß er schlecht ist! Ich finde ihn sehr gut.«

Oscar musterte sie. »Und was ist Ihr Gewerbe, wenn ich fragen darf?«

»Ich bin Grundstofforscherin.«

»Dann beuge ich mich Ihrem Urteil.«

Kevin konnte nicht anders, als über die Miene zu lachen, die Doris machte. »Der Champagner von Al ist ganz schön mies«, sagte er. »Aber er hat einen guten Rotspon – viel besser als das Zeug hier.«

Oscar verdrehte leicht die Augen. »Das werde ich feststellen. Eine solche Empfehlung sollte augenblicklich befolgt werden.«

Kevin schnaubte spöttisch, und Nadeshda grinste. Aber Doris wirkte noch ungehaltener als vorher, und sie wollte es Oscar klarmachen, als Jean Aureliano um Ruhe bat.

Es wurde Zeit für den ernsten Teil. Alfredo, der bereits sechs Jahre im Rat gesessen hatte, wurde als neuer Bürgermeister vereidigt, und Kevin mußte seinen Eid als neues Ratsmitglied leisten. Diese Prozedur hatte Kevin ganz vergessen, und er stolperte auf dem Weg zum Kreis der offiziellen Vertreter. »Was für ein Start!« brüllte jemand. Mit glühendem Gesicht legte er eine Hand auf die Bibel und wiederholte das, was der Richter ihm vorsagte.

Und mitten in diesem verschwommenen Durcheinander kam die plötzliche Erkenntnis – er gehört jetzt gewissermaßen zur Regierung. Genauso wie er es in der sechsten Klasse Bürgerkunde prophezeit hatte.

Sie zogen in den Ratssaal, und Alfredo nahm auf dem mittleren Sessel am geschwungenen Ratstisch Platz. Als Bürgermeister war er nicht mehr als erster unter gleichen, ein Ratsmitglied aus der stärksten Partei der Stadt. Er leitete ihre Versammlungen, aber er hatte genauso wie die anderen nur eine Stimme.

Auf der einen Seite von ihm saßen Kevin, Doris und Matt

Chung. Auf der anderen Seite waren Hiroko Washington, Susan Mayer und Jerry Geiger. Oscar und die Stadtplanerin Mary Davenport hatten an der Seite ihren eigenen Tisch. Kevin konnte die Gesichter aller anderen Mitglieder sehen, und während Alfredo die Zuschauer aufforderte, sich zu setzen, betrachtete er sie der Reihe nach.

Kevin und Doris waren Grüne, Alfredo und Matt waren Feds. Die New Federalists hatten die Grünen als die stärkste Partei der Stadt zum erstenmal nach vielen Jahren geschlagen; daher hatten sie nun ein ganz anderes Gewicht. Hiroko, Susan und Jerry vertraten kleinere örtliche Gruppierungen, wobei Hiroko und Susan als durchaus gemäßigt galten und Jerry eine wild streuende Kanone war, dessen Stimmabgaben ein Paradebeispiel für unerklärliche Unbeständigkeit waren. Damit war er bei einigen Modeños ziemlich beliebt, die der Geiger Party beigetreten waren, damit er im Rat bleiben konnte.

Alfredo schlug mit der flachen Hand auf den Tisch. »Wenn wir nicht bald anfangen, sitzen wir noch die ganze Nacht hier! Willkommen für unser neues Mitglied Kevin Claiborne. Fangen wir gleich mit dem ersten Punkt der Tagesordnung – äh – dem zweiten Punkt an. Seine Begrüßung war der erste Punkt. Okay, Punkt Zwei. Überprüfung der Forderung, die Bäume am Rand des Peters-Canyon-Stausees zu fällen. Ein Einspruch gegen diese Verfügung wurde eingereicht mit der Forderung, die Entscheidung noch einmal vor den Rat zu bringen. Der Einspruch kam von der Wilderness Party von El Modena, heute vertreten durch Hu-nang Chu. Sind Sie anwesend, Hu-nang?«

Eine ernst blickende Frau trat an das Zeugenpult. Sie erklärte dem Rat mit Nachdruck, daß die Bäume um den Stausee alt und heilig seien und daß ihre Entwurzelung einen willkürlichen Akt der Zerstörung darstellen würde. Als sie anfing, sich zu wiederholen, unterbrach Alfredo sie geschickt. »Mary, die Verfügung stammte von Ihren Leuten – wollen Sie als erste etwas dazu bemerken?«

Die Stadtplanerin räusperte sich. »Die Bäume am Stausee sind hauptsächlich Cottonwoods und Weiden, beides extrem hydrophile Arten. Natürlich holen sie sich ihr Wasser aus dem See, und die simple Tatsache ist die, daß wir uns das nicht leisten können. Ratsbeschluß Zwei-null-zwei-zwei verlangt von uns, alles mögliche zu unternehmen, um unsere Abhängigkeit vom OC Water District und von Municipal Water District zu mindern. Den Stausee zu vergrößern hat uns geholfen, und wir haben versucht, den Bereich zur Zeit der Vergrößerung von hydrophilen Bäumen zu säubern, doch die Cottonwoods wachsen ungemein schnell wieder nach. Weiden sind hier übrigens nicht einmal beheimatet. Wir schlagen vor, die Bäume zu fällen und sie durch Krüppeleichen und adaptiertes Wüstengras zu ersetzen. Wir wollen außerdem eine große Weide in der Nähe des Damms stehenlassen.«

»Irgendwelche Wortbeiträge?« fragte Alfredo.

Jeder im Rat, der dazu etwas sagen wollte, war mit Marys Plan einverstanden. Jerry meinte, es sei wirklich nett, endlich einmal erleben zu dürfen, daß El Modena einige Bäume fällte. Alfredo bat um Meldungen von den Zuhörern, und ein paar Leute traten ans Pult, um ihre Meinung zu äußern, wobei sie gewöhnlich nur eine der vorherigen Erklärungen wiederholten. Alfredo ließ dann abstimmen. Die Verfügung, die Bäume zu fällen, wurde mit sieben zu null Stimmen verabschiedet.

»Einstimmigkeit!« Alfredo freute sich. »Ein sehr gutes Omen für die Zukunft dieses Rates. Es tut mir leid, Hunang, aber die Bäume brauchen wirklich zuviel Wasser. Weiter zu Punkt drei: der Vorschlag, die Lärmschutzvorschriften in der Umgebung des Stadions der Highschool zu verschärfen. Wer ist denn dieser tollkühne Zeitgenosse, der das verlangt?«

Und so ging die Versammlung weiter. Ein Kampf um eine Baugenehmigung, die sich zu einem Protest dagegen auswuchs, daß die Stadt Grundeigentum besaß, eine Vorschrift, Skateboards auf Fahrradwegen zu verbieten, ein Vorschlag, die Investionsstruktur der städtischen Gelder zu verändern ... alle Angelegenheiten, die zur Verwaltung einer Kleinstadt gehörten, wurden Punkt für Punkt in einer öffentlichen Sitzung zur Sprache gebracht. Die Arbeit, eine Welt in Gang zu halten, wie sie unzählige Male rund um den Erdball erledigt wurde; man konnte sagen, daß dort die wahre Macht verborgen lag.

Aber dieses Gefühl wollte sich in dieser speziellen Nacht in El Modena nicht einstellen – jedenfalls nicht bei Kevin. Für ihn war es nur eine höchst langweilige Arbeit. Er kam sich vor wie ein Richter ohne Präzedenzfall, nach dem er sich richten konnte. Selbst wenn er von Präzedenzfällen wußte, stellte er fest, daß sie für die jeweilige Situation doch nicht taugten. Ein wichtiges juristisches Prinzip, dachte er benommen, während er versuchte, die Nachwirkungen des Champagner abzuschütteln: Präzedenzfälle sind nutzlos. Oft entschied er, genauso zu stimmen wie Doris. Glücklicherweise gab es keine Vorschrift, jeden einzelnen aufstehen und seine Entscheidung begründen zu lassen.

Etwa bei der fünften dieser Abstimmungen hatte er plötzlich ein Gefühl tiefer Verzweiflung – er würde für die nächsten zwei Jahre jeden Mittwochabend damit verbringen, sich sehr aufmerksam eine Menge Dinge anzuhören, die ihn nicht im mindesten interessierten! Wie, zum Teufel, war er nur in diesen Schlamassel geraten?

Draußen im Zuschauerraum standen die ersten Leute auf und gingen. Doris' alte Chefin Nadeshda blieb und verfolgte neugierig das Geschehen. Oscar und die Ratssekretärin machten sich eine Menge Notizen. Die Sitzung schleppte sich weiter.

Kevins Konzentration begann nachzulassen. Der lange

Tag, der Champagner ... es war schön und warm, und die Stimmen waren alle so ruhig und einschläfernd ...

Schläfrig, ja.

Sehr, sehr schläfrig.

Wie peinlich!

Und doch so müde. Total schlaff. Bei seiner ersten Ratsversammlung. Aber es war so schön, so warm ...

Schlaf nicht ein! O mein Gott.

Er kniff sich selbst. Sahen die Leute es, wenn man ein Gähnen unterdrückte? Er hatte sich das nie so genau überlegt.

Worüber redeten sie jetzt? Er war sich noch nicht einmal sicher, über welchen Punkt der Tagesordnung gerade diskutiert wurde. Mit einer ungeheuren Willensanstrengung versuchte er sich zu konzentrieren.

»Punkt siebenundzwanzig«, sagte Alfredo, und für einen kurzen Moment hatte Kevin Angst, daß Alfredo ihn mit einem wölfischen Grinsen ansehen würde. Aber er las weiter. Ein paar wasserverwaltungstechnische Kleinigkeiten, darunter die Nominierungen des Stadtplanungsbüros zweier neuer Mitglieder für den Wassermeister. Kevin hatte keinen der beiden Namen jemals gehört. Immer noch benommen schüttelte er den Kopf. Wassermeister. Als Kind war er von dieser Bezeichnung fasziniert gewesen. Zu seiner Enttäuschung hatte er erfahren müssen, daß es sich nicht um eine einzelne Person handelte, die bestimmte magische Kräfte besaß, sondern es war nur der Name für einen Rat, ein Komitee, irgendein Gremium innerhalb eines grenzenlosen Systems von Gremien. Kevin wußte nicht, was diese Wassermeister in ihrem Bezirk taten. Aber etwas, so spürte er, war seltsam. Vielleicht die Tatsache, daß Alfredo ihre Namen nicht gekannt hatte. Und dann, drüben am Seitentisch, hatte Oscar den Kopf leicht zur Seite geneigt. Er beobachtete sie noch immer mit einem Pokergesicht, doch etwas hatte sich in seiner Haltung verändert. Es war so, als habe die Statue des schlafenden Buddha ein Auge geöffnet und neugierig herausgeschaut.

»Wer sind sie?« krächzte Kevin. »Wer sind die Kandidaten?«

Alfredo meisterte die Unterbrechung genauso wie Ramona, wenn sie auf dem Spielfeld eine schlechte Aktion gezeigt hatte, nämlich elegant und schnell. Er beschrieb die beiden Kandidaten. Einer war ein Partner von Matt. Der andere war ein Mitglied des Gremiums für Wasserbau des OC Water District.

Kevin hörte unsicher zu. »Und wie ist ihre politische Zugehörigkeit?«

Alfredo zuckte mit den Achseln. »Ich glaube, es sind Feds, aber was heißt das schon. Es ist kein politischer Posten.«

»Du machst wohl Witze«, sagte Kevin. Wasser, nicht politisch? Alle Schläfrigkeit war verflogen, und er sah sich den Text von Punkt 27 an. Eine Menge Einzelheiten. Indem er Alfredos Aufforderung zu einer Erklärung ignorierte, las er weiter. Überprüfung der Angaben über Wasserförderung der Brunnen im Distrikt, Prüfung der Jahresberichte über die Grundwasserverhältnisse (gut). Ein Dankesbrief an die OCWD für Gelände im Crawford Canyon, das der Stadt im vergangenen Jahr geschenkt wurde. Eine schriftliche Anfrage von seiten des Stadtplanungsrates nach weiteren Informationen zum Angebot des Metropolitan Water District, andere Städte mit mehr Wasser zu versorgen …

Doris stieß ihm den Ellbogen in die Rippen.

»Was meinst du?« wiederholte Alfredo zum drittenmal.

»Wasser ist immer etwas Politisches«, sagte Kevin geistesabwesend. »Sag mal, packst du immer so viele Einzelheiten in einen einzigen Tagesordnunsgpunkt?«

»Sicher«, sagte Alfredo.

Aber Oscars Kopf zuckte eine Winzigkeit nach links, genau wie eine Buddha-Statue, die zum Leben erwacht.

Wenn ich doch nur mehr darüber wüßte … »Was bedeutet dieses Angebot des MWD?«

Alfredo schaute auf die Tagesordnung. »Ach. Das war vor

einigen Sitzungen. MWD haben ihre Zuteilungsmenge aus dem Colorado per Gerichtsbeschluß erhöht bekommen, und sie würden das Wasser gerne verkaufen, ehe die Columbia-Leitung fertiggestellt ist. Das Planungsbüro hat entschieden, daß wir, wenn wir mehr von MWD beziehen, die Strafen des OC Water District für die Mehrentnahme von Grundwasser vermeiden können. Und am Ende sparen wir damit sogar noch Geld. Und MWD steckt ziemlich in der Klemme – wenn die Columbia-Leitung fertiggestellt ist, dann wird es ein richtiger freier Markt mit Angebot und Nachfrage. Im Grunde ist es das heute schon, ein freier Markt.«

»Aber soviel pumpen wir hier aus dem Grundwasser doch gar nicht hoch.«

»Nein, aber die Pumpsteuern für Mehrentnahmen sind empfindlich. Mit dem Wasser von MWD können wir jede Überförderung selbst sofort ausgleichen und damit die Steuer vermeiden.«

Kevin schüttelte verwirrt den Kopf. »Aber zusätzliches Wasser von MWD bedeutet doch, daß wir niemals eine Mehrentnahme haben.«

»Genau. Das ist doch der Punkt. Außerdem ist es nur eine Anfrage und Bitte um weitere Informationen.«

Kevin ließ sich das durch den Kopf gehen, In seinem Gewerbe mußte er sich oft Wassergenehmigungen besorgen, daher wußte er ein wenig darüber Bescheid. Wie viele Städte im Süden Kaliforniens kauften sie den größten Teil ihres Wasser vom Los Angeles Metropolitan Water District, der es vom Colorado heranpumpte. Aber viel mehr wußte er nicht, und diese Sache …

»Welche Informationen haben wir denn jetzt? Gibt es eine Zahl für die Mindestabnahme?«

Alfredo bat Mary, ihnen den Originalbrief von MWD vorzulesen, und sie suchte ihn und las. Kevin sagte: »Das ist viel mehr Wasser, als wir brauchen. Was hast du damit vor?«

»Nun«, erwiderte Alfredo, »wenn es anfangs irgendwelchen Überschuß gibt, können wir ihn dem Wassermeister des Distrikts verkaufen.«

Wenn, dachte Kevin. Anfangs. Irgend etwas ist an der Sache sonderbar ...

Doris beugte sich auf ihrem Platz vor. »Steigen wir jetzt ins Wassergeschäft ein? Was ist eigentlich mit dem Beschluß, die Abhängigkeit von MWD zu reduzieren?«

»Das ist doch nur ein Brief, in dem um Informationen gebeten wird«, sagte Alfredo beinahe ungehalten. »Wasser ist ein sehr kompliziertes Thema, und es wird ständig teurer. Unser Job ist es, es so billig wie möglich herbeizuschaffen.« Er schaute zu Matt Chung, dann in seine Notizen.

Kevin ballte die Fäuste. Sie führten irgend etwas im Schilde. Er wußte nicht, was es war, aber er war sich plötzlich dessen ganz sicher. Sie hatten versucht, diesen Punkt an ihm vorbeizuschmuggeln, während seiner ersten Ratssitzung, in der er noch etwas durcheinander, müde und leicht betrunken war.

Alfredo erzählte etwas über Trockenheit. »Braucht man eigentlich für diese Angelegenheit nicht ein Gutachten über die Umweltfolgen?« fragte Kevin und schnitt ihm das Wort ab.

»Wegen einer simplen Anfrage?« fragte Alfredo beinahe sarkastisch.

»Okay, okay. Aber ich habe vor diesem Rat gestanden, um die Erlaubnis für zwei Treibhäuser und einen Hühnerstall zu bekommen, und ich mußte ein Umweltgutachten vorlegen – daher werden wir so etwas sicherlich auch anläßlich solcher grundlegender Veränderungen haben müssen.«

Alfredo sagte: »Es ist doch nur Wasser.«

»Scheiße, du machst wohl Witze!« rief Kevin verärgert.

Doris stieß ihn mit dem Ellbogen an, und er erinnerte sich wieder daran, wo er war. Er starrte auf den Tisch und errötete. Unter den Zuschauern wurde aufgeregt geflüstert.

Kevin blickte zu den anderen Ratsmitgliedern. Matt

machte ein finsteres Gesicht. Die anderen schauten besorgt und verwirrt drein. »Sieh doch«, sagte Kevin. »Ich weiß nicht, wer die Kandidaten sind, und ich kenne die Einzelheiten des Angebots von MWD nicht. In einem solchen Stadium kann ich mich zu Tagesordnungspunkt Siebenundzwanzig nicht äußern, und ich möchte, daß wir die Diskussion darüber bis zur nächsten Sitzung verschieben.«

»Ich bin ebenfalls dafür«, sagte Doris.

Alfredo erweckte den Anschein, als wollte er dem widersprechen. Doch er fragte nur: »Dafür?«

Doris und Kevin hoben die Hände. Dann auch Hiroko und Jerry.

»Okay«, sagte Alfredo achselzuckend. »Das wär's dann für heute.«

Er schloß die Sitzung ohne weitere Umstände und sah kurz zu Matt, während sie aufstanden.

Sie hatten tatsächlich gehofft, irgend etwas durchzubringen, dachte Kevin. Aber was? Wut brandete wieder in ihm auf: Alfredo war ein verschlagener Bursche.

Ihr neuer Anwalt baute sich vor ihnen auf. Der Buddha stand. »Kommen Sie vorbei, um sich mein Haus anzusehen?«

»Aber ja«, sagte Kevin etwas geistesabwesend.

Oscar nannte ihm die Adresse. »Vielleicht kommen Sie und Miß Nakajama zum Frühstück. Dann können Sie sich das Haus ansehen, und ich kann Ihnen vielleicht auch ein paar Aufklärungen hinsichtlich der heutigen Tagesordnung geben.«

Kevin sah ihn schnell an. Das Gesicht des imposanten Mannes war völlig ausdruckslos; dann flatterten seine Augenbrauen wie Krähenflügel. *Bedeutsam*. Das Mondgesicht glättete sich wieder.

»Okay«, sagte Kevin. »Wir kommen.«

»Ich erwarte Sie. Kommen Sie, wann es Ihnen paßt.«

Er radelte durch die Nacht nach Hause. Die lange Sitzung war vorbei. Kevin hatte noch einiges Werkzeug zu Hank bringen müssen, und Doris und Nadeshda waren direkt nach Hause gefahren, deshalb war er jetzt allein.

Kühle Luft, die tanzende Fahrradlampe, das gelegentliche Sirren der Kette beim Schalten. Überall der Duft der Orangenblüten, gemischt mit Eukalyptus und unterlegt mit Salbei: das Aroma von El Modena. Seltsam, daß zwei der drei Gerüche eingewandert waren, genauso wie sie alle. Zusammen machten sie ihn benommen ...

Immer noch ein wenig betrunken, spürte Kevin, wie der Duft der Landschaft ihn erfüllte. Er war leicht wie ein Ballon. Plötzliche Freude in dieser kühlen Frühlingsnacht. Gott existierte in jedem Atom, wie Hank immer sagte, in jedem Molekül, in jedem Teil der materiellen Welt, so daß er mit jedem Atemzug Gott in sich hineinsog. Und manchmal fühlte es sich wirklich so an, wenn er Nägel in ein neues Gerüst hämmerte, wenn er durch den Himmel sauste, durch die Nacht radelte und die schwarzen Berge um ihn herum aufragten ... Er kannte das Aussehen eines jeden dunklen Baums, an dem er vorbeikam, kannte jede Biegung des Weges, und für einen langen Moment, während er dahinrollte, fühlte er sich als Teil von all dem.

Kevins Oberschenkel waren nach dem nachmittäglichen Flug etwas steif geworden, und indem er sie abtastete, sah er Ramonas Beine vor sich. Lange Muskeln, glatte braune Haut. Rumms, das Gestell des ultraleichten Fliegers erzitterte unter all der Wut und Qual. Sie hing immer noch an Alfredo, keine Frage.

Er bog nach links ab und nach Hause, strampelte die kleine Straße hinauf. Er wohnte in einem großen alten umgebauten Apartmentblock, der ursprünglich in Hufeisenform um einen Swimmingpool gebaut worden war. Er hatte den Umbau selbst vorgenommen und betrachtete ihn noch immer als eine seiner besten Arbeiten; ein großes, zeltartiges Gebilde, das von Licht erfüllt war und einem ganzen Clan Platz bot. Seine Hausgenossen, die Nachbarn darin, seine wahre Familie.

Ein letzter schmerzhafter Tritt in die Pedale, ein Ziehen in den Oberschenkeln, eine kurze Abfahrt zum Fahrradständer am offenen Ende des Hufeisens. Oben war das Fenster von Tomas wie immer erleuchtet, er saß dort vor seinem Computerschirm und arbeitete. Gestalten bewegten sich am großen Küchenfenster vorbei, bestimmt Donna und Cindy, die sich unterhielten und den Kindern beim Geschirrspülen zusahen.

Das Gebäude stand in einem Avokadohain am Fuß des Rattlesnake Hill, eine der letzten Erhebungen der Berge von Santa Ana, bevor sie in einem einzigen langen Schwung zum Meer abfielen. Der dunkle Buckel des Berges darüber, bedeckt mit Krüppeleichen und Salbei. Sein Zuhause unter dem Berg. Sein Berg, der Mittelpunkt seines Lebens, sein eigener wuchtiger Hügel aus Sandstein und Salbei.

Er schob das Vorderrad seines Mountainbikes in den Ständer. Indem er sich zum Haus umdrehte, gewahrte er etwas und verharrte. Eine Bewegung.

Etwas war da draußen im Wald. Er blinzelte gegen die beiden hellen Lichtquadrate der Küchenfenster an. Da war es: ein schwarzes Gebilde, zwischen den Bäumen, ungefähr in der Waldmitte. Es verhielt sich ebenfalls still, und er hatte plötzlich das Gefühl, daß es ihn ebenfalls beobachtete. Groß und irgendwie menschenähnlich. Zu dunkel, um es genau zu erkennen.

Es bewegte sich. Zur Seite, war dann verschwunden, zwischen den Bäumen. Völlig lautlos.

Kevin atmete aus. Ein sachtes Kitzeln auf seiner Wirbelsäule, zwischen den Härchen in seinem Nacken. Was zum ...?

Ein langer Tag. Da draußen nichts als Nacht. Er schüttelte den Kopf, ging hinein.

2

März 2012, 8.00 Uhr morgens. Ich beschloß, daß ich mein Buch draußen schreiben würde. Unglücklicherweise schneit es heute. Der Balkon über uns bildet jedoch eine Art Dach, daher halte ich an meinem Entschluß fest. Fahre den Computertisch nach draußen, schließe die Verlängerungsschnur an, hole den Sessel. Sitze da in meinen Daunenstiefeln, der Jagdhose, der Daunenjacke, der Daunenmütze. Schalte ein und hämmere los. Die beste Stunde für den Geist. Meine Hände sind kalt.

»Stark bewölkt, Schnee.« *Wir haben die Sonne das ganze Jahr über nicht gesehen; sogar die Züricher stöhnen. Plötzlich kommt ein Traum zurück: Owens Valley im Kleid der Frühlingsblumen.*

Ich schreibe ein Utopia. Bestimmt ist es eine Art Kompensation, ein Versuch, dort Erfolg zu haben, wo ich in meiner eigentlichen Arbeit versagt habe. Oder wenigstens ein Versuch, meine Überzeugungen, meine Sehnsüchte zu klären.

Ich erinnere mich an mein Jurastudium, denke daran, daß Recht und Gesetz die Art und Weise bestimmen, wie die Welt geführt wird, daß ich, wenn ich alles darüber lerne, die Dinge verändern könnte. Dann das Büro der Pflichtverteidiger, die Flut von Fällen, die tägliche Tretmühle. Die Erkenntnis, daß nichts von dem, was ich dort leistete, irgend etwas verändern würde. Und es war nicht viel besser als beim CLE oder die Prozesse für die sozialistische Partei, von der nur noch traurige Überreste vorhanden waren. So viele Angriffe aus so vielen Richtungen, wir konnten froh sein, wenn wir all das Gute erhalten konnten, das bereits existierte. Keine Chance, etwas zu verbessern. Nichts anderes als Durchhalten, so lange es ging. Es war wirklich ein Segen, als dieses medizinische Auslandsstipendium Pams mir die Möglichkeit bot aufzuhören.

Nun verändere ich die Welt in meinem Kopf.

Unser Balkon geht auf einen kleinen Hof hinaus, der von stabilen Klinkerbauten umgeben ist. Eine mächtige Linde überragt kleinere Bäume und Sträucher. Nasse schwarze Äste ragen in den weißen

Himmel. Unter mir stehen zwei immergrüne Bäume, einer erinnert an eine Stechpalme, der andere ist so etwas wie ein Wacholder; die Vögel drängeln sich dort, aufgeplusterte zitternde Federkugeln, die ständig zwitschern. Zwischen zwei Gebäuden ein Stück Zürich. Großmünster und Frauenmünster und ihre kupfergrünen Türme, der stahlgraue See, die großen Steinbauten der Universität, die Banken, die mittelalterliche Stadt. Das eiserne Rattern einer Straßenbahn, die den Berg hinabrollt.

Ich schreibe ein Utopia in einem Land, das so effizient funktioniert wie die blauen Straßenbahnen Zürichs, und alles in einem Land mit vier Sprachen, zwei Religionen, einer nahezu nutzlosen, unbrauchbaren Landschaft. Konflikte, die die Welt zerreißen, werden hier mit kühlster Vernunft geregelt, so als lösten Ingenieure ein Problem der Materialermüdung. Wieviel Druck kann die Gesellschaft ertragen, ehe sie zusammenbricht, Dr. Science? Fragen Sie die Schweizer.

Vielleicht sind sie darin zu gut. Flüchtlinge drängen herein, Ausländer machen nahezu die Hälfte der Bevölkerung aus, heißt es, und so hat die Nationale Aktion einige Wahlen gewonnen und ist Teil der Regierungskoalition. Mit Tendenz nach oben. Die Schweiz wieder den Schweizern! rufen sie. Und tatsächlich erhielten wir gestern eine Einladung von der Fremdenkontrolle der Stadt Zürich. Es sei Zeit, wieder mal unsere Fremdenausweise zu verlängern. Das muß mittlerweile alle vier Monate geschehen. Ich bin mal gespannt, ob sie diesmal versuchen, uns rauszuschmeißen.

Im Augenblick ist alles ruhig. Weiße Flocken schweben herab. Ich schreibe auf einer kleinen Insel der Ruhe in einer vom Wahnsinn erfüllten Welt. Vielleicht hilft es mir, daß mir meine Zukunft plausibler erscheint – vielleicht, wenn ich mich an die Schweiz erinnere, erscheint sogar das möglich.

Aber so etwas wie eine Insel der Ruhe gibt es nicht.

Am nächsten Morgen begleitete Nadeshda Kevin und Doris bei ihrem Besuch beim Oscar Baldarramma. Sie radelten durch dichten Verkehr (Stimmen, quietschende Bremsen, surrende Kettenwerfer) und rollten Oscars Straße hinunter, wobei sie durch die Schatten bernsteinfarbener Alleebäume fuhren, so daß es schien, als blinkte der Morgen.

Oscars Haus wurde von Zitronen- und Avokadobäumen flankiert. Nicht abgeerntete Zitronen lagen verfaulend im Unkraut und verliehen der Luft ein süßsaures Aroma. Das Haus selbst war ein alter Vorstadtbau mit viel Stuck und Holz und mit einem Dach aus Betonziegeln. Eine separate Garten- und Fahrradhütte stand unter einem Avokadobaum auf dem hinteren Teil des Grundstücks, und ein Stück des Hausdachs stand vor dem Schuppen vor: »Eine Behelfsgarage«, sagte Kevin und betrachtete die Anordnung interessiert. »Ziemlich selten.«

Oscar empfing sie in einem Hawaiihemd mit grellen gelben und blauen Querstreifen und in einer roten Shorts. Er ignorierte Doris' übertriebenes geblendetes Blinzeln und führte sie durch das Haus. Es war ein typisches Einfamilienhaus, wie es um 1950 gebaut wurde. Doris bemerkte, daß es ziemlich groß sei für eine Person, und Oscar ging leicht in die Knie und machte einen großen Schritt zur Seite. Dann wackelte er heftig mit den Augenbrauen und winkte mit einer unsichtbaren Zigarre. »Gäste sind jederzeit herzlich willkommen.«

Kevin und Doris starrten ihn an, und er richtete sich wieder auf. »Groucho Marx«, erklärte er.

Kevin und Doris sahen einander an. »Den Namen habe ich schon mal gehört«, sagte Doris. Kevin nickte.

Oscar sah zu Nadeshda, die grinste. Sein Mund formte ein kleines O. »In diesem Fall …«, murmelte er und wandte sich ab, um ihnen das nächste Zimmer zu zeigen.

Als der Rundgang beendet war, fragte Kevin, was Oscar sich denn vorgestellt hatte.

»Das übliche.« Oscar machte eine ausholende Geste. »Große durchsichtige Wände, die es einem unmöglich machen zu entscheiden, ob man drinnen oder draußen sitzt, ein Atrium, drei Stockwerke hoch, vielleicht eine Voliere, solare Klimaanlage und Kühlung und Müllvernichtung, ein paar Bananenbäume und Zimtbüsche, eine Treppe mit goldenen Geländern, eine Bibliothek für zwanzigtausend Bücher und eine absolut wartungsfreie Lebensmittelversorgung.«

»Sie wollen keinen Garten?« fragte Doris.

»Ich hasse Gartenarbeit.«

Doris verdrehte die Augen. »Das ist dumm, Oscar.«

Oscar nickte ernst. »Ich bin ein dummer Junge.«

»Woher wollen Sie Ihr Gemüse beziehen?«

»Ich kaufe es. Vielleicht erinnern Sie sich noch an diese Methode.«

Doris betrachtete den Hof hinter dem Haus in eisigem Schweigen. Kevin versuchte, Oscar dazu zu bringen, ernsthaft von seinen Vorlieben zu erzählen, doch er hatte wenig Erfolg damit. Oscar sprach von Bibliotheken, von Holzverkleidungen, offenen Kaminen, gemütlichen kleinen Nischen, wo man sich an langen Winterabenden verkriechen konnte ... Kevin versuchte zu erklären, daß die Winterabende und -nächte in dieser Gegend überhaupt nicht so lang dauerten und so kalt waren. Daß er in einer Weise arbeitete, die weiten, offenen Räumen den Vorzug gab, daß er Häuser baute, die als fast völlig autarke kleine Farmen funktionierten. Oscar schien das auch zu gefallen, doch er äußerte stets die gleichen Wünsche. Kevin kratzte sich am Kopf und betrachtete ihn mit zusammengekniffenen Augen. Ein Buddah, der redete.

Schließlich sprach Nadeshda Oscar auf die Ratssitzung vom vergangenen Abend an.

»Also ... ich weiß nicht, wie weit Sie über die hiesige Wassersituation informiert sind.«

Sie stellte sich in Positur, als hielte sie einen Vortrag. »Der amerikanische Westen beginnt dort, wo die jährliche Regenmenge unter fünfundzwanzig Zentimeter sinkt.«

»Genau.«

Und deshalb, fuhr Oscar fort, war ein Großteil der Vereinigten Staaten eine Wüstenzivilisation; und genauso wie alle anderen früheren Wüstenzivilisationen stand sie in der Gefahr, unterzugehen, wenn die Wasserversorgung ins Stocken geriet. Zur Zeit lebten um die fünfzig Millionen Menschen im amerikanischen Westen, wo die natürlichen Wasservorräte vielleicht zwei oder drei Millionen versorgen konnten. Doch auch die größten Stauseen versandeten, und der größte Teil des Westens, der sich nicht mit Oberflächenwasser versorgte, förderte sein Grundwasser wie Öl zutage – Tausende von Jahren immer wieder neuer Regenfälle, die sich dort angesammelt hatten, in weniger als einem Jahrhundert aus der Erde geholt. Die großen Wasserlagerstätten trockneten aus, und die Stauseen waren immer weniger gefüllt; dabei wurden Dürreperioden, in dem sich erwärmenden Klima, immer häufiger. Daher wurde die Suche nach Wasser immer dringlicher.

Die Lösung war ein wahrhaft gigantisches Projekt, das dem technischen Corps der Armee überaus gut gefiel. Oben im Nordwesten transportierte der Columbias River alljährlich enorme Mengen an Wasser in den Pazifik. Washington, Oregon und Idaho protestierten heftig, indem man sich daran erinnerte, wie Owens Valley eingegangen war, als Los Angeles sich die Rechte an seinem Wasser verschafft hatte; doch der Columbia führte mehr als hundertmal soviel Wasser, wie diese Staaten jemals brauchen würden, und den anderen Staaten im Süden ging es wirklich an den Kragen. Das Technische Corps begeisterte sich für die Idee: Dämme, Stauseen, Rohrleitungen, Kanäle – ein Multi-Milliarden-Dollar-System, durch das die im Sand erstickenden Zivilisationen im Süden gerettet würden. Grandios! Wundervoll! Was könnte schöner sein? »Es ist genau das, was wir in Kalifornien seit Jahren tun; anstatt dorthin zu gehen, wo das Wasser ist, bringen wir das Wasser zu den Menschen.«

Nadeshda nickte. »Wir haben diese Tradition auch in

unserem Land. Es gab einen Plan, die Wolga umzudrehen, das ganze System, und sie zwecks Bewässungsmaßnahmen nach Süden fließen zu lassen. Erst als man davon ausgehen mußte, daß sich dadurch auch das Weltklima verändern würde, wurde der Plan aufgegeben.« Sie lächelte. »Vielleicht fehlte auch nur das Geld. Wie dem auch sei, was hatte der Punkt auf der Tagesordnung gestern abend zu bedeuten?«

»Ich weiß es nicht genau, aber es gab zwei Dinge, die ich sehr interessant fand. Das eine war die Anfrage an den Metroplitan Water District von Los Angeles, der den größten Teil des Wassers für die Stadt aus der Colorado-Pipeline bezieht. Zweitens die Nominierungen für den Wassermeister. Einerseits sieht es aus wie der Versuch, mehr Wasser nach El Modena zu holen; andererseits ist es ein Versuch, seine Nutzung zu kontrollieren, wenn es hier eintrifft. Sie verstehen?«

Seine Gäste nickten. »Und was hat es mit diesem Angebot aus Los Angeles auf sich?« wollte Nadeshda weiter wissen.

Der Hauch eines Lächelns glitt über Oscars Gesicht. »Als die Gerichte ursprünglich das Wasser des Colorado den Staaten zuteilten, die von ihm berührt werden, stützten sie sich bei der Berechnung der jährlich durch den Fluß fließenden Wassermenge auf ein regenreiches Jahr. In jedem darauffolgenden Jahr hatten sie zu wenig, und die Staaten kämpften verbissen um das, was an Wasser vorhanden war. Um das Problem zu lösen, kürzte die Regierung alle Anteile der Staaten proportional. Aber Kalifornien – um genau zu sein, der MWD – erkämpfte sich vor kurzem seinen Anspruch auf die alte Menge.«

»Warum denn das?«

»Nun, erstens, sie hatten ihre Rechte am längsten wahrgenommen und völlig ausgeschöpft, was der Forderung Nachdruck verlieh. Und zweitens herrschte die Meinung vor, daß die Columbia-Pipeline die Probleme der konkurrierenden

Staaten lösen wird, so daß sie kein Coloradowasser mehr brauchten. Daher hat der MWD mehr Wasser, als er seit Jahren je gehabt hat, und da diese Rechte daran durch den entsprechenden Verbrauch zusätzlich gesichert werden, sind sie daran interessiert, daß ihr neues Wasser so schnell wie möglich gekauft und verbraucht wird. Alle Kunden im Süden Kaliforniens bekommen mehr Wasser angeboten. Die meisten lehnen ab, und deshalb wird der MWD nervös.«

»Warum lehnen die meisten ab?«

»Sie haben, was sie brauchen. Es ist eine Methode der Wachstumskontrolle. Wenn sie das Wasser nicht zur Verfügung haben, können sie sich ohne zusätzliche Maßnahmen nicht vergrößern. Man nennt das die Santa Barbara-Strategie.«

»Aber unser Bürgermeister will das Wasser haben.«

»Offenbar.«

»Aber warum?« fragte Kevin.

Oscar schürzte die Lippen. »Nun ja, ich hab da etwas gehört.«

Plötzlich drehte er sich nach rechts und nach links und imitierte auf spaßig groteske Weise jemanden, der Ausschau nach Spionen hält. Mit leiser Verschwörerstimme sagte er dann: »Kurz nach meiner Ankunft in der Stadt aß ich im Le Boulangerie, wo ich Stimmen aus der Nische nebenan hörte ...«

»Sie haben gelauscht!« rief Doris aus.

»Ja.« Oscar schnitt ihr eine furchtbare Grimasse. »Ich konnte nichts dafür. Verzeihen Sie mir. Bitte.«

Doris schüttelte den Kopf.

Oscar fuhr fort: »Später stellte ich fest, daß die Stimmen Ihrem Bürgermeister und jemandem namens Ed gehörten. Sie unterhielten sich über einen Neubaukomplex, in dem es Labors und Büros und Läden geben sollte. Novagene und Heartech wurden als mögliche Mieter erwähnt.«

»Alfredo und Ed Macey leiten Heartech«, klärte Doris ihn auf.

»Ach so.«

»Haben Sie auch gesagt, wo sie bauen wollen?« fragte Kevin.

»Nein, einen genauen Ort nannten sie nicht sofort – obgleich Mr. Blair meinte ›Sie wollen den Ausblick‹. Vielleicht meint er damit irgendwelche Berge. Aber wenn jemand ein solches Projekt in El Modena realisieren will, dann wird auch mehr Wasser gebraucht. Und als ich gestern abend den Punkt siebenundzwanzig auf der Tagesordnung sah, fragte ich mich, ob das nicht der erste kleine Schritt in diese Richtung sein könnte.«

»Diese hinterlistige Ratte!« schimpfte Doris.

»Mir erschien das alles hinreichend öffentlich«, widersprach Oscar ihr.

Doris funkelte ihn wütend an. »Ich nehme an, Sie berufen sich in dieser Sache auf Ihre anwaltliche Neutralität, oder?«

Kevin krümmte sich innerlich. Tatsache war, daß Doris Anwälten gegenüber Vorurteile hatte. Wir ersticken in Anwälten, sagte sie immer, sie tun nichts anderes, als immer neue Entschuldigungen für sich selbst zu erfinden. Wir sollten sie alle erst mal als Ökologen ausbilden, ehe wir sie auf die juristischen Fakultäten lassen. Sie brauchen anständige Werte.

Aber sie absolvieren doch Kurse in Ökologie, erklärte Hank ihr dann. Das gehört zu ihrer Ausbildung.

Nun, viel scheinen sie da aber nicht zu lernen, sagte Doris. Diese verdammten Parasiten!

Jetzt, in Oscars Gegenwart, war sie eisig und zurückhaltend; sie benutzte das Wort »anwaltlich« nur mit einem Hauch von spöttischem Unterton und beließ es dabei.

Obgleich er gewiß den Spott wahrgenommen hatte, betrachtete Oscar sie leidenschaftslos. »Ich bin kein neutraler Mann«, sagte er, »egal, in welchem Sinn man das Wort benutzt.«

»Wollen Sie, daß das Projekt gestoppt wird?«

»Bisher ist es nur eine Vermutung, daß so etwas geplant ist. Ich möchte gerne mehr darüber in Erfahrung bringen.«

»Aber wenn es ein größeres Bauvorhaben gibt, das in den Bergen durchgeführt werden soll?«

»Das kommt darauf an ...«

»Es kommt darauf an!«

»Ja, es kommt darauf an, wo es liegt. Ich möchte nicht, daß irgendwelche leeren Gipfel abgetragen und bebaut werden. Es gibt davon nicht mehr viele.«

»Eigentlich kaum welche«, sagte Kevin. »Wirklich, um sich El Modena und seine Umgebung von oben anzusehen, gibt es eigentlich nur den Rattlesnake Hill ...«

Er und Doris starrten einander sprachlos an.

Oscar servierte ihnen ein üppiges Frühstück aus französischem Toast und Würstchen, aber Kevin hatte nur wenig Appetit. Sein Berg, sein Sandsteinrefugium ...

Als sie fertig waren, meinte Nadeshda: »Angenommen, der Rattlesnake Hill ist Alfredos Ziel, was können Sie tun, um ihn aufzuhalten?«

Oscar erhob sich von seinem Stuhl. »Das Gesetz liegt in unserer Hand wie ein Totschläger!« Er hieb mit der Hand heftig in die Luft. »Wenn wir es richtig benutzen.«

»Ich sehe schon, der Weltmeister der Schattenboxer«, murmelte Doris.

Kevin sagte: »Sie können sich darauf verlassen, daß wir es richtig benutzen.«

»In dem Wasserproblem steckt einiges an Möglichkeiten«, sagte Oscar. »Ich bin kein Fachmann darin, aber ich weiß, daß das Wassergesetz von Kalifornien der reinste Sumpf ist. Wir könnten uns darin bewegen wie das Monster der schwarzen Lagune.« Er humpelte durch die Küche, um seine Strategie zu illustrieren. »Und ich habe eine Freundin in Bishop, mit der wir reden sollten. Sie heißt Sally Tallhawk, und sie lehrt an der Rechtsakademie. Sie saß bis vor kurzem im Staatlichen Komitee zur Kontrolle der Wasservorräte, und sie weiß mehr über die derzeitigen Wassergesetze als jeder andere. Ich bin in Kürze dort – wir könnten sie mal fragen.«

Nadeshda sagte: »Wir müssen mehr über die Pläne des Bürgermeisters in Erfahrung bringen.«

»Ich weiß nicht, wie wir das anstellen sollen.«

»Ich aber«, sagte Kevin. »Ich gehe einfach zu Alfredos Haus hoch und frage ihn!«

»Direkt«, stellte Oscar fest.

Doris sagte: »Als Alternative bietet sich an, uns unter sein Fenster zu schleichen und ihn zu belauschen, bis wir hören, was wir wissen wollen.«

Oscar blinzelte. »Es geht nichts über eine kleine Konfrontation«, sagte er zu Kevin.

»Wohnt Thomas Barnard nicht in dieser Gegend?« fragte Nadeshda.

»Das ist mein Großvater«, meinte Kevin überrascht. »Er lebt oben in den Bergen.«

»Vielleicht kann er helfen.«

»Nun, vielleicht, ich meine, sicher, aber ...«

Kevins Großvater hatte als Anwalt und Politiker eine große Karriere hinter sich, und er war während der Wirtschaftsreformen in den zwanziger und den dreißiger Jahren eine prominente Persönlichkeit gewesen.

»Er war ein guter Anwalt«, sagte Nadeshda. »Einflußreich. Er wußte, wie man Dinge in Bewegung setzt.«

»Sie haben recht.« Kevin nickte. »Das ist wirklich eine gute Idee. Es ist nur so, daß er der reinste Einsiedler ist. Ich habe ihn schon lange nicht mehr gesehen.«

Nadeshda hob die Schultern. »Irgendwann werden wir alle etwas sonderbar. Ich würde ihn trotzdem gerne sprechen.«

»Sie kennen ihn?«

»Ich habe ihn mal getroffen, vor langer Zeit.«

Also erklärte Kevin sich einverstanden, sie zu ihm zu bringen.

Ehe sie wieder gingen, zeigte Oscar ihnen seine Bibliothek, die in einer Unmenge von Pappkartons aufbewahrt war; ein ganzer Raum war voll davon. Kevin schaute in einen Karton und entdeckte eine Biographie von Lou Gherig. »Hey, Oscar, Sie sollten unserem Softballteam beitreten!«

»Nein, danke. Ich hasse Softball.«

Doris schnaubte. »Wie bitte?« fragte Kevin. »Warum?«

Oscar nahm eine kriegerische Haltung ein. Und knurrte unwirsch: »Die Welt spielt Hardball, Claiborne.«

Die Welt spielt Hardball. Sicher, und er kam damit durchaus zurecht. Aber nicht seinen Berg, nicht Rattlesnake Hill!

Es war nicht nur so, daß er hinter seinem Haus stand, was ja stimmte und auch wichtig war; aber es war sein Ort. Es war ein unbedeutender kleiner runder Hügel am Ende der El-Modena-Berge, rissiger Sandstein, bedeckt mit Buschwerk und einem kleinen Wäldchen, das von der Grundschulklasse seines Großvaters vor vielen Jahren gepflanzt worden war. Dort stand er, der einzige freie Berggipfel in der Gegend, denn der Hügel gehörte seit Jahrzehnten dem Orange County Water District, der seine Finger davon ließ.

Und niemand schien dort hinaufzusteigen außer ihm. Oh, gelegentlich fand er eine leere Bierdose oder anderes, das auf dem Gipfel weggeworfen worden war. Aber der Berg war immer leer, wenn er dort hinaufging – völlig still bis auf Insektengeräusche, heiß, staubig und manchmal mit einer sonnigen ruhigen Aura erfüllt, als würde er von einem alten indianischen Berggeist bewohnt, klein, aber mächtig.

Er ging dort hinauf, wenn er draußen unter freiem Himmel arbeiten wollte. Er nahm seinen Zeichenblock mit zu seinem Lieblingsplatz am westlichen Rand des Wäldchens, und dann saß er da und schaute hinaus über die Ebene und zeichnete Zimmer, Pläne, Innenräume, Außenfassaden. Das hatte er die meiste Zeit seines Lebens getan, hatte dort eine ganze Menge Hausarbeiten während seiner Schulzeit angefertigt. Er war durch die ausgetrockneten Flußläufe auf der westlichen Seite hinaufgeklettert, er hatte Steine vom Gipfel hinuntergeworfen, er war dem Verlauf einer alten Landstraße gefolgt, die auf die Spitze geführt hatte. Er ging dorthin, wenn er sich träge fühlte, wenn er nur in der Sonne sitzen und spüren wollte, wie die Erde sich unter ihm drehte. Er ging mit Freundinnen dorthin, abends, wenn ihm romantisch zumute war.

Nun ging er hinauf und setzte sich auf seinen Platz. Es war Mittag, die Luft war heiß und erfüllt mit Staub und Salbeiöl. Er fuhr mit den Händen über das Erdreich, über die scharfkantigen Sandsteinbrocken. Er nahm sie hoch und rieb sie in seinen Händen gegeneinander. Er konnte sein übliches Gefühl ruhigen Friedens nicht wecken, dieses Gefühl der Verbundenheit mit dem Erdboden unter ihm; und dieses sich auffaltende Gefühl der Leichtigkeit, diese Epiphanie, die er verspürt hatte, als er kürzlich nachts nach Hause geradelt war. Sie verweigerte sich ihm total. Er war einfach zu unruhig. Er konnte nur dasitzen und die Erde berühren und sich Sorgen machen.

Bei der Arbeit dachte er daran, grübelte er darüber nach. Er, Hank und Gabriela schlossen gerade zwei Aufträge ab, einen unten in Costa Mesa, und er erledigte die letzten Feinarbeiten und das Aufräumen in einem Zustand der Geistesabwesenheit. Hatten sie wirklich vor, den Rattlesnake Hill zu erschließen? »Es ist der Blick, hinter dem sie her sind.« Wenn sie dort bauten, brauchten sie mehr Wasser. Wenn sie in El Modena auch noch einen tollen Ausblick haben wollten ... dann gab es tatsächlich keine andere Wahl! Rattlesnake Hill. Ein Ort wo man, wenn man dort war, das sichere Gefühl entwickelte, daß er sich niemals verändern würde. Und das machte einen Teil seines Reizes aus.

Wenn Kevin arbeitete, war er gewöhnlich glücklich. Ihm machte die meiste Arbeit am Bau Spaß, vor allem die Zimmerei. Eigentlich alles, wirklich. Die direkten ständigen Ergebnisse seiner Bemühungen, die vor seinen Augen entstanden: Holzwerk, Verkabelung, Verputz, Farbanstrich, Dachdeckerei, Innenausstattung, alles bereitete ihm auf seine spezielle Art Vergnügen. Und während er die Entwürfe für ihr kleines Arbeitsteam anfertigte, empfand er auch noch die Genugtuung des Architekten, der sieht, wie seine Ideen umgesetzt werden. Bei diesem Umbau in Costa Mesa zum Beispiel war eine ganze Reihe von Punkten unklar gewesen: Würde man wirklich den Bau in seiner gesamten Länge überblicken können, durch Räume, die ineinander übergingen? Würde das Atrium dem Westflügel genügend Licht spenden? Man konnte es nicht wissen, bevor es ausgeführt war; und das war das Spannende bei seiner Arbeit, eine Vision in die Realität umzusetzen und dann erst herauszufinden, ob die Berechnungen richtig gewesen waren. Das Rätsel zu lösen. Beim Bau dauerte es nicht lange, bis man für seine Mühe belohnt wurde. Es ging schnell, ein Erfolg nach dem anderen, wenn Problem für Problem gelöst wurde, bis auch das ganz große Problem bewältigt war. Und während dieses Prozesses die kindliche Freude des Hämmerns, Schneidens, Messens. Bang bang bang, draußen in der Sonne und im Wind und mit den Wolken als ständigen Gefährten.

Gewöhnlich war es so. Doch diese Woche machte er sich zu viele Sorgen wegen des Berges. Die Abschlußarbeiten, gewöhnlich seine liebste Tätigkeit, erschienen ihm als schale Ablenkung, übertrieben und langweilig. Er war kaum bewußt daran beteiligt. Und seine Arbeit für die Stadt ärgerte ihn. Bei diesem Tempo würden sie noch ewig damit beschäftigt sein, die Straße auszugraben.

Er mußte sich ein paar Antworten verschaffen. Er mußte hinaufgehen und Alfredo zur Rede stellen, wie er es an diesem Morgen Oscar angekündigt hatte. Daran führte kein Weg vorbei.

So radelte er eines Nachmittags hinauf in die Berge zu dem Haus auf dem Redhill, wo eine große Anzahl Heartech-Leute wohnten. Alfredos neues Zuhause.

Das Haus stand auf einer Terrasse, die hoch über Tustin und Foothill in den Berg geschnitten worden war. Es war ein riesiger Klotz im Missionsstil, eine Bauart, die Kevin verabscheute. Für ihn waren die kalifornischen Indianer edle Wilde, die von Júnipero Serras Missionseifer verdorben worden waren. Daher war die Missions-Mode, die ungefähr alle dreißig Jahre die Architektur Kaliforniens in einer großen Nostalgiewelle heimsuchte, für Kevin nicht mehr als eine Art Homage an den Völkermord. Jedes Mal, wenn er die Gelegenheit erhielt, ein Machwerk dieses Stils zu renovieren, machte es ihm besondere Freude, es auszuradieren.

Den kleinen Vorzug hatte der Missionsstil, daß man den Eingang stets ohne Schwierigkeiten fand – in diesem Fall zwei monströse Eichentüren, die mitten in einer Wand weißgekälkter Lehmziegel unter einem ziegelgedeckten Vordach prangten. Kevin marschierte die kiesbedeckte Zufahrt hinauf und zog an einem dicken Glockenseil.

Alfredo selbst öffnete, bekleidet mit Shorts und einem T-Shirt. »Kevin, das ist aber eine Überraschung. Komm rein, Mann.«

»Ich möchte lieber hier draußen mit dir reden, wenn es dir nichts ausmacht. Hast du Zeit?«

»Sicher, sicher.« Alfredo kam heraus und ließ die Tür hinter sich offen. »Was ist los?«

Da Kevin keinen indirekten Weg zu diesem Thema hatte finden können, meinte er: »Stimmt es, daß du und Ed und

John die Absicht haben, auf dem Rattlesnake Hill einen Industriepark zu bauen?«

Alfredo hob eine Augenbraue. Kevin hatte erwartet, daß er zusammenzuckte oder auf irgendeine andere Weise schuldbewußt wirkte. Die Tatsache, daß das nicht geschah, verursachte Kevin Unbehagen, machte ihn nervös – und selbst auch ein wenig schuldbewußt. Vielleicht hatte Oscar sich verhört.

»Wer hat dir das erzählt?«

»Das tut nichts zur Sache – ich habe es gehört. Stimmt es?«

Alfredo schwieg, zuckte mit den Achseln. »Es gibt immer irgendwelche Pläne, über die geredet wird ...«

Aha!

»... aber ich weiß nichts Spezielles. Wenn es wirklich in dieser Richtung etwas gäbe, würdest du es mit als erster erfahren, da du im Stadtrat bist.«

Wut loderte in Kevin hoch, blitzartig und glühendheiß. »Deshalb hast du also versucht, diese Wassersache an uns vorbeizulavieren!«

Alfredo blickte verwirrt. »Ich habe nicht versucht, irgend etwas an irgend jemand vorbeizulavieren. Es wurden einige Angelegenheiten geregelt – zumindest haben wir es versucht –, und zwar vor dem ganzen Rat. Das geschah im Verlauf einer ganz normalen Versammlung. Stimmt's nicht?«

»Nun ja, das ist schon richtig. Aber es war schon spät, alle waren müde, ich war völlig neu. Niemand hat mehr aufgepaßt. Fast wäre es dir gelungen, die Sache sang- und klanglos abhaken zu lassen.«

»Eine Ratsversammlung ist eine Ratsversammlung, Kevin. Alles geht seinen geordneten Gang bis zur letzten Sekunde. Daran wirst du dich gewöhnen müssen.« Alfredo schien sich über Kevins Naivität zu amüsieren. »Wenn jemand versuchte, irgend etwas durchzubringen, dann hätte er es in einem Haufen anderer Änderungen verstecken können, zum Beispiel im Büro der Stadtplanerin, und es als wer weiß was präsentieren können.«

»Ich nehme an, du wünschst dir jetzt, daß du es lieber genauso hättest tun sollen.«

»Überhaupt nicht. Ich habe nur gesagt, wir haben nicht versucht, etwas an dir vorbeizuschmuggeln.« Alfredo sprach ganz langsam, als gebe er sich alle Mühe, einem Kind einen schwierigen Sachverhalt zu erklären. Er trat hinaus auf den Kies der Zufahrt.

»Ich glaube, ihr habt es getan«, sagte Kevin. »Offensichtlich kannst du das jetzt nicht zugeben. Aber wie dem auch sei, was willst du, etwa versuchen, etwas von unserer bisher noch unberührten Landschaft in ein Einkaufszentrum zu verwandeln?«

»Was für ein Einkaufszentrum? Wovon redest du überhaupt? Wir veranstalten eine Befragung über das zusätzliche Wasser, das der MWD uns anbietet, denn es klingt einleuchtend, weil es uns Geld spart. Das ist ein Teil unserer Aufgaben im Stadtrat. Und jetzt zu dieser anderen Sache. Wenn jemand die Chancen zum Bau eines Centers mit vielfachen Nutzungsmöglichkeiten überprüft, wo liegt dann das Problem? Willst du etwa sagen, daß wir nicht versuchen sollten, hier in El Modena weitere Arbeitsplätze zu schaffen?«

»Nein!«

»Natürlich nicht. Wir brauchen mehr Jobs. El Modena ist klein, wir haben kein besonders großes Gesamteinkommen. Wenn irgendwelche Unternehmen hierher kämen, dann würde jeder davon profitieren. Du hast es vielleicht nicht nötig, daß dein Anteil sich erhöht, aber andere Leute denken da vielleicht etwas anders.«

»Wir verdienen bereits genug aus den Stadtanteilen.«

»Ist das die Position der Grünen?«

»Also ...«

»Ich dachte nicht. Wie ich mich erinnern kann, sagtest du, daß eine erhöhte Effizienz auch die Anteile aufwerten würde.«

»Das ist der Fall.«

Alfredo ging weiter die Zufahrt hinunter zu den niedrigen Hügeln eines ausgedehnten Kakteengartens. Von dort hatte man einen Blick auf die gesamte bewaldete Ebene des Orange County. »Es mündet in die Frage, wie wir effizienter werden können, nicht wahr? Ich glaube nicht, daß wir es ohne die Ansiedlung großer Unternehmen schaffen, bedeutend mehr zu erreichen. Aber du – manchmal denke ich, daß, wenn du deinen Willen bekämst, du die Stadt leeren und völlig dem Erdboden gleichmachen würdest.« Er wies auf die Kakteen. »Zurück zu Senffeldern und Buschhügeln und vielleicht zwei Lagerplätze unten am Fluß.«

»Hör auf«, sagte Kevin böse. Tatsächlich hatte er oft von genau so einer Rückkehr zur Natur geträumt, wenn er alte Bauten abriß. Aber er wußte, daß es nur eine Phantasie war, ein Wunsch, das Leben der Indianer zu führen, und er sprach darüber niemals mit jemand anderem. Es war beunruhigend zu hören, daß Alfredo so genau seine Gedanken lesen konnte.

Alfredo bemerkte seine Verwirrung. »Du kannst nur solange an negativem Wachstum festhalten, bis es sich nachteilig auswirkt, Kevin. Ich weiß wohl, daß heutzutage sehr stark in deine Richtung gestrebt wird, und glaube mir, ich finde, daß das ein sehr gutes Zeichen ist. Wir haben das gebraucht, und die Dinge sind deswegen jetzt in vieler Hinsicht besser geworden. Aber jedes Pendel kann zu weit ausschwingen, und du bist einer von denen, die es da draußen festhalten, wenn es wieder zurückschwingen will. Nun, da du in einer verantwortungsvollen Position bist, mußt du es begreifen. Die Leute, die dich überredet haben, dem Stadtrat beizutreten, sind Extremisten.«

»Wir reden hier über deine Firma«, sagte Kevin schwach.

»Tun wir das? Na schön, zum Teufel, sagen wir, wir tun es. Bei Heartech stellen wir kardiovasculare Geräte und Blutersatzstoffe und andere Dinge in diesem Bereich her. Das ist für alle von Nutzen, speziell in den Gegenden, die sich noch immer mit Hepatitis uund Malaria herumschlagen. Du warst in Tansania, als du deine Auslandsarbeit absolviertest, du müßtest also wissen, wie hilfreich das alles ist!«

»Ich weiß.« Heartech war ein wesentlicher Teil der boomenden Medotechnik-Industrie von Orange County und befand sich mit seiner Produktion auf dem neuesten Stand. Die Firma lag noch knapp innerhalb der gesetzlich vorgeschriebenen Größenordnung für Firmen dieser Art; die meisten ihrer langjährig dort tätigen Angestellten waren Hunderter, was hieß, daß die Firma eine enorme Geldsumme für die Stadtanteile Tustins bezahlte, die wiederum unter den Bürgern der Stadt verteilt wurden als Bestandteil ihres persönlichen Einkommens. Und Heartech half auch einer ganzen Reihe von Partnerfirmen in Afrika und Indonesien. Es konnte kein Zweifel bestehen, es war eine gute Firma, und Alfredo hatte sich ihr leidenschaftlich verschrieben. »Hör mal«, sagte er, »laß uns das zu Ende bringen. Meinst du nicht, daß Biotechnologie ein wichtiger Zweig ist?«

»Natürlich«, sagte Kevin. »Ich benutze sie jeden Tag.«

»Und daß ihr medizinischer Einsatz jeden Tag Leben rettet?«

»Das ist wahr. Sicher.«

»Wäre es denn nicht etwas Gutes, wenn El Modena auch seinen Teil dazu beitrüge?«

»Natürlich, das wäre schon toll.«

Kevin, der sich allmählich so fühlte, als säße er im rasenden Waldschrat-Karussell in Disneyland, versuchte seine Gedanken zu ordnen. »Eigentlich glaube ich, daß es im Grunde nicht so wichtig ist, wo es geschieht ... Ich meine, wo genau hast du es dir denn vorgestellt, Alfredo?«

»Wo was? Entschuldige, ich hab irgendwie den Faden verloren. Worüber reden wir?«

»Nun, ob du an ein Projekt in den Bergen denkst. Tust du das?«

»Wenn die Leute an ein Projekt in den El-Modena-Bergen denken, dann sicherlich nur deshalb, um die besten Mieter anzulocken. Solche Punkt sind wichtig, wenn man mit Orten wie Laguna konkurrieren will.«

Demnach hatte er wirklich die Berge im Sinn! »Du solltest Bürgermeister von Laguna werden«, sagte Kevin bitter. »Laguna Beach ist genau nach deinem Geschmack.«

»Du meinst, weil sie dort Geld verdienen? Weil sie Unternehmen heranholen, weil sie hohe Stadtanteile haben?«

»Ja.«

»Aber dafür ist doch der Stadtrat da, stimmt's? Ich meine, es gibt in der Stadt Leute, die es brauchen können, auch wenn du nicht dazu gehörst.«

»Ich bin überhaupt nicht dagegen, daß die Stadtanteile wachsen!«

»Schön. Das freut mich zu hören.«

Kevin atmete schnaufend aus, frustriert. Er war völlig durcheinander und meinte: »Also – trotzdem.«

»Demnach sollen wir alles erdenklich dafür tun, richtig?«

»Ja, sicher ...«

»Ich glaube, wir stimmen weitaus mehr überein, als dir bewußt ist, Kevin. Du baust Dinge, ich baue Dinge. Im Grunde ist es das gleiche.«

»Ja, aber du zerstörst dafür die Wildnis!«

»Zerbrich dir deswegen nicht den Kopf. Zuerst einmal gibt es in El Modena überhaupt keine richtige Wildnis mehr, also spiel nicht den großen Umweltträumer. Außerdem müssen wir uns sowieso grundsätzlich überlegen, was in den nächsten beiden Jahren hier geschehen söll, und darin werden wir uns schon einigen, so wie wir es immer getan haben. Laß dich von deinen Freunden nur nicht deshalb verrückt machen.«

»Meine Freunde machen mich nicht verrückt. Du machst mich verrückt.«

»Das gefällt mir nicht, Kevin. Und auf lange Sicht hilft uns das nicht weiter. Sieh mal, ich baue Dinge, um Geld zu verdienen, und das tust du auch. Wir sind im gleichen Gewerbe, nicht wahr? Ich meine, du bist doch im Baugewerbe, oder?«

»Ja sicher!«

Alfredo lächelte. »Na also, da siehst du es. Wir werden uns schon einig. Hey, jetzt muß ich mich aber beeilen. Ich habe eine Verabredung – unten in Irvine.« Er zwinkerte und ging ins Haus.

Kevin starrte die Tür an, und nach kurzem Nachdenken schlug er sich mit der Faust in die Handfläche. »Das ist doch etwas völlig anderes!« rief er. »Ich renoviere und baue um!«

Aber es war niemand mehr da, der ihm zuhörte.

Er atmete aus. »Scheiße.«

Was war geschehen? Nun, möglich, daß Alfredo und seine Partner einen Bau planten. Möglich, daß sie es nicht taten. Möglich, daß sie dabei an einen Platz in den Bergen dachten. Möglich, daß es nicht so war. Soviel zumindest hatte er bis jetzt erfahren.

Er holte sein Fahrrad aus dem Ständer, stellte dabei fest, daß seine Hände zitterten. Alfredo war für ihn zu gerissen; egal, wie er es auch drehte und wendete, Alfredo konnte ihn am ausgestreckten Arm verhungern lassen. Wütend über diese Erkenntnis, wendete er das Fahrrad und fuhr den Berg hinunter.

Er brauchte Hilfe. Doris, Oscar, Oscars Freundin in Bishop; Jean und die Parteiorganisation der Grünen; Nadeshda. Vielleicht sogar Ramona, wie auch immer. Er scheute vor dem Gedanken zurück, daß seine Abneigung gegen Alfredo nicht nur politische Gründe hatte – es war eine politische Angelegenheit, nicht mehr!

Und Tom.

Sobald er wieder zu Hause war, suchte er Nadeshda. »Möchten Sie immer noch meinen Großvater treffen?«

Kevins Großvater lebte im Hinterland auf einem Gebirgskamm der zerklüfteten Berge nördlich des Black Star Canyon. Kevin führte Nadeshda und Doris über einen schmalen Pfad, der sich zwischen Salbei und Krüppeleichen und schrundigen Sandsteinrippen dahinschlängelte, zu seiner Heimstätte. Nadeshda hatte zu allem Fragen: Pflanzen, Steine, Toms Lebensunterhalt. Sie hatte eine wunderschöne tiefe Stimme und hatte ihr Englisch in Indien erlernt, so daß das musikalische Schwingen des Subkontinents in all ihren Sätzen deutlich zu hören war.

»Also, Tom holt sich seine Zehntausend und beläßt es dabei. Er hat einen Garten und einige Hühner, und er stellt Fallen auf und imkert, und ich weiß nicht was sonst noch alles. Er hält sich wirklich für sich. Und so war er früher nicht.«

»Ich möchte wissen, was da passiert ist.«

»Na ja, er hat sich zur Ruhe gesetzt. Und dann ist meine Großmutter gestorben, vor etwa zehn Jahren.«

»Vor zehn Jahren.«

Der Pfad beschrieb eine Kehre, und Kevin sah jetzt auf sie hinab. Neben Doris erschien sie so leicht und zart wie ein Vogel, elegant, kühl, fit. Kein Wunder, daß Doris sie bewunderte. Ex-Chefin der Sowjetischen Staatlichen Planungskommission, zur Zeit Dozentin für Geschichte auf einem Schulfrachter, der oben in Seattle lag.

»Er bekommt zehntausend Dollar pro Jahr, ohne zu arbeiten?«

»In seinem Alter ist das so. Sie wissen über die Einkommensbegrenzung Bescheid?«

»Sie meinen die gesetzliche Niedrigst- und Höchstgrenze? Ja?«

»Ja. Tom gibt sich mit dem Mindestbetrag zufrieden.«

Sie lachte. »Wir haben ein ähnliches System. Ihr Großvater hat viel für diese Gesetze geleistet, als sie erlassen wurden. Er muß damit einen Plan verfolgt haben.«

»Zweifellos. Das hat er mir tatsächlich einmal erzählt, als ich noch ein Kind war.«

Märsche mit Großvater durch die Canyons. Den Harding Canyon hinauf zu dem kleinen Wasserfall, sich einen Weg über die steilen, dicht bewachsenen Hänge zum Kamm des Saddleback suchend, dann über den Weg zum Doppelgipfel. Vögel, Eidechsen, staubige Pflanzen, endlose Gespräche. Geschichten. Sandstein. Der überwältigende Geruch von Salbei.

Sie kamen auf eine Anhöhe und erblickten Toms Haus. Es war eine kleine verwitterte Hütte, die auf einem Berggrat stand, der den kleinen Canyon abschloß, durch den sie gerade heraufgekommen waren. Ein großes Frontfenster blickte auf sie herab und reflektierte die Wolken wie ein riesiges Monokel. Wände aus rissigen Schindeln, ausgebleicht und sandfarben. Unkraut wucherte hüfthoch in einem verwilderten Garten, und aus dem Unkraut ragten zerbrochene Bienenkörbe, Regentonnen, auseinandergenommene und verrostete Mountainbikes und zwei aufgebrochene Standuhren heraus.

Kevin dachte, daß ein Heim auch ein Fenster der Seele ist, daher war er vom Anblick von Toms Zuhause ziemlich betroffen. So wie es auf dem Grat kauerte und zwischen dem Sandstein und den Salbeibüschen verschwand, erschien es richtig hübsch. Ein gutes Zeichen. Aber das Durcheinander, dieser Mangel von Fürsorge, die Haufen von Abfall. Es sah aus wie die Umgebung der Erdhöhle eines wilden Tiers.

Nadeshda betrachtete das Anwesen nur mit schwarzen, glänzenden Augen. Sie gingen durch einen unkrautbewachsenen Garten zur Haustür, und Kevin klopfte an. Keine Antwort. Sie umrundeten das Haus und gingen nach hinten zur Küchentür, die offen stand. Schauten hinein; niemand da.

»Nun, dann setzen wir uns eben und warten«, sagte Kevin. »Ich versuche mal, ihn zu rufen.« Er ging zur anderen Seite des Bergkammes, formte mit beiden Händen vor seinem Mund einen Trichter und stieß einen durchdringenden Pfiff aus.

Ein Stück vom Haus entfernt stand ein hoher, schwarzer Walnußbaum mit einer grob zusammengezimmerten Holzbank darunter; Doris und Nadeshda ließen sich dort nieder. Kevin wanderte durch den Garten, betrachtete die kleine Gruppe Sonnenzellen hinterm Haus, die Verbindungen zur Satellitenschüssel. Alles war in Ordnung und funktionsfähig. Er zupfte zwischen den vernachlässigten Tomaten und Zucchini einige Unkrautpflanzen aus dem Erdreich. Lange schwarze und orangefarbene Käfer summten aufgeregt davon; ansonsten herrschte eine geradezu greifbare Stille. Ah: Bienen in der Ferne, die die Stille spürbar machten, in der sie herumsummten.

»Hey.«

»Mein Gott, Großvater!«

»Was ist los, Junge?«

»Du hast mich erschreckt.«

Er war auf demselben Weg heraufgekommen wie sie. Gebückt und mit einigen Eisenfallen und vier toten Kaninchen auf der Schulter. Er war nur wenige Schritte von Kevins Rücken entfernt gewesen, als er sich bemerkbar gemacht hatte, und er hatte beim Näherkommen kein Geräusch verursacht.

»Bist du heraufgekommen, um Unkraut zu jäten?«

»Also, nein. Ich habe Doris und eine Bekannte mitgebracht. Wir wollten mit dir reden.«

Tom blickte ihn stumm an, die Augen hell und wach. Er ging an ihm vorbei und betrat geduckt seine Hütte. Die Fallen klirrten auf den Fußboden. Als er wieder auftauchte, waren Doris und Nadeshda von der Bank herübergekommen und neben Kevin stehengeblieben. Tom sah sie an. Er trug eine verblichene Hose und ein blaues T-Shirt, das stellenweise zerrissen war und eine knochenweiße haarige Brust entblößte. Die Haare, die seinen kahlen Schädel wie ein Kranz umgaben, waren zerzaust, und sein ungestutzter Bart war grau und weiß und braun und um den Mund fleckig. Ein verstaubter alter Mann. Er hatte immer so ausgesehen, Kevin war daran gewöhnt; das war, so hatte er angenommen, ein Begleitumstand des Alterns. Aber nun stand Nadeshda vor ihnen, sauber und adrett wie ein Vogel nach dem Bad, das silbergraue Haar geschnitten und sorgfältig frisiert, so daß es auch bei heftigem Wind immer perfekt lag. Einer ihrer Ohrclips blitzte türkis und cremefarben in der Sonne.

»Und?«

»Großvater, das ist eine Bekannte von Doris ...«

Aber Nadeshda ging an ihm vorbei und streckte eine Hand aus. »Nadeshda Katajew«, sagte sie. »Wir haben uns vor langer Zeit einmal kennengelernt, während der Singapur-Konferenz.«

Für einen kurzen Moment ruckten Toms Augenbrauen nach oben. Dann ergriff er ihre Hand, ließ sie wieder los. »Sie haben sich nicht verändert.«

»Sie auch nicht.«

Er lächelte knapp, schob sich eilig an ihnen vorbei. »Wasser«, sagte er über die Schulter und ging auf einem Pfad zu einer Gruppe Eichen. Seine drei Gäste sahen einander an. Kevin hob die Schultern und führte die Frauen den Pfad hinunter. Dort im Schatten befestigte Tom gerade einen Pumpenschwengel an einer schlanken schwarzen Pumpe, dann begann er langsam und stetig zu pumpen, wobei er ihnen den Rücken zuwandte. Nach einer Weile spritzte Wasser aus der Pumpe in einen Blechtrog und durch einen offenen Hahn in einen Eimer. Kevin schob den Eimer unter dem

Hahn zurecht, und dann standen die drei da und sahen Tom beim Pumpen zu. Es schien, als sei er taub. Weil er sich ein wenig unbehaglich fühlte, sagte Kevin: »Wir sind heraufgekommen, um mit dir über ein Problem zu reden, das wir haben. Du weißt, daß ich jetzt im Stadtrat bin?«

Tom nickte.

Kevin erzählte, was bisher geschehen war, dann meinte er: »Wir wissen es nicht genau, aber wenn Alfredo sich für den Rattlesnake Hill interessiert, dann wäre das eine Katastrophe – es sind einfach nicht mehr so viele freie Berge übrig.«

Tom kniff die Augen zusammen und schaute sich kurz um.

»Ich meine in El Modena, Tom! Mit Blick auf die Ebene! Du weißt, was ich meine. Scheiße, du hast doch die Bäume auf dem Rattlesnake Hill gepflanzt, nicht wahr?«

»Ich war dabei und hab mitgeholfen.«

»Demnach ist es dir egal, was mit ihnen geschieht?«

»Das ist jetzt dein Hausgarten.«

»Ja, aber ...«

»Und du bist im Stadtrat?«

»Ja.«

»Dann halte ihn auf. Du weißt, was du tun mußt, du brauchst mich nicht.«

»Aber wir brauchen dich doch! Wenn ich mit Alfredo diskutiere, kann ich am Ende nicht einmal Schwarz von Weiß unterscheiden.«

Tom zuckte mit den Achseln, nahm den vollen Eimer unter dem Hahn weg und ersetzte ihn durch einen leeren. Zum Schweigen gebracht, stellte Kevin den Eimer auf ebenen Boden und setzte sich daneben.

»Demnach willst du uns nicht helfen?«

»Damit will ich nichts mehr zu tun haben, Kevin. Das ist jetzt dein Job.« Er sagte es mit einem freundlichen Blick.

Als der zweite Eimer voll war, zog Tom den Pumpenschwengel ab und schob ihn in den Schlitz, der sich seitlich an der Pumpe befand. Er hob die beiden Eimer hoch und kehrte damit zur Hütte zurück.

»Komm, ich nehm dir einen ab.«

»Es ist schon gut, danke. Ich brauche beide für die Balance.«

Indem er Tom auf dem Pfad zu seiner Hütte folgte, betrachtete Kevin den gekrümmten Rücken des alten Mannes und schüttelte verzweifelt den Kopf. Das war nicht mehr der Großvater, bei dem er aufgewachsen war. In jenen Jahren hatte es keinen kontaktfreudigeren und sozialeren Menschen gegeben als Tom Barnard; er redete ständig, er organisierte Zeltlager für Gruppen aus der Stadt, und er hatte seinen Enkel in die Canyons und auf die Santa-Ana-Berge und in die San Jacintos mitgenommen – und die ganze Zeit hatte er in einem fort geredet; mehrere Stunden am Tag, über alles, was man sich vorstellen konnte! Ein großer Teil von Kevins Ausbildung war von Tom gekommen, während sie umherwanderten. Dabei hatte er Fragen gestellt und Toms Vorträgen gelauscht. »Ich habe den Kapitalismus gehaßt, weil er eine Lüge war!« sagte Tom und watete kraftvoll durch den Fluß im Harding Canyon. »Er behauptete, daß wenn jeder nur seine persönlichen Belange verfolge, sich daraus eine widerstandsfähige Gemeinschaft ergeben würde! Was für eine Lüge! Das war das Prinzip der Herrschaft als Schutzmacht, ein Glaubensdogma für die Reichen. Nun, selbst als es funktionierte, wo waren sie? Eingeschlossen und versteckt in ihren Villen und so verrückt wie Vollidioten.«

»Aber es gibt eben Leute, die gerne alleine sind.«

»Ja, ja. Und Selbstsucht existiert überall, niemand kann das Gegenteil behaupten – die Regierungen, die das taten gerieten in ernste Schwierigkeiten, denn das ist eine Lüge ganz anderer Art. Aber zu sagen, daß es nur Selbstsucht gibt, oder daß man ihr freie Bahn lassen sollte! Mein Gott. Wenn man das glaubt, dann zählt am Ende nichts anderes mehr als Geld.«

»Aber ihr habt das geändert«, sagte Kevin und achtete darauf, wohin er trat.

»Ja, das haben wir. Wir ließen der Selbstsucht etwas Raum zur Entfaltung, aber wir dämmten sie ein. Wir lenkten sie auf das Gemeinschaftswohl. Das war die Aufgabe der Gesetze, so wie wir es damals sahen. Das Erlassen von Gesetzen ist eine revolutionäre Macht, obgleich es selten so gesehen wird. Wir setzten sie so gut ein, wie es ging, und den meisten gefielen die Ergebnisse, bis auf einige Reiche, die wie die Wölfe darum kämpften, an dem festzuhalten, was sie hatten. Tatsächlich ist dieser Kampf noch immer im Gange. Ich glaube nicht, daß er jemals enden wird.«

Genau! dachte Kevin und beobachtete, wie sein seltsam wortkarger Großvater den Pfad hinaufstieg. Der Kampf wird für immer weitergehen; und doch hast du dich daraus zurückgezogen und uns das Feld überlassen. Nun, vielleicht war das ganz in Ordnung, vielleicht waren nun sie an der Reihe. Aber er brauchte die Hilfe des alten Mannes!

Er seufzte. Sie gelangten zur Hütte, und Tom ging geduckt hinein. Ein Eimer Wasser wurde in den Vorratstank geschüttet. Der andere wurde zusammen mit den vier toten Kaninchen nach draußen in die Sonne gestellt. Ein großes Messer, ein Stück Holz, eine Schüssel für Blut und Eingeweide. Prima. Tom begann mit der häßlichen und schmutzigen Arbeit, die kleinen Tiere abzuhäuten und zu säubern. Es war kaum Fleisch an ihnen; auch an Tom war nicht viel. Kevin ging herum und fütterte die Hühner. Als er zurückkehrte, war Tom noch an der Arbeit. Doris und Nadeshda saßen auf dem Fußboden unter dem Küchenfenster. Kevin wußte nicht, was er sagen sollte.

»Diese Konferenz in Singapur, wo Sie einander kennenlernten – um was ging es da?« fragte Doris schließlich und brach ein längeres Schweigen.

»Umwandlungsstrategien«, antwortete Nadeshda.

»Was ist das?«

Nadeshda schaute zu Tom. »Vielleicht können Sie es besser ausdrücken«, sagte sie. »Mein Englisch ist nicht gut genug, um so etwas zu erklären.«

Tom sah sie an. Er ging mit den abgehäuteten Kaninchen in die Küche; sie hörten, wie eine Kühlschranktür geöffnet und wieder geschlossen wurde. Er kam heraus und brachte die Schüssel mit den Eingeweiden hinüber zu einem Behälter, schüttete den Inhalt hinein, schloß den Deckel und verriegelte ihn.

Nadeshda sah Doris achselzuckend an und sagte: »Wir suchten nach Wegen, die militärischen Bereiche der Wirtschaft umzuwandeln. Die großen Länder hatten im Grunde Kriegswirtschaften auf Zivilwirtschaft umzuschalten, ohne eine allgemeine Depression auszulösen. Das war nicht einfach. Tatsächlich konnte sich niemand einen solchen Wechsel erlauben. Daher mußten entsprechende Strategien entwickelt werden. Wir waren in Singapur eine ziemlich große Gruppe, obgleich einige die Idee rundweg ablehnten. Erinnern Sie sich noch an General Larsen?« sagte sie zu Tom. »U.S. Air Force, Chef der Strategischen Verteidigung?«

»Ich glaube schon«, sagte Tom, während er an ihr vorbeiging. Er verschwand im Garten und begann, Tomaten zu pflücken.

Nadeshda folgte ihm. Sie hob seinen Korb hoch und schlenderte hinter ihm her, während er von Strauch zu Strauch ging. »Ich finde, daß Leute wie er die Umwandlung der Luft- und Raumfahrtindustrie am meisten erschweren.«

»Nee.«

»Meinen Sie nicht?«

»Nee.«

»Aber warum?«

Schweigen.

Dann sagte Tom: »Die Luft- und Raumfahrt war mit dem Energieproblem zu packen. Aber wer braucht Panzer? Wer braucht Artilleriegeschosse?«

Er verfiel wieder in Schweigen und wühlte im Unkraut herum auf der Suche nach einer weiteren Tomate. Er sah Nadeshda verärgert an, als hätte sie ihn mit einem Trick zum Reden gebracht. Was sie, dachte Kevin, ja auch getan hatte.

»Ja«, sagte Nadeshda, »konventionelle Waffen waren ein harter Brocken. Erinnern Sie sich noch an die Pläne der Schweizer, zivile Lastwagen zu bauen, die aussahen wie Truppentransporter?« Sie lachte, ein tiefes, leises Kichern, und stieß Tom sogar mit dem Ellbogen an. Er lächelte und nickte. Sie sagte: »Oder diese vorgefertigten Schulzimmer aus den Helmen und Panzerplatten?«

Tom lächelte höflich und ging in die Küche.

Nadeshda folgte ihm, redete, nahm ein zweites Schneidbrett herunter und schnitt mit ihm Tomaten, suchte in seinen Regalen und Schränken nach Gewürzen, nach Öl und Essig. Und ständig redete sie. Gelegentlich, im Vorbeigehen, legte sie eine Hand auf seinen Arm, oder sie stieß ihn mit dem Ellbogen an, wie alte Freunde es zu tun pflegen. »Erinnern Sie sich? Wissen Sie noch?«

»Ich erinnere mich«, sagte er mit einem angedeuteten Lächeln. Er schaute sie flüchtig an.

»Als die Ingenieure endlich begriffen, was wir wollten«, sagte sie zu Doris und Kevin, »leuchteten ihre Augen auf. Es war das beste Problem, das sie je hatten, das hörte man aus ihren Stimmen heraus. Weil alles half, sehen Sie? Wenn sämtliche militärischen Aktivitäten sich mit Überlebensproblemen befaßten, wurden Konflikte, die durch die Probleme hervorgerufen wurden, gemildert, was wiederrum die Nachfrage nach Waffen reduzierte. Daher war es eine Feedbackspirale, und sobald sie einmal in Bewegung geraten war, änderten sich die Dinge sehr schnell.« Sie lachte wieder, aktivierte ihre eigene nervöse Energie und tat ihr Bestes, wie Kevin sah, um diese Energie auch auf Tom einwirken zu lassen; ihn anzuregen, zu animieren – ihn zu verführen ...

Tom lächelte lediglich verhalten und bot ihnen ein Abendessen aus Tomatensalat. »Mehr gibt es nicht.« Aber er beobachtete sie aus dem Augenwinkel; Kevin schien es, als konnte er gar nicht anders.

Sie aßen schweigend. Tom wanderte mit seinen Eimern zur Pumpe. Nadeshda begleitete ihn und erzählte von Leuten, die sie in Singapur gekannt hatten.

Doris und Kevin saßen in der Sonne. Sie konnten die Stimmen unten an der Pumpe hören. Irgendwann rief Nadeshda aus: »Aber wir haben gehandelt!« Und es klang so deutlich, daß sie es verstehen konnten.

Eine gemurmelte Antwort, keine Antwort.

Als sie zurückkehrten, lachte sie wieder, trug einen Eimer und erzählte eine Anekdote. Tom schwieg wie auch vorher schon. Er schien immer noch freundlich gestimmt zu sein – aber zurückhaltend, so als beobachte er sie aus großer Entfernung. Er trug einen Eimer zum Tank und begann dort zu arbeiten.

Schließlich zuckte Kevin mit den Achseln und deutete den Frauen an, daß es wohl Zeit wurde zu gehen. Tom wanderte zurück, als sie sich erhoben. »Willst du uns ganz bestimmt nicht helfen?« fragte Kevin, fing Toms Blick auf und hielt ihn fest.

Tom lächelte. »Diesmal schaffst du sie«, sagte er. Und zu Nadeshda meinte er: »Es war schön, Sie wiederzusehen.«

Nadeshda sah ihm in die Augen. »Es war auch mir ein Vergnügen«, sagte sie. Sie lächelte ihn an, und etwas in diesem Ausdruck war so aufreizend, so intim, daß Kevin wegsah. Er bemerkte, daß Tom das gleiche tat. Dann ging Nadeshda voraus den Pfad hinunter.

3

23. März. Etwas wie eine Insel der Ruhe, ein kleines Utopia gibt es nicht.

Man betrachte einmal die französische Aristokratie vor der Revolution – wohlgenährt, gut gekleidet, in anständigen Häusern, bestens erzogen und gebildet – ein angenehmes Leben. Man könnte durchaus sagen, daß sie in einem eigenen kleinen Utopia lebten. Aber so weit gehen wir nicht, denn wir wissen, daß ihr Leben letztlich auf menschlichem Leid basierte, auf einfachen Landleuten, die in Unwissenheit und Armut dahinvegetierten. Und daher betrachten wir die französische Aristokratie als parasitär, brutal, dumm und tyrannisch.

Doch nun ist die ganze Welt ein einziges Wirtschaftssystem. Ein globales Dorf, Made in Thailand! Und wir sitzen auf kleinen Inseln des Luxus, während der ganze Rest – nichts als ein riesiger Ozean aus Leid, schrecklichen Kriegen und unstillbarem Hunger ist. Wir sagen: Dies alles geht uns nichts an! Wir haben unsere Insel.

Die Schweizer haben ihre Insel. Eine Berginsel mit Banken und Bunkern – so schnell, wie die einen Schweizer Flüchtling bei sich aufnehmen, werfen die anderen Schweizer andere Flüchtlinge hinaus. Eine total schizophrene Reaktion, wie auch wir anderen sie gelegentlich an den Tag legen.

Ich verbrachte den Vormittag bei der Fremdenkontrolle, *in einem Büro im Polizeirevier in der Gemeinderstraße. Sauber, gedämpfte Lautstärke. Marmorfußboden und aufgeräumte Schreibtische. Höflicher Beamter. Aber er erklärt langsam in Hochdeutsch, damit ich auch alles verstehe, die neuen Gesetze und Vorschriften. Da Sie keine Arbeit haben. Und nur ein Touristenvisum. Und da Sie nun schon ein ganzes Jahr hier sind, können Sie nicht länger hierbleiben. Kein Ausweis. Ja, die Ehefrau darf bis zum Ende ihrer Beschäftigung bleiben. Die Tochter auch, sicher.*

Aber wer kümmert sich um sie? will ich schreien. Natürlich ist das alles ein Teil des Plans. Wirf den einen raus, dann wird die restliche Familie schon folgen, auch wenn sie Arbeit hat. Sehr effizient.

So sitzen wir nun am Küchentisch. Pams Stipendium dauert noch sieben Monate. Sie muß die Ausbildung abschließen – auch wenn es schwierig sein wird, in den Staaten eine Arbeit zu finden, da sämtliche Behörden und Organisationen einen Einstellungsstopp verfügt haben. Sie denkt darüber nach, das sehe ich deutlich. Acht Jahre Arbeit, und wofür? Ich muß auch für Liddy sorgen – Pam kann nicht zugleich arbeiten und sich um sie kümmern. Wir haben einen Monat Zeit, um unsere Sachen zu packen. Das heißt sechs Monate Trennung. Die angehenden Mediziner aus China haben es da sogar noch schwerer. Aber Liddy ist doch noch so klein.

Wir können Einspruch einlegen, sage ich. Pam schüttelt den Kopf und verzieht den Mund. Greift nach der International Herald Tribune. Der Southern Club kann seine Schulden nicht bezahlen. Voraussagen über eine fünfundzwanzigprozentige Abnahme der Weltbevölkerung werden als optimistisch bezeichnet. Bürgerkrieg in Indien, in Mexiko, in … Waldsterben in … Weltdurchschnittstemperatur erneut um ein Grad Celsius gestiegen. Folgende Tierarten sind mittlerweile ebenfalls ausgestorben …

Ich habe all das bereits gelesen.

Pam schleudert die Zeitung beiseite, macht ein niedergeschlagenes Gesicht. Ich hab sie noch nie so verbittert gesehen. Sie steht auf, um das Geschirr zu spülen. Ich betrachte ihren Rücken und sehe, daß sie weint. Sechs Monate.

Wir sind die Creme der Welt, die Aristokratie. Aber diesmal wird die Revolution sehr viel mehr zerstören als nur die Aristokratie. Vielleicht alles. Zerknüllte Zeitung. Eine in Abschnitte unterteilte Katastrophe. Eine Katastrophe in Prozentpunkten.

Wir können sie vermeiden, darauf schwöre ich. Wir müssen uns darauf konzentrieren, um unser Überleben zu sichern.

Wenn das Herz stirbt, kann man nicht einmal trauern.

Tom wälzte sich aus seinem Bett und fühlte sich alt. Tatsächlich einundachtzig Jahre alt. In Form gehalten durch geriatrische Medikamente, die er fleißig einnahm, aber dennoch. Er stöhnte, humpelte zur Toilette. Wurde richtig wach, und die große Einsamkeit senkte sich wieder auf ihn herab.

Er stand in der Türöffnung, blickte hinaus auf die Salbeisträucher im Sonnenschein und sah nichts. Das ist typisch für Depressionen. Der Schlaf wird gestört, die Willenskraft ist gelähmt, unter der Haut bleibt nichts als Holz, und man hat den Drang zu weinen. Die Tabletten vermochten lediglich das letzte Gefühl zu vertreiben, so daß nur noch Holz da war. Was durchaus eine Erleichterung war, allerdings auf seine Art auch wieder ganz schön deprimierend, wenn man es genau betrachtete.

Geschehen war folgendes: Als seine Frau starb, war er verrückt geworden. Und während er sich in diesem Zustand der Verrücktheit befand, hatte er beschlossen, nie wieder normal zu werden. Welchen Sinn hatte es? Nichts war mehr wichtig.

Man stelle sich zwei kräftige Bäume vor, die ihre Stämme und Äste miteinander verschlungen haben. Dann stirbt einer der Bäume und wird abgeschnitten. Zurück bleibt der andere, verdreht wie ein Korkenzieher, eine seltsame Erscheinung, die sich immer weiter nach oben windet, sich hierhin und dorthin wendet, sich streckt, reckt, sucht. Belaubte Äste, die sich durch die Luft winden und etwas suchen, das für immer verloren ist.

So senkte sich die große Einsamkeit auf ihn herab. Niemand da, mit dem er reden konnte, nichts Interessantes, was sich zu tun anbot. Sogar die Dinge, die er immer gerne allein getan hatte, hatten sich verändert, denn das Alleinsein dabei war nicht so wie die große Einsamkeit. Die große Einsamkeit war in alles eingesickert, in den Sonnenschein auf dem Salbei und in das Rascheln der Blätter, und es war zum Allgemeinzustand, zur Grundlage seines Wahnsinns geworden, seine Definition, sein Mittelpunkt, sein schlagendes Herz.

Er stand in der Türöffnung und spürte seinen Puls.

Doch nun war er aufgescheucht worden. Ein Gesicht aus der Vergangenheit. Hatte er dieses Leben tatsächlich gelebt? Manchmal war es einfach völlig unmöglich, das zu glauben. Sicher, an jedem Morgen wachte er als völlig neues Wesen auf, bedrückt von falschen Visionen von falschen Vergangenheiten. Die große Einsamkeit schuf eine gewisse Art von Kontinuität, aber vielleicht lag es daran, daß er dazu verdammt worden war, jeden Morgen im Körper einer anderen Kreatur aufzuwachen, die in ihrem Bann stand. Als der Tom Barnard, der umhergeworfen wurde von den Stürmen seiner Jugend. Später dann war er der gerissene Anwalt, der sich mit den Gesetzen herumschlug, sie veränderte, sie durch gerechtere Gesetze ersetzte, durch schönere Gesetze. Wir können unseren Verhaltensmustern genauso entfliehen, wie wir uns von unseren Genen befreien können! hatten sie damals geschrien. Vielleicht irrten sie sich in beiden Punkten, aber der Glaube dieses Moments, dieser speziellen Inkarnation …

Ein Gesicht aus einer früheren Inkarnation. Mein Name ist Bridey Murphy, ich spreche Gälisch, ich kannte einst eine russische Schönheit mit rabenschwarzem Haar und messerscharfem Geist. Natürlich – Anastasia, stimmt's? Und er ist dein Enkel, der Baumeister. Sicher. Eine einleuchtende Geschichte. Wir können unseren Genen entfliehen, vielleicht stimmte es. Wenn er jeden Morgen als neues Wesen erwachte, warum sollte er dann erwarten, daß der Sohn seiner Tochter irgendeine Ähnlichkeit mit einer der Inkarnationen auf seinem eigenen Weg hatte? Wir leben mit Fremden. Wir leben mit Brüchen; er hatte niemals irgend etwas von all dem getan; er hatte keine Bienen gezüchtet, und er hatte auch nicht in einem Altersheim in irgendeinem Bett gelegen und nach Luft gerungen. Auch diese Inkarnationen, die zweifellos anderen Lebenslinien folgten. Daß er seine Linie bis zu diesem Punkt vorangetrieben hatte, daß die Welt sich bis zu diesem Salbeifeld im Sonnenschein und zu dieser großen Einsamkeit weitergedreht hatte; unmöglich zu glauben. Er würde nie mehr normal sein.

Aber dieses Gesicht. Diese feste, scharfe Stimme, dieser Unterton von Spott. Er hatte sie gern gehabt, in Singapur, er hatte sie als ... attraktiv betrachtet. Exotisch. Und einmal waren er und seine junge Frau durch den Kaktus auf der Rückseite des Rattlesnake Hill geklettert, um den Sonnenuntergang zu erleben und sich in einem kleinen Wäldchen zu lieben, dessen Bäume sie vor einigen anderen Inkarnationen anzupflanzen geholfen hatten, in einem Kindertraum. Elfenhafte nackte Frau, die zwischen den Bäumen in der Morgendämmerung stand. Und er sprang über die Zeit hinweg, der Geist der Freude. Bohrte sich wie ein Pfeil ins Holz, *tschunk*! Helle glatte Haut, dunkle rauhe Rinde, und in dieser Vision ein plötzlicher Funke, der Geist einer Epiphanie.

Man darf ihnen nicht erlauben, den Berg zu besetzen.

Bridey Murphy, der gerissene Anwalt, regte sich in ihm. »Verdammt noch mal!« rief er. »Warum hast du mich nicht in Ruhe gelassen?«

Er humpelte wieder hinein und schlüpfte in seine Kleider. Er betrachtete die Laken auf seinem Bett und ließ sich darauf sinken und weinte. Dann lachte er auf seinem Bett. »Scheiße«, sagte er und zog seine Schuhe an.

So kam Tom aus den Bergen herunter. Zwischen Bäumen und Sonnenstrahlen, die sich im Laub brachen, sich einen Weg suchend und nach Vögeln Ausschau haltend. Auf der Black Star Canyon Road schwang er sich auf sein kleines Mountainbike und rollte hinunter zur Chapman. Als er durch den Einschnitt in den Bergen radelte, sah er nach rechts durch den Crawford Canyon zum Rattlesnake Hill. Büsche und Kakteen, ein kleines Eichenwäldchen, schwarze Walnußbäume und Platanen auf der runden Kuppe. Die restlichen Berge, soweit man sie sehen konnte, waren alle bebaut, auch wenn exotische Bäume die Häuser teilweise überragten. Höhe gleich Geld gleich Macht. Ein Wunder, daß überhaupt ein Berg freigeblieben war. Aber der OC Water Distrikt besaß den Rattlesnake Hill, ehe El Modena gegründet wurde, und dieser Verein war hart. Die strengsten Wassermeister in Kalifornien, und das hieß eine ganze Menge. Also hatten sie ihn freigehalten. Doch vor ein oder zwei Jahren hatten sie ihn per Urkunde der Stadt übergeben; sie hatten ihn nicht gebraucht zur Wahrnehmung ihrer Aufgabe, und die war alles, was für sie wichtig war. So besaß nun El Modena den Berg, und die Stadt müßte entscheiden, wofür er verwendet wurde.

Weiter unten auf der Chapman kam er an Pedro Sanchez, Emilia Deutsch, Sylvia Waters und John Smith vorbei. »Hey, Tom Barnard! Tom!« Sie alle riefen ihm zu. Alles alte Freunde. »Verändert sich hier unten denn gar nichts?« fragte er sie und bremste. Strahlendes Lachen, verlegene Unterhaltung. Nein, nichts veränderte sich. So schien es jedenfalls. Nichts außer ihm. »Ich suche Kevin.« »Sie haben gerade ein Match«, sagte Pedro zu ihm. »Unten auf der Esplanade.« Einladungen zum Essen, fröhliches Winken, mach's gut. Er fuhr weiter und fühlte sich seltsam. Das war seine Stadt gewesen, seine Gemeinschaft. Viele Jahre lang.

Unten auf den Esplanadeplätzen war ein Softballspiel im Gange. Der Anblick ließ ihn stehenbleiben, und erneut wurde der Holzkern in ihm von Geisterpfeilen durchbohrt. Er mußte anhalten.

Drüben auf einer Anhöhe hinter dem Unterstand der Lobos lungerten Nadeshda Katajew und ein großer dicker Mann herum und lachten über etwas. Er schluckte, fühlte den Pulsschlag in sich. Er hatte sich das Reden völlig abgewöhnt; so etwas wie Traurigkeit erfaßte ihn, hob das Holz, ließ es schwimmen, treiben. Trauer oder …

Er radelte hinunter und kam zu ihnen. Der Mann war der neue Rechtsanwalt der Stadt namens Oscar. Sie unterhielten sich darüber, welchem Filmstar die einzelnen Spieler am ehesten ähnlich sahen. Nadeshda sagte, daß Ramona aussehe wie Ingrid Bergman, Oscar meinte, sie ähnele Belinda Brav.

»Nee, sie ist viel hübscher als sie«, murmelte Tom und war leicht überrascht, als sie lachten.

»Und was ist mit mir?« wollte Oscar von Nadeshda wissen.

»Hmm … vielleicht Zero Mostel.«

»Sie müssen als Diplomatin aber eine interessante Karriere hinter sich haben.«

»Und wie sieht Kevin aus?« fragte Tom.

»Wie Norman Rockwell«, entschied Nadeshda. »Mit Heu im Mund.«

»Das ist aber kein Filmstar.«

»Ist doch egal.«

»Eine Kreuzung zwischen Lyle Sims und Jim Neighbors«, schlug Oscar vor.

»Kreuzungen sind nicht erlaubt«, legte Nadeshda fest. »Wie einer von den Kleinen Strolchen ganz bestimmt.«

Kevin trat ans Schlagmal, holte beim ersten Wurf aus und schickte den Ball an der Linie entlang ins Außenfeld. Als sie den Ball endlich zurückgespielt hatten, stand er schon an der dritten Base, und sein Gesicht war ein einziges Grinsen.

Nadeshda sagte: »Er ist wie ein kleines Kind.«

»Immer und ewig neun Jahre alt«, sagte Tom und legte die Hände zu einem Trichter zusammen und rief: »Guter Treffer!« Automatisch. Instinktives Verhalten. Konnte es nicht unterdrücken. Soviel dazu, daß man seine Verhaltensmuster ändert.

Kevin gewahrte ihn und lachte. Er winkte. »Ein Kleiner Strolch, aber ganz gewiß«, sagte Nadeshda.

Sie sahen sich das Spiel an. Oscar streckte sich im Gras aus und fuhr mit einer dicken Hand über den gemähten Rasen und blickte hinauf in die Wolken. Der Seewind kühlte sie. Fran Kratovil radelte vorbei und hielt an, als sie Tom entdeckte, kam mit einem Ausdruck freudiger Überraschung herüber, begrüßte ihn, schwatzte mit ihm eine Weile, ehe sie weiterfuhr. Alte Freunde ...

Kevin kam wieder zum Schlagmal, schaffte einen neuen Volltreffer. »Er schlägt aber gut«, stellte Tom fest.

»Er schafft glatt tausend«, sagte Oscar.

»Donnerwetter.«

»Er schafft tausend?«

Sie erklärten ihm das System.

»Er hat einen wundervollen Schwung«, meinte sie.

»Ja«, sagte Tom. »Das ist der Pferdepeitschen-Schwung.«

»Pferdepeitsche?«

»Schnelle Handgelenke«, sagte Oscar. »Flacher Schwung, hoher Flugbogen, hohes Tempo. Es sieht so aus, als müßte der Schläger sich krümmen, um überhaupt mit den Händen mitzukommen.«

»Aber warum eine Pferdepeitsche?«

Stille.

Zögernd sagte Tom: »Eine Pferdepeitsche war ein biegsamer Stab mit einer Schnur am Ende. Das paßt genau – ein schneller Schläger sieht eher so aus als wie eine Bullenpeitsche, die im Grunde nur ein Stück Seil war. Seltsam – ich glaube kaum, daß in den letzten Jahren überhaupt jemand mal eine Bullenpeitsche gesehen hat, aber der Name für den Schwung existiert noch immer.«

Das andere Team schlug und begann furios. »Enten auf dem Teich!« brüllte jemand.

»Enten auf dem Teich?«

»Läufer in Position, um Punkte zu machen«, erklärte Oscar. »Ein Begriff aus der Jagd.«

»Schießen Jäger auf Enten, wenn sie auf dem Wasser sitzen?«

»Ja«, sagte Tom.

Oscar sagte: »Vielleicht bedeutet das, daß das Ausschalten der Läufer einfacher ist, als Enten in der Luft zu schießen.«

»Ich weiß nicht«, sagte Tom. »Es geht wohl eher um die sich daraus ergebenden Chancen. Aber jetzt gibt es einen Wechsel, wißt ihr.«

»Spielerwechsel!« rief jemand.

Dann kam Doris über die grasbewachsene Anhöhe gejagt und gelangte schlingernd zum Stehen.

»Hey, Tom.« Sie war aufgeregt. »Ich war im Stadtbüro und hab mir die Planungsunterlagen angesehen, ob irgendwelche Vorschläge zur Neuaufteilung vorliegen. Es gibt tatsächlich einen solchen Antrag für den Rattlesnake Hill!«

»Können Sie sich erinnern, wie aufgeteilt werden soll?« fragte Oscar.

Doris bedachte ihn mit einem strafenden Blick. »Fünf Punkt vier auf drei Punkt zwei.«

Die Männer überlegten.

Nadeshda fragte: »Ist das eine bedeutende Änderung?«

»Fünf Punkt vier ist freies Gelände«, antwortete Oscar. Er hatte sich auf die Seite gedreht und lag nun halbaufgerichtet im Gras und stützte den Kopf in eine Hand. »Drei Punkt zwei ist wirtschaftlich nutzbar. Wieviel wollen sie ändern?«

Doris musterte ihn wütend, erbost über seinen offensichtlichen Mangel an Interesse. »Dreihundertzwanzig Morgen! Das ist das ganze Grundstück des Water District – und ich dachte, wir würden das dem Santiago-Creek-Park einverleiben. Und ich will verdammt sein, wenn sie das nicht in irgendeinem allgemeinen Aufteilungspaket verstecken.«

»Es ist eigentlich dumm von Alfredo, das alles unter der Hand durchzupauken«, sagte Tom und ließ sich das durch den Kopf gehen. »Das kann doch gar nicht auf die Dauer funktionieren.«

Oscar pflichtete ihm bei. Denn allein schon für die Umschreibung brauchte man einen Umweltbericht und mindestens eine allgemeine Abstimmung in der Stadt mit anschließender Mehrheit – vielleicht sogar einen Bürgerentscheid; und das gleiche galt auch für die Entscheidung über die Wassermenge, die vom MWD gekauft würde.

»Das klügste wäre«, sagte Tom, »zu erklären, welche Absichten man mit dem Berg hat, und, sobald allgemeine Zustimmung herrscht, der Sache die notwendige rechtliche Absicherung zu verschaffen.«

»Es ist fast so, als ob ...«, sagte Oscar.

»Als müßte er es genau so durchziehen.« Tom nickte. »Da sollte man mal nachhaken. Wenn man herausbekommen könnte, warum er zuerst die grundlegenden Dinge in Angriff nimmt, dann findet man vielleicht etwas, womit sich etwas anfangen läßt.« Er schaute ruhig zu Oscar und Doris. Oscar rollte sich wieder auf den Rücken. Doris bedachte Oscar mit einem abfälligen Blick und schoß auf ihrem Mountainbike davon.

Nach dem Spiel kehrte Oscar an seine Arbeit zurück, und Nadeshda bat Tom, ihr den zur Diskussion stehenden Berg zu zeigen. Sie gingen an Kevins und Doris' Haus vorbei, wo Nadeshda wohnte, dann durch den Hintergarten zum Fußhang des Berges. Ein Avokadohain erstreckte sich etwa fünfzig Meter weit nach oben. »Das ist es. Crawford Canyon dort unten links, der Rattlesnake Hill darüber.«

»Ich hatte es mir fast gedacht. Er liegt tatsächlich direkt hinter Ihrem Haus.«

Im Hain arbeitete Rafael Jones, ein weiterer alter Freund. »Hey, Tom! Alles okay?«

»Alles ist prima, Rafe.«

»Mann, ich hab dich ja seit Jahren nicht mehr gesehen! Was führt dich denn hierher?«

Tom wies mit dem Daumen auf Nadeshda, und die anderen beiden lachten. »Ja«, sagte Rafael, »sie bringt ganz schön Unruhe in unser Haus, nicht wahr?« Er gehörte zu Kevins und Doris' Haushalt und war der ältere Partner; er kümmerte sich um ihre Wälder und den Garten. Tom erkundigte sich nach den Avokados, und sie unterhielten sich kurz. Als das Reden ihn zu ermüden begann, zeigte Tom bergauf. »Wir wollen mal rauf zum Gipfel.«

»Okay. Gut, dich wieder hier zu sehen, Tom, tut wirklich gut. Komm doch irgendwann zum Essen zu uns.«

Tom nickte und führte Nadeshda einen Pfad hinauf. Die bewässerten Grünflächen blieben plötzlich zurück und gingen in ein Rehbraun über. Es war Mai, was im Süden Kaliforniens in etwa dem Spätsommer entspricht. Die Zeit für goldene Berge. Zögernd lieferte Tom eine Erklärung; in Süd-Kalifornien dauerte der Frühling, wenn alles erblühte, vom November bis zum Februar, was auch gleichzeitig die Regensaison war. Der Sommer gehörte den Monaten März bis Mai; und der von Trockenheit geprägte braune Herbst dauerte von Juni bis Oktober. Womit für den Winter kein Zeitraum mehr übrigblieb.

Er hatte wirklich das Reden völlig verlernt.

Weiter den Pfad hinauf, der sich zwischen Krüppeleichen, schwarzem Salbei, Klatschmohn, Löwenzahn und vereinzelten Kolonien Feigenkatus dahinschlängelte. Der scharfe Geruch der Sträucher erfüllt die Luft und wurde vom Salbei fast zugedeckt. Der Untergrund bestand aus loser brauner Erde, untermischt mit Sandsteingries. Tom unterbrach den Marsch, um zwischen den größeren Sandsteinblöcken nach irgendwelchen Fossilien zu suchen, aber er fand nichts. Es gebe sie jedoch, versicherte er Nadeshda. Haizähne von riesigen ausgestorbenen Arten, Unmengen von molluskenähnlichen Wesen und die Zähne eines Säugetiers mit dem Namen Desmostylian, das keinerlei Verwandtschaft zu irgendeiner Art aufwies, sei sie noch lebend oder bereits ausgestorben. Es sei eine Art Kreuzung zwischen einem Nashorn und einem Walroß. Ja, hier gab es alle möglichen Fossilien.

Ab und an scheuchten sie einen Fasan auf oder einen Krähenschwarm. Von Zeit zu Zeit hörten sie auch das Geraschel von irgendeinem kleinen Getier, das vor ihnen die Flucht ergriff. Die Sonne brannte auf ihre Nacken.

Zuerst ein flacher Kamm, dann hinauf zur breiten Gipfelfläche des Hügels. Der Wind blies sie kalt an. Sie gingen zu einer kleinen Gruppe schwarzer Walnußbäume und Platanen und Eichen auf dem höchsten Punkt des Gipfels, und setzten sich im Schatten einer Platane auf den dicken Teppich braunen Laubes.

Nadeshda streckte sich zufrieden aus. Tom ließ die Szenerie auf sich wirken. Die Küstenebene versank im dunstigen Licht des späten Nachmittags. Da war das Anaheim Stadion, das große Krankenhaus in Santa Ana, das Matterhorn in Disneyland. Ansonsten nur Baumwipfel. Unten fingen die Häuser und Gärten von El Modena das Sonnenlicht auf.

Er erkundigte sich nach ihrem Zuhause und ignorierte die Geister im Wäldchen. (Ein junges Paar war dort und lachte. Hinter ihnen drängten Kinder und pflanzten fußhohes Gras an.)

Sie kam aus Sewastopol auf der Krim, bezeichnete jedoch Indien als ihre Heimat. Nach vielen Jahren dort war sie nach Moskau zurückgekehrt. »Das war hart.«

»Hat Indien Sie verändert?«

»Indien verändert jeden, der sich dort aufhält, wenn man lange genug dort ist und wenn man für Einflüsse offen ist. So viele Menschen gibt es dort – damals begriff ich, daß es tatsächlich möglich ist, die Erde völlig zu überrennen. Ich war vierundzwanzig, als ich das erste Mal dort eintraf. Es vermittelte mir ein Gefühl der Dringlichkeit.«

»Aber dann kehrten Sie nach Moskau zurück.«

»Ja. Moskau läßt sich mit Indien nicht vergleichen. Und dann verhielt meine Regierung sich in bezug auf Indien recht seltsam. Man arbeitete dort, aber wenn man nach Hause zurückkehrte, stellte man fest, daß einem niemand mehr zuhörte. Man war gezeichnet, sozusagen. Praktisch unberührbar.« Sie lachte.

»Aber Sie haben trotzdem wichtige Arbeit geleistet.«

»Ich hätte noch mehr tun können.«

Sie saßen da und spürten die Sonne. Nadeshda rührte mit einem Zweig im welken Laub herum. Tom beobachtete ihre Hände. Schmal, langfingrig, ausgeprägte Adern. Er fühlte sich schwerfällig, alt, melancholisch. Sei anwesend, bleib hier, dachte er. Es war so schwer. Nadeshda sah ihn an. Sie erwähnte Singapur, und es kam wieder zu ihm zurück, stärker als je zuvor. Sie war eine der führenden Stimmen der Konferenz gewesen. Sie hatten zusammen etwas getrunken, waren durch die heißen, dichtbevölkerten Straßen Singapurs spaziert und hatten über Umwandlungsstrategien diskutiert. Er schilderte seine Erinnerung, so gut er konnte, und sie lachte. Es war das gleiche Lachen. Sie hatte ein asiatisches Gesicht, eine Adlernase und wirkte anmaßend. Kosakenblut. Die Steppen, Turkestan, die riesigen Räume Zentralasiens. Schlank, modern, sie hatte in Singapur indischen Schmuck und indische Kleidung getragen. Sie tat es immer noch. Natürlich war sie jetzt wieder bei den Indern.

Er erkundigte sich nach ihrem Leben, das sie seitdem geführt hatte.

»Es war nicht interessant genug, um viel darüber zu erzählen. Viele Jahre lang lebte und arbeitete ich in Moskau.« Ihr erster Ehemann wurde nach Kasachstan geschickt, und sie hatte dort regionale wirtschaftliche Untersuchungen durchgeführt, bis er bei einem lokalen Aufstand ums Leben kam. Zurück nach Moskau, dann wieder nach Indien, wo sie ihren zweiten Mann kennenlernte, einen

Georgier, der dort arbeitete. Nach Kiew, zurück nach Moskau. Der zweite Mann starb an einem Herzinfarkt, während sie Ferien machten. Tauchen im Schwarzen Meer.

Kinder?

Ein Sohn in Moskau, zwei Töchter in Kiew. »Und Sie?«

»Meine Tochter und ihr Mann, Kevins Eltern, leben im Raum und arbeiten auf den Sonnenkollektoren. Seit Jahren schon. Mein Sohn starb, als er noch jung war. Bei einem Autounfall.«

»Ah.«

»Kevins Schwester lebt in Bangladesh. Sie heißt Jill.«

»Ich habe jetzt fünf Enkelkinder, und das sechste kommt in einem Monat.« Sie lachte. »Ich sehe sie nicht oft genug.«

Tom knurrte etwas. Er hatte Jill seit einem Jahr nicht gesehen, seine Tochter seit fünf. Die Leute zogen viel zuviel herum und glaubten, daß das TV-Telefon das wettmachte. Er sah in die Sonne, die durch die Blätter blinkte. Demnach hatte sie also zwei Ehemänner sterben sehen. Und da saß sie und lachte im Sonnenschein und schuf kleine Muster mit welkem Laub und Zweigen wie ein kleines Mädchen. Das Leben war schon seltsam.

Zurück den Berg hinunter im aprikosenfarbenen Sonnenlicht. Die Toskana in Kalifornien. Kevins und Doris' Haus schimmerte im Garten, die durchsichtigen Flächen und Kuppeln leuchteten wie eine Lampe, die die umgebenden Bäume beschien. Sie gingen hinein und mischten sich unter das zur Essenszeit herrschende Chaos. Die Kinder rannten kreischend umher. Sechzehn Menschen lebten in dem Gebäude, und kurz vor den Mahlzeiten schien es, als wären die meisten davon Kinder. Dabei waren es nur fünf. Rafael und Andrea freuten sich ganz offen, ihn zu sehen; sie hatten zusammen an der Gründungsurkunde der Stadt gearbeitet, und doch lag es schon Jahre zurück ... Sie brachten Tom in

Verlegenheit, indem sie das gute Porzellan hervorholten und versuchten, das ganze Haus am Tisch zu versammeln. Tomas jedoch wollte seinen Arbeitsschirm nicht verlassen. Tom kannte Yoshi und Bob, sie waren Lehrer gewesen, als Kevin noch auf der Schule war. Und er kannte Sylvia und Sam, Donna und Cindy. Aber was für eine Schar! Sogar bevor die große Einsamkeit ihn heimgesucht hatte, hätte er nicht in einem solchen Durcheinander leben können. Natürlich, es war ein großes Haus, und sie trafen sich nur selten so wie jetzt. Aber trotzdem ...

Nach dem Essen bereitete Tom für sich selbst und Nadeshda Gläser mit Whiskey, und sie gingen hinaus ins Atrium, wo Sessel um einen Fischteich herum aufgestellt waren. Über dem Oberlicht flatterte Wolkengel ein wenig im Wind, und in der Küche plapperten Stimmen und klapperte Geschirr. Das Atrium war dunkel und kühl, das Wolkengel durchsichtig genug, um die Sterne erkennen zu lassen. Das offene Ende der Hufeisenform des Apartmentkomplexes gestattete ihnen einen Blick nach Westen, und sie befanden sich an der Seite des Berges gerade hoch genug, so daß die Lichter der Stadt unten tanzten wie die Lampen der Fischer draußen auf dem Meer. Sie tranken Whiskey.

Doris kam hereingestürmt, schlug die Tür zu und rannte in die Küche. »Wo ist mein Essen?« rief sie.

Etwa eine Viertelstunde später kam Kevin herein und machte ein zufriedenes Gesicht. Er sei mit Ramona geflogen, erzählte er, und sie seien anschließend Essen gegangen.

Doris holte ihn mit ihrer Neuigkeit über den Umschreibungsantrag auf die Erde zurück. »Sie sind tatsächlich hinter dem Rattlesnake Hill her.«

»Du machst einen Scherz«, entgegnete Kevin schwach. Er ließ sich in einen der Atriumsessel fallen. »Diese Schweine.«

»Da haben wir einen ganz schönen Kampf vor uns«, prophezeite Doris ihm grimmig.

»Das wissen wir doch schon.«

»Jetzt wird es noch schlimmer.«

»Okay, dann wird es eben noch schlimmer. Prima.«

»Ich versuche nur realistisch zu sein.«

»Ich weiß.« Sie gingen in die Küche und diskutierten weiter. »Wer, zum Teufel, hat alles aufgegessen?«

Nadeshda lachte und meinte leise zu Tom: »Manchmal denke ich, daß meine Doris vielleicht gar nicht so unglücklich wäre, wenn die beiden wieder zusammenkämen.«

»*Wieder* zusammen?«

»O ja. Zwischen den beiden hat es schon mal geknistert, wissen Sie.«

»Das wußte ich nicht.«

»Es war nichts Großes. Und es ist schon lange her. Als sie gerade in dieses Haus gezogen waren, nehme ich an. Fast hätten sie ein gemeinsames Zimmer bezogen, dann ist es nicht dazu gekommen. Und dann kam Doris für einige Zeit zu mir, um zu arbeiten. Sie hat mir davon erzählt, als sie mal in der Stimmung war. Und als sie dann wieder zurückging, ist es wohl nicht so gut gelaufen. Aber ich nehme an, sie ist noch immer ein bißchen in ihn verliebt.«

Tom dachte darüber nach. »Ich glaube, das habe ich überhaupt nicht bemerkt.« Wie konnte er auch, oben in den Bergen? »Sie sieht ihn ja ziemlich oft.«

»Aber da ist auch noch diese Ramona.«

»Ja, was Kevin gerade gesagt hat. Aber ich nahm an, Sie lebt mit Alfredo zusammen.«

Nadeshda informierte ihn über die jüngsten Entwicklungen. Sie erzählte ihm in launigen Worten von den Angelegenheiten und Affären der Stadtleute. So fröhlich. Und aus ihrem Munde klang es so … plötzlich hatte er den Wunsch, es genauso zu empfinden wie sie, er wollte, daß er an diesen Dingen Anteil nahm.

»Oh«, rutschte es ihm heraus. Er wunderte sich über sich selbst. Diese orientalische Schönheit, die da mit ihm im dunklen Atrium saß und den neuesten Klatsch erzählte …

Sie saßen da und sahen den Sternen zu, die jenseits des Wolkengels am Himmel tanzten. Die Zeit verstrich.

»Bleiben Sie heute nacht hier?« fragte sie.

Das Haus hatte mehrere freie Zimmer, aber Tom schüttelte den Kopf. »Ich habe es nicht so weit bis nach Hause, und ich schlafe lieber dort.«

»Natürlich. Aber Sie müssen mich jetzt entschuldigen, ich gehe wohl zu Bett.«

»Aber sicher doch. Kümmern Sie sich nicht um mich. Ich fahre auch bald los.«

»Danke, daß Sie mit mir auf den Berg gestiegen sind. Es ist ein schöner Ort, man sollte ihn unberührt lassen.«

»Wir werden sehen. Ich war selbst froh, dort hinaufgegangen zu sein.«

Sie begab sich über die Treppe in den zweiten Stock. Tom sah sie verschwinden und dachte überhaupt nichts. Empfindungen flatterten auf ihn zu wie Motten, die das Licht suchen. Das Holz knarrte. So lange war es her, daß er so etwas getan oder erlebt hatte! Es war seltsam. Vor langer Zeit war es genauso gewesen, als hätte er jahrelang jede Nacht geschlafen, um morgens in einer völlig neuen Welt aufzuwachen. Die Stimme, die in den Straßen von Singapur lachte – waren es wirklich sie gewesen? Hatte er das erlebt? Unmöglich. Es mußte so gewesen sein. Und dennoch ... ein neuer Bruch – zwischen dem, was er als wahr empfand, und dem was er als Faktum kannte. All diese Inkarnationen machten sein Leben aus.

Er stand langsam auf. Müde. Es würde eine lange Fahrt bis nach Hause, aber plötzlich wollte er zurück.

In den nächsten beiden Wochen herrschte ein warmes und feuchtes Klima, und man spürte eine seltsame Spannung in der Luft, als baute sich immer mehr statische Elektrizität auf, und als würde jeden Moment ein Santa-Ana-Wind aufleben und über die Berge pfeifen und sie alle ins Meer blasen.

Tom kam nicht in die Stadt zurück, und schließlich machte Nadeshda es zu ihrer regelmäßigen Gewohnheit, ihn zu besuchen. Manchmal war er zu Hause, manchmal nicht. Wenn sie ihn dort antraf, dann unterhielten sie sich, kurz und angeregt, niemals lange; wenn er nicht da war, dann arbeitete sie in seinem Garten. Einmal sah sie ihn wegschleichen, als sie das letzte Stück des Weges heraufkam und erkannte, daß er Probleme hatte, sich an so viel und häufige Gesellschaft zu gewöhnen. Sie stellte ihre Besuche ein und verbrachte die Tage mit Doris, Kevin oder Oscar oder mit ihren anderen Hausgenossen. Und dann, eines Abends, erschien Tom im Haus, um nach dem Essen einen Whiskey zu trinken. Er unterhielt sich ein oder zwei Stunden lang, dann verschwand er wieder.

Kevin und Ramona entwickelten andere Gewohnheiten; sie trafen sich alle paar Tage am Spätnachmittag nach der Arbeit, um gemeinsam zu fliegen und anschließend essen zu gehen. Während sie in der Luft waren, unterhielten sie sich über ihren Arbeitstag oder ähnliche nebensächliche Dinge. Irgendwie hatte Kevin einen Instinkt entdeckt, bestimmte Themen zu vermeiden – dafür Ramona das Gesprächsthema aussuchen zu lassen und sich darauf einzustellen. Es war eine Form von Takt, die er noch nie an den Tag gelegt hatte; er hatte sich nie viel dabei gedacht, hatte nie besonders aufmerksam auf die Leute geachtet, mit denen er zusammen war. Doch während dieser Flüge paßte er wirklich auf und reagierte mit jener traumwandlerischen Sicherheit, wie er sie bei ihrem ersten Flug erlebt hatte. Jeder Ausflug in die Lüfte war ein rundes und einmaliges Abenteuer, sicherlich das bei weitem wichtigste Ereignis seines Tages. Einfach so am Himmel herumzuschweben, zu spüren, daß der Wind mit ihnen spielte wie mit den Möwen ... das Land zu sehen, das unter ihnen lag wie ein wertvolles Geschenk auf einem Gabentisch.

Und es war etwas Wunderbares darin, gemeinsam zu

arbeiten, dieselbe Kette zu bewegen, im gleichen Rhythmus in die Pedale zu treten. Diese Körperlichkeit, die Dinge, die sie voneinander erfuhren, während sie sich am Rande der physischen Leistungsfähigkeit bewegten – dieses ständige Bewußtsein um ihren Körper, ihrer animalischen Existenz … das und die Softballspiele und das gemeinsame Schwimmen morgens, und es gab nicht mehr viel, was sie als animalische Wesen nicht mehr voneinander wußten.

Und so paßte Kevin auf. Und sie pumpten wie wild und kreisten durch die Luft. Und machten sich gegenseitig auf Dinge unter ihnen aufmerksam und redeten über nichts anderes als die Eindrücke des Augenblicks. »Sieh mal dieser Krähenschwarm«, sagte Kevin zum Beispiel und wies auf eine Wolke schwarzer punktgroßer Vögel unter ihnen.

»Das reinste Ungeziefer«, schimpfte Ramona.

»Nein, nein! Ich mag Krähen wirklich!« Sie lachte. »Und wie, du etwa nicht? Sie sind so hervorragende Flieger. Sie sehen zwar nicht schön aus, aber sie wissen ihre Flügel zu gebrauchen.«

»Rabauken der Lüfte.«

»Genau!« Es gab Tausende von Krähen in Orange County, die große Schwärme bildeten und sich von den Früchten in den Obstgärten ernährten. »Ich mag ihre krächzenden Stimmen und den Glanz ihrer Flügel und den klugen Ausdruck ihrer Augen, wenn sie einen ansehen« – er entdeckte all das in sich erst in dem Augenblick, als er es aussprach, so daß es ein wundervolles Gefühl war, zu reden, zu entdecken – »und wie sie umherhüpfen, zerzaust und unbeholfen. Ich liebe sie geradezu!«

Und Ramona lachte schallend über jede Erklärung. Und Kevin redete niemals von anderen Dingen, wohl wissend, daß es das war, was sie sich von ihm wünschte. Und sie steuerte sie durch den Himmel, eleganter als die Krähen, so graziös wie die Möwen, und der Schweiß trocknete auf ihrer Haut zu weißen Salzrändern ab, während sie wie die Wilden am Himmel strampelten. Und Kevins Herz ... nun, es war voll. Übervoll.

So fand der wichtigste Teil seines Lebens in dieser Zeit achtzig, neunzig Meter über der Erde statt. Natürlich interessierten ihn die Vorgänge im Stadtrat, und diese Tätigkeit nahm einen beträchtlichen Anteil seiner Zeit in Anspruch, doch von Woche zu Woche kümmerte er sich weniger darum. Sie warteten darauf, daß Alfredo seinen nächsten Zug machte, und sie setzen alle Hebel in Bewegung, sich über seine weiteren Absichten Klarheit zu verschaffen. Doris hatte eine Freundin in den Geschäftsbüros ihrer Firma, die wiederum eine Freundin in ähnlicher Position bei Heartech hatte, und sie forschte behutsam nach, um herauszubekommen, welche Gerüchte in Alfredos Operationsbasis umgingen. Tatsächlich gab es Gerüchte von einem Umzug. Vielleicht konnten sie weitere Einzelheiten über die Freundin der Freundin herausbekommen; Doris war von dieser Möglichkeit fasziniert und steckte eine Menge Arbeit hinein, redete, spielte die Unschuldige und Naive, stellte unverfängliche Fragen, wenn sie mal zusammen essen gingen.

Dann erschien der Umwidmungsantrag auf der Tagesordnung, und dazu gehörte auch die Umwidmung des OCWD-Geländes. Doris und Kevin begaben sich in die Ratsversammlung wie Jäger, die sich auf die Lauer legen.

Es war eine weitaus schmucklosere Angelegenheit als die Vereidigungsversammlung; die Leute, die da sein mußten, waren anwesend, und das war es. Der lange Saal war so gut wie leer und dunkel, und alles Licht und die Leute sammelten sich am großen Ratstisch. Alfredo leitete die Sitzung mit gewohnter Sicherheit und lockerte die Atmosphäre nur sehr sparsam mit Scherzen und launigen Randbemerkungen auf. Dann kam er zu Punkt Zwölf: »Okay, kommen wir zu den wichtigen Angelegenheiten – den Umwidmungsanträgen.«

Die Antragsteller im Publikum lachten, als wäre das wieder einer seiner Witze. Kevin beugte sich auf seinem Platz vor und stützte die Ellbogen auf den Tisch.

Doris, die sah, wie Kevins Hände zu Fäusten geballt waren, entschied, daß sie besser die Diskussion führte. »Was hat es mit den Änderungen der Parzellen im Crawford Canyon auf sich, Alfredo?«

»Es handelt sich um das Gelände, das früher dem OCWD gehörte. Und das Land darüber, gegenüber dem Orange Hill.«

»Das ist doch der Rattlesnake Hill«, sagte sie scharf.

»So steht es nicht in den Landkarten.«

»Warum die Umwidmung? Das Land sollte doch dem Santiago Park einverleibt werden.«

»Nein, tatsächlich gibt es zu diesem Gelände keine Beschlüsse.«

»Wenn du dir die Mühe machst und die Protokolle der Sitzung einsiehst, in der die Apartmentbauten im Crawford Canyon gestoppt wurden, dann müßtest du eigentlich sehen, daß genau das der ursprüngliche Plan war.«

»Ich kann mich nicht erinnern, was damals besprochen wurde, doch bisher ist nichts in dieser Richtung unternommen worden.«

»Von fünf Punkt vier auf drei Punkt zwei umzuwidmen, das ist eine erhebliche Änderung«, stellte Jerry Geiger fest.

»Und wie es das ist!« ließ Kevin sich lautstark vernehmen. »Es heißt, daß man dort kommerzielle Gebäude errichten kann. Also, was steckt dahinter, Alfredo?«

»Die Planungskommission wollte sich den Rücken freihalten und die Nutzungsmöglichkeiten des Geländes so weit wie möglich ausdehnen, ist es nicht so, Mary?«

Mary sah in ihre Notizen. »Drei Punkt zwei heißt, daß es für allgemeine Zwecke gebraucht werden kann.«

»Daß man demnach da oben so gut wie alles hinsetzen darf!« rief Kevin.

Er verlor bereits die Beherrschung. Doris sah ihn finster an, versuchte, ihr Argument mit sachlichen Mitteln zu vertreten. »Das heißt, das Land kann dann auch wirtschaftlich genutzt werden, nicht wahr, Mary?«

»Wirtschaftliche Nutzung ist möglich, aber nicht zwingend ...«

Mit zornig gerötetem Gesicht sagte Kevin: »Das ist der letzte freie Berg in El Modena!«

»Aber, aber«, sagte Alfredo ruhig. »Kein Grund, sich aufzuregen. Ich weiß, daß der Berg praktisch hinter deinem Haus steht, aber wenn es schließlich um das Wohl der Stadt gehen soll ...«

»Wo ich wohne, hat damit überhaupt nichts zu tun!« rief Kevin und schob seinen Sessel zurück, als wollte er aufspringen. »Was, zum Teufel, hat das überhaupt zu sagen?«

Betretenes Schweigen, aufgeregtes Geflüster. Doris rammte Kevin ihre Ellbogen in die Seite und trat ihm dann mit Wucht auf den Fuß. Er sah sie erschreckt an.

»Braucht man für eine solche Umwidmung kein Umweltgutachten?« fragte sie schnell.

»Umwidmungen an sich machen keine Berechnungen über mögliche Auswirkungen erforderlich«, sagte Alfredo.

»Oscar, stimmt das?« fragte Doris.

Oscar nickte langsam und spielte wieder mal den schlafenden Buddha. »Sie sind nicht zwingend, aber sie können gefordert werden.«

»Nun, dann will ich so eine Untersuchung haben!« sagte Kevin. »Dort oben könnte ja wer weiß was getan werden.«

»Ich unterstütze diese Forderung«, sagte Doris. »Unterdessen möchte ich noch einige Dinge wissen. Wer hat diesen Umwidmungsantrag gestellt, und warum?«

Eine seltsame, erwartungsvolle Stille trat ein. Schließlich sagte Alfredo sanft: »Wie Kevin gerade ausführte, gehört zu dem Gelände einer der letzten freien Berggipfel in dieser Gegend. Daher ist dieses Land wertvoll. Außerordentlich wertvoll. Als wir die Apartmentbauten unterhalb des Berggipfels verboten, dachte ich, daß wir es deshalb taten, um vielleicht später eine Verwendung dafür zu finden, die der Stadt besser nutzen würde. Das sagte ich damals. Nun, wenn das Land in den Santiago Park aufgenommen wird, dann ist das schön für den Park und für die Menschen, die in seiner direkten Nähe leben ...«

Kevins Sessel scharrte über den Fußboden.

»Wir alle leben in der direkten Umgebung«, sagte Doris und stieß Kevin mit ihrem Knie an.

»Okay, okay«, sagte Alfredo. »Einige Leute leben in größerer Nähe dazu als andere, aber wir alle gehören zur weiteren Umgebung. Und das ist der Punkt. Das Land ist für uns alle wertvoll, und Matt und ich denken, daß wir alle daran interessiert sind, daß es zum Vorteil der Stadt so gut wie möglich genutzt wird.«

»Hast du spezielle Pläne dafür?« fragte Jerry Geiger plötzlich.

»Also, nein. Ich möchte nur, daß alle Möglichkeiten gegeben sind.«

»Erklärt das auch den Antrag, mehr Wasser vom MWD zu kaufen?« fragte Jerry mit interessiertem Gesicht.

»Na ja, wenn wir das Wasser hätten ...«, begann Alfredo, und Matt nahm den Gedanken auf und führte ihn weiter:

»Wenn wir das Wasser hätten und das Land zum wirtschaftlichen Gebrauch freigegeben wäre, dann könnten wir uns ernsthaft darum kümmern, aus dieser Konstellation Nutzen zu schlagen.«

»Bis heute hast du dich also gar nicht ernsthaft darum gekümmert«, sagte Jerry und klang leicht spöttisch – allerdings konnte man das bei Jerry niemals zu genau entscheiden.

»Nein. Wir haben uns über Ideen, Möglichkeiten unterhalten. Aber ...«

Alfredo sagte: »Natürlich kann nichts unternommen werden, ehe nicht die infrastrukturellen Möglichkeiten geschaffen wurden. Aber das ist unser Job, dafür zu sorgen, daß die Möglichkeiten da sind.«

»Möglichkeiten wozu?« fragte Kevin, und seine Stimme erhob sich. Doris versuchte erneut, ihm auf den Fuß zu steigen, doch er zog ihn weg. »Zuerst denkst du daran, zusätzliches Wasser vom MWD zu beschaffen, angeblich, weil es uns Geld spart. Dann setzt du uns ohne große Erklärung eine Umwidmung vor, und als wir eine Erklärung verlangen, erhalten wir vage Ausflüchte über Möglichkeiten. Ich möchte wissen, was du genau vorhast, Alfredo, und warum du die Sache so geheimnistuerisch durchzuziehen versuchst.«

Für den Bruchteil einer Sekunde funkelte Alfredo ihn wütend an. Dann wandte er sich ab und sagte mit entspannter, belustigter Stimme: »Um den Antrag noch einmal zu wiederholen, wie er bereits vor dem versammelten Rat formuliert wurde: Wir sind an einer Umwidmung dieser Parzellen interessiert, damit wir ungehindert darüber reden können, wie sie auf andere Weise verwendet werden können. Zur Zeit sind sie mit fünf Punkt vier bewertet, und damit sind sie freie unberührte Landschaft und nichts anderes ...«

»Diese Bewertung sollten sie ja auch behalten!« sagte Kevin und brüllte es fast.

»Das ist deine Meinung, Kevin, aber ich glaube nicht, daß sie allgemein befürwortet wird, und ich habe das Recht, meine Auffassung zu äußern und eine Umwidmung zu beantragen. Gibst du mir nicht recht?«

Kevin winkte ungehalten ab. »Du kannst beantragen und vorschlagen, was du willst, aber solange du nicht herausläßt, was du wirklich vorhast, hast du auch keinen vollwertigen Antrag gestellt. Du hast lediglich versucht, etwas durch die Hintertür durchzubringen. Die Frage ist, was willst du mit dem Gelände anstellen. Und diese Frage hast du nicht beantwortet.«

Doris kniff die Lippen zusammen, damit sie nicht lächelte. Dieser wütende Vorstoß hatte trotz allem etwas für sich. Kevins Direktheit hatte Alfredo überrumpelt, wenn auch nur für einen kurzen Moment. Er suchte krampfhaft nach einer Antwort, und alle konnten es sehen.

Schließlich sagte Alfredo: »Ich habe diese Frage nicht beantwortet, weil es darauf keine Antwort gibt. Wir haben keine speziellen Pläne mit dem Land. Wir wollen nur die Möglichkeit schaffen, ungehindert über alles nachzudenken, was sich anbieten könnte. Es ist sinnlos, konkrete Pläne zu machen, so lange das Land keine Bewertung hat, die eine Bebauung legalisiert. Und das versuchen wir im Augenblick zu erreichen.«

»Wir verlangen ein Umweltgutachten«, sagte Doris. »Es ist offensichtlich, daß wir so etwas brauchen, da du ja selbst meintest, daß eine Umwidmung für das Gelände einschneidende Folgen haben kann. Können wir darüber abstimmen?«

Sie stimmten ab und stellten fest, daß sie einstimmig für ein Gutachten über die Umweltfolgen waren, die sich aus einer Umwidmung ergeben könnten. »Natürlich«, sagte Alfredo aufgeräumt. »Das sind schließlich Dinge, die wir unbedingt wissen müssen.«

Aber die Blicke, mit denen er sie bedachte, als sie sich am Ende der Sitzung erhoben, dachte Doris, waren nicht gerade freundlich. Im Gegenteil. Sie konnte nicht anders, aber sie mußte ihn angrinsen. Sie hatten einen Treffer gelandet.

Nicht lange danach traten die Lobos zu ihrem ersten Spiel der Saison gegen die Vanguards an, und von dem Augenblick an, als Kevin ans Schlagmal trat und zu Alfredo schaute, der auf dem Werferhügel stand, konnte er sehen, daß Alfredo ihm die Hölle heiß machen würde. Die Ratsversammlungen, Kevins und Ramonas Flüge über der Stadt.

Was hielt Alfredo wohl davon? Kevin hatte seine Vermutungen ... Selbst die Tatsache, daß Kevin immer noch tausend schlug, perfekte siebzehn für siebzehn – o ja, Alfredo hatte seine Gründe, ganz bestimmt.

Und er war ein guter Werfer. Nun ist Softball ein reines Schlägerspiel, und ein Werfer wird keinen Schläger ausschalten können; aber das heißt nicht, daß er ihm das Leben nicht schwer machen kann. Wenn der Werfer den hinteren Teil der Matte, die die Strikezone markiert, mit einem Ball trifft, der einen hohen, steilen Bogen beschreibt, dann wird es verdammt schwierig, den Ball zu treffen. Alfredo beherrschte diese Art von Wurf perfekt. Und er hatte auch den psychologischen Faktor auf seiner Seite, er sah aus wie ein Kraft-Werfer, zeigte dieses überheblich selbstsichere Grinsen, das verkündete, meine Bälle triffst du nie. Es war zwar eine eher lächerlich wirkende Haltung für einen Softballwerfer, wenn man den Charakter des Spiels betrachtete, aber irgendwie erzeugte Alfredo damit seine gewünschte Wirkung.

So starrte er dann Kevin mit diesem bösartigen Grinsen an, schien ihn gar nicht persönlich wahrzunehmen und nahm ihn dabei gleichzeitig als ganz persönlichen Widersacher aufs Korn. Dann warf er einen derart hohen Ball, daß Kevin augenblicklich entschied, nicht zu schlagen.

Unglücklicherweise landete der Ball mitten auf der Matte. Strike eins. Und in ihrer Liga hatten Schläger nur zwei Strikes, daher war Kevin nur einen Strike vom Ausscheiden entfernt.

Alfredos Grinsen wurde noch breiter, und sein nächster Wurf kam lächerlich hoch. Kevin rechnete sich aus, daß er zu kurz war und rührte sich nicht. Er hatte recht, aber nur um Zentimeter! Eins und eins.

Ungerührt führte Alfredo noch einmal den gleichen Wurf aus, nur ein bißchen flacher, und in einem Anflug plötzlicher Panik erkannte Kevin, daß es ein Treffer würde. Er holt aus und schlug zu und war mehr als alle Zuschauer überrascht, als er den Ball weit ins rechte Mittelfeld segeln sah, vorwärts getrieben von seinem verzweifeltem Schlag. Er rannte zur zweiten Base und strahlte seine Teamgefährten an, die ihm aus dem Unterstand laut zujubelten. Alfredo drehte sich natürlich nicht zu ihm um.

In den folgenden Innings scheiterte Alfredo zweimal an Kevin. Er wurde wegen seines Versagens von Kevins Teamgefährten gnadenlos verspottet, und er wurde deutlich verbissener, als er seine eigenen Leute antrieb. Unterdessen schlugen die anderen Lobos gegen ihn ebenfalls erstaunlich gut. Daher war es kein erfolgreiches Spiel für Alfredo, und die Lobos führten 9-4, als die Vanguards zum letztenmal an die Reihe kamen. Alfredo selbst machte den Anfang und schaffte einen Lauf. Er stand an der ersten Base, feuerte seine Leute an und klatschte hektisch vor überschäumender Energie in die Hände.

Die nächste Schlägerin, Julie Hanson, hämmerte einen schnellen gerade Ball über Kevins Kopf hinweg. Kevin deckte die dritte Base ab, und dann kam der unheimliche Augenblick, als alles um ihn herum in hektische Bewegung geriet und er praktisch mittendrin stand, aber überhaupt nichts tat: er sah Mike losrennen und den Ball abschneiden, er sah Alfredo zur zweiten traben und auf die dritte zustürmen, er sah Mike den Ball hart in seine Richtung werfen. Er stellte sich auf die Base, um den Ball mit einem Sprung abzufangen. Der Ball driftete nach rechts ab, und er sprang hinterher, um ihn zu stoppen, und im selben Moment erwischte es ihn! Alfredo prallte gegen ihn und schleuderte ihn Hals über Kopf in die Foulzone.

Benommen schüttelte Kevin den Kopf. Er kauerte auf Händen und Knien. Der Ball befand sich noch immer in seinem Handschuh. Er sah hinüber zu Fred Spaulding, der den

Daumen zum Auszeichen hochgereckt hatte. Leute stürmten aus allen Richtungen auf ihn zu und stießen laute Rufe aus. Alfredo stand auf der dritten Base und brüllte ebenfalls wütend – es ging wohl um Freds Rolle als Schiedsrichter. Eine aufgebrachte Menge strömte zusammen, und jemand half Kevin auf die Füße.

Er nahm den Ball aus dem Handschuh und ging hinüber zu Alfredo, der ihn wachsam beobachtete. Ohne es eigentlich bewußt zu wollen, schnippte er den Ball gegen Alfredos Brust, gegen die er mit einem dumpfen Laut prallte, um dann auf den Erdboden zu fallen. »Du bist draußen«, sagte er rauh und hörte dabei seine Stimme in einer Weise, wie er es eigentlich noch nie getan hatte.

Er wandte sich ab, um davonzugehen, wurde jedoch plötzlich am Arm herumgerissen. Er sah, daß es Alfredo war, und augenblicklich schlug er mit der Faust zu, traf Alfredo unter dem Ohr, und etwa im selben Moment erwischte Alfredos Faust ihn auf dem Mund. Er stürzte, und dann waren er und Alfredo und mehrere andere ein chaotisches Knäuel sich prügelnder Körper, Alfredo schrie Zeter und Mordio, Kevin fluchte und versuchte, einen Arm freizubekommen, um erneut zuzuschlagen, Fred brüllte sie an, sie sollten aufhören, und Mike und Doris und Ramona taten das gleiche, Hände faßten nach ihm und zog ihn weg und hielten ihn fest. Er sah sich plötzlich hilflos im Griff all dieser Hände; er hätte sich losreißen können, aber es waren vorwiegend die Hände von Freunden, die er sogar an der Berührung erkannte. Alfredo wurde in ähnlicher Weise festgehalten. Nichts, was von den Umstehenden gesagt wurde, war verständlich, es war so, als stünde er unter einer unsichtbaren Glaskuppel, die dafür sorgte, daß er nichts mehr begriff, doch in diesem Durcheinander hörte er plötzlich Ramonas Schrei: *»Was tust du da eigentlich?«* Er löste seinen Blick kurz von Alfredo und fürchtete schon, sie meinte ihn. Aber Ramona funkelte Alfredo mit einem wütenden Blick an, und er war es, den sie anschrie. Kevin fragte sich, wohin er ihn geschlagen hatte. Die Knöchel seiner rechten Hand pochten schmerzhaft.

»Scheiße!« schrie Alfredo Fred an. »Scheiße! Er war an der Baseline, was sollte ich tun? Es war alles regelgerecht, so etwas passiert doch dauernd!«

Das stimmte.

»Er war es, der angefangen hat!« rief Alfredo. »Was, zum Teufel, soll das?«

»Oh, sei endlich still, Alfredo!« rief Ramona dazwischen. »Du weißt genau, daß du angefangen hast.«

Alfredo hatte nur einen einzigen Blick für sie übrig, einen eiskalten Blick. Er wandte sich wieder an Fred: »Und? Willst du nicht endlich deinen Job erledigen?«

Eine ganze Reihe Leute aus beiden Teams beschimpften ihn. Fred holte eine Pfeife unter seinem Hemd hervor und stieß einen schrillen Pfiff aus. »Ruhe! Seid still! Hört auf! Ich breche das Spiel ab und erkläre euch alle zu Verlierern, wenn ihr nicht sofort in eure Unterstände verschwindet! Na los, macht schon, das ist doch dämlich!« Er ging hinüber zu der Gruppe Lobos, die Kevin festhielten, und sagte: »Kevin, du bist aus dem Spiel. Das Ganze ist deine Schuld.«

Laute Proteste von Kevins Mannschaftskameraden.

»... wenn du auf der Baseline stehst!« erhob Fred seine Stimme über ihr Gebrüll. »Der Läufer hat ein Anrecht auf freien Zugang zur Baseline, und Feldspieler dürfen sich nicht beklagen, wenn sie angerempelt werden, während sie sie besetzen. Daher gab es keinen Grund, ihm den Ball vor die Brust zu werfen. Es kommen jetzt sowieso nur noch zwei Aus, und ich möchte das Spiel endlich abschließen, damit das nächste anfangen kann. Also macht voran!«

Kevin spürte, wie er zum Unterstand gezerrt wurde. Er setzte sich auf die Bank. Seine Kehle war wund. Hatte er ebenfalls gebrüllt? Mußte er wohl.

Ramona saß neben ihm, hatte eine Hand auf seinen Arm

gelegt. Plötzlich wurde er sich dieser Berührung bewußt, einer kräftigen Hand, die leicht zitterte, ihn stützte, ihn tröstete. Sie war auf seiner Seite. Ganz offen. Er sah sie an und hob die Augenbrauen.

Sie nahm die Hand weg, und nun war es sein Körper, der zitterte.

»Dieses Schwein«, sagte sie mit Inbrunst. Sie schaute hinüber zu Alfredo, der in seinem Unterstand herumrannte und immer noch Fred anbrüllte.

Kevin konnte nur schlucken und nickte.

Nach dem Spiel ging Kevin ein wenig benommen davon. Er schämte sich. Aus einem Softballspiel geworfen zu werden, lieber Himmel! So etwas passierte gelegentlich, vor allem bei bestimmten Mannschaften, die sehr gerne während des Spiels Bier tranken. Aber es kam äußerst selten vor.

Er hörte Alfredos Stimme über das ganze Feld und drehte sich zu ihm um, verblüfft über die Intensität seiner Abneigung. Diese kleine Gestalt da drüben am Berghang, umgeben von seinen Freunden ... eine Konzentration, ein Symbol für alles, was er verabscheute. Wenn er doch nur einen weiteren Treffer hätte landen können, dann hätte er ihn wohl gründlich zu Boden gestreckt ...

»Hi, Kev.«

Er zuckte zusammen und befürchtete, daß man seine Gedanken in seinem Gesicht erkennen konnte. »Hi, Ramona.«

»Ein ziemlich aufregendes Spiel, nicht wahr?«

»Ja.«

»Komm doch mit. Ich muß heute nachmittag noch unterrichten, aber die Stunde hört schon früh auf, und dann können wir noch mal fliegen.«

»Klar, gerne.« Kevin hatte eigentlich arbeiten wollen, doch sie beendeten gerade das Haus der Campbells, und

Hank und Gabriela konnten die letzten Feinarbeiten auch allein ausführen.

Sie radelten rüber zur Schule, und Kevin duschte in der Turnhalle. Die alten Räume weckten zahlreiche Erinnerungen in ihm. Sein Mund schmerzte, die Oberlippe schwoll an einer Seite an. Er kämmte sich ohne großen Erfolg die Haare und ging hinauf in Ramonas Klasse. Sie hatte ihren Vortrag bereits angefangen, und Kevin begrüßte die Kinder und suchte sich einen Platz im hinteren Teil des Klassenraums.

Die Lektion befaßte sich mit Bevölkerungsbiologie, den Grundgleichungen, die den Bevölkerungsfluß in einem festumrissenen Environment bestimmten. Die Gleichungen war nichtlinear und lieferten ein grobes Modell von dem, was in der Welt draußen zu beobachten war, nämlich Populationen einer bestimmten Spezies, die entstehen, aufblühen und vergehen und dabei einem festgefügten, aber unvorherbestimmbaren und nicht widerholbaren Zyklus folgen. Dieses Konzept war anti-intuitiv, und Ramona nahm sich Zeit, um es ausführlich zu erklären, indem sie mit Beispielen operierte und alles in einem eher lockeren Gesprächston vortrug und auf die zahlreichen Fragen der Schüler einging.

Ihr Labor nahm das gesamte oberste Stockwerk eines Gebäudes ein, und der Nachmittagssonnenschein strömte durch die westlichen Fenster herein und ließ Ramonas schwarzes Haar bläulich schimmern. Sie zog Kevin in die Diskussion hinein, und er erzählte von der Vielfalt biologischer Systeme, die in der modernen Architektur benutzt wurden, und kam endlich auf das Beispiel von den chinesischen Karpfen in einem Atriumteich. Diese Fische gehörten in bezug auf ihre Anzahl zu den beständigsten, doch die Gleichungen galten auch bei ihnen, wenn es darum ging, die Fluktuationen in ihrer Population zu beschreiben, und sie wurden sofort praktisch angewendet zur Bestimmung der Teichgröße, der Anzahl der dort zu haltenden Fische und so weiter.

Dennoch verwirrte die Nicht-Linearität der Gleichungen, die Tendenz von Populationen, sprungartig anzuwachsen oder zu schrumpfen, einige Schüler. Kevin konnte das gut verstehen, denn auch ihm erschien es immer wieder wie ein großes Rätsel.

Ramona holte ein Lorenz-Wasserrad hervor, um ihnen ein konkretes Beispiel vorzuführen. Es handelte sich um ein einfaches Modell mit zwölf Eimern am Außenrand, und es konnte sich in beide Richtungen drehen. Wenn Wasser aus einem Schlauch herausströmte, der über dem Rad hing, dann bewegte der langsamste Wasserstrahl das Rad überhaupt nicht; langsam füllte sich der oberste Eimer, und dann rann das Wasser über seinen Rand nach unten ins Becken. Bei mittlerer Strömung füllte der oberste Eimer sich und kippte dann zur Seite, und danach beschrieb das Rad eine langsame Drehung, wobei die Eimer sich unten leerten und zum Teil unter dem Schlauch wieder volliefen. Das war ein Vorgang, den sie alle erwartet hatten, das war es, was gesunder Menschenverstand und Erfahrung aus der Welt draußen als normal erscheinen ließen. Daher überraschte es nicht wenig, als Ramona den Wasserstrahl aus dem Schlauch verstärkte und das Rad sich schnell in eine Richtung drehte, bremste und wieder beschleunigte, in der Gegenrichtung ...

Die Klasse reagierte verblüfft auf die erste Laufrichtungsumkehr, lachte, diskutierte angeregt. Das Rad bewegte sich hektisch, die Eimer liefen manchmal bis zum Rand voll, manchmal kippten sie unter dem Wasserstrahl um. Eine völlig chaotische Bewegungsart, erzeugt durch einen simplen Input. Ramona begab sich vom Wasserrad zur Tafel, stellte die Gleichungen auf, die diese seltsame Reaktion beschrieben, die in der Natur völlig alltäglich war. Dann stellte sie den Schülern Aufgaben, um dieses Thema selbst zu bearbeiten und das Problem zu lösen, und sie drängten sich um die Computerschirme, um die Ergebnisse ihrer Arbeit in farbenfrohen Simulationen zu betrachten.

Kevin saß hinten in der Klasse und sah ihr bei der Arbeit zu. Trotz ihrer Unbeschwertheit und des allgemeinen Gelächters hatte ihr Auftreten etwas Sachliches, ja, fast sogar schon Formelles. Die Kinder verhielten sich locker, aber trotzdem respektvoll ihr gegenüber, und wenn sie zu laut und ausgelassen herumalberten, so reichte ein Blick aus ihren Augen aus, um sie zur Ordnung zu rufen und an ihre Aufgabe zu erinnern. Als er sich an seine eigene Schulzeit erinnerte, mußte Kevin lachen: Damals war sie ein kaum zu bändigender Unruhestifter gewesen. Vielleicht war das sogar ein Vorteil, da nun ihre Aufgabe darin bestand, für Ruhe zu sorgen. Sie wanderte von Platz zu Platz, ging mit jedem Schüler die Aufgabe durch, überzeugte sich, daß sie alle verstanden, worum es ging, und gab ihnen Hinweise für weitere Experimente am Schirm ... Es war deutlich, daß sie eine gute Lehrerin war, und es machte Freude, das zu beobachten. Es war für eine Lehrerin wichtig, eine gewisse Distanz zu wahren, sie sollte beliebt sein und bewundert werden, aber mit Abstand und dabei auch eine starke Persönlichkeit sein, die ihren Schülern ein überzeugendes und in sich schlüssiges Bild von der Welt lieferte. So sieht die Welt aus! sagt die gute Lehrerin mit jedem Satz und jeder Frage; sie durfte die Kompliziertheit der Welt nicht herunterspielen, sondern sie mußte eine deutliche und klare Sicht davon liefern, nach der die Schüler sich orientieren konnten und sich ihr eigenes Bild entwarfen. Es war nicht so wichtig, daß die Lehrerin alle Aspekte eines Sachverhaltes ansprach oder so tat, als bezöge sie in kontroversen Dingen eine neutrale Position. Im Laufe der Jahre würde die Vielfalt von Lehrern, die sich um jeden Schüler kümmerten, genau dafür schon sorgen. Viel wichtiger war, daß die Lehrerin eine Reihe lebendiger, überzeugender Ideen äußerte, daß sie eine Kraft war, daß sie Eindruck hinterließ. Bevölkerungsbiologie war noch immer ein weites Feld theoretischer Auseinandersetzungen, aber Ramona vertrat ihre Auffassungen so nachdrücklich und überzeugt, als stünde sie einem Dissertations-Prüfungsausschuß Rede und Antwort – indem sie andere Meinungen ansprach, sie jedoch mit dem verglich, wovon sie überzeugt war. Und die Schüler lauschten andächtig, und Kevin ebenfalls.

Dann war der Unterricht beendet, und sie standen draußen im honigfarbenen Licht des späten Nachmittags. Es war die Zeit, um die man gewöhnlich schwimmen ging. »Komm, wir haben gerade noch genug Zeit für El Toro vor dem Essen. Ich muß heute abend für das Abendbrot sorgen, du kannst mir dabei helfen.«

»Gerne.« Sie würden schnell an Höhe gewinnen müssen, wenn es nach Kevin ging.

Liebe Claire:

Ich bin da.

Ich bin vor drei Wochen hier angekommen und konnte mir meine Unterkunft aussuchen: ich konnte ein kleines leeres Haus mieten, oder ich konnte in ein großes Gemeindehaus ziehen, in dem noch einige Zimmer frei waren. Ich schaute mir das Gemeindehaus an und fand es bewohnt von einer Anzahl außerordentlich freundlicher, gesunder, energischer und schöner Menschen. Natürlich entschied ich mich für das kleine leere Häuschen. Die Adresse siehe unten.

Die Stadt ist wirklich arkadisch, wie ich schon bemerkte, als ich wegen der Einstellungsgespräche hier war – idyllisch oder bukolisch, je nach Stimmung. Ein Teil liegt unterhalb kleiner Vorberge; gleichzeitig bilden diese Vorberge den Kern der Stadt, geographisch betrachtet, obgleich sie nur sehr dünn besiedelt sind; und hinter diesen Vorbergen erstreckt sich eine höher gelegene Canyonlandschaft noch innerhalb der Stadtgrenzen. Im wesentlichen scheint die Stadt aus Gärten, Farmen, Baumschulen zu bestehen – in jedem Fall aus kultiviertem Land – bis auf das, was für Fahrradwege, Schwimmbäder oder Sportplätze verwendet wurde. Obstgärten sind sehr beliebt. Obgleich dies hier das Orange County ist, wachsen hier meistenteils Zitronen, Avokados und Oliven – ich verspreche Dir, bei der ersten Gelegenheit schaue ich in den Baumführer, den du mir mitgegeben hast, um festzustellen, was hier alles wächst. Ich kann mir denken, daß Du das bestimmt wissen möchtest.

Die Sonne scheint hier so reichlich, wie man es sich allgemein erzählt, vielleicht sogar noch mehr. Drei Wochen davon, und ich habe das Gefühl, ich drehe leicht durch. Stelle Dir nur die Wirkung vor, wenn man dem ein Leben lang ausgesetzt ist, und Du wirst die hiesige Kultur etwas besser verstehen.

Sie fahren Fahrrad bis zum Exzeß. Es gibt überhaupt keine öffentlichen Verkehrsmittel bis auf die Mietwagen auf den Schnellstraßen, die übrigens sehr teuer sind. Motorräder sind sogar noch teurer. Offenbar vertritt man hier die Auffassung, daß man sich mit der Kraft seiner eigenen Beine vorwärtsbewegen soll. Und die Beine der Menschen hier sind wirklich kräftig.

Andererseits wissen sie nicht, wer Groucho Marx ist. Und soweit ich mitbekommen konnte, gibt es in El Modena nicht nur kein Theater – so etwas findet man im ganzen Land nicht! Ja, in dieser Hinsicht bin ich in der Wüste Gobi. Ich bin in Nowaja Semlja. Ich bin – ja – ich bin in Orange County. Ich bin in dem Land, wo die Kultur aus anstrengendem Schwimmtraining besteht, gefolgt von einer angeregten Diskussion über den Nutzen von Handpaddeln.

Ich habe mir genau diese Diskussion neulich angehört, als mein neuer Freund Kevin mich überredete, doch zum Schwimmbad mitzukommen. Ich ging hin und sah etwa dreißig Leute, die hin und her schwammen. Hin und her und wieder hin und wieder her. Und so weiter. Sehr, sehr kraftvoll und energisch. Dieses Training sorgt gewiß für einige schöne Körper – etwas, das ich mir lieber ansehe, als es selbst zu haben, wie Du ja weißt.

Irgendwann schoß Kevin wie ein Lachs aus dem Wasser und forderte mich auf, ebenfalls mitzumachen. Ich erklärte ihm, daß eine Allergie mich leider daran hindere.

Ach, das ist schade, sagte er. Allergie gegen Chlor?

Nein, gegen Überanstrengung.

Oh, nein – so ein Pech.

Ich meinte zu ihm, daß sie eine hervorragende Energiequelle vergeudeten. Sieh mal, sagte ich, wenn ihr Schnüre an eure Fußgelenke binden und diese Schnüre über Rollen lenken würdet, die einen leichten Widerstand böten, dann ist es vielleicht möglich, einen Teil der Kalorien zu sammeln und zu speichern, die ihr verbraucht, um durch das Becken zu schwimmen. Eine oder mehr Solarzellen könnten stillgelegt werden, so daß die Anlagen nicht mehr so überladen aussehen. Kevin nickte nachdenklich. Gute Idee! sagte er. Doch dann biß er sich an irgendwelchen technischen Schwierigkeiten fest und versprach, daß er mich noch einmal darauf ansprechen würde.

Kevin ist übrigens der Baumeister, den ich engagiert habe, damit er mein neues Heim gestaltet; er ist Bioarchitekt. Ja, das ist das allerneueste, und natürlich bin ich sofort dabei. Tatsächlich habe ich mir einige Arbeiten Kevins angesehen, ehe ich ihn ansprach, und er ist sehr gut – eine Art Poet des Hausbaus mit einer besonderen Gabe für großzügig gestaltete Innenräume. Ich setze große Hoffnungen in ihn.

Nachdem ich seine Arbeiten gesehen habe, war es zuerst einigermaßen verwirrend, Kevin selbst kennenzulernen, denn auf den ersten Eindruck erscheint er einem als völlig normaler, durchschnittlicher Zimmermann: groß, schlaksig, von einer allgemeinen Lässigkeit, so daß man auf Anhieb überzeugt ist, daß er beim Baseball mit den Besten mithalten kann. Er lacht sehr viel. Tatsächlich wanderte er grinsend durch mein ganzes Haus, als er zum erstenmal bei mir war; aber in seinen Augen war auch der Anflug eines Ausdrucks, der auf ernsthaftere Gedanken hinwies. Zumindest hoffe ich, daß ich mich nicht getäuscht habe. Auf jeden Fall habe ich einen neuen Freund. Er lacht über meine Extravaganzen, ich über seine, und indem wir uns gegenseitig immer aufs neue überraschen, fühlen wir beide uns wohl und kommen gut miteinander aus.

Und Kevin ist tatsächlich ein hochintellektueller Geist, verglichen mit seinem Partner Hank. Hank ist ziemlich klein und wird allmählich kahl. Seine Unterarme sind so dick wie sein Hals. Er ist Mitte Vierzig, obgleich er viel älter aussieht. Offenbar besuchte er als Kind das Seminar der Kirche der eingeborenen Amerikaner unten in Neu-Mexiko; und das merkt man ihm an. So bleibt er manchmal unvermittelt stehen und starrt in die Landschaft. Er arbeitet mit einen absolut irrsinnigen Tempo, und dann unterbricht er plötzlich, was er gerade tut, und gafft sein Werk mit offenem Mund an. Stell Dir zum Beispiel vor, er sägt einen Balken zurecht, wenn er plötzlich erstarrt, gebannt von einem Astloch. Sekunden verstreichen so; eine Minute, manchmal sogar zwei. Dann: Wir sind nur winzige Teile in einem großen Muster, sagt er staunend, überwältigt von der Erhabenheit des Universums.

Was ist los, Hank? ruft Gabriela dann vom Haus herüber. Hast du einen Käfer gesehen?

Einmal, als sie sich unterhielten, hörte ich ihn sagen: Schwer zu glauben, daß sie sich getrennt haben, ich erinnere mich, daß sie mal so eng zusammen waren, daß man sie für eine Person halten konnte.

Bei einer anderen Gelegenheit erzählte er von einem Streit, den Kevin und der Bürgermeister der Stadt auf dem Softballfeld hatten (ein berühmter Kampf; diese Leute klatschen und tratschen so viel, daß einem Chicago vorkommt wie eine Stadt voller Taubstummer – Du glaubst es nicht, aber es stimmt), und er sagte, Alfredo schäumte so sehr, daß er froh sein konnte, zum Atmen zwei Nasenlöcher zu haben.

Die Leute hier schauen ständig vorbei, um mit ihm zu reden, und ich weiß auch nicht so genau, warum. So weit ich es beurteilen kann, wollen sie sich irgend welchen Rat holen, obgleich ich keine Ahnung habe, wozu. Hank freut sich immer, sie zu sehen, und sie schwatzen, während er arbeitet, oder sie gehen raus und setzen sich in die Auffahrt, manchmal fast den ganzen Tag. In Anbetracht dessen und seiner ständigen Gafferei würde ich sagen, daß er nicht gerade die treibende Kraft des Teams ist.

Und wenn man dann sieht, wie der dritte Partner, Gabriela, ihn anstarrt! Er hörte nie auf, sie immer wieder in Staunen zu versetzen. Sie ist jünger als die Männer, wurde direkt von der Schule engagiert. Vor ein oder zwei Jahren, glaube ich, damit sie die Lust an der Arbeit nicht verlieren, wie Hank es erklärte. Sie hat ein scharfes Auge und eine genauso scharfe Zunge und ein wildes, ausgelassenes Lachen, das gewöhnlich von den beiden Männer ausgelöst wird. Wenn sie richtig in Form sind, dann schaffen sie es, daß sie vor Lachen umkippt und sich auf dem Boden wälzt.

Es dürfte wohl einige Zeit dauern, bis die Arbeiten an meinem Haus abgeschlossen sind.

Und noch eine andere Zerstreuung gibt es hier: Ich sehe gelegentlich eine ebenfalls Fremde, eine sowjetische Frau namens Nadeshda Katajew. Sie besucht hier eine Freundin, eine gewisse Doris Nakajama. Doris beschäftigt sich mit Superleitern, und die Eigenschaften dieses Materials scheinen auf sie abgefärbt zu haben. Sie ist sehr kühl, auf ihre Art hart und humorlos; mein Bauch verwirrt sie, und meine Reden bringen sie völlig aus dem Konzept. Aber sie hat diese Freundin Nadeshda, die, wäre sie nicht schon siebzig und das getreue Ebenbild meiner Großmutter, sicherlich schon bald das Objekt meines Interesses wäre. Vielleicht wird sie das auch noch. Wir schleichen durch die Stadt wie zwei alte Diplomaten, denen man im Herbst ihres Lebens noch schnell irgendeinen gemütlichen Job zugeschanzt hat.

Unsere letzte Expedition führte uns zu einer Gartenparty. Ah ja, dachte ich, das Leben auf dem Lande. Eine pastorale Angelegenheit à la Proust, Getränke im Überfluß, Blumenrabatten und Hecken, vielleicht sogar ein Irrgarten. Nadeshda und ich sind mit den Rädern rübergefahren, ich in meinem besten weißen Anzug inmitten anderer Radfahrer, die mich auf beiden Seiten überholten, und Nadeshda in einem Kleid mit buntem Blumenmuster, das sich ständig in den Speichen ihres Fahrrades zu verfangen drohte.

An der Tür des großen Gemeindehauses der Sanchez' wurden wir von unserer Gastgeberin Ramona Sanchez begrüßt, die ihre übliche Kluft aus Sporthose und T-Shirt sowie riesige Gartenhandschuhe aus Leinen trug. Ja, es war eine Gartenparty, und man erwartete von uns, daß wir im Garten arbeiteten.

So verbrachte ich den größten Teil des Nachmittags damit, in meinem Anzug in der frisch umgegrabenen Erde zu hokken und mich mit zerschnittenen Würmern zu beschäftigen und zuzusehen, wie meine Blasen immer dicker wurden. Der einzige Trost waren das Bier, Nadeshdas bissige Kommentare, die sie mir immer leise zumurmelte und die im krassen Gegensatz zu ihren lauten Äußerungen standen, und der Anblick von Ramona Sanchez' langen und makellosen Beinen. Ramona ist die Schönheit der Stadt; sie sieht aus wie Ingrid Bergmann oder Belinda Brav, je nachdem, wessen Urteil Du mehr traust, meinem oder Nadeshdas. Zur Zeit ist sie der Gegenstand des allgemeinen Klatsches, da sie sich gerade von ihrem langjährigen Gefährten, Alfredo, dem Bürgermeister, getrennt hat. Mein Freund Kevin zeigt großes Interesse, Alfredos Platz einzunehmen, was auch auf mich zutrifft – der Unterschied ist nur der, daß Ramona Kevins Gefühle zum Teil zu erwidern scheint, während sie mir lediglich mit einer Haltung desinteressierter Freundlichkeit begegnet.

Obgleich sie mir für eine halbe Stunde Gesellschaft leistete. Ich machte mich für die Bürgerrechte der armen, dezimierten oder entleibten Würmer stark, die sich um uns herum im Erdreich wanden. Ramona versicherte mir in ihrem besten Biologielehrerton, daß sie keine Schmerzen empfänden und daß ich dieses Opfer durchaus toleriere, indem ich die Speisen zu mir nehme, die daraus entstünden. Eine Spezialität der Gegend? fragte ich und blinzelte leicht irritiert. Zum Glück meinte sie nur den Salat.

Nun, Du erkennst, was ich meine. Es existiert wirklich! Arkadien! Bukolien! Marx' »Idiotie des ländlichen Lebens«! Ich glaube, bis heute habe ich eigentlich nie richtig daran geglaubt.

Nicht daß die Stadt völlig frei von Sorgen und Problemen ist! Mein tägliches Arbeitspensum erinnert mich ständig daran, daß die Gemeinde innerhalb eines dichten Gewebes vielfältiger Gesetze existiert. Ihr System ist eine Mischung, die eine Gemeindeform des Santa-Rosa-Modells – Land und öffentliche Einrichtungen sind Allgemeinbesitz, die Einwohner müssen wöchentlich zehn Stunden Arbeit für die Stadt leisten – mit den Aspekten des neuen föderalen Modells verbindet – die Bewohner müssen höhere Steuern zahlen, wenn sie sich der Höchstgrenze des persönlichen Einkommens nähern, und sie können sechzig Prozent ihrer Steuern direkt den Bereichen zuteilen, die sie am liebsten unterstützen möchten. Die Unternehmen in der Stadt unterliegen dem gleichen Bewertungssystem. Ich bin mit all dem durch meine Zeit in Bishop ganz gut vertraut, wo das System ähnlich aussah. Wie gewöhnlich bei diesen Arrangements ist die Stadt ziemlich wohlhabend, auch wenn sie von streng gewinnorientierten Betrieben, die nur nach den besten Möglichkeiten zur Entfaltung Ausschau halten, gemieden wird. Aus dem Gesamteinkommen wird ein Stadtanteil an die Bürger zurückgeführt, der in etwa dem Doppelten des staatlich festgelegten Mindesteinkommens entspricht. Aber die Leute beklagen sich trotzdem, daß es nicht noch höher ist. Jeder möchte ein Hunderter sein. Und hier glauben sie daran, daß eine anständig geführte Stadt gewährleisten muß, daß jeder am Ende die Höchstgrenze erreicht. So kommt es zu engen Verbindungen mit der Stadtpolitik, wie es für diese Arrangements typisch ist, Regierung mischt sich mit Geschäft und dies wiederum hat Einfluß auf den Lebensstil usw.

Und so finden hier ständig die üblichen machiavellistischen Kämpfe statt. Im Vordergrund steht im Augenblick ein Versuch des Bürgermeisters, einen noch freien Berggipfel für die Büros seiner Firma freigeben zu lassen. Er hat zumindest die reelle Chance, mit seinem Plan Erfolg zu haben, würde ich meinen; er scheint beliebt zu sein, und die Leute wollen größere Stadtanteile. Heartech in die Stadt zu holen würde dies sicherlich zur Folge haben, da es sich um eine sehr erfolgreiche Firma im medotechnischen Bereich handelt, die sich gerade noch innerhalb der von der Regierung festgesetzen Grenzen für die zulässige Betriebsgröße bewegt.

Die Opposition gegen den Bürgermeister kommt vorwiegend aus den Reihen Kevins und seiner Freunde, und sie werden unterstützt und mit Munition versorgt von der Führung der Partei der Grünen, eine Angelegenheit, die ich ein wenig anrüchig finde. Gerade vor kurzem haben sie es geschafft, den Rat davon zu überzeugen, daß ein Umweltgutachten anläßlich der Umwidmung des Geländes erstellt werden soll, und sie halten das schon für einen großen Sieg. Du siehst, was ich mit Naivität meinte. Natürlich ging die Stadtplanerin, eine treue Anhängerin des Bürgermeisters, hin und heuerte Higgins, Ramirez und Bretner an, um das Gutachten zu erstellen, daher bekommen wir in ein paar Wochen von den berüchtigten HRB ein weiteres LA Special, das die sofortige Schaffung eines günstigen Environments mittels Erschließung fordert. Und meine Freunde werden wohl zu der Erkenntnis gelangen müssen, daß ein Umweltgutachten nur eine weitere Kanone auf dem Schlachtfeld ist, die in verschiedene Richtungen schießt und trifft, je nachdem, wer am Visier sitzt und sie bedient. Ich werde mit ihnen mal zu Sally raufgehen und ihnen einiges erklären lassen.

Aber einstweilen genug für heute, wenn es nicht sogar schon zuviel war.

Schreib mir wieder. Ich weiß, daß es eine versunkene und tote Form der Kommunikation ist, aber sicherlich können wir uns auf diesem Weg Dinge mitteilen, die ein Gespräch niemals zu Tage fördern würde. Zum Beispiel, daß ich Dich vermisse. Tatsächlich vermisse ich fast mein ganzes Leben in Chicago, das mittlerweile versunken ist wie ein langer, lebhafter Traum. »Ich komme mir vor, als wären große Teile meines Lebens abgebrochen und im Meer versunken«, war das nicht das, was Durrell in seinem Alexandria-Quartett gesagt hat? Ich denke, ich sollte El Modena als meine kykladische Insel betrachten, weit weg von der alexandrischen Komplexheit des Chi und meines Lebens dort; hier kann ich in Frieden arbeiten, weit weg von den Beschwernissen, die sich aus dem Kontakt mit E usw. ergaben. Und es hat etwas für sich. Wenn ich jeden Morgen aufwache und wieder einen sonnigen Tag heraufziehen sehe, dann habe ich einen Eindruck von griechischem Licht, von Leichtigkeit. Es ist wirklich kein Zufall, daß der alte Immobilienhai die Küste als mittelmeerisch bezeichnete.

So werde ich dann unter meinen Zitronenbäumen sitzen, mich erholen und meine Reflektionen über eine Gebirgsvenus niederschreiben. Ich warte gespannt auf Deinen nächsten Brief. Vielen Dank für Deine neuesten Gedichte. Du formulierst so klar wie Stevens, arbeite in dieser Richtung weiter. Einstweilen verbleibe ich als

Dein Oscar.

4

»Licht bricht sich auf dem schwarzen Glanz des Kanals, und unter uns knarrt das Ruder einer Gondel. Indem wir auf der mondbeschienenen Brücke stehen, gemeinsam lachen, lauschen, wie der Campanile Mitternacht schlägt, beschließe ich, das Haar von Kid Death von schwarz in rot umzuwandeln –

So in etwa. Ah ja – das Tagebuch des kraftvollen Autors in Einstein, Orpheus und andere, *junger Geist spricht zu jungem Geist, Lichtblitze im Kopf. Zweifellos hat mein Bild von Europa dem sehr viel zu verdanken. Aber was ich gefunden habe … konnte ein halbes Jahrhundert soviel verändern? Geschichte, Wandel – feste Konstanten, sicher. Es fühlt sich beinahe so an, als würden die Dinge sich beschleunigen. Ein Wind durchweht das Gewebe der Zeit, Dinge verändern sich schneller, als wir es uns vorstellen können. Ein festgelegtes Gleichgewicht ohne Gleichgewicht. Hey, Mr. Delany, hier bin ich, in Europa, und schreibe ebenfalls ein Buch! Aber den gestrigen Vormittag verbrachte ich bei der* Fremdenkontrolle, *argumentierte in meinem furchtbaren Deutsch, bei dessen Gebrauch ich mir immer vorkomme wie ein Hirngeschädigter, und habe doch nichts erreicht. Sie werfen mich tatsächlich raus. Und am Nachmittag habe ich Wäsche gewaschen, bin um das Haus herum durch den Regen zur Wäscherei gelaufen, während Liddy oben in der Wohnung weinte, weil sie sich das Knie gestoßen hat. Die letzte Ladung aus dem Trockner und in den Korb, dann wieder nach vorne gerannt, blieb dabei mit der Fußspitze an einem Brett hängen, das neben einer Baustelle auf dem Bürgersteig lag, bin dann gestürzt, und die Kleider fielen in den Matsch der aufgerissenen Straße. Ich setzte mich auf den Bordstein und hätte beinahe geweint. Was ist passiert, Mr. Delany? Wie kommt es, daß ich, anstatt durch die Nächte zu wandern, meine frische Wäsche über die Straße verstreue? Wie kommt es, daß wenn ich über Änderungen nachdenke, es nicht »das Verändern der Haare Kid Blacks von schwarz zu rot« ist, sondern »wirf die erste Fassung weg und fange noch mal von vorne an«?*

Und es sind nur noch zwei Wochen, bis Liddy und ich abreisen.

Was für ein Schwindel doch Utopias sind, kein Wunder, daß die Menschen sie hassen. Bereite einen neuen Start vor, eine Insel, einen neuen Kontinent, enteigne sie und gib ihnen einen neuen Planeten! Damit sie sich nicht mit unserer Geschichte herumschlagen müssen. Seit Morus haben sie es getan: Abruch, Säuberung, Neustart.

Demnach sind Utopias in Büchern ebenfalls Miniatur-Utopias. Ahistorisch, statisch, warum sollen wir darüber lesen? Sie sagen uns nichts, die wir in dieser Welt gefangen sind, wir betrachten sie auf die gleiche Weise, wie wir uns das hübsche Innenleben eines Briefbeschwerers ansehen, in dem der Schnee herabsinkt wohin? Es mag ja ganz hübsch sein, aber wir sitzen hier fest, und niemand gestattet uns einen neuen Anfang, wir müssen mit der Geschichte zurechtkommen, wie sie ist.

Ich muß den Begriff Utopia neu definieren. Es ist nicht das perfekte Endprodukt unserer Wünsche. Wenn man es so definiert, dann verdient es den Spott derer, die abfällig grinsen, wenn sie das Wort hören. Nein. Utopia ist der Prozeß, eine bessere Welt zu schaffen, der Name für einen Weg, den die Geschichte nehmen kann, einen dynamischen, aufrührerischen, quälenden Prozeß ohne Ende. Ewiger Kampf.

Vergleichen Sie das mal mit dem gegenwärtigen Lauf der Geschichte. Wenn Sie können.

Am Samstagmorgen noch vor Sonnenaufgang radelten Kevin, Doris und Oscar zum Newport Freeway hinunter, wobei sie in der kühlen Luft froren. Sie holten sich einen Wagen von einem verschlafenen Staatsarbeiter und starteten.

Der Freeway war um diese Zeit auf allen Fahrspuren ausgestorben. Schnell erreichten sie die Höchstgeschwindigkeit des Wagens, die in diesem Fall ungefähr hundert Stundenkilometer betrug. »Noch so ein Stück Scheiße«, sagte Doris. Kevin gähnte; Autofahrten ließen ihn immer müde werden. Doris beschwerte sich über den Geruch, öffnete die Fenster und schimpfte auf den vorherigen Benutzer.

»Das klingt ja wie ein braver Bürger«, sagte Oscar.

Sie schenkte ihm einen bösen Blick und schaute wieder aus dem Fenster.

Motorsummen, Gesang der Reifen, das Rauschen der kalten Luft. Schließlich kurbelte Doris die Fenster wieder hoch. Kevin schlief ein.

Sie fuhren auf dem Riverside Freeway den Santa Ana Canyon hinauf und rollten unter mächtigen Bäumen dahin. In Riverside wechselten sie auf den Highway 395 und fuhren nach Norden ins kalifornische Hinterland.

Die Sonne ging auf, als sie über die hoch gelegene Wüste nördlich von Riverside fuhren. Lange Schatten legten Streifen auf die rauhe Landschaft. Hier und da in der Ferne gewahrten sie Gruppen von Dattelpalmen und Cottonwoods. Diese Oasen markierten die Lage neuer Dörfer, die in Ringen um die Städte Hisperia, Lancaster und Victorville angelegt waren. Keines dieser Dörfer war groß, doch zusammengenommen bildeten sie einen beachtlichen Anteil der zerstreuten Gemeinden im LA-Becken. Man konnte sagen, daß »Groß-Los-Angeles« sich jetzt bis in die Mojavewüste erstreckte und so eine weitaus geringere Bevölkerungsdichte im Herzen der alten Monsterstadt ermöglichte.

Kevin wachte auf. »Woher kennen Sie diese Sally Tallhawk?« fragte er Oscar.

»Sie war eine meiner Dozentinnen an der Rechtsakademie.«

»Demnach haben Sie sie länger nicht mehr gesehen.«

»Eigentlich treffen wir uns recht häufig. Wir verstehen uns gut miteinander.«

»A-ha. Und sie ist bei der staatlichen Wasserbehörde?«

»Sie war dort. Sie ist vor kurzem weggegangen. Aber sie kennt jeden dort, und sie weiß alles, was wir über die kalifornischen Wassergesetze wissen müssen. Und es sind staatliche Gesetze, die bestimmen, was eine Stadt im Hinblick auf die Verwendung von Wasser tun und nicht tun kann.«

»Das ist gar nicht lustig – das höre ich immer wieder, wenn ich mich um Baugenehmigungen bemühe.«

»Nun, dann wissen Sie ja, warum es so gehandhabt werden muß. Wasser ist eine regionale Angelegenheit. Wenn die Städte die Kontrolle über Wasserzuteilungen hätten, dann käme es schon nach kurzer Zeit zu heftigsten Auseinandersetzungen.«

»Soweit ich weiß, gibt es die aber immer noch.«

Das Land, daß sie überquerten, würde höher und wilder. Links von ihnen schwang die östliche Rampe der Sierra Nevada sich dreitausend Meter hoch in die Luft. Rechts von ihnen erhoben sich die etwas flacheren Ketten, Slate und Panamint und dann die White Mountains, verbrannt und kahl. Sie kamen am Owens Lake vorbei, einer himmelblauen Fläche mit einem verkrusteten weißen Rand, und befanden sich im Owens Valley.

Hoch gelegen und schmal, eingezwängt zwischen den beiden höchsten Gebirgen des Kontinents, war Owens Valley ein Meer von Frühlingsfarben. Obstgärten verwandelten den Talboden in ein buntes Flickenmuster, und die Bäume standen in voller Blüte, Äpfel, Mandeln, Kirschen, Birnen, jeder Ast schwer von Büten, jeder Baum ein Traum in Weiß oder Rosa. Hinter ihnen schwangen sich wilde Abhänge aus Granit und Kiefernwäldern empor.

Sie passierten Lone Pine, mit fast einhunderttausend Einwohnern die größte Stadt des Tals. Hinter Lone Hill folgten sie den seltsamen Formationen der Alabama Hills, die zu den ältesten Felsbastionen Nordamerikas gehörten. Hinter Independence, einer weiteren großen Stadt, kamen sie nach Bishop, dem kulturellen Zentrum des Tals.

Die Hauptstraße von Bishop, die einfach vom Highway 395 gebildet wurde, war der »historische Teil« der Stadt. Kevin mußte lachen, als er ihn betrachtete: ein Straßendorf des alten Westens, bestehend aus Motels, Greyhound-Bushaltestellen, Drive-in-Restaurants, Steakstationen, Autoersatzteilläden, Eisenwarengeschäften, Apotheken und was sonst noch dazu gehörte. Bishop war sichtlich stolz darauf.

Abseits von der Hauptstraße hatte die Stadt eine Verwandlung durchgemacht: sechzigtausend Menschen wohnten in einigen der elegantesten Beispiele moderner Architektur, die Kevin je gesehen hatte. Im Nordwesten der Stadt lag der Campus der Universität von Kalifornien. Nachdem die drei Reisenden ihren Wagen am Depot abgeliefert hatten, gingen sie dorthin.

Das Gelände für die Universität war zum Teil eine Schenkung der Stadt Los Angeles, zum Teil eine Gabe der Reservationen der Paiute und der Shoshonen in Bishop. Die Gebäude imitierten die Landschaft der Umgebung: zwei Reihen hoher Betongebäude standen da wie Gebirgswälle und überragten niedrige Holzbauten, die sich zwischen zahlreichen Kiefern und Fichten versteckten. Sie fanden an einem Weg eine Übersichtskarte des Campus, suchten das Kroeber College und gingen dorthin. Dabei kamen sie an Gruppen von Studenten vorbei, die im Gras saßen und ihr Mittagessen verzehrten.

Vor einigen niedrigen Verwaltungsbauten aus Holz bedeutete Oscar ihnen, stehenzubleiben, und zeigte auf eine Frau, die mit geschlossenen Augen in der Sonne saß. »Das ist Sally Tallhawk.«

Sie war groß und hatte das breitflächige Gesicht der Paiute-Indianer mit dicken schwarzen Augenbrauen. Sie trug ein langärmeliges Hemd (die Ärmel waren bis zu ausgeprägten Bizepsen hochgekrempelt), Jeans und Laufschuhe. Eine zierliche goldene Stahlbrille ließ sie durchaus professoral erscheinen.

Sie hörte die Besucher näher kommen und erhob sich, um sie zu begrüßen. »Hallo, Rhino«, sagte sie freundlich zu Oscar, und sie schüttelten sich die linke Hand. Oscar stellte Kevin und Doris vor, und Sally Tallhawk hieß sie in Bishop willkommen. Ihre Stimme war leise und schnell. »Hört mal«, sagte sie, »ich will in die Berge, ich wollte gerade los.«

»Aber wir sind den weiten Weg hergekommen, um mit dir zu reden!« rief Oscar. »Und morgen abend sind bei uns Festspiele.«

»Ich wollte nur eine Nacht wegbleiben«, sagte sie. »Ich möchte die Schneehöhe im Dusy Basin messen. Ich kann euch die gesamte Ausrüstung, die ihr braucht, aus dem Büro besorgen, und dann könnt ihr ja mitkommen.« Sie winkte ab, als Oscar protestieren wollte: »Ich sage, daß ich in die Berge gehe! Wenn ihr mit mir reden wollt, dann müßt ihr mitkommen.«

Und das taten sie. Eine Stunde später standen sie am Beginn des Pfades am South Lake und luden sich ihr Gepäck auf den Rücken. Und dann marschierten sie über die wilden Hänge des Rückgrats von Kalifornien. Kevin und Doris sahen zu Oscar, dann warfen sie sich gegenseitig fragende Blicke zu. Wie käme Oscar mit dieser Anstrengung zurecht?

Es stellte sich heraus, daß er sich ohne zu klagen aufwärtskämpfte, schwitzend und keuchend; doch er hörte ihr aufmerksam zu, wenn sie etwas sagte. Gelegentlich sah er zu Kevin und Doris, um sich zu vergewissern, daß sie ebenfalls alles hören konnten, und um zu sehen, ob dieser Ausflug ihnen Spaß machte. Sie hatten ihn noch nie so fürsorglich erlebt. Die Mühe an sich schien ihm kaum etwas auszumachen. Dabei legte Sally Tallhawk ein scharfes Tempo vor.

Nach zwei oder drei Stunden ließen sie den Wald hinter sich, gelangten in eine Zone, die etwas aufgelockerter war. Vereinzelte Fichten standen zwischen großen Blöcken dunkelroten Granits. Sie gelangten ans Ufer eines langgestreckten Sees voller kleiner Inseln und umrundeten ihn. Schneefelder fleckten die Nordhänge der Berge, die um sie herum aufragten, und ihre weißen Ebenbilder schimmerten im dunkelblauen Wasser.

»Ihr seht, wieviel Wasser ins Owens Valley fließt«, sagte Tallhawk, beschrieb mit der Hand eine ausholende Geste und wischte sich den Schweiß aus einem Auge. »Und dennoch könnte nach den alten Gesetzen alles nach Los Angeles abgeleitet werden.«

Während sie marschierten, erzählte sie die alte Geschichte, wie das Amt für Wasser und Energie von Los Angeles die Wasserrechte an allen Flüssen erworben hatte, die sich an der Ostseite der Sierra ins Owens Valley ergießen – und damit das Wasser aus den jährlichen Schneefällen nach Los Angeles ableiteten.

»Verbrecher«, sagte Doris voller Abscheu. »Wo sahen sie denn ihre höheren Werte?«

»Im Wachstum«, murmelte Oscar

Da war ein Mann gewesen, erzählte Sally, der für das Staatliche Büro für Urbarmachung gearbeitet und sich einen Überblick über die Wasservorräte des Tals verschafft hatte. Gleichzeitig wurde er von Los Angeles als Berater bezahlt, und er gab alles, was er erfuhr, nach LA weiter, so daß sie wußten, an welchen Flüssen sie die Rechte erwerben mußten. Und so wurde Owens Valley ausgetrocknet, seine Farmen und Obstgärten wurden zerstört. Die Farmer verloren ihre Arbeit, und Los Angeles kaufte ihr Land auf. Owens Lake trocknete vollkommen aus, und der Mono Lake hätte beinahe das gleiche Schicksal erlitten, und der Grundwasserspiegel sank und sank, bis sogar die Wüstenpflanzen eingingen.

»Ich kann nicht glauben, daß sie damit durchgekommen sind!« sagte Doris.

Tallhawk lachte nur. »Am Ende ergab sich die seltsame

Situation, daß eine Stadt in dem einen County die größte Landbesitzerin in einem anderen County war. Das war so unerträglich, daß in Sacramento Gesetze erlassen wurden, die die Wiederholung einer solchen Form von Eigentumsbildung unmöglich machten. Aber für das Owens Valley war es zu spät.«

Es dauerte einige Zeit, diese Geschichte vollständig zu erzählen. Als Tallhawk sie beendete, befanden sie sich über dem Long Lake und in einem unwegsamen felsigen Gelände, wo die Teiche viel kleiner und so blau erschienen, daß es nahezu unmöglich anmutete. Schatten erstreckten sich weit nach links in Richtung einer schartigen Gebirgskette, deren Namen Tallhawk mit Inconsolable Range angab. Oscar keuchte und schnaufte und bewies eine erstaunliche Ausdauer. Sie hatten alle ihren Rhythmus gefunden, wanderten in einer Kette – eine kleine Kette kleiner Gestalten, die durch eine steinige Landschaft zogen, nahezu erdrückt von den riesigen kahlen Bergen, die sie nun auf drei Seiten umgaben.

Der Weg führte über einen Hügel namens Saddlerock, schwang dann nach links weg, einen riesigen Graben hinauf zur Inconsolable Range. Sie befanden sich jetzt im Schatten, und die vereinzelten Wacholderbüsche mit ihren knorrigen Ästen und mattgrünen Nadeln erschienen wie intelligente Wesen, die sich zusammendrängten und ihnen zusahen, wie sie vorbeiwanderten.

Sie bewegten sich über eine endlose Reihe von Serpentinen, die an der rechten Wand des riesigen Grabens nach oben führten, und stapften dabei immer häufiger durch Schnee, je höher sie kamen. Tallhawk stieg mit gleichmäßiger Geschwindigkeit auf dem Pfad aufwärts. Und dabei gewannen sie so schnell an Höhe, daß es in ihren Ohren knackte. Am Ende war der gesamte Pfad voller Schnee, der von früheren Wanderern festgetreten worden war. Gelegentlich schauten sie zurück auf den Weg, den sie genommen hatten, und auf eine lange Seenkette, die im Licht des späten Nachmittags schimmerte; dann vollführte der Weg wieder eine Spitzkehre, und sie blickten genau auf die scharfe, schartige Kante der Inconsolable Range, die sich zur riesigen Pyramide des Mount Agassiz formierte. Sie befanden sich jetzt weit über der Baumgrenze, und um sie herum war nichts als Fels und Schnee.

Schließlich hatten sie die rechte Wand des Grabens erklommen, und der Weg führte über den Sattel des Bishop Pass. Am höchsten Punkt des breiten Passes kamen sie am Grenzzeichen des King's Canyon vorbei und gelangten ins Dusy Basin.

Zur Linken schwang der Felsgrat sich zu den zahlreichen Gipfeln des Agassiz auf, eine wüste, schrundige Mauer aus buntem Granit. Dort hatten sich im Mesozoikum vulkanische Sedimente unter dem Druck der aufsteigenden Granitmassen, Plutonen genannt, verändert, und alles hatte sich übereinandergelegt, leichtes und schwarzes Gestein, das sich mischte wie die Teigarten in einem Marmorkuchen. Sie stiegen durch wüste Felder aus dunklem Lamarck-Grandiorit, dann über Bänder aus hellerem Alaskit, die sich im Zickzack-Muster über die große Wand des Agassiz erstreckten und die Donnerkeile des Thunderbolt Peak bildeten. Während sie gingen, erschien Tallhawks Stimme wie das leise Murmeln eines Bachs in der Ferne, während sie jeden Stein benannte und auf jede Bergblume hinwies, die sich aus den Rissen im Granit hervorwagte.

Es dauerte nicht lange, und sie stiegen an der anderen Seite des Passes hinunter und gelangten zum höchstgelegenen See des Dusy Basin, der keinen Namen trug. Seine Ufer waren felsig, aber es gab einen winzigen grasbewachsenen Fleck, der sich als Lagerplatz eignete, und dort streiften sie ihre Rucksäcke ab. Sally und Doris begannen sofort Zelte aufzubauen; Oscar ließ sich flach auf den Rücken fallen und sah aus wie ein gestrandeter Wal; Kevin holte den Gaskocher und die Kochutensilien heraus, da er Hunger hatte. Sie unterhielten sich angeregt, während sie sich betätigten, und schauten sich ständig um. Oscar beklagte sich über Sallys Vorstellung von einem schönen Lagerplatz, und sie lachten alle, sogar er selbst; der Platz war wirklich eindrucksvoll.

Im Abendrot schienen die schroffen Bergspitzen zu glühen. Die Sonne stand dicht über den Gipfeln im Westen. Der Himmel hinter den Bergen zeigte ein dämmriges Blau, und der Schnee auf den Bergen hatte eine tiefrote Farbe angenommen. Das Chaos schuf sich eine Ordnung, und die Ordnung erzeugte ein Chaos; wer konnte schon entscheiden, was in diesem Glühen zu wem gehörte?

Während sie ihr Lager aufschlugen, kehrte das Gespräch wieder zum Wasser zurück. Sally Tallhawk war von Wasser besessen. Vor allem von der Wassernutzung in Kalifornien, einem Gordischen Knoten aus Gesetz und Praxis, den niemand jemals würde zerschlagen können. Das System kennenzulernen, es zu manipulieren, zu erklären – das war ihre Leidenschaft.

In Kalifornien fließt das Wasser bergauf zum Geld, erzählte sie ihnen. Das war seit Jahrzehnten die tiefere Wahrheit des Systems. Die meisten Staaten wendeten das Wassergesetz nach dem Prinzip der Uferbesetzung an, auf Grund dessen Landbesitzer das Recht am Wasser auf ihrem Grund haben. Das ging zurück auf das englische Gewohnheitsrecht, das in einer Landschaft galt, in der es viele Flüsse gab. Aber Kalifornien und die anderen spanischen Staaten wendeten das auf Aneignung basierende Wassergesetz an, das aus dem trockenen Mexiko und Spanien stammte und das die Rechte jener anerkannte, die zuerst das jeweilige Wasser verwendeten – es war dabei gleichgültig, wo sich ihr Grund befand. In diesem System konnten spätere Landbesitzer alles mögliche bauen, um dem ursprünglichen Benutzer den Zugang zum Wasser zu versperren. Und so hatte Geld seine Vorteile.

»Deshalb konnte Los Angeles also Wasser aus dem Owens Valley beziehen«, sagte Doris.

Die Zelte waren aufgebaut, die Schlafsäcke waren ausgerollt. Sie versammelten sich um Kevin und den Kocher mit den Zutaten für das Abendessen.

»Nun, es ist zwar etwas komplizierter. Aber im Prinzip verhält es sich so.«

Doch am Ende, so erzählte Tallhawk ihnen, hatte der Wasserverlust für Owens Valley auch sein Gutes. LA versuchte die Ausbeutung zu kompensieren, indem die Stadt das Tal in eine Art Naturreservat umwandelte. Und so entging das Tal all den Vorzügen der südkalifornischen Zivilisation des zwanzigsten Jahrhunderts. Dann, als der Wassermangel die Existenz der eingeborenen Wüstenpflanzen bedrohte, verklagte das Inyo County Los Angeles, und die Gerichte entschieden zugunsten von Inyo. Das führte zu neuen Gesetzen, die in Sacramento geschaffen wurden, Gesetze, die Inyo die Kontrolle über sein Wasser zurückgaben. Doch zu dieser Zeit hatten sich die Ansichten über Wachstum und Entwicklung geändert, und die Talstädte begannen mit dem Aufbau unter Berücksichtigung bestimmter Werte und Prinzipien. »Die trockenen Jahre haben uns vor einer ganzen Menge Mist bewahrt.«

Oscar sagte zu Kevin und Doris: »Daran müßt ihr denken, falls wir den Fall verlieren.«

Doris schüttelte den Kopf unwillig. »Das ist nicht das gleiche. In einer Situation wie der unseren gibt es kein Zurück.«

Tallhawk meinte: »Dessen kann man sich eigentlich nie ganz sicher sein. Im Augenblick arbeiten wir an den letzten Vorbereitungen für die Entfernung des Hetch Hetchy Damms, zum Beispiel. Das war die größte Niederlage für die Umweltbewegung in Kalifornien, damals, zu Beginn – ein Tal, das als ein zweites Yosemite Valley galt, ertrank, damit San Francisco genügend Wasser bekam. John Muir selbst konnte diese Entwicklung nicht aufhalten. Aber nun haben wir sie gezwungen, das Wasser in mehreren Becken flußabwärts aufzufangen, und wenn das geschehen ist, dann läßt man den Hetch Hetchy leerlaufen und holt das Tal wieder ans Tageslicht zurück. Die Ökologen meinen, daß der Talboden sich innerhalb von fünfzig bis hundert Jahren erholt haben wird, noch schneller sogar, wenn sie einen Teil des Schlamms herausholen und als Dünger nach San Joaquin schaffen. Ihr seht also, einige Katastrophen können wiedergutgemacht werden.«

»Es wäre wohl besser, solche Katastrophen von Anfang an zu verhindern«, sagte Kevin.

»Zweifellos«, meinte Tallhawk. »Ich wollte nur darauf aufmerksam machen, daß es nicht sehr viele Dinge gibt, die nicht mehr umkehrbar sind, wenn es um die Wasserwirtschaft geht. Wasser fließt für immer und ewig, so daß wir es mit einer Kraft zu tun haben, auf die wir uns verlassen können.«

»Und als nächstes kommt der Glen Canyon, nicht wahr?« sagte Oscar.

»Mein Gott, ja!« rief Tallhawk und lachte.

Die Sonne ging unter. Es wurde schnell kalt. Der Himmel nahm ein tiefes samtiges Blau an, das zu knistern schien, wo es mit den leuchtenden weißen Schneefeldern zusammenstieß. Dampf stieg aus dem Topf auf dem Kocher auf, und sie konnten den Eintopf riechen.

»Aber in El Modena ...«, sagte Kevin.

»Wie es in El Modena ist, weiß ich nicht.«

Dann machte der Eintopf Anstalten überzukochen, und er wurde für gar und eßbar erklärt. Sie füllten Tassen oder Becher damit und aßen. Tallhawk hatte eine Flasche Rotwein mitgebracht, und sie tranken ihn dankbar.

»Können wir Alfredos Plan nicht mit Hilfe des Wassers vereiteln?« fragte Kevin, nachdem sie gegessen hatten.

»Vielleicht.«

Es war seltsam, aber es stimmte, erklärte sie ihnen.

Orange County besaß eine Menge Wasser. Es war einer der besten Wasserdistrikte im Staat, soweit es die Grundwassererhaltung betraf.

»Was bedeutet das genau?« wollte Kevin wissen.

»Nun, Sie verstehen doch, was Grundwasser ist?«

»Wasser im Boden.«

»Ja, ja. Aber nicht in Tümpeln oder Teichen.«

Sie stand auf, gestikulierte mit den Armen, redete, während sie ihre Daunenjacke aus ihrem Rucksack holte. Sie wanderte umher und schaute dabei zu den Bergen hinauf.

Erde ist durchlässig, sagte sie, und das Gestein unter der Erde ist ebenfalls durchlässig bis hinunter zum soliden Fels, der den Boden der Grundwasserbecken bildet. Wasser füllt jeden verfügbaren Raum im durchlässigen Gestein aus und verteilt sich überall, wohin es fließen kann. Und es fließt bergab, wie auch an der Oberfläche, nicht so schnell, doch genauso sicher. »Stellen Sie sich Owens Valley als Graben zwischen den Bergketten vor, was auch zutrifft. Fast zur Hälfte gefüllt mit Gestein und Erdreich, das von den Bergen abgetragen wurde. Beim San Joaquin Valley verhält es sich genauso, nur ist es viel größer. Dies sind immense Wasserreservoire, nur daß sich der Wasserspiegel unterhalb der Erdoberfläche befindet, zumindest an den meisten Stellen. Geologen und Hydrologen haben diese Grundwasserbecken überall vermessen und kartographiert, und es gibt davon in Kalifornien einige sehr große.

Einige davon erhalten sich so, wie sie sind, sie fließen nicht ab. In ihnen gibt es ungeheure Wassermengen, doch sie werden nur durch Regenfälle aufgefüllt, die hier draußen recht selten sind. Wenn man Wasser heraufpumpt, dann leert man solche Becken. Das Ogdalilla-Becken unter Oklahoma war so eins, und es wurde leergepumpt wie ein Ölvorkommen, was der Grund dafür ist, daß sie jetzt so wild auf das Wasser des Columbia sind.

Wie dem auch sei, ihr müßt euch diese unterirdische Sättigung, die unterirdische Bewegung vorstellen. Die Form der Beckenböden bewirkt manchmal, daß das Wasser dichter an die Oberfläche heranreicht – wenn es eine unterirdische Barriere aus undurchdringlichem Fels gibt und das Grundwasser fließt bergab und überwindet diese Barriere, dann wird Wasser nach oben gedrückt. Und so erhält man einen artesischen Brunnen.«

Stille herrschte, als sie durch das Lager schritt. Nun schien es fast, als könnten sie das unterirdische Fließen hören, das unter ihnen erklang, ein tiefes Dröhnen im Tremolo des Windes.

»Und El Modena?« fragte Kevin.

»Nun, wenn ein Grundwasserbecken ins Meer fließt, ergibt sich eine seltsame Situation; das Wasser fließt nicht so schnell ab, denn auf beiden Seiten herrscht ein gewisser Wasserdruck. Frisches Wasser steigt auf, wenn von oben etwas dazu kommt, aber wenn nicht ... nun, das einzige, was Meerwasser daran hindert, die Fließrichtung umzudrehen und ins Erdreich der Landmasse vorzudringen, ist der Druck des frischen Wassers, das herabfließt.

Das Becken im Orange County erhält nicht mehr besonders viel neues Wasser dazu. Riverside nimmt sich eine Menge, ehe das Wasser in Orange County ankommt, wie auch die anderen Städte am Oberlauf. Und der Acker- und Gartenbau in Orange County hat selbst von Anfang an sehr viel Wasser verbraucht. Sie pumpten mehr heraus, als wieder nachfließen konnte, was nicht besonders schwierig war. Aber das Druckgefüge an der Küste veränderte sich, und Meerwasser begann landeinwärts zu sickern. Brunnen in Küstennähe versalzten. Es gibt keine Möglichkeit, diesen Vorgang zu stoppen, außer man sorgt dafür, daß das Becken gefüllt bleibt, so daß der Druck nach draußen erhalten wird. So entstand der Orange County Water Distrikt, und dessen Job bestand darin, das Grundwasserbecken zu erhalten, so daß nicht alle Brunnen versalzten. Das geschah um 1920.

Man verlieh ihnen das Recht zur Besteuerung und zur Zuteilung, das nötig war, um die Aufgabe zu erfüllen, sowie das Recht, stromaufwärts liegende Städte zu verklagen und zu bestrafen. Und das taten sie mit einer Art religiösem Eifer. Sie taten das genausogut wie jeder andere Wasserdistrikt in Kalifornien, trotz aller Dummheit, die sich in dieser Gegend auf der Oberfläche tummelt. Und so haben Sie ein gesundes Becken unter Ihrer Gemeinde.«

Sie hatten die Mahlzeit beendet. Sie säuberten die Tassen und Becher; ihre Hände wurden naß, und ihnen wurde schnell kalt. Sie beeilten sich, in ihre Daunenjacken und Jagdhosen zu kriechen, die das Büro Tallhawks ihnen zur Verfügung gestellt hatte. Dann saßen sie auf ihren Sitzmatten, hatten die Schlafsäcke um sich gepackt und bildeten einen Kreis um den Gaskocher, der ihnen als Lagerfeuer diente. Die großen Formationen der Bergspitzen glühten noch im letzten Licht unter einem dunklen Himmel. Sally holte eine kleine Flasche Kognak hervor und ließ sie herumgehen. Dann fuhr sie fort:

»Das bedeutet, daß ihr auf einer riesigen Wassermasse lebt, die ständig vom OCWD aufgefüllt wird. Sie kaufen Wasser von uns und von LA und lassen das meiste direkt in den Boden laufen. Und speichern es dort. Sie regulieren den Druck, so daß nur sehr wenig davon im Meer verlorengeht. An der Küste herrscht praktisch ein Druckgleichgewicht. Daher werden die artesischen Brunnen, die Fountain Valley den Namen verliehen haben, nie mehr wiederhergestellt werden, und niemand dort hätte auch den Wunsch, daß das geschieht! Aber ihr habt das Wasser, das ihr braucht. Es ist seltsam, denn es ist ein wüstenhafter Küstenstreifen mit kaum nennenswerter Regenmenge. Aber der OCWD plante für einen Bevölkerungszuwachs, der durch andere Kräfte verhindert wurde. Der Zuwachs erfolgte nicht, und so gibt es tatsächlich mehr als genug Wasser. Das ist kaum zu glauben, aber wahr.«

»Dann können wir sie über das Wasser demnach nicht aufhalten?« fragte Kevin enttäuscht.

»Überhaupt keine Chance. Aber Oscar meint, ihr habt einen Beschluß gefaßt, der den weiteren Erwerb von Wasser von LA unterbindet. Ihr könntet versuchen, auf dieser Basis zu argumentieren.«

»Wie Santa Barbara?«

»Santa Barbara bremste die Entwicklung, indem es den Wasserhahn zudrehte. Aber dort befinden sie sich in einer anderen Situation – sie beteiligten sich nicht am California Water Project, und sie kaufen kein Wasser von LA, und sie haben kein nennenswertes Grundwasserreservoir. Daher sind sie in ihren Möglichkeiten tatsächlich beschränkt, und sie haben den Entschluß gefaßt, diesen Zustand nicht zu ändern. Das klappt ganz gut, wenn man deren Bedingungen vorfindet. Das aber ist in Orange County nicht der Fall. Dort gibt es eine Menge Wasser, das in dieses Gebiet gebracht wurde, ehe solche Fragen aufkamen, und das Wasser steht noch immer zur Verfügung.«

Kevin und Doris starrten einander düster an.

Sie lauschten dem Wind und beobachteten, wie an einem tiefblauen Himmel die Sterne erschienen. In einer so schönen Nacht wäre es ein Frevel gewesen, in die Zelte zu gehen, und sie krochen in ihre Schlafsäcke und lagen auf ihren Bodenmatten und blickten zum Himmel. Die Schneefelder, die auf den Felsen verstreut waren, schimmerten, als wären sie von innen erleuchtet. Fast schien es, als könnte man spüren, wie sie schmolzen, dann im Untergrund versickerten, um über Abhänge in den Le Conte Canyon zu fließen und dann in unsichtbaren unterirdischen Columbiaströmen ins Meer getragen zu werden. Kevin spürte in sich ein Rühren, eine seltsame Atemlosigkeit, die ein Zeichen seiner Liebe zu den Bergen El Modenas war und die sich nun ausdehnte und auch diese Bergspitzen vor ihm einschloß. Er verschmolz mit dem Gestein. Er schmolz dahin wie der Schnee und versickerte darin. Er drang vor in jedes Stückchen Materie, Geist, Leben …

»Und was schlagen Sie jetzt vor, Sally?« fragte Doris schließlich.

»Wir möchten, daß unsere Stadt genauso schön wird wie Bishop«, fügte Kevin hinzu. »Aber wenn Leute wie Alfredo das Sagen haben …«

»Aber er bestimmt doch nicht allein über alles, oder?«

»Nein, aber er ist mächtig.«

»Ihr müßt mit einem großen Widerstand gegen das rechnen, was ihr vorhabt. Das Land um seiner selbst willen zu schützen und zu retten richtet sich gegen eine der am tiefsten verwurzelten amerikanischen Grundideen, und daher ist dies ein Kampf, der eigentlich nie aufhören wird. Warum kein Wachstum, wenn es möglich ist? Warum sollen wir die Dinge nicht grundlegend ändern? Viele Menschen werden die Antwort auf diese Frage niemals verstehen, denn für sie bedeutet ein gutes, angenehmes Leben nur noch mehr Dinge, die man erwerben kann. Sie haben kein Gefühl für das Land. Wir kennen eine gewisse Ästhetik der Wildnis, aber um die zu empfinden, ist eine ausgeprägte Form von Sensibilität notwendig.«

»In unserem Fall also …«, meinte Kevin gespannt.

»Na ja.« Tallhawk richtete sich auf und griff nach der fast leeren Kognakflasche. »Ihr könntet es mit gefährdeten Tierarten versuchen. Wenn es irgendeine gefährdete Tierart gäbe, die in euren Bergen lebt, dann wäre das genug. Das Gesetz zum Schutz gefährdeter Tierarten ist sehr streng.«

»Ich glaube nicht, daß es auf dem Rattlesnake Hill gefährdete Tiere gibt«, sagte Doris. »Der Berg ist eigentlich ziemlich unauffällig und durchschnittlich.«

»Nun, überprüft das mal. Sie haben unten den Bau einer Schnellstraße gestoppt, weil es dort eine simple Eidechsenart gibt, die zufälligerweise sehr selten ist.

Dann bietet auch das Kalifornische Gesetz zur Erhaltung der Umweltqualität eine gute Chance. Nach den Normen dieses Gesetzes werden schon frühzeitig Umweltgutachten vorgeschrieben, und sobald ihr so etwas in Händen habt, könnt ihr es verwenden.«

»Aber wenn es nicht gerade zu unseren Gunsten ausfällt?« fragte Oscar mit schläfriger Stimme.

»Dann könnt ihr immer noch in Erwägung ziehen, euch an den National Trust for Land oder die National Conservancy zu wenden. Sie bieten Leuten wie euch Hilfe an, und sie verfügen über das Geld, gegen Großunternehmer den Kampf aufzunehmen. Vielleicht könnt ihr sie sogar überzeugen, gegen das Bauvorhaben zu bieten.«

»Das Land gehört der Stadt«, sagte Doris.

»Sicher. Aber diese Gruppen helfen beim Sammeln von Interessenten und bei Protesten, wenn es in der Sache zu einer Abstimmung kommt, und sie könnten sogar versuchen, das Land zu pachten.«

»Das wäre ja prima.«

»Aber vor einem Referendum haben wir keine Möglichkeit, sie aufzuhalten?« fragte Kevin. »Ich habe einfach Angst, daß Alfredo gewinnt. Er ist in solchen Dingen sehr gut.«

»Nun, da ist erst mal der Umweltkomplex, den ich erwähnte. Oder ihr schaut euch um, ob der Berg besondere Wasserbedingungen aufweist wie zum Beispiel eine Quelle.«

»Tut er nicht«, sagte Kevin.

»Ihr könntet auch versuchen, eine Quelle zu bohren.«

Sie lachte über das einsetzende Schweigen.

»Das wär doch ein Gedanke, oder? Da, es ist noch etwas Brandy da. Ein Schluck für jeden. Ihr werdet schon etwas finden. Wenn nicht, dann gebt mir Bescheid, und dann kommen wir zu euch und drohen dem Burschen. Vielleicht können wir euch einen Preisnachlaß auf das Wasser aus dem

Owens Valley gewähren, wenn ihr den Berg in Ruhe laßt. Da beeinflußt das Inyo County tatsächlich die Politik im Süden Kaliforniens, das gefällt mir!« Sie lachte. »Oder findet einen heiligen alten Indianerfriedhof oder so etwas. Nur glaube ich, daß die Leute von San Gabriel für so etwas nie viel übrig hatten. Und wenn ja, dann wissen wir es nicht.«

Kevin schüttelte den Kopf. »Diese Berglandschaft ist praktisch völlig leer. Ich hab mich dort umgeschaut. Ich kenne den Berg ja schon, seit ich noch ein Kind war. Ich hab dort sogar das Krabbeln gelernt.«

»Es könnte dort Fossilien geben«, sagte Oscar.

»Dann müßtet ihr aber schon einen sensationellen Fund machen«, meinte Tallhawk. »Die Asphaltgruben von El Modena. Ich würde mich an eurer Stelle auf etwas Handfesteres verlassen.«

Sie dachten darüber nach, lauschten dem Wind, der über die Felsen, über den Schnee strich.

»Bereit für den Kampf morgen?« fragte Tallhawk Oscar.

Oscar sah aus wie einer der Steinblöcke ringsum. »Ich war noch nie bereiter«, murmelte er.

»Kampf?« fragte Kevin. »Was meint ihr? Gibt es morgen ein Schachturnier, Oscar?«

Tallhawk lachte.

»Es ist so etwas wie Schach«, murmelte Oscar, »nur etwas komplizierter.«

»Wußtet ihr denn nicht, daß morgen das Old-America-Festival beginnt?« fragte Tallhawk.

»Nein.«

»Morgen wird die Jagdsaison eröffnet, das heißt, wir müssen schnellstens von hier verschwinden, um nicht von irgendeinem Idioten angeschossen zu werden. In Bishop wird dieser Tag mit einigen alten Sitten gefeiert. Es gibt dann grellbunte Lieferwagen mit Gewehrhaltern vor den Heckfenstern – fünfzig Kisten Whiskey, die von Kentucky hergeschafft wurden. Morgen wird es ganz wild. Das ist der eine

Grund, weshalb ich unbedingt heute hierher kommen wollte. Um noch ein wenig die Ruhe zu genießen.«

Sie streckten und reckten sich in ihren Schlafsäcken.

Kevin hörte den Wind und betrachtete die dunklen Bergspitzen, die in den Nachthimmel ragten. Plötzlich war es ihm klar, daß Sally einen Grund hatte, sie hierher zu bringen, um sich mit ihnen über mögliche Argumente zu unterhalten; dieser Ort selbst war ein Teil dieses Diskurses, ein Teil dessen, was sie ausdrücken wollte. Die Universität der Wildnis. Das Rückgrat Kaliforniens, die verborgene Quelle des Reichtums im Süden. Dieser rauhe, wilde Ort ...

Um sie herum atmete der Wind, der Geist der Berge. Wasser, deren Seele, sickerte hinein und in die Tiefe. Der Stein, der Leib der Berge, stand unverrückbar fest.

Sie schliefen wie in einer Schüssel, die von Gottes Händen gehalten wurde.

Am nächsten Tag wanderten sie über den Paß zurück und den Weg hinunter und fuhren dann mit einem kleinen Gaswagen zu Tallhawks Haus in Bishop, um sich frischzumachen und umzuziehen.

Bei Einbruch der Dämmerung gingen sie in die Stadt und stellten fest, daß Bishop sich mit Menschen gefüllt hatte. Es schien, als wäre die gesamte Bevölkerung von Ostkalifornien hergekommen, bekleidet mit Bluejeans, Cordhosen, Cowboystiefeln, Cowboyhüten, Armeetarnjacken, Abendroben, Uniformen, Tierfellen, Indianerkostümen – alles, was jemals im amerikanischen Westen zu sehen gewesen war, tauchte nun dort auf. Die Main Street war vollgestopft mit Pickup-Trucks, alle schienenlos und mit Alkohol betrieben und furchtbar laut und einen bestialischen Gestank verbreitend. Ihre Fahrer ließen immer wieder die Maschinen aufheulen, um auf diese Weise gegen die endlosen Staus zu protestieren. »Eine Verkehrsstau-Parade«, sagte Oscar.

Sie aßen in einem Coffee Shop namens Huk Finns, dann ließen sie sich vom Menschenstrom mitziehen zum Reservat der Paiute-Indianer. Über dem Kreischen der Pick-ups, die die Reifen beim Anfahren qualmen ließen, hörten sie gelegentlich Schüsse, und die dunklen Straßen wurden erhellt vom grellen Schein der Feuerwerksraketen, die über ihnen explodierten. Oscar sang laut: *»Oh the rocket's red glare, the bombs bursting in air …«*

»Wohin gehen wir eigentlich?« rief Doris ihm zu.

»Zur Turnhalle der High School«, erwiderte er.

Die High School füllte sich schnell mit einer lauten, ausgelassenen Menschenschar. Oscar führte Kevin und Doris zu einer Bankreihe auf der Empore. Auf dem Basketballfeld unter ihnen war ein großer Boxring aufgebaut worden. »Kein Boxen!« bat Doris.

»Natürlich nicht«, sagte Oscar und entfernte sich. Kevin und Doris blickten einander an, einigermaßen verwirrt. Fast fünfzehn Minuten saßen sie da, und nichts passierte. Dann kletterte eine Frau in den Ring, bekleidet mit einem Smoking über einem schwarzen Trikot und dunklen Netzstrümpfen mit hochhackigen Pumps und einem Zylinder. Rasender Applaus. Dilettantisch geführte Spotscheinwerfer tanzten hin und her und kamen schließlich auf ihr zur Ruhe. Sie hob ein grotesk übergroßes Mikrofon hoch und sagte: »SEID IHR ALLE BEREIT?«

Die Menge war bereit. Doris steckte sich die Finger in die Ohren. Leute, die standen, wurden niedergebrüllt, und die Gänge füllten sich. An die zehntausend Menschen drängten sich in der Halle. »NA OKAY! DER ERSTE KAMPF: GERONIMOS BRAUT GEGEN DAS RHINOZEROS!«

»Mich laust der Affe«, sagte Kevin, und seine Worte gingen in dem Tumult völlig unter. Die Scheinwerfer tanzten wie betrunken herum, als ihre Bediener nach den einziehenden Kämpfern suchten. Als sie sie endlich fanden, hatten sie die dunkelgrüne Kampfmatte schon fast erreicht: zwei große Gestalten in langen Capes, eines scharlachrot, das andere leuchtend blau. Die Menge brüllte, die beiden Kämpfer reckten die Fäuste in die Luft und schüttelten sie drohend: Oscar und Sally Tallhawk, unverkennbar.

Schnell befanden die beiden Streiter sich im Ring und begannen zu kämpfen, stürmten aufeinander zu und versuchten sich gegenseitig wegzuschieben. Die Zeremonienmeisterin – gleichzeitig Schiedsrichterin – versuchte sie zu trennen, wobei sie gleichzeitig das Mikrofon so hielt, daß die Drohungen der Kämpfer, die sie gegeneinander ausstießen, deutlich zu hören waren. Tallhawk schnaubte, während sie die Torturen aufzählte, die sie für Oscar bereithielt: »Ich benutze deinen Skalp als Wischmop! Aus deiner Haut mache ich mir Fensterleder, und deine Klöten hänge ich mir als Autoschmuck an den Rückspiegel.«

Die Menge tobte.

Oscar blies die Backen auf und murmelte: »Solche Ankündigungen sind immer gefährlich, aber das Rhino vertraut darauf, daß der Kampf am Ende zu seinen Gunsten ausgeht!«

Die Menge dankte ihm mit einer stehenden Ovation.

Die Zeremonienmeisterin gab den Ring frei.

Sie umkreisten einander, schlugen sich gegenseitig die Hände weg und fletschten die Zähne. Die Braut packte Rhinos Handgelenk und zog, und das Rhino flog durch die Luft und knallte in die Ringseile, die sehr elastisch waren. Rhino fiel tief hinein, federte zurück und erhielt einen Tritt gegen die Brust. Er stolperte, die Braut setzte einen Sprung an, segelte quer durch den Ring und landete auf seinen Schultern und zwang ihn auf die Matte. Sie stemmte ein Knie auf seinen Hals und hämmerte ihm den Ellbogen ins Gesicht. Als sie aufstand und die Arme hochreckte, kreischte die Menge: »GERONIMA!« und die Zeremonienmeisterin verkündete: »GERONIMOS BRAUT HAT DAS RHINOZEROS MIT IHREM FURCHTBAREN ARMHAMMER NIEDERGESTRECKT!«

Aber das Rhino, das sich in Qualen auf der Matte herumwälzte, streckte eine Hand aus und riß Geronima beide Füße weg, fällte sie wie einen Baum und schaffte es, schwankend wieder auf die Beine zu kommen.

Das geschah mehrmals: Geronimos Braut benutzte Rhino als Punchingball, doch wenn Rhino am Boden lag und die Braut sich im Applaus der Menge badete, erwachten in Rhino neue Kräfte, und er revanchierte sich nachhaltig. Einmal riß er auf der einen Seite am Ringseil und ließ los, so daß das Seil auf der anderen Seite Geronima in den Rücken schnellte und sie umwarf. Als Rache entfernte sie eine Glühbirne von der Spitze eines der Seilmasten, zerbrach sie und bohrte sie in Rhinos Gesicht, bis die Schiedsrichterin sie mit dem Mikrofon verscheuchte. Das Rhinozeros hielt beide Hände vors Gesicht und stöhnte gepeinigt, während Geronima ihn durch den Ring jagte. Er war eindeutig blind. Es war eine hervorragende Gelegenheit; Mrs. G rannte durch den Ring und holte Schwung für wahrlich eindrucksvolle Sprünge, wobei sie versuchte, wieder ihren Armhammer anzusetzen. Doch jedesmal, wenn sie sich aus der Luft herabstürzte, stolperte das Rhino oder es fiel hin oder es wich schnell zur Seite aus und wirkte dabei erstaunlich leichtfüßig trotz seiner Körpermasse, und Geronima landete mitten auf dem Gesicht. Immer wieder geschah es, bis Geronima vor Wut raste und die Menge kaum noch zu bändigen war. Dann griff Rhino in seine Gesäßtasche und schmierte sich irgend etwas ins Gesicht. »AH HA!« sagte die Zeremonienmeisterin. »ICH GLAUBE, ER BENUTZT DIESE NEUE PLASTIKHAUT, UM SEIN GESICHT ZU REPARIEREN. JA, SEHT DOCH WIE SCHNELL ES HEILT! SEHT DOCH MAL! ER IST WIEDER OKAY!«

Rhino konnte einem weiteren Sprung entgehen und knurrte ins Mikrofon: »IN MEINEN BÜCHERN STEHT, DASS DAS BLATT SICH WAHRSCHEINLICH GEWENDET HAT, MISSUS GEE.« Und dann war er plötzlich überall im

Ring, federte umher, sah mit seltsam übertriebenen Blicken nach rechts und nach links, sprang dann vorwärts, um der Braut ein paar auf die Ohren zu geben oder sie auf die Matte zu werfen. Schließlich gelangte er hinter sie und ließ sie mehrmals auf sein Knie krachen. »OH! OH! OH!« rief die Zeremonienmeisterin. »DAS IST RHINOS ATOMSTAUCHER! NIEMAND HÄLT DAS LANGE DURCH!«

Und tatsächlich rollte Geronima auf die Matte, völlig ausgepumpt. Rhino nickte der brüllenden Menge schüchtern zu. Die Zeremonienmeisterin gab ihm einen Kuß, der ihn richtig durchschüttelte – und er huschte auf Zehenspitzen hinter ihr her und zog an ihrem Smoking, der an den Nähten aufriß. Und jetzt liebte die Menge ihn erst richtig.

Die Zeremonienmeisterin war in Wut geraten und drehte sich um, damit sie sich revanchierte. Er stolperte zurück durch den Ring, versuchte, Geronima zu wecken, aber ohne Erfolg. Die Braut war weggetreten. Das Rhino flog durch den Ring, geworfen von einer üppigen Frau in einem Trikot und mit Netzstrümpfen, die nur innehielt, um ihre Rolle als Kommentatorin wieder aufzunehmen: »UND JETZT MACHE ICH DIESES AUFDRINGLICHE RHINO MIT EINEM DREIFACH GESCHRAUBTEN NIERENBOMBER ENDGÜLTIG ALLE.« Rhino versuchte verzweifelt, aus dem Ring zu fliehen, streckte die Hände hilfesuchend nach Zuschauern aus und wollte sich durch die Seile zwängen, wobei seine Augen ihm fast aus dem Kopf quollen; aber er wurde zurückgerissen und vermöbelt. Die Braut erhob sich sogar, um sich an dem Schlachtfest zu beteiligen, ehe sie nach einem einzigen Schlag von der Zeremonienmeisterin, die keine fremde Hilfe wollte, wieder platt auf den Boden fiel. Dann stand die Zeremonienmeisterin in Siegerpose über zwei ausgestreckt daliegenden Ringern, und als sie wieder zu Atem gekommen war und sich das Haar geordnet hatte, sagte sie ganz ruhig die nächste Paarung an: »DER FURCHTBARE GEORGE GEGEN MISTER HÜHNER-

KACKE, SOBALD WIR DIE TRÜMMER HIER WEGGERÄUMT HABEN.«

Es waren noch mehr Kämpfe angesagt, doch Kevin und Doris standen von ihren Plätzen auf und kämpften sich durch die Menge zu einem Ausgang, dann gingen sie zu den Umkleideräumen im Erdgeschoß. Oscar kam gerade heraus, frisch geduscht und wieder in Straßenkleidung. Nachdem er einigen Jungen sein Autogramm gegeben hatte, kam er zu Kevin und Doris.

»Das war super!« sagte Kevin und grinste über Oscars eulenhaft unschuldige Miene.

Doris fragte: »Wo ist Sally?«

»Vielen Dank«, sagte Oscar zu Kevin. »Sally hat heute abend noch einen weiteren Kampf. Sollen wir nicht irgendwas trinken? Ich bin jetzt durstig. Ich könnte sogar ein zweites Abendessen brauchen, um ehrlich zu sein. Vor einem Kampf esse ich immer nur wenig.«

»Das kann ich mir vorstellen.«

So kehrten sie zur Main Street zurück und gingen zu Huk Finns. Oscar bestellte Corned Beef und Haschee und schüttete zu Doris' Entsetzen Whisky darüber. Aber sie beteiligte sich, als sie fast die ganze Flasche leerten.

Kevin mußte die ganze Zeit lachen. »Oscar, wie sind Sie denn zum Catchen gekommen?«

»Ich bin regelrecht reingestolpert.«

»Nein, wirklich.«

»Ich sah das Geld. Sally machte es bereits ... und sie meinte, ich hätte das nötige ... Talent dafür.«

»Haben Sie sich jemals verletzt?« fragte Doris.

»Natürlich. Wir machen ständig irgendwelche Fehler. Einmal paßte ich beim Atomstaucher nicht auf und erwischte Sally am Steißbein, und zwei Minuten später knallte sie mir eins direkt auf die Nase. Alles war voller Blut. Wir waren beide sauer, und für eine Weile wurde es ein richtig ernster Kampf. Aber die sehen eher langweilig aus verglichen mit den einstudierten Aktionen.«

»Sie sollten wirklich in unser Softballteam kommen«, sagte Kevin. »Ihre Fußarbeit ist hervorragend, Sie wären genau der richtige für uns.«

Oscar schüttelte mit vollem Mund den Kopf.

Als sie gingen, waren sie ein wenig unsicher auf den Beinen, aber ansonsten bester Laune. Auf der Main Street herrschte nicht mehr soviel Betrieb wie vorher, es waren jedoch immer noch Hunderte von Leuten unterwegs. Sie gingen an einer lauten Gruppe vorbei, als ein großer Mann sie anhielt. »Hey, bist du nicht das Rhino? Hey!« brüllte er seinen Gefährten zu. »Das da ist Rhino, der Typ, der gegen Geronimos Braut gekämpft hat.«

»So ist das mit dem Ruhm«, sagte Doris.

»Hey, Rhino, kämpfen wir beide mal eine Runde, gleich hier, was meinst du? Ich hab auf der Highschool mal gerungen. Komm, ich zeig dir, wie es richtig geht.«

Er griff nach Oscars Hand, doch Oscars Hand wich zurück.

»Was ist los, Rhino? Schiß?«

»Betrunken«, sagte Oscar.

Als Antwort zielte der Mann mit seiner Schulter nach Oscars Brust und verfehlte; wandte sich mit lautem Gebrüll um und stürmte erneut los. Oscar wich zur Seite aus und ging einem Zusammenprall aus dem Weg. Der Mann kollidierte mit Kevin.

»Hey, du Blödmann«, sagte Kevin und boxte dem Mann auf die Nase.

Augenblicklich waren sie mittendrin in einer wilden Prügelei. Schreie und Flüche ertönten. Chaos in der Dunkelheit. Leute rannten herbei, um zuzusehen oder sich zu beteiligen, und es kehrte erst wieder Ruhe ein, als ein ganzer Trupp Polizisten erschien und sich unter sie mischte und jedem, der kämpfen wollte, eins mit dem Gummiknüppel verpaßte. Sehr bald hatte man die Streithähne voneinander getrennt und ihnen Bänder um die Handgelenke geknotet.

»Jeder mit einem Armband, der noch einmal auffällt, wandert in den Knast«, erklärte ihnen der leitende Polizeibeamte. »Die Bänder fallen in ein paar Tagen von allein ab. Und jetzt geht nach Hause und seht zu, daß ihr nüchtern werdet.«

Oscar und Kevin und Doris machten sich auf den Weg zu Tallhawks Haus. »Das war dumm«, sagte Doris zu Kevin.

»Ich weiß.«

Sie sah sich um. »Diese Typen folgen uns.«

»Dann müssen wir sie abhängen«, sagte Oscar und rannte los.

Ihre Gegner folgten ihnen schwerfällig und mit wenig Erfolg. Sie legten mehrere Blocks zurück, bogen mehrmals ab und benutzten kleine Seitenstraßen, bis sie sie schließlich verloren hatten.

Als sie sich nicht mehr verfolgt wußten, standen sie an einer Straßenecke und rangen nach Luft. »Das hat aber Spaß gemacht«, sagte Doris giftig.

Oscar nickte. »Ich weiß. Aber jetzt habe ich mich verlaufen.« Er zuckte mit den Achseln. »Was nun?«

Sie brauchten etwa eine Stunde, um Tallhawks Haus zu finden, und um diese Zeit schleppte Oscar sich nur noch müde dahin. »Das ist mehr Körperertüchtigung, als mir lieb ist«, sagte er, als sie die Tür des dunklen Hauses öffneten. Er betrat die Bibliothek mit einer langen Couch darin und ließ sich einfach darauf fallen. »So geht es immer, wenn ich Sally besuche. Sie ist wahnsinnig, im Grunde ihres Herzens. Das Gästezimmer befindet sich am Ende des Flurs.«

Kevin ging ins Bad. Als er zurück ins Gästezimmer kam, stellte er fest, daß sich nur ein recht schmales Bett darin befand.

Doris stand daneben und zog sich gerade aus. »Es ist okay«, sagte sie unsicher. »Wir passen beide rein.«

Kevin schwankte einen Moment. »Hmm«, sagte er. »Ich weiß nicht. Draußen ist noch eine andere Couch, glaube ich.«

Dann drückte sie sich an ihn, umarmte ihn. »Na komm schon«, sagte sie mit einer belegten Stimme. »Das haben wir doch schon früher getan.«

Es stimmte. Er hatte auf diesen schwarzhaarigen Kopf hinuntergeschaut. Betrunken, wie er war, küßte er ihr Haar, und der vertraute Duft erfüllte ihn. Er erwiderte die Umarmung, zu berauscht, um über diesen Moment hinauszudenken. Er ließ sich einfach treiben. Sie fielen aufs Bett.

Die Rückfahrt war lang und verkatert. Kevin war müde, die endlose Mojave-Wüste langweilte ihn, und er war gegenüber seiner Freundin Doris unsicher und einsilbig. Oscar lümmelte in seinem Sitz, das Bild eines schlafenden Buddha. Doris schaute aus ihrem Fenster und dachte undeutbare Gedanken.

Bilder von Sally Tallhawk stürmten auf Kevin ein, als wollte sie ihn aus einem Hinterhalt überfallen: wie sie über den Lagerplatz ging, während das Licht der Abendsonne auf ihren breitflächigen Gesicht lag, die Arme ausgestreckt, während sie in einem leisen Singsang vom Wasser erzählte, das in die Unterwelt sickerte.

Ruckartig wurde er wieder wach. Und versuchte erneut einzunicken. Der Wagen summte monoton. Rechts von ihnen die unheimlich erleuchtete schwarze Oberfläche von einem der Mikrowellensammler, Empfänger wie riesige Lautsprecher flach auf dem Rücken, wo sie Strahlen aufsogen, die photonische Weltraummusik, die zu Lasern gebündelte Energie der Solarzellen, die in ihren Orbits dahinrasten. Sie waren fast fertig damit, die umlaufenden Zellenbatterien zusammenzumontieren, die Arbeit seiner Eltern wäre dann beendet. Was würden sie dann tun? Raumsüchtige, würden sie jemals wieder runterkommen? Nach El Modena? Er vermißte sie, brauchte sie, um mit ihnen zu reden. Konnten sie ihm keinen Rat geben, ihm sagen, was er tun solle, alles so einfach werden lassen, wie es mal gewesen war?

Nein. Aber er sollte sich trotzdem mal bei ihnen melden. Und bei seiner Schwester Jill auch.

Dann, daheim im Haus – nachdem er sehr verlegen Doris »gute Nacht« gesagt hatte, blinkte der Fernseher.

Es war eine Nachricht von Jill.

»Na schön!« sagte er, als er ihr Gesicht sah, Solche Zufälle kamen zwischen ihnen häufig vor. Er dachte an sie, und sie rief an.

Sie sah genauso aus wie er, aber auf ganz bestimmte Art und Weise; all seine hinterwäldlerische Einfachheit und Gemütlichkeit war in wilde Schönheit verwandelt worden. Ein großer ausdrucksvoller Mund, eine leicht nach oben gebogene Nase, Sommersprossen, große blaue Augen mit hellen Wimpern und Augenbrauen und braunes Haar, das sich im Licht der asiatischen Sonne golden färbte.

Nun sagte ihr kleines Ebenbild in jener vertrauten leicht heiseren Stimme: »Also, ich habe während der letzten beiden Tage ständig versucht, dich zu erreichen, denn ich verlasse Dakka, um im Krankenhaus in Atgaon etwas über die Behandlungstechnik tropischer Krankheiten zu lernen. Das liegt oben im Nordosten, unweit der indischen Grenze. Tatsächlich bin ich schon dorthin umgezogen, aber ich bin nochmal kurz zurückgekommen, um meine restlichen Sachen zu holen und den bürokratischen Blödsinn zu erledigen. Du glaubst gar nicht, was für ein Durcheinander das hier ist. Daneben erscheint Kalifornien als praktisch vorschriftenfreies Paradies. Ich hasse es, diese Aufnahmen zu machen, ich wünschte, ich würde dich irgendwie erreichen.

Atgaon ist so weit von Dakka entfernt, wie man gehen kann, um immer noch in Bangladesh zu sein. Es dauert einen ganzen Tag, dorthin zu kommen, und zwar mit einer neuen Eisenbahnlinie, die auf einem riesigen Deich verläuft, damit sie nicht vom Hochwasser erreicht werden kann. Sie führt über mindestens hundert Brücken, denn es ist hier wirklich ein sehr wasserreiches Land.

Atgaon ist eine Marktstadt am Teestafluß, der von Sikkim herunterkommt. Das Krankenhaus ist die wichtigste Einrichtung der Stadt, es arbeitet mit dem Institut zur Erforschung von Tropenkrankheiten zusammen, und entwickelt sich zu einem der führenden Häuser in der Gegend – zum Beispiel wurde hier die ein Jahr lang wirksame Anti-Malariatablette entwickelt. Die ganze Sache wurde von der Rajhsan-Landlosen-Kooperative gestartet, einer der Landreformgruppen, die sehr ordentliche Arbeit leistet. Sie erledigen ungemein viel klinische Arbeit, und sie haben auch eine große Anzahl guter Forschungsprojekte. Ich werde zum Beispiel an einer Untersuchung mitwirken, die der Hepatitis-B-zwei gilt. Unterdessen helfe ich in der Notaufnahme und bei den klinischen Rundgängen mit, daher habe ich sehr viel zu tun, doch das gefällt mir, die Leute sind sehr nett, und ich lerne eine Menge.

Ich wohne alleine in einem kleinen Bungalow auf dem Krankenhausgelände. Es ist sehr schön dort, aber es gibt doch einige Überraschungen. Wie zum Beispiel am ersten Abend, als ich das Licht anknipste und meinen Koffer auf das Bett legte, da kam ein riesiger Tausendfüßler auf mich zugekrabbelt! Ich schnappte mir einen Handfeger und schlug auf das Ding ein und zerteilte es in der Mitte, und *beide Hälften krochen in entgegengesetzte Richtungen davon*! Kannst du dir das vorstellen? Ich beschloß, einen Bettpfosten zu benutzen, um die eine Hälfte an Ort und Stelle festzuhalten, während ich die andere Hälfte mit dem Handfeger pulverisierte. Dann tat ich das gleiche mit der Hälfte unter dem Pfosten. Eine Riesenschweinerei. Später riet man mir, erst die Laken und die Kleider auszuschütteln, ehe ich sie benutzte, und ich konnte erwidern, hey, Leute, das weiß ich schon!«

Sie zeigte ihr typisches Grinsen, und Kevin lachte. »O Jill«, sagte er. Er wollte reden, er mußte reden!

Er hielt das Band an und versuchte nach Bangladesh durchzurufen. Es klappte nicht; sie war nicht in Dakka.

Mit einem seltsamen Gefühl ließ er das Band weiterlaufen.

» ...dich sicherlich freuen, wenn du hörst, daß hier draußen ein Frauen-Softballteam existiert. Unglaublich, was? Offenbar gab es hier ein Austauschprogramm, Krankenschwestern von hier gingen nach Guam, und einige aus Guam kamen her, und die, die hier waren, fingen an, Softball zu spielen, und als die Krankenschwestern aus Guam zurückkamen, waren auch sie davon begeistert, und so fing es an. Nun hat es richtig große Ausmaße angenommen, sie haben einige Plätze angelegt und eine Liga mit fünf Dörfern und alles, was sonst noch dazugehört. Ich habe den Platz in Atgaon noch nicht gesehen, aber er soll sehr gut sein. Sie sind stolz auf ihre Frauenliga, die Frauen auf dem Land fangen jetzt erst an, sich von den islamischen Gesetzen zu befreien und sich auf eigene Füße zu stellen. Im Augenblick arbeiten sie an allen Stellen und wirken auch bei der Landreform mit und unterwandern die gesamte Bürokratie, und in ein paar Jahren haben sie alles übernommen! Und einen solchen Sport zu treiben ist für sie etwas völlig Neues. Sie lieben es. Wegen des Teamgeistes und so weiter. Die beliebteste Sportart hier ist aber natürlich Kricket.

Wie dem auch sei, sie dachten, da ich Amerikanerin bin, müßte ich auch Softball spielen, und sie holten mich, damit ich mit ihnen das Werfen übte, und nun bin ich nicht nur in einer Mannschaft, sondern ich wurde auch für die laufende Saison zur Oberschiedsrichterin bestimmt, denn sie hatten Probleme mit ihren Schiedsrichterinnen, die gewöhnlich parteiisch sind. Das ist wirklich das letzte, was ich erwartet hatte, als ich herkam.

Nun, ich muß jetzt aufhören, denn das kostet mich in Dakka ein Vermögen. Solche Telefone gibt es in Atgaon nicht. Das Krankenhaus hat einen Rekorder, aber keinen Sender, daher werde ich versuchen, dort ein paar Briefe vorzubereiten und sie schicken, wenn es geht. Unterdessen kannst du mir ja solche Briefe nach Dakka schicken, so daß ich sie mir irgendwann ansehen kann. Ich hoffe, daß du es tust. Es ist zwar nicht so gut wie richtiges Reden, aber es ist besser als nichts. Grüß alle von mir, ich liebe dich.«

Das Bild flackerte und erlosch.

Kevin saß in seinem dunklen Zimmer und starrte auf das statische Flimmern des Schirms. Er konnte Tomas nebenan hören, wo er auf seine Computertastatur einhämmerte. Er konnte hineingehen und sich mit Tomas unterhalten, der wegen so etwas gerne eine Pause machte. Oder er könnte in die Küche hinuntergehen. Dort wären Donna und Cindy und würden saubermachen und sich mit den Leuten im Fernsehen unterhalten. Oder Sylvia und Sam. Freunde waren trotz allem die wahre Familie. Die Familie war keine richtige Familie, bis man auch miteinander befreundet war. Und doch, trotzdem ... seine Schwester. Jill Claiborne. Er wollte mit seiner Schwester reden.

5

Mai. Pralle Knospen an den Zweigen, lebhaftes Grün im Regen. Kaum ein Sonnentag im April. Ich kann mich nicht erinnern.

Pam kam gestern abend müde und mit wehen Füßen nach Hause, nachdem sie zwei Experimente gleichzeitig durchgeführt hatte. Sie meint, sie könne die Laborarbeiten früher abschließen und den schriftlichen Teil in den Staaten erledigen. Damit die Trennung verkürzt wird. Demnach befindet sie sich jetzt im Pamela Overdrive. Ich bereitete das Abendessen zu, und sie schleuderte wütend die Zeitung beiseite und erzählte mir von ihrem Tag. »Die Prüfmischung und die inneren Bestandteile diffundierten aus der Wasserprobe in den Kopfraum, bis ein Gleichgewicht zwischen der Flüssigphase und der Gasphase erreicht war.«

»Ach so.«

»Und das hängt von der Wasserlöslichkeit und der Beweglichkeit der beiden Mischungen ab.«

Als sie fortfuhr, sah ich sie an.

Sie sah den ergebenen Ausdruck in meinem Gesicht und lächelte. »Und wie läuft es mit dem Buch?«

»Wie immer.« Das ist wirklich nicht fair. Ich kann kein Wort verstehen, wenn sie von ihrer Arbeit erzählt, während sie, zumindest bei diesem Projekt, für mich ein wichtiges Publikum ist. »Ich beabsichtige, die einzelnen Kapitel der Handlung mit Essay-Passagen abzuwechseln, in denen die politischen und wirtschaftlichen Probleme angesprochen werden, die wir lösen müssen.«

»Mein Gott.« Gerümpfte Nase, als sei irgendwas im Kühlschrank schlecht geworden.

»Hey, H. G. Wells hat das auch getan.«

»In welchem Buch?«

»In einem seiner wichtigen utopischen Romane.«

»Wird das Buch noch gedruckt?«

»Nein.«

»Steht es in Bibliotheken?«

»In Universitätsbibliotheken.«

»Demnach sind die Wells'schen Science-fiction-Abenteuer immer noch in jeder Bibliothek und in jeden Buchladen zu finden, während dieses wichtige Utopia mit den Essays längst untergegangen ist, und du kannst dich noch nicht mal an den Titel erinnern?«

Ich wechselte das Thema.

Ich denke, ich verzichte auf die Essays.

Sechs Monate, vier Monate. Drei Monate? Beeilt euch, geheimnisvolle Experimente. Und funktioniert. Bitte.

Kevin erwachte aus einem Traum, in dem ein großer Vogel auf dem klaren Wasser eines reißenden Stroms stand. Er hatte die Flügel ausgebreitet, während er sich auf der glatten Oberfläche drehte und mühsam das Gleichgewicht hielt. Benommen schüttelte Kevin den Kopf und grinste. »Sally Tallhawk«, sagte er und lauschte dem Klang der Silben nach. Die Strategien, die sie entworfen hatte, als sie auf ihrem hochgelegenen Lagerplatz umhergegangen war, erfüllten sein Denken, und da er sich wie mit frischer Energie aufgeladen fühlte, beschloß er, noch vor Arbeitsbeginn Jean Aureliano aufzusuchen und sich mit ihr zu beraten.

Jeans Büro lag auf dem Sattel zwischen Orange Hill und Chapman Hill. Kevin jagte den Weg im fünften Gang hinauf und gelangte schlingernd auf ihre kleine Terrasse. Ihr Büro war eine Anzahl niedriger Räume, die um einen kleinen Steingarten herum gebaut waren, mit durchbrochenen Wänden und Türmchen an den Ecken auf dem Flachdach. Kevin hatte eine Menge verändert. Als er ihr Büro betrat, blickte sie vom Telefon auf und lächelte ihn an und bedeutete ihm, er möge sich doch setzen. Statt dessen wanderte er umher und betrachtete die Drucke an den Wänden, chinesische Landschaftsgemälde im Stil der Ming-Dynastie, Gold auf Grün und Blau. Jean sprach laut und barsch und schien sich mit jemandem zu streiten. Sie hatte eisengraues Haar und trug es kurzgeschnitten, so daß es wie eine Mütze auf einem Charakterkopf erschien. Grobknochig und kräftig gebaut, bewegte sie sich wie eine Tänzerin und hatte einen Schwarzen Gürtel in Karate. Seit vielen Jahren schon war sie stärkste Persönlichkeit in El Modena und eine der stärksten in Orange County, und sie sah immer noch so aus. Der wütende Blick der Matriarchin mit spanischem Blut in den Adern war unverwandt auf denjenigen fixiert, der sich am anderen Ende der Leitung befand, und Kevin war nur froh, daß nicht er es war.

»Verdammt«, sagte sie und unterbrach ein blechernes

Quengeln, das durch die Leitung drang, »die gesamte Allianz der Grünen zerbricht an Extremisten wie dir. Wir leben jetzt in einer modernen Welt. Nein, hör mir damit auf, es gibt kein Zurück, all dieses Gerede von Wasserverteilungs-Souveränität ist doch reine Nostalgie, kein Wunder, das von allen Seiten protestiert wird! Du reißt die Partei auseinander und kostest uns am Ende das Mandat, das wir hatten! Politik ist die Kunst des Möglichen, Damaso, und wenn du unmögliche Ziele aufstellst, was für ein Politiker bist du dann? Das ist töricht. Wie bitte? ... Nein. Falsch. Marx kann man von zwei Seiten betrachten, einmal als Historiker und dann als Propheten. Als Historiker war er großartig, und wir benutzen seine Erkenntnisse täglich, das will ich nicht bestreiten, aber als Prophet hat er sich von Anfang an geirrt! Mittlerweile hat jeder, der sich selbst als Marxisten in diesem Sinne bezeichnet, Stroh im Kopf ... Damaso, manchmal kann ich dich überhaupt nicht begreifen. *Los probes*, ich bitte dich, meinst du wirklich, du hilfst ihnen mit dieser Balkanisierung? – Selber *chinga*!« Und dann folgte ein langer Strom spanischer Flüche.

Wütend schlug sie auf das Telefon und unterbrach die Verbindung. »Was willst du?« fragte sie Kevin, ohne aufzublikken.

Nervös erklärte Kevin es ihr.

»Ja«, sagte sie. »Alfredos großer Plan. Von der Krone der Schöpfung zur Krone der Stadt. Ich verfolge das alles sehr genau, und ich finde, daß du und Doris eure Sache gut macht.«

»Danke«, sagte Kevin, »aber wir haben noch mehr versucht. Wir waren bei einer Wasseranwältin an der UC Bishop ...«

»Tallhawk?«

»Ja.«

»Sie ist gut. Was hat sie gesagt?«

»Nun, sie meinte, wir würden das Projekt allein über das Wasser wohl nicht stoppen können.«

Jean nickte. »Aber wir haben den Beschluß zwei-null-zwei-zwei, mit dem wir arbeiten können.«

»Ja. Aber sie gab uns einige Ratschläge, wie wir vorgehen könnten. Einer bestand darin, verschiedene Forderungen des Gesetzes für Umweltqualität von Kalifornien ins Feld zu führen. Oscar meinte, Sie wüßten darüber Bescheid. Sie könnten sie nach ihrem Umweltgutachten fragen, wenn es eingereicht wird.«

»Ja, richtig, das tun wir. Das Problem ist nur, daß sie das Ausmaß der Umweltveränderungen für diesen kleinen Hügel überaus gering halten können, der Santiago Park wird kaum davon berührt, und angesichts der anderen Berge, die allesamt bebaut sind ...« Sie wies mit einer ausholenden Geste auf ihr Büro.

»Wäre das denn nicht ein Punkt zu unseren Gunsten?«

»Eher schon ein Präzedenzfall. Aber wir werden sehen, was wir damit anfangen können.«

»Oscar meinte auch, wenn Sie die Parteimaschinerie in Gang brächten, um den Vorschlag zu bekämpfen ...«

»Genau. Wir sollten ihn eigentlich zu Fall bringen können, und ich werde alles versuchen, glaub mir.« Sie stand auf und ging durch das Büro, drückte eine Schiebetür auf und trat halb hinaus auf die Veranda. »Wenn es zu einem Referendum kommt, muß man natürlich mit allem rechnen. Es läßt sich unmöglich voraussagen, wie die Leute in dieser Stadt abstimmen. Viele sähen es lieber, wenn die Stadt mehr Geld einnimmt, und diesen Punkt sollte man lieber nicht anführen. Ich will damit nur sagen, daß es sicherer wäre, das Projekt bereits im Rat zu stoppen, nämlich bei der Bewertung des Geländes, wenn es um seine Verwendung geht. Deshalb müßt ihr beide, Doris und du, euch an die Gemäßigten halten. Wir anderen auch.«

Sie unterhielten sich nacheinander über Hiroko Washington, Susan Mayer und Jerry Geiger; Jean kannte sie sehr gut aus ihrer Zeit als Bürgermeisterin, und sie schätzte ihre

Chancen, sie zu überzeugen, als ziemlich gut ein. Ganz sicher könnte man sich natürlich nicht sein. »Wir brauchen nur zwei Stimmen. Bleibt am Ball, und ich werde von hier aus ebenfalls aktiv sein.« Und in ihrem Gesicht war ein Ausdruck der Entschlossenheit. Als müßte sie noch einmal die Prüfung für den Schwarzen Gürtel ablegen.

Etwas beruhigt verließ Kevin ihr Büro und fuhr hinunter zur Arbeit. Er, Hank und Gabriela fingen mit der Renovierung von Oscars Haus an, und die anderen beiden waren bereits an der Arbeit und rissen Innenwände ein. Oscar tauchte von Zeit zu Zeit aus seiner Bibliothek auf, um ihnen zuzusehen. »Euch scheint es ja Spaß zu machen«, stellte er fest.

»Das ist der beste Teil der ganzen Zimmermannsarbeit!« rief Gabriela, als sie Mörtel und Verputz von den Stützbalken hämmerte, wobei weiße Staubwolken aufstiegen. »Ja! Hack und hack! Und weg damit!«

»Sie sind eine Anarchistin, Gabriela.«

»Nein, ich bin eine *Nihilistin*.«

»Mir gefällt es auch«, sagte Hank und betrachtete eine Rahmenverbindung. Er schlug prüfend dagegen.

»Wie das denn?« fragte Oscar.

Hank kniff die Augen zusammen. »Nun … die Zimmerei ist eine genaue Angelegenheit, man muß immer sorgfältig zu Werke gehen. Immer wieder passiert es, daß irgend etwas nicht paßt, und am Ende muß alles perfekt aussehen. Es ist etwas für Perfektionisten, selbst wenn man jede Menge Fehler kaschiert, na ja …« Er sah sich suchend um, als verfolge er einen Vogel, der sich in dem Zimmer verirrt hatte. »Auf diese Weise kostet man den destruktiven Teil dieser Arbeit eben besonders aus …«

»Ich verstehe«, sagte Oscar.

»Es ist genauso wie bei Russ und seinen Freunden, den anderen Tierschützern, die am Wochenende auf Entenjagd gehen …«

»Schizophrenes Volk«, sagte Gabriela. »Ich war mal drüben, und sie hatten eine Ente da, sie sie während der Jagd gefunden hatten. Ihr Flügel war gebrochen, und sie hatten sie in einem Karton direkt neben den anderen, die sie am selben Tag geschossen hatten. Sie brachten sie mit, um sie gesund zu pflegen.«

»Ich verstehe«, sagte Oscar. »Niemand übertritt Gesetze so gerne und bereitwillig wie ein Anwalt.«

»Wir möchten Dinge zerstören«, sagte Gabriela. »Soldaten kennen das. Was meinen Sie denn, wie Generäle zu ihrem Beruf kommen? Sie haben von uns allen doch den besten Job.«

»Soll ich dich in Zukunft nur noch General Gabby nennen?« fragte Hank grinsend.

»Wenn schon, dann Generalissimo Gabrielosima«, sagte sie mit dunkler Stimme und holte erneut mit dem Hammer aus.

Gegen Mittag bereitete Oscar ihnen Sandwiches, und nach dem Essen ging er mit Kevin durchs Haus und begutachtete die Umbaupläne und stellte ihm Fragen dazu. Jede Antwort führte zu weiteren Fragen, und in den folgenden Tagen kam Oscar mit immer neuen Fragen, bis das Ganze sich zu einem regelrechten Kreuzverhör entwickelte.

»Was gefällt dir nicht an den alten Häusern, in denen du arbeitest?«

»Nun, sie sind ziemlich schlecht gebaut. Und sie sind irgendwie tot.«

»Tot?«

»Ja. Es sind nur Kästen. Unbelebt. Sie tun nichts anderes, als einen vor Wind und Regen zu beschützen. Und das schafft jede simple Kiste.«

»Und die neuen Häuser gefallen dir, weil sie leben?«

»Ja. Und weil das ganze System so ordentlich, so ... genial

ist. Wie dieses Wolkengel.« Er zog an einer dicken Rolle eines durchsichtigen Materials, spannte es zwischen den Händen und ließ es sich wieder zurückschnellen. »Man baut Flächen davon ins Dach oder in die Wände ein, und wenn die Temperatur im Raum dahinter niedrig ist, dann ist das Wolkengel durchsichtig und läßt die Sonne herein. Bei etwa achtzehn Grad wird Wolkengel leicht milchig, und bei einundzwanzig Grad ist es weiß und reflektiert die Sonne. Auf diese Weise wirkt es als Thermostat, genauso wie die Wolken am Himmel. Es ist einfach perfekt.«

»Raumfahrttechnologie, nicht wahr?«

»Ja. Wenn man es hier und da zusammen mit anderen Dingen einbaut, kann man ein Haus zu einer richtig funktionierenden Farm umbauen. Ein Sensorsystem für den Computer, eine Leitung in die Erde für kühle Luft, Sonnenlicht zum Heizen und um Nutzpflanzen anzubauen und Fische zu züchten, Fotozellen auf dem Dach zur Energieerzeugung, ein Emerson-Tank – je nachdem, weißt du, wie weit du das Ganze treiben willst, kannst du deine täglichen Bedürfnisse nahezu vollständig abdecken. Auf jeden Fall sparst du eine Menge Geld.«

»Aber wie steht es mit der Ästhetik? Wie schafft man es, daß der Bau dann nicht aussieht wie ein Labor?«

»Das ist einfach! Wandtäfelungen, viel freier Raum, ein Atrium oder auch mehrere, Glastüren – Bereiche, in denen man nicht genau entscheiden kann, ob man drinnen oder draußen ist. Das mag ich sowieso besonders.« Er tippte auf eine der Zeichnungen, die auf dem Küchentisch ausgebreitet waren. »In Costa Mesa arbeitet ein Architekt, der Häuser aufs Wasser setzt, sie treiben auf einem kleinen Teich, der die Innentemperatur stabilisiert und zuläßt, daß das Haus je nach Sonnenstand rotiert. Außerdem kann man eine Menge Aquakultur betreiben ...«

»Muß man hinrudern, wenn man es betreten will?«

»Nee, es gibt eine Brücke.«

»So etwas könnte mir vielleicht gefallen.«

»Bitte.«

»Aber was ist denn mit Nahrungsmitteln? Warum eine Farm?«

»Warum nicht? Hast du was gegen Essen?«

»Es ist doch wohl offensichtlich, daß ich gerne esse. Aber warum soll ich es in meinem Haus anbauen? Mir kommt das eher wie eine Modeerscheinung vor.«

»Natürlich ist es das. Das sind Baustile immer. Aber es ergibt auch einen Sinn. Zusätzliche Wärme läßt sich in den nach Süden gelegenen Räumen erzeugen, vor allem in diesem Teil des Landes. Und der Hauscomputer kann das Millionenfache dessen an Arbeit leisten, was man ihm im Augenblick abverlangt. Also warum nicht? Sieh doch, die drei Zimmer auf der Südseite, du kannst dort die Temperaturen verändern, kannst Pflanzen züchten, Schädlinge unter Kontrolle halten.«

»Ich will in meinem Haus kein Ungeziefer.«

»Das will niemand, aber so etwas gehört zu einem Treibhaus. Außerdem überwacht der Computer alles perfekt. Dann ist da ein Wasserbecken in einem Atrium in der Mitte. Die Dachteile sind verstellbar und können ganz geöffnet werden.«

»Ich habe aber kein Atrium.«

»Noch nicht. Wir brechen einfach ein kleines Loch in die Decke ...«

»Wir reißen die ganze Decke auf!« sagte Gabriela, als sie vorbeiging. »Lassen Sie sich von dem nichts vormachen. Wenn wir hier fertig sind, können Sie Ihr Dach mit der Lupe suchen.«

»Achte nicht auf sie. Sieh mal, ein Oberlicht aus Wolkengel über dem Pool.«

»Ich weiß nicht, Wasser im Haus?«

»Warum nicht? Es hilft, die Temperatur konstant zu halten. Und dann kannst du darin Fische züchten und eine Menge deines Eiweißbedarfs selbst erzeugen.«

»Ich hasse das Angeln.«

»Das erledigt der Computer. Du findest am Ende nur noch die Filets im Kühlschrank. Gewöhnlich nimmt man chinesische Karpfen.«

»Mir gefällt auch die Vorstellung nicht, meine Haustiere zu verspeisen.«

Aus dem Nebenzimmer: »Er hat was gegen einen Computer, der Bewohner töten kann.«

»Gutes Argument.«

»Du gewöhnst dich daran. Dann weiter, in der alten Behelfsgarage legen wir ein Frühstückszimmer und einen Teil des Treibhauses an, beziehen den Pfirsichbaum in eine Wand ein, das wird super. Gefällt mir.«

»Liebst du deine Arbeit deshalb? Weil du solche Räume entwerfen kannst?«

»Am liebsten erschaffe ich ein ganzes Haus. Mann, ich hatte mal einen von diesen alten Wohnblocks, mein Gott – winzige kleine Räume mit weißen Wänden, die aussahen wie Hüttenkäse, billiger Teppichboden auf Sperrholzbrettern, kein Licht. Sie hausten dort wie Ratten in einem Käfig. Winzige weiße Gefängniszellen, daß Menschen so leben konnten! Dabei waren sie doch viel wohlhabender als wir, oder? Sie hätten es doch viel besser haben können.«

Oscar hob die Schultern. »Ich nehme es an.«

»Aber sie taten es nicht! Und dann kam ich, sorgte für mehr Raum, holte Licht herein, und am Ende konnten dort genauso viele Menschen wohnen, aber mit einem ganz anderen Lebensgefühl.«

Oscar nickte. »Dann muß man aber auch bereit sein, in einer größeren Gemeinschaft zu leben. Man muß umdenken und sich daran gewöhnen, seinen Lebensraum zu teilen.«

»Ich achte aber stets darauf, daß jeder sein eigenes Zimmer hat, das ist für mich sehr wichtig.«

»Aber der ganze Rest – Küchen, Aufenthaltsräume, all das – gehört der Gemeinschaft. Die gesamte soziale Organisation muß sich verändern, damit du solche Bauten in deinem Sinn renovieren kannst.«

»Es ist, wie Doris immer sagt, eine Frage der Werte.«

»Ja, das stimmt wohl.«

»Nun, und mir gefallen unsere Werte. Das Heim als Organismus – ein elegantes Bild, und wenn man auch noch ein Element von Schönheit einbringen kann ...«

»Dann ist es ein Kunstwerk.«

»Ja, aber ein Kunstwerk, in dem man lebt. Und das wiederum übt einen gewissen Einfluß auf einen aus. Es ...« Kevin schüttelte hilflos den Kopf. »Man fühlt sich einfach wohl.«

Hank erschien in der Tür, in der einen Hand eine Säge, in der anderen eine Holzlatte. »Eigentlich kommt das alles aus China. Die mit ihren kleinen Gärten und den Schiebewänden und diesem Wechsel zwischen drinnen und draußen und diesem Gemeinschaftsdenken und dem Prinzip von häuslichem Leben als Kunst – sie machen es schon seit Jahrtausenden so.«

»Das stimmt«, sagte Kevin. »Ich liebe die chinesischen Gärten.«

Aber nun starrte Hank wie gebannt auf die Holzlatte in seiner Hand. »Ich glaube, ich hab da etwas zuviel abgeschnitten.« Er verzog das Gesicht, zog die Hose hoch und verschwand in der Garage.

Einmal, nach Feierabend, kauften sie Bier und stiegen auf den Rattlesnake Hill, um nach gefährdeten Tierarten zu suchen. Es war Kevins Idee, und sie verspotteten ihn deswegen, aber er blieb dabei. »Seht doch, das ist eine der besten Möglichkeiten, das ganze Projekt zum Erliegen zu bringen, klar? In den Newport Hills haben irgendwelche gehörnten Eidechsen vor ein paar Jahren den Bau einer Schnellstraße verhindert. Also sollten wir es versuchen.«

Und das taten sie. Sie starteten von Kevins und Doris' Haus und machten unterwegs oft Halt, um Pflanzen am Weg zu untersuchen. Jody war ihre Botanikerin; Ramona hatte sie als zusätzliche Hilfe mitgebracht. Es war ein heißer Nachmittag, und sie hielten oft an, um von dem Bier zu kosten.

»Was für ein Baum ist das denn? So einen habe ich noch nie gesehen.«

Es war ein kleines, knorriges Gebilde mit einer glatten grauen Rinde, die von vertikalen Linien durchzogen war. Große glänzende Blätter bedeckten dicke Beerendolden. »Das ist ein Mulefatbaum«, sagte Jody.

»Komischer Name. Gibt mal das Bier rüber.«

Kevin wanderte umher, während die anderen sich hinhockten, um den Mulefatbaum etwas eingehender zu betrachten. »Was ist denn damit?« fragte er und wies auf einen Busch mit langen, fadendünnen Nadeln.

»Salbei!« riefen die anderen im Chor. »Roter Salbei«, korrigierte Jody. »Wir kennen auch Schwarzen Salbei und den normalen grauen.«

»Etwa so gefährdet wie Dreck«, sagte Hank.

»Okay, okay. Kommt schon, wir haben noch den ganzen Berg vor uns.«

So erhoben sie sich und setzten ihre Suche fort. Kevin führte sie, und Jody identifizierte viele Pflanzen. Gabby und Hank und Oscar und Ramona tranken eine Menge Bier. Ein strauchartiger Baum mit ovalen flachen Blättern war ein Lorbeersumach. Dann entdeckten sie Klatschmohn und Immergrün. Ramona identifizierte etwa die Hälfte aller Pflanzen, die sie auf ihrem Weg fanden bis hin zu dem kleinen Wald, den Tom vor so langer Zeit mit angepflanzt hatte. Dort standen die beiden wunderschönen Schwarzen Walnußbäume mit ihrer schrundigen Rinde und kleinen grünen Blättern.

Auf der Westseite des Berges führten einige steile Rinnen hinunter in den Crawford Canyon. Sie tasteten sich über loses Geröll und sandigen Untergrund hinab. »Was ist denn mit diesem Kaktus?« fragte Kevin und zeigte auf eine Pflanze.

»Mein Gott, Kevin«, sagte Jody. »Dieses Zeug bekommst du in Essig eingelegt in jedem mexikanischen Supermarkt.«

»Das ist es!« rief Gabriela. »Eingelegter Kaktus ist so gefragt, daß er überall geerntet wird, um die Nachfrage zu befriedigen, und deshalb ist sein Bestand hier oben gefährdet!«

»Ach, halt den Mund«, sagte Kevin.

»Hey, hier habe ich was Lebendiges«, rief Hank aus einiger Entfernung. Er kauerte auf allen vieren und betrachtete etwas im Erdreich.

»Ameisen«, sagte Gabriela. »Ameisen in Schokolade werden immer beliebter, deshalb sind sie plötzlich …«

»Nein, es ist ein Wassermolch.«

Und so war es; ein kleiner brauner Wassermolch, der über freies Gelände kroch.

»Er sieht aus wie aus Gummi. Seht doch mal, wie langsam er sich bewegt.«

»Offenbar ist es ein seltener unechter Wassermolch, der hier ausgesetzt wurde, um Kevin falsche Hoffnungen zu machen.«

»Er sieht wirklich unecht aus.«

»Eigentlich sollten diese Dinger gefährdet sein, seht doch nur, wie langsam sie sind.« Der Wassermolch kroch vorwärts, indem er immer nur ein Bein bewegte. Sogar das Blinzeln seiner kleinen gelben Augen dauerte seine Zeit.

»Die Batterie ist fast leer.«

»Ist ja schon gut«, sagte Kevin und entfernte sich wütend.

Sie folgten ihm den Berg hinunter.

»Ärger dich nicht, Kevin«, sagte Ramona. »Heute abend haben wir wieder ein Spiel.«

»Stimmt ja«, sagte Kevin, und seine Laune besserte sich augenblicklich.

»Hey, hast du immer noch deinen Tausender-Schnitt am Schlagmal?«

»Hör auf, Gabby, ich will nicht darüber reden.«

»Du hast ihn also! Und wie? Dreißig für dreißig?«

»Sechsunddreißig für sechsunddreißig«, sagte Ramona. »Aber es bringt Unglück, wenn man darüber spricht.«

»Ist schon gut«, sagte Kevin. »Ich hab sowieso nichts dagegen, wenn es endlich aufhört. Das macht mich nur nervös.«

Und das stimmte. Tausend zu treffen war nicht normal. Wenn man so gut wie möglich schlug, war es üblich, daß trotzdem der eine oder andere Ball gefangen wurde. Sie ständig in die leeren Zonen des Feldes zu schlagen, so etwas war einfach unheimlich, und Kevin fühlte sich dabei gar nicht wohl. Außerdem setzten seine Mannschaftskameraden und das Publikum ihm zu. Mr. Thousand. Mr. Perfect. Himmlischer Kevin. Es war ihm peinlich.

»Dann hau doch einfach extra daneben«, riet Hank ihm. »Brich die Strähne ab. Das würde ich an deiner Stelle tun.«

»Einen Teufel werde ich tun!«

Sie lachten.

Außerdem, immer wenn er an der Platte stand und mit dem Schläger einige Übungsschwünge ausführte und den Werfer mit dem Ball beobachtete, leerte sein Geist sich völlig, und es gab für ihn nur noch diesen einen Moment. Und wenn er dann zu sich kam, stand er an der ersten oder der zweiten oder gar der dritten Base und spürte den Treffer immer noch in seiner Hand und seinen Schultern. Er konnte einfach nicht danebenschlagen, selbst wenn er es gewollt hätte.

Ein paar Tage später, als sie gerade Feierabend gemacht hatten, kam Ramona vorbei und fragte Kevin: »Sollen wir zum Strand runterfahren?«

Das Herz schlug ihm plötzlich bis hinauf in den Hals. »Na klar.«

Auf dem Newport Freeway traf sie ein schneidender Wind, und er schaltete in einen hohen Gang und trat kraftvoll in die Pedale. Ramona ließ ihn zuerst im Windschatten fahren, dann übernahm er die Führung. Sie fuhren so schnell, daß sie sogar die Wagen in der nächsten Spur überholten. Auf den engeren Straßen von Costa Mesa und Newport Beach mußten sie etwas langsamer fahren und auf den Verkehr achten. Sie gelangten zum Ende der Balboa-Halbinsel. Dort ragten auf beiden Straßenseiten hohe Apartmentblocks in den Himmel. Die Bevölkerungsdichte entlang dieser schönen Strände zu verringern war unmöglich, überdies schien den vom Ozean Begeisterten dieses Gedränge zu gefallen. Viele der alten Apartments waren miteinander verbunden und renoviert und umgebaut worden, und jetzt zitterten zeltähnliche Gebilde wie Fahnen im Wind und schützten große Familien, Feriengruppen, Fremde – jede soziale Gemeinschaft wohnte hier hinter dünnen Wänden in den hellen Pastellfarben von Newport Beach.

Sie fuhren bis zum Ende der Halbinsel. Die Palmen schwangen über ihnen im Seewind ihre grünen Wedel. Sie kamen zum Wedge, dem keilförmigen Ende der Halbinsel, und blieben stehen. Sie befanden sich an einer der berühmtesten Strände der Welt. Hier rollten die Wellen aus dem Westen auf den langen Damm des Newport Beach Kanals, und wenn die Wellen sich dem Strand näherten, brandeten ungeheure Wassermassen gegen die Felsen. Am Ende wälzten diese Massen sich ins Meer zurück, bildeten eine Gegenwelle, vereinigten sich mit den einlaufenden Brechern und bildeten ein Gewirr von Tälern und Bergen und Schaumkämmen, die mit atemberaubendem Tempo über das Wasser rasten. Dieser Strand war bei Brandungsschwimmern überaus beliebt. Außerdem war er gefährlich, denn das Wasser war nicht selten kaum einen Meter tief, wenn die Brecher überkippten; und das Ergebnis war der ersehnte Adrenalinstoß für den wahren Ozeanfreak von OC.

Heute jedoch war der Pazifik ganz ruhig, fast friedlich. Ramona und Kevin, die eigentlich nur ein wenig schwimmen wollten, war das ganz recht. Kevin tauchte hinunter bis auf den weißen schimmernden Sand und schaute seinen Luftblasen nach, die tanzend zur Oberfläche hochstiegen. Dann gewahrte er einen langen, graziösen Körper in einem dunkelroten Badeanzug, der mit kräftigen Stößen durch sein Gesichtsfeld schwamm. Frauen sind eigentlich wie Delphine, dachte er. Ihm wurde die Luft knapp, und er schoß nach oben, tauchte auf in blendend helle Luft, und seine Augen brannten vom Salz und von der Sonne. »Achtung!« rief Ramona, aber sie neckte ihn nur, denn es gab keine Wellen. Das Meer war bis zum Horizont eine einzige glatte Fläche. Das einzige Rauschen waren die Wellen, die gemütlich auf den Strand liefen.

Dann saßen sie am Strand, trockneten in der Sonne. Salzkrusten auf glatter brauner Haut. Der Geruch von Salz und Seetang, dazu ein kühler Wind.

»Sollen wir mal rausgehen auf den Damm?«

Sie kletterten über mächtige Steinblöcke. Rauher Basalt und Feldspat, der in der Sonne glitzerte, grau und schwarz und weiß und rot und braun.

»Als Kinder kamen wir oft hierher.«

»Wir auch«, sagte Ramona. »Das ganze Haus. Nur waren wir auf einem anderen Damm zu Hause, denn meine Mutter fuhr mit uns immer nach Corona del Mar.« Der Hafenkanal von Newport wurde von zwei Dämmen gesäumt, und der andere war etwa zweihundert Meter entfernt auf der anderen Seite.

»Für mich war es immer wie ein großer Zauber, über den

Damm zu klettern. Wenn ich an der äußersten Spitze stand, kam ich mir vor wie am Ende der Welt.«

Sie balancierten, sprangen von Stein zu Stein. Gelegentlich stießen sie gegeneinander. Ihre Haut war von der Sonne warm. Sie unterhielten sich über alles mögliche, und Kevin spürte, wie die Barrieren zwischen ihnen verschwanden. Ramona war jetzt bereit, über alles zu reden, über Dinge, die über den gegenwärtigen Augenblick hinausreichten. Kindheit in El Modena und am Strand. Über Leute, die sie kannten. Über die Schiffe auf dem Meer. Über ihre Arbeit. Die Felsen unter ihnen schwankten. »Woher kommen sie überhaupt?« Sie wußten darauf keine Antwort. Es war auch nicht wichtig. Worüber redet man, wenn man dabei ist, sich zu verlieben? Unwichtig.

»Manchmal veranstalteten wir Wettrennen, wer als erster das Ende des Damms erreichte. Verrückt!«

»Ja, jetzt sind wir viel vernünftiger«, sagte Ramona und grinste.

Sie gelangten zum Ende, wo der Damm ins Meer abfiel. Der Horizont stand in Augenhöhe vor ihnen, ein dunstiger weißer Balken. Sonnenlicht brach sich auf der Wasserfläche.

Sie saßen nebeneinander auf einem flachen Steinblock. Ramona lehnte sich zurück und stützte sich auf die Hände. Die Muskeln ihrer Unterarme zeichneten sich deutlich unter der Haut ab.

»Wie läuft es in deinem Haus?«

»Ganz gut«, sagte Kevin. »Andrea hat wieder Ärger mit ihrem Rücken. Yoshi hat mal wieder keine Lust, Englisch zu unterrichten, Sylvia macht sich Sorgen, daß die Kinder Windpocken haben, und Tomas verbringt seine meiste Zeit vor dem Bildschirm. Der übliche Wahnsinn. Ich wette, Nadeshda hält uns für total verrückt.«

»Sie ist nett.«

»Ja. Aber manchmal herrscht ein furchtbares Geschrei im Haus, und der Ausdruck auf ihrem Gesicht ...«

»Schlimmer als in Indien kann es wohl kaum sein.«

»Vielleicht stört es mich mehr als sie. Ich sag dir, manchmal abends, wenn die Kinder besonders wild sind, frage ich mich, ob das Leben in kleinen Familien nicht doch eine gute Idee ist.«

»O nein«, sagte Ramona. »Ist das dein Ernst? Da ist man doch so allein.«

»Es ist stiller, ruhiger.«

»Sicher, na und? Du hast doch immer noch dein Zimmer. Aber wenn es nur noch dich und eine Partnerin und Kinder gäbe! Stell dir das doch nur bei Rosa und Josh vor. Rosa kümmert sich nicht um Doug und Ginger, sie arbeitet ständig oder kommt zum Surfen her. Irgend jemand muß ständig für die Kinder sorgen, und manchmal, das weiß ich, würde Josh verrückt, wenn er allein im Haus wäre. Er dreht ja schon jetzt fast durch.«

»Bei vielen war es früher aber so. Bei Müttern.«

»Ja. Aber bei uns kann Josh die Kinder mir oder meiner Mutter geben und schwimmen gehen, und wir können uns zusammensetzen und ein paar Bier trinken und uns unterhalten, und wenn Rosa zurückkommt, geht es ihm wieder gut. Außer er ist ernsthaft sauer auf sie. Ich glaube nicht, daß ihre Ehe halten würde, wenn sie allein lebten.«

Kevin nickte. »Aber was ist mit den Paaren, bei denen es anders ist? Du sagst, daß Ehen jetzt nicht mehr so intensiv geführt werden, weil die Menschen in größeren Gruppen leben. Aber was ist denn mit den richtigen guten Ehen? Demnach würde eine Minderung der Intensität doch bedeuten, daß man etwas Gutes verbreitet.«

»Ja, genau. Vielleicht brauchen wir das, dieses Verteilen von solchen Einflüssen. Dem jeweiligen Paar würde es sicher nicht schaden.«

»Nein? Na ja. Vielleicht nicht.« Wie ist es denn mit uns? wollte Kevin fragen. Er hatte nie jemanden gekannt, mit dem er so etwas versucht hätte. Und sie und Alfredo, fünfzehn Jahre? Was war schiefgelaufen? »Aber ... irgend etwas fehlt, glaube ich. Etwas, das mir, glaube ich, gut gefiele.«

Ramona überlegte. Sie beobachteten das Auf und Ab der Wellen. Redeten über andere Dinge. Spürten das Sonnenlicht auf ihrer Haut.

Ramona wies nach Norden. »Da kommen zwei große Schiffe.«

»Oh, das muß ich mir ansehen.« Er stand auf, überschattete die Augen mit einer Hand. Zwei Schiffe waren am Horizont aufgetaucht und näherten sich dem Hafen aus unterschiedlichen Richtungen, eines aus San Pedro, das andere umrundete Catalina von Norden kommend. Beide Schiffe ähnelten den riesigen Schonern, die in den letzten Jahren des klassischen Segelzeitalters gebaut wurden. Nur die Stagsegel waren starr und blähten sich an den Masten. Jedes Schiff hatte fünf Masten, und das bei Catalina hatte ein Dreieckssegel am Fockmast. Es bestand aus zwei Spieren, die vom Rumpf hochragten und sich an den Spitzen trafen.

Plötzlich blühten an allen Spieren schneeweiße Segel auf, und die kleinen schaumigen Wellenkäme vor den Rümpfen wurden größer. »Hey, sie veranstalten ein Wettrennen!« rief Kevin.

Ramona stand auf. Der landwärts wehende Wind wurde stärker, und beide Schiffe lagen voll davor. Beisegel blähten sich an den Enden der höchsten Spieren, und es sah aus, als flögen die Schiffe über das Wasser. Es waren zwar nur Arbeitsfrachter, doch der Anblick war nicht weniger grandios, als sie mit voller Fahrt in Richtung Hafen eilten. Es schien, als stehle das unter Wind laufende Schiff dem anderen den Wind, und tatsächlich, das leewärts liegende Schiff hing bereits etwas nach. Vielleicht versuchte der Kapitän, mit dem anderen Schiff den Platz zu tauschen und die gleiche Taktik zu verfolgen. »Das Dreieckssegel versucht sie unter Land zu drücken«, meldete Ramona.

»Ja, jetzt sitzen sie in der Falle. Ich würde meinen, das Dreieckssegel hat sie bezwungen.«

»Dafür ist das Leeschiff viel näher. Wenn sie um den Damm herumkommen, dann brauchten wir nur einen großen Schritt zu machen, um an Bord zu gelangen.«

Am Ende des anderen Damms hatte sich eine Schar Kinder versammelt. Sie verfolgten das Rennen mit ausgelassenem Geschrei.

»Los, Dreieck!« »Los, Leeschiff!« Und Kevin und Ramona hüpften genauso wie die Kinder aufgeregt herum. Als die Schiffe näher kamen, konnte sie erst richtig erkennen, wie groß sie waren. Die Mannschaften der Schiffe hatten sich als Ballast auf die windwärts gelegenen Bordkanten gesetzt, und jeweils einer auf jedem Schiff brüllte wüste Beschimpfungen über den ständig enger werdenden Spalt zwischen den beiden Gegnern hinweg. Es sah tatsächlich so aus, als würden sie beide gleichzeitig die Mündung des Kanals erreichen, und dann müßte Dreieckssegel nach den Wettkampfregeln dem anderen Schiff die Vorfahrt lassen. In diesem Moment schob sich aus der windwärts gelegenen Rumpfseite des Dreieckseglers eine lange silberne Spiere heraus, und ein riesiger ballonförmiger Spinnaker mit Regenbogenstreifen blühte auf wie ein Fallschirm und riß das ganze Schiff hinter sich her. Schaum flockte vor dem Bug. »Wir kommen!« hörten sie den blechernen Ruf aus dem Lautsprecher des Dreieckseglers, und begleitet von einem gedämpften Applaus fiel das Leeschiff zurück. Die Segel wurden eingerollt, und die Spieren an die Rahen gezogen. Das Schiff tauchte ins Wasser wie ein Motorboot, dessen Schraube abrupt gestoppt wurde. Als der Dreieckssegler die Kanalmündung durchlief, verschwanden auch dessen Segel nach und nach. Drei der fünf Topsegel blieben stehen und ließen es mit fünf Meilen pro Stunde durch den Kanal gleiten. Das Leeschiff folgte ihm.

»Sie sind wunderschön«, sagte Kevin.

»Ich möchte wissen, ob eins davon Nadeshdas Schiff ist«, sagte Ramona. »Eigentlich müßte es jetzt irgendwann einlaufen.«

Sie setzten sich wieder, lehnten sich an den warmen Fels. Licht überschüttete sie, vermischte sich mit dem Seewind. Kevin lehnte sich zurück wie eine schläfrige Katze. »Was für ein Tag.«

Und Ramona beugte sich zu ihm hinüber, umweht von ihrem schwarzen Haar, und küßte ihn.

Während der nächsten Wochen entwickelten sich die Dinge in der Rattlesnake-Hill-Angelegenheit weiter, allerdings nur langsam und unmerklich, so daß es schwierig war, die Veränderungen wahrzunehmen. Ein Brief vom Metropolitan Water District von LA traf ein mit einem detaillierten Angebot von zusätzlichem Wasser. Unterm Strich lief es auf einen Rabatt hinaus, wenn sie mehr bezögen. Mary und das Stadtplanungsbüro erkundigten sich sofort beim OCWD nach Wünschen bezüglich der absetzfähigen Mengen. Sie hofften ganz offensichtlich, daß El Modena das zusätzliche Wasser von LA kaufte. Den Rest könnten sie dann dem OCWD überlassen, der es ins Grundwasserbecken leitete. Dadurch würden sie Zuwendungen vom OCWD erhalten, die sie mit den Pumpsteuern verrechnen könnten, und am Ende hätten sie einiges gespart und noch eine Menge Wasser in Reserve.

Oscar schüttelte den Kopf, als er davon erfuhr. »Das will ich mir noch mal etwas genauer ansehen«, murmelte er. Zuerst einmal erklärte er Kevin, daß Beschluß 2022 des Stadtrates entweder ganz gestrichen oder zeitweise außer Kraft gesetzt werden müsse. Das ginge aber nur über einen Ratsbeschluß oder eine Stadtbefragung. Danach würde die Stadt tatsächlich ins Wassergeschäft einsteigen, indem sie Wasser kaufte und verkaufte, und dagegen hätte das Staatliche Amt zur Kontrolle der Wasservorräte einiges einzuwenden, ganz abgesehen von dem, was der Wassermeister des Distrikts dazu sagen würde. Wenn es zu einer Stadtbefragung käme, dann ginge es, oberflächlich betrachtet, nur darum, Geld zu sparen. Und dazu wollte Oscar sich noch einmal mit Sally Tallhawk beraten und sich ihre Vorschläge zur Wasserverteilung in Inyo County anhören. Inyo besaß nun Wasser, das einmal Los Angeles gehörte, und möglicherweise könnten sie von Inyo Wasser kaufen, das billiger wäre als das vom MWD angebotene, verbunden mit Auflagen, die seinen Verbrauch im Rahmen eines größeren Bauprojektes einschränkten.

Demnach war Oscar beschäftigt. Kevin seinerseits besuchte Hiroko, Susan und Jerry, um sie nach ihrer Meinung zu fragen. Jerry hatte ein Anwaltsbüro, das er jedoch zeitweise geschlossen hatte, um sich der Leitung einer kleinen Computerfirma zu widmen, die am Santiago Creek lag, wo er die Tustin Avenue kreuzte. Dort fand Kevin ihn am Bach sitzend, wo er sein Mittagessen einnahm. Er war ein stämmiger Mann Anfang Sechzig, der ruhig und würdevoll aussah, bis man das Funkeln in seinen Augen erkannte, den einzigen Hinweis auf einen verborgenen Sinn für Humor, eine Art anarchistische Verspieltheit, von der die Stadt mittlerweile ein Lied singen konnte.

Er zuckte mit den Achseln, als Kevin ihn zu der Hügel-Affäre befragte. »Es kommt darauf an, was dort hin soll. Ich muß Alfredos Pläne sehen, welchen Nutzen die Stadt davon hat.«

»Jerry, es ist der letzte freie Berg der ganzen Gegend! Warum will er gerade den? Sie sind mit Ihrem Betrieb hier unten doch auch zufrieden.«

Jerry nahm einen Bissen von seinem Sandwich. »Vielleicht bin ich gar nicht zufrieden. Vielleicht möchte ich in Alfredos Komplex auch Büroräume mieten.«

»Ich bitte Sie. Ich weiß doch, wie sehr Sie die Stadt lieben. Warum sonst sind Sie hier?«

»Ich wurde hier geboren.«

»Na ja, schön ...« Kevin seufzte. Mit Jerry zu diskutieren war schwierig. »Um so mehr hätten Sie Gründe, sie zu schützen. Es ist ein Wunder, daß der Wasserdistrikt den Berg so lange hat erhalten können, und jetzt, wo er uns gehört, wäre es eine Schande, wenn er am Ende genauso aussieht wie alle anderen. Denken Sie mal darüber nach.«

»Das werde ich.« Er schluckte. »Wissen Sie, was ich gehört habe?«

»Was denn?«

»Alfredo soll den Antrag unter Druck gestellt haben. Er soll dazu gezwungen worden sein.«

Kevin ließ sich das durch den Kopf gehen, während er zu Susan Mayer fuhr. Sie war die leitende Wissenschaftlerin der Hühnerfarm von El Modena, die den größten Teil des nördlichen Orange County mit Hühnern versorgte. Kevin fand sie im Labor der Farm: eine athletisch aussehende Frau in den Vierzigern und eine der besten Schwimmerinnen der Stadt. »Ich habe jetzt nicht viel Zeit, Kevin, aber ich weiß, weshalb Sie sich Sorgen machen. Alfredo ist ein netter Mensch und gut für die Stadt, aber manchmal kommt es mir so vor, als sollte er lieber in Irvine oder Anaheim wirken.« Mehr sagte sie nicht dazu. »Tut mir leid, ich habe wirklich zu tun. Es sieht so aus, als hätten wir einen Virus in den Ställen. Außerdem müssen wir abwarten, wie diese Sache mit dem Berg sich entwickelt, okay?«

Weiter zu Hiroko, Botanikerin und Obstzüchterin. Außerdem Landschaftsgärtnerin, und sie führte gerade einen Auftrag aus. Kevin half ihr beim Umgraben eines Vorgartens, und sie unterhielten sich dabei ausgiebig. Hiroko gehörte mit Unterbrechungen dem Stadtrat schon seit zwanzig Jahren an, daher konnte sie nichts mehr überraschen. Und sie schien Alfredos Plänen skeptisch gegenüberzustehen. Kevin hatte bei ihr ein gutes Gefühl. Wenn sie auf Hiroko zählen konnten, brauchten sie für die Mehrheit im Rat nur noch eine Stimme. Susan und Jerry waren vielleicht auch auf ihrer Seite, daher ...

Er erzählte Doris von Jerrys Bemerkung, Alfredo habe den Antrag unter Zwang gestellt. »Okay«, sagte Doris. »Ich tue John gegenüber so, als wüßte ich das mit Sicherheit. Vielleicht kann ich so mehr aus ihm herausholen.« Sie zapfte ihre sämtlichen Kontakte und Verbindungen an, um Informationen über Heartech zu bekommen. Ihr Freund John hörte viel im Finanzbüro ihrer eigenen Firma, Avending, und seine Freundin bei Heartech wußte noch mehr. Als sie das nächste Mal mit ihm sprach, erwähnte sie Alfredos Situation, den Antrag unter Druck vorgelegt zu haben. »Ja, das kommt von außen«, sagte John. »Ann ist sich dessen sicher. Sie hatten schon immer irgendwelche Geldquellen, meint sie. Deshalb sind sie auch so schnell gewachsen.«

Die Gewinne von Heartech schienen von einem anonymen Geldgeber geschluckt zu werden, so daß Heartech die gesetzlich erlaubte Firmengröße nicht überschritt und eine Überprüfung durch die Steuerbehörden vermied. Zumindest lauteten so die Gerüchte. »Sie arbeiten mit schwarzen Geldern, meint Ann«, teilte John Doris mit gedämpfter Stimme mit.

»Unglaublich«, sagte Doris. Wenn das stimmte, dann hätten sie die beste Waffe in Händen, um den Bau von Büros von Heartech zu stoppen. Das zu beweisen, hingegen ... »Wenn sie das Projekt durchziehen, dann werden sie unter die Lupe genommen. Selbst finanzieren können sie das nicht, sie brauchen entweder staatliche Unterstützung oder einen Partner.«

»Stimmt«, sagte John eine Woche später. »Und, Doris, ich muß dir leider mitteilen, daß ...«

Liebe Claire,

… Ja, ich war bei der Saisoneröffnung in Bishop und habe mit Sally den Massen die übliche Unterhaltung geboten. Kevin und Doris haben den Kampf verfolgt; Doris war entweder verblüfft oder abgestoßen, sie konnte sich nicht entscheiden. Lange konnte sie sich mit dem Ereignis nicht beschäftigen, da sie und Kevin in der vergangenen Woche eine alte Beziehung aufleben ließen. Nadeshda erzählte mir, sie seien mal ein Paar gewesen, und Doris hat wieder ihre Liebe zu ihm entdeckt, während er sich weit mehr auf sie verläßt, als er sich selbst eingestehen will. Sie haben eine gemeinsame Nacht in Sallys Gästezimmer verbracht, und anschließend war zwischen ihnen eine ganz erhebliche Spannung festzustellen. Gleichzeitig steigt Kevin Ramona nach, die ja jetzt frei ist. Wie Du siehst, ist hier in Elmo einiges im Gange …

…Ja, Nadeshda ist immer noch hier, aber nicht mehr lange. Ihr Schiff liegt in Newport Harbor und sticht in zwei oder drei Wochen in See, mit ihr an Bord. Das wird ein trauriger Tag. Wir haben sehr viel miteinander unternommen, und es hat viel Spaß gemacht. Oft fragt sie mich, ob ich mir nicht mal wieder die Stadt ansehen will, und dann schleift sie mich quer durch Orange County. Sie kommt mir dann vor wie Benjamin Franklin unter Drogen. Was treibst du hier? Warum tust du dies und nicht das? Stimmt es, daß die ganze Gegend ursprünglich mit Senfgras bedeckt war? Können sie keine größeren Zellen nehmen? Meinst du nicht, daß der Bürgermeister einiges überstürzt? Stimmt es, was man sich von Kevin und Ramona erzählt? Sie überschüttet sie mit Fragen, bis ihnen die Köpfe summen. Dann radelt sie davon und murmelt etwas von Trägheit, Ignoranz, Schlafwandelei. Und wenn sie dann Leute trifft, die auf jede ihrer Fragen eine Antwort haben, dann bleibt sie stundenlang und redet in einem fort und fährt dann strahlend nach Hause. Die

Leute hier lieben sie, doch sie haben auch gleichzeitig Angst vor ihr. Mit ihrem inneren Feuer und ihrer Weisheit, ihrer Energie und Erfahrung erscheint sie wie eine höhere Lebensform. Alt, aber jung. Diese Altersdrogen müssen eine phänomenale Wirkung haben. Vielleicht sollte ich jetzt schon damit anfangen.

Ihre Anwesenheit hat Tom Barnard sicherlich mit neuem Leben erfüllt. Vor ihrer Ankunft führte er das Leben eines Einsiedlers in den Bergen. Nun kommt er ziemlich regelmäßig in die Stadt hinunter. Viele Leute hier kennen ihn, vor allem die älteren. Nadeshda tut alles, um ihn wieder ins allgemeine Leben einzugliedern. Außerdem beteiligt er sich an dem Kampf um den Rattlesnake Hill.

Kevin und Doris versuchen, Sallys Vorschlag in die Tat umzusetzen. Vielleicht bohren sie sogar einen Brunnen. Sicherlich hat Sally mit dieser Idee eher einen Scherz gemacht, aber sie haben sie ernst genommen. Ich werde ihnen ganz bestimmt nicht reinen Wein einschenken und sie darüber informieren, daß eine gebohrte Quelle (oder *Brunnen*, wie es hier genannt wird) ein Bauvorhaben nicht stoppen kann.

Eines Abends kam Doris von der Arbeit nach Hause und knallte mit den Türen und schäumte vor Wut. Ich war gerade gekommen, um mit Kevin zu reden, und hatte niemanden bis auf die Kinder dort angetroffen. Ich war der einzige Erwachsene, eine Situation, die weder ich noch Doris gewünscht hatten.

Ich fragte sie, was denn los sei. Sie erwiderte zornbebend, daß ein Freund in der Finanzabteilung ihrer Firma ihr erzählt habe, daß Avending mit Heartech verhandele, der Firma des Bürgermeisters, und zwar über Pläne, die Genehmigung für ein neues Bauvorhaben in El Modena zu beantragen. Wir fragen uns, wen Alfredo und seine Partner für die Beteiligung am Bau des Komplexes wohl gewonnen haben, und nun ist es Doris' Firma!

Ich versuchte es mit einem Scherz. Wenigstens hätte sie es

dann nicht mehr so weit zu ihrer Arbeitsstelle, meinte ich. Dafür erntete ich einen finsteren Blick.

Ich kündige, sagte sie. Ich kann dort nicht mehr arbeiten.

Würde ich nicht tun, widersprach ich ihr. Vorher solltest du noch versuchen, mehr über ihre Pläne herauszubekommen.

Sie starrte mich an. Meinst du?

Ich nickte.

Ich brauche dazu Hilfe.

Ich helfe dir, sagte ich zu unserer beider Überraschung.

Also rief sie ihren Freund im Finanzbüro an und redete fast eine halbe Stunde auf ihn ein. Und dann begleitete ich Doris zu ihrer Arbeitstelle, Avending in Santa Ana.

Es war ein kleiner Komplex aus Labors und Büros unweit der Schnellstraße. Doris erklärte dem Sicherheitsmann, ich sei ein Freund.

In ihrem Labor schaute ich mich verblüfft um. Es war eine Riesenüberraschung; im Büroteil des Labors standen Unmengen von kleinen Skulpturen! Kleine, große, abstrakte, Menschen und Tierfiguren ... aus Metall, Keramik, Materialien, die ich nicht identifizieren konnte. Was ist das denn? fragte ich.

Wir entwickeln hier bestimmte Werkstoffe, erklärte sie. Superleiter und so weiter. Dies sind Abfallprodukte aus verschiedenen Experimenten.

Kommen sie so aus den Maschinen? fragte ich reichlich dumm.

Sie lachte.

Du formst sie, sagte ich.

Ja, stimmt, irgendwann muß ich das alles mal nach Hause mitnehmen ...

Ich war wie vom Donner gerührt. Wer ahnt, was tatsächlich in diesen seltsamen Leuten steckt ...

Doris setzte sich an ihren Computer, und bald spuckte der Drucker eine Liste nach der anderen aus. Alles weitere müssen wir in Johns Büro erledigen, sagte sie. Das kann gefährlich werden, ich bin oft die ganze Nacht in meinem Büro, aber in seinem habe ich eigentlich nichts zu suchen. Du mußt Wache stehen und auf die Wachen und die Reinigungsroboter achten.

Wir schlichen zum Büro ihres Freundes. Wieder lieferte der Computer eine Reihe Ausdrucke. Ich stand auf dem Flur und paßte auf, während Doris Akten fotokopierte. Sie füllte damit einige Kartons.

Ein Reinigungsroboter summte durch den Korridor auf uns zu. Fieberhaft brachte ich ein Büro zwischen uns und ihm in Unordnung, um ihn aufzuhalten. Ich schaffte es nicht rechtzeitig nach draußen, und wir prallten in der Tür gegeneinander. »Entschuldigung«, sagte er. »Reinigen.«

»Schon in Ordnung. Fang bitte mit diesem Büro an.«

»Entschuldigung. Reinigen.« Er verschwand im Büro und gab ein Klicken von sich. Offenbar mißfiel ihm das Durcheinander, das ich hinterlassen hatte. Ich eilte zu Doris zurück.

Sie war soweit fertig, und zwei Stunden später hatten wir auch alle Ausdrucke beisammen. Wir schleppten die Kartons durch den Eingang der Reinigungsroboter auf den Parkplatz.

Dort stand ein Zweierfahrrad mit einem großen Anhänger. Den luden wir so voll, daß wir beim Anfahren glaubten, wir seien festzementiert. Wir mühten uns ab und kamen kaum vom Fleck.

Am nächsten Tag kündigte Doris ihren Job. Nun geht sie mit Tom die Aufzeichnungen durch, die sie gestohlen hat. Es ist nicht ganz sicher, ob man sie verwenden kann, aber Tom meint, daß die beiden Gesellschaften illegale Kapitalquellen haben, die ihnen helfen, den Komplex zu finanzieren. Es lohnt sich, nachzusehen, meint er. Und er glaubt, eine Spur nach Hongkong entdeckt zu haben.

Doris schenkte mir eine ihrer Skulpturen als Dank für

meine Hilfe. Sie besteht aus einer blau-grünen Porzellanmischung: eine weibliche Gestalt, die einen Vogel in die Luft schleudert. Eine wundervolle Bewegungsstudie.

Arbeitest du schon lange als Bildhauerin? fragte ich.

Ein paar Jahre.

Und was hat dich dazu gebracht?

Nun, wir setzen bei unseren Tests bestimmte Materialien einem hohen Druck aus, und wenn das Zeug wieder zum Vorschein kommt, dann immer in irgendwelchen lustigen Formen. Ich stellte mir alles mögliche darunter vor, und dann begann ich die Formen gezielt zu verändern.

Das stelle ich in mein Atrium, wenn mein Haus fertig ist, versprach ich.

...Die Arbeit an meinem Haus geht zügig voran. Im Augenblick sieht es aus wie das Parthenon: ohne Dach und völlig zerlegt. Sie versichern mir, daß es bald wieder zusammengefügt wird, und das hoffe ich, denn seltsame Dinge sind geschehen, wenn ich allein zu Hause war, und wenn das Haus fertig ist, dann passieren sie vielleicht nicht mehr.

...Natürlich fühle ich mich noch immer ein wenig desorientiert – ungeschützt und im Begriff, mir eine neue Bleibe, ein neues Leben aufzubauen. Aber das alte Leben in Chicago erscheint mir immer mehr als ein Traum – ein sehr langer und lebhafter Traum, zugegeben –, aber immer noch ein Traum, und wie ein Traum verblaßt es allmählich, und es fällt mir immer schwerer, mich an Einzelheiten zu erinnern. Das Leben ist seltsam, nicht wahr? Wir glauben, daß nichts realer sein kann als das, was wir erleben, und dann versinkt es plötzlich im Nichts. Dann ist es nicht mehr als ein winziges Fragment in unseren Gehirnen, während die neue Realität alles überdeckt. Ich werde mich nie daran gewöhnen. Na ja – schreibe bald, bitte – ich vermisse Dich –

Dein Oscar

6

Seit vier Stunden nun im Flugzeug. Liddy schläft endlich. Tippe auf meinem Laptop. Brauche etwas Beschäftigung.

Strategien zum Verändern der Geschichte. Erfinden der Geschichte, die (bitte) aus dieser Welt hinausführt in die Welt des Buchs. Ursachen des utopischen Prozesses gewinnen die Oberhand.

Worte tauchen auf und verschwinden für immer wie Tage.

Lincoln wurde nicht erschossen, nein, wir wissen, daß es nicht so war, diesen Weg können wir nicht einschlagen. Jemand scheint uns zu führen, nein, nein! Nicht die Theorie vom Großen Mann. Kein Individuum kann uns retten. Alles oder gar nichts.

Alle zusammen oder keinen. Ach, Pamela –

Irgendeine Gruppe. An der Macht oder ohne. Handelt gemeinsam. Zum Beispiel Anwälte, das Gesetz? Kann mich des Gefühls nicht erwehren, daß man hier einen Unterschied machen könnte, trotz meiner eigenen Erfahrungen. Überarbeiten der Landesgesetze. Angenommen, eine ganze Klasse der Harvard Law School besetzt Posten aller Art, Regierung, Weltbank, IMF, Pentagon. Retten das 21. Jahrhundert. Plausibel? Nein. Eine Story. Aber es ist wenigstens möglich, ich meine, wir könnten es tun! Uns hindert nichts außer Unbeweglichkeit, Ideologie. Mangel an Phantasie! Lehrer, Religionsführer … aber in jeder Gruppe gibt es einige politisch aktive Leute. Und alle müssen einem Aktionsprogramm zustimmen. Wie unlogisch kann etwas sein, ehe es wirklich total nutzlos wird? Es ist eigentlich eine Verschwörungstheorie. Und die brauchen wir auch nicht.

Geschichte, verändert von einem populären Buch, einer Utopie. Jeder liest es, und es vermittelt Ideen oder Anregungen für Ideen, es verändert ihr Denken, jeder fängt an, für eine bessere Welt zu arbeiten –

Werde verzweifelt. Markuse: Eines der schlimmsten Anzeichen der Gefahr, in der wir schweben, ist die Tatsache, daß wir uns keinen Weg von hier zu einem Utopia vorstellen können. Es gibt kein Hinkommen.

Tue den ersten Schritt, und schon bist du da. Prozeß, Dynamismus, der Weg ist das Leben. Wir müssen uns den Weg ausdenken. Unsere Phantasie ist stärker als ihre! Tue den ersten Schritt, und schon bist du unterwegs.

Und nun? In meinem Buch?

Starre auf den leeren Schirm. Meine Tochter seufzt im Schlaf. Ihr schlafendes Gesicht. Es ist eine Frage des Berührens, der Nähe, und wenn man an den, den man liebt, nicht herankommt – sie nicht sehen kann –

Wir schweben fünfunddreißigtausend Fuß über der Erde. Die Leute sehen sich einen Film an. Die blaue Krümmung der Welt, so ein großer Ort, so viel größer, als wir es uns je vorstellen können, bis etwas uns mitnimmt …

Worte tauchen auf und verschwinden für immer, wie

Am Abend von Hanks Marsparty fuhren sie in einer großen Gruppe in die Berge, wobei ihre Fahrradlampen wie eine Kette von Glühwürmchen durch die Dunkelheit tanzten. Die Lobos bildeten das Gros der Leute, dann waren da noch Oscar, Tom und Nadeshda, die auf einem Fahrrad für zwei daherschwankten. Sie gelangten zum Ende der gepflasterten Straße unweit des Black Star Canyon und ließen dort die Räder zurück. Hanks Rucksack klirrte, als er sie den dunklen Weg hinaufführte. Oscar stolperte durch den düsteren Wald. »Die Menschheit landet auf dem berühmten roten Planeten, und wir feiern das, indem wir wie Wilde durch die Nacht rennen. Das ist wie *2001* rückwärts. Autsch!«

Die Luft war warm. Der Salbei und die niedrigen Krüppeleichen raschelten im Wind. Eine Brise war aufgekommen, blies vom Norden, staute sich an den San Jacintos, erwärmte sich und lud seine Feuchtigkeit ab, bis es heiß und trocken aus den Canyons herauswehte. »Santa Ana!« sagte Tom und schnüffelte. Er erklärte es Nadeshda und berührte ihren Handrücken, daß sie zusammenzuckte. »Statische Elektrizität. Ein gutes Zeichen.«

Ein Stromschlag bei jeder Berührung.

Nach einer halben Stunde gelangten sie zu den Black Star Hot Springs, einer Reihe kleiner Tümpel auf einem schmalen Wiesenstreifen. Platanen, Eichen und Schwarzer Walnuß drängten sich auf dem flachen Boden des Cañyons und säumten die Tümpel. In der Nähe des größten Tümpels stand eine Hütte mit Pavillon. Hank hatte sie für den Abend von der Stadt gemietet. Er schloß die Tür auf und knipste eine Lampe an. Gelbes Licht aus den Fenstern erhellte die Dampfschwaden, die von den Tümpeln aufstiegen.

»Hey, heute abend ist es heiß.«

Der große Tümpel war der dritte nach der Quelle. Zementstufen und eine Zementbank waren hineingebaut worden, und der restliche Boden bestand aus rauhem, hartem Sandstein, der sich nicht wesentlich von der Zementoberfläche unterschied. Der Tümpel hatte einen Durchmesser von etwa sechs Metern und war zwischen einem und zwei Metern tief.

Hank, Jody, Mike und Oscar packten Speisen und Getränke in den Kühlschrank in der Hütte. Die anderen legten ihre Kleider ab und stiegen in das Becken. Laute Schreie ertönten wegen der Hitze. Dann gewöhnte man sich daran.

Oscar erschien am Beckenrand, ein riesiger weißer Kloß im schwachen Licht. »Achtung«, sagte Kevin. Oscar legte den massigen Kopf in den Nacken. In der Dunkelheit erschien er dreimal so groß wie normal, ein Monster mit mächtiger Brust, mächtigem Bauch und mächtigen Beinen. Seine Freunde beobachteten ihn gebannt. Er kauerte sich plötzlich zusammen, breitete die Arme aus, nahm Anlauf und rollte sich zu einer Kugel zusammen und sprang. »Nein! Das Becken! Du zertrümmerst den Boden!« Aber zu spät. Oscar hob ab, schien für einen Moment in der Luft stillzustehen. Dann tauchte er ein.

Wilde Schreie. »Mein Gott«, sagte Gabriela, »das Wasser ist einen halben Meter niedriger.«

»Und dann stellt euch nur mal vor, Oscar wäre nicht im Becken.«

Doris sagte lachend: »Oscar, jetzt mußt du drinbleiben, sonst sitzen wir auf dem Trockenen.«

»Gluck!« machte Oscar und spritzte Wasser aus dem Mund wie eine Figur auf einem italienischen Brunnen.

»Wie schnell fließt es denn in diesem Jahr?« fragte Mike. »Zehn Liter pro Minute? Gegen Morgen dürfte das Becken wieder voll sein.«

»Wir müssen etwas Tequila reinschütten«, meinte Hank ernst und kam mit einem Tablett voller Flaschen und Gläser heran. »Ein Opfer. Da, fangt damit an.«

Jody verteilte die Gläser.

»Du siehst aus wie eine Serviererin. Laß doch, wir können uns selbst bedienen.«

»Hank holt nur noch die Masken, dann haben wir alles.«

Hank erschien mit einem Stapel Masken aus Pappmaché. Es waren alle möglichen Tiergesichter. »Ja. Zwei Monate habe ich daran gesessen, jeden Abend.« Er verteilte sie und achtete sorgfältig darauf, wer welche Maske bekam. Kevin war ein Pferd, Ramona ein Adler, Gabriela ein Hahn, Mike ein Fisch; Tom war eine Schildkröte, Nadeshda eine Katze; Oscar war ein Frosch, Doris eine Krähe, Jody ein Tiger und Hank selbst war ein Kojote. Alle Masken hatten Augenlöcher und Mundöffnungen, durch die man trinken konnte. Sie wanderten durch das Becken und betrachteten einander kichernd. Maskierte Köpfe, nackte Körper: es war ein seltsamer, bizarrer, gefährlicher Anblick.

»Prosit!«

Sie stimmten alle in den Ruf mit ein.

Jody stieg ins Becken und stieß einen Pfiff aus, als sie die

Hitze spürte. Hank sprang umher und reichte den Leuten Gläser und Flaschen, je nachdem, wie sie durch die Masken trinken konnten.

»Das ist Hanks eigener Tequila«, erklärte Tom mit vielsagendem Blick Nadeshda. »Er zieht die Kakteen in seinem Garten und brennt selbst.« Er nahm einen Schluck aus seinem Glas. »Ein Teufelszeug. Hey, Hank, gib mir noch etwas.«

»Mir schmeckt's«, sagte Nadeshda und hustete.

Tom lachte. »Ja, Tequila ist etwas Himmlisches.«

Hank stand an einem Ende des Beckens, wirkte völlig natürlich, als wäre er immer nackt und als hätte er tatsächlich einen Kojotenschädel. »Hört den Wind.« Er schlich am Beckenrand entlang. Über dem Plätschern des Wassers konnten sie den Wind seufzen hören. Hank begann zu summen, und die anderen nahmen das Summen auf, stimmten mit ein. Hank murmelte etwas, teils unverständlich, teils ganze Sätze. »Wir kommen aus der Erde. Wir sind Teil der Erde.« Und dann wurde es deutlicher, ein halb gesungenes, halb gesprochenes Gedicht in einer Sprache, die keiner von ihnen kannte. »Wie dieses Wasser kommen wir aus der Erde und kehren dorthin zurück.« Dann in einer anderen Sprache, Sanskrit, Shoshonisch, die nur der Schamane kannte. Sie spürten seine innere Kraft, die Autorität seiner Erscheinung, und sie drängten sich im Becken zusammen und verfolgten gebannt, wie der Kojote den Mond anheulte.

Dann sprang Hank in den Pool. »Mann, wenn man naß ist, dann wird der Wind eiskalt.«

»Schnell«, sagte Tom, »mehr von diesem furchtbaren Tequila.«

»Gute Idee.«

Jody holte mehr aus der Hütte, und dabei stellte sie den Fernseher auf, schaltete ihn an und drehte den Ton ab. Er wirkte wie eine Lampe, die Gesichter und die Skalenbeleuchtungen waren wie farbige Lichter. Jody suchte einen

Musiksender, chinesische Harfen und leise Flötentöne, die den Wind überlagerten. Über ihnen funkelten die Sterne, Diamanten an einem schwarzen Himmel; der Mond ging erst in ein oder zwei Stunden auf. Dicht über den Baumwipfeln leuchtete einer der großen orbitalen Sonnenkollektoren wie ein riesiges Geschmeide, wie ein Splitter vom Mond oder einem Planeten, der zehnmal größer war als der Jupiter.

Ramona stand am flachen Beckenende, ein breitschultriger Adler mit glatter nasser Haut. »Das Wasser wird schnell zu heiß, aber im Wind wird einem richtig kalt, wenn man heraussteigt.«

»Das erinnert mich an Muirs Nacht auf dem Shasta«, sagte die Schildkröte. »Er war hart, sein Vater war ein calvinistischer Priester und ein grausamer Mann. Er schlug Muir und ließ ihn in den Brunnen schuften. An den Sierras interessierte ihn daher so gut wie nichts. Aber eines Tages erstiegen er und ein Freund den Shasta und gerieten in ein Unwetter, einen furchtbaren Schneesturm. Eigentlich hätten sie darin umkommen müssen, aber damals war der Shasta noch aktiver als heute, und es gab dort eine heiße Quelle. Muir und sein Freund fanden das Quellbecken und sprangen hinein, aber das Wasser war an die siebzig Grad heiß und voller Schwefelgas. Sie konnten nicht drin bleiben, aber als sie herausstiegen, drohten sie zu erfrieren. Um zu überleben, mußten sie also dauernd hin und her springen. Sie fanden dann eine flache Stelle, legten sich lang hin und drehten sich hin und her, erst war die eine Körperhälfte an der Luft, dann die andere, bis ihre Sinne derart verwirrt waren, daß sie heiß nicht mehr von kalt unterscheiden konnten. Nachher erzählte Muir, es war die ungemütlichste Nacht, die er je erlebt habe, und das heißt viel, denn er war wirklich ein wilder Bursche.«

»Das klingt ja wie nach unserem Hank«, sagte der Tiger. »Einmal waren wir oben in den Sierras, und ein Gewitter tobte, und als ich mich umdrehte, sah ich Hank, wie er auf einen Baum kletterte. Warum tust du das denn? fragte ich, und er meinte, um besser sehen zu können.«

Auch der Hahn konnte etwas erzählen. »Einmal, im Yosemite, kletterten wir zu den Yosemite Falls hinauf, und Hank watete bis zur Kante, damit er hinunterschauen konnte! Tausend Meter tief!«

»Hey«, meldete Hank sich, »wie soll man denn sonst etwas sehen können?«

Sie lachten.

»Es war Oktober, und das Wasser war niedrig!«

»Wie war das denn damals, als wir auf dem Wasserturm am Colorado lagen und Bier tranken und diese Verrückten mit einem Motorboot hochkamen und den Turm hochfuhren und in den Fluß stürzten; das waren doch mindestens fünfzehn oder zwanzig Meter! Und kaum waren sie unten, da lehnte Hank sich hinaus, bis er ebenfalls runterfiel! Zwanzig Meter!«

»Ich hätte es ja nie getan«, meinte der Kojote, »bis ich diese Kerle sah.«

Der Hahn lachte krähend. »Einmal saßen wir in einem Skilift am Bad Bear, und Hank sagt zu mir: Ist das nicht ein toller Startpunkt, Gabby? So, als spränge man auf eine Riesenwelle. Und ehe ich etwas erwidern konnte, hüpfte er aus dem verdammten Skilift, drehte sich in der Luft und stürzte sich gleich den Hang hinunter.«

»Dabei habe ich mir die Stirn an den Skispitzen aufgeschlagen«, sagte Hank. »Weiß auch nicht, wie das passieren konnte.«

»Wie war das denn, als du mit Damaso in Joshua Tree zum Klettern warst?«

»Ach, das war ein Fehler«, sagte der Kojote. »Er bekam plötzlich Angst und rutschte ab, als wir die Hairball Ledge überquerten, und er stürzte so schnell, daß ich ihn bei den Haaren packen mußte, als er vorbeirauschte.«

»Jetzt fühle ich mich wieder wohl«, verkündete der Adler, dessen Kopf aus dem Wasser ragte. »Oder zumindest sicherer.«

Sie bewegte sich zum Pferd hinüber. Augenblicke spürte Kevin, wie das Blut durch seine Adern zu rauschen begann, als sie ihn berührte. Knie, Schenkel, sie preßte sich an ihn. Es war ein überwältigendes Gefühl, und er machte einen tiefen, zitternden Atemzug. Ihre Schultern streiften ihn, und die Haut war wieder so warm wie das Wasser. Der Dampf schimmerte rosa vom Licht aus dem Fernseher. Sie zeigten gerade eine Nahaufnahme von der Marsoberfläche.

Oscar und Doris unterhielten sich über die gefährlichsten Dinge, die sie je in ihrem Leben getan hatten, und das in einer Weise, als redeten sie nur über harmlose Episoden. Fliegen mit Ramona, gegen die Vancouver Virgins kämpfen, einen Collegetest aus einem brennenden Apartment bergen ... Eine Schilderung war alberner als die andere. Auf der anderen Seite des Pools stieß die Katze die Schildkröte an und wies unauffällig in ihre Richtung. Die Schildkröte schüttelte den Kopf und nickte mit ihrem runden Kopf zu Pferd und Adler. Die Katze hob die Schultern.

»Ich glaube, es ist soweit«, verkündete der Kojote. »Kommt der Mars nicht näher?«

»Soll ich lauter drehen?«

»NEIN.«

Flöte und chinesische Harfe dienten ihnen als Begleitmusik für die erste Landung der Menschen auf einem anderen Planeten. Oft verschoben, oft gescheitert, erreichte die Reise endlich das Ziel – was gleichzeitig der Anfang von etwas war, das keiner von ihnen erkennen konnte, obgleich alle wußten, daß es wichtig war. Eine ganze Welt, eine ganze Geschichte, dargestellt in einem einzigen Bild ...

Aus dem Orbit hatte die Expedition mehrere Landeroboter abgesetzt, im Hellas-Becken, wo sie landen wollten. Alle Roboter waren mit Wärmesuchern ausgerüstet, die jetzt auf die bemannte Landefähre ausgerichtet waren, als sie herunterkam. Die Programmgestalter konnten aus einer Vielzahl von packenden Sequenzen auswählen, und oft teilten sie den Bildschirm, um mehr als ein Bild zu zeigen. Ein Blick aus der Landefähre auf Hellas, den größten aller Krater. Oder ein Blick in einen dunkelvioletten Himmel, in dem ein weißer Punkt auftauchte, der größer und größer wurde. Er löste sich auf zu der Landefähre und ihrem Fallschirm, dann ein Lichtblitz, als die Bremsraketen gezündet wurden.

Der Kojotenschamane begann wieder zu singen, und einige der anderen Tiere lieferten das Summen im Hintergrund. Alles – die Sterne über ihnen, das schwarze Laub, das vor einem schwarzen Himmel raschelte, das Plätschern des Wassers, die seltsame chinesische Musik, ihre Stimmen, der Kaktusgeschmack des Tequila, der Bildschirm mit seiner tiefroten Farbe vor der dunklen Masse des Pavillons – alles verschmolz zu einer Einheit, zu einem Ganzen, aus dem kein Teil entfernt werden konnte. Dann berührte die Landefähre den Boden, und ihre Stimmen wurden lauter, und die Schildkröte verspürte das Aufwallen von etwas, das sie schon fast vergessen hatte. Hinter seiner Maske grinsend, heulte er laut auf. Und dann heulten sie alle. Die Landfähre wirbelte dichte Wolken roten Staubs auf. Sie schrien zu den Sternen empor, als sie schließlich zur Ruhe kam und stand, und sie sprangen auf und nieder und applaudierten ausgelassen.

Auf dem Mars waren Menschen.

Nach dieser Sequenz tauchten wieder die Kommentatoren auf dem Bildschirm auf und begannen den Dialog mit den Astronauten. Hank rannte in die Hütte und kam mit zwei leichten Strandbällen zurück, die er ins Becken warf. Sie warfen und schlugen die Bälle hin und her, unterhielten sich, tranken und verfolgten auf dem Bildschirm, wie die Astronauten sich zum Aussteigen fertigmachten. »Was werden wohl ihre ersten Worte sein?«

»Wenn sie etwas so Dämliches wie damals auf dem Mond von sich geben, dann muß ich gleich kotzen.«

»Wie ist denn: ›Nun, da wären wir.‹«

»Endlich daheim.«

»Die Marsianer sind gelandet.«

»Bringt mich zu eurem Häuptling.«

»Wenn niemand den Ton aufdreht, werden wir es nie erfahren.«

»Das wäre aber ein seltsamer Satz.«

»Wir hören es morgen, laßt den Ton weg. Wir sind sowieso besser als sie. Ihr kennt ja diese Astronauten.«

Sie setzten sich und bildeten einen Kreis, schwiegen, ruhten sich aus, spürten die Wasserströmung und den Wind. Muskeln entspannten sich, und der Geist folgte ihrem Beispiel. Der Adler glitt durch das Becken und kam wieder zum Pferd. Einige Platanenblätter segelten herab und tanzten im Wasserdampf über dem Pool. Ein Blatt landete auf dem Kopf des Adlers, als er sich wieder setzte.

Die Gruppe teilte sich auf. Fisch und Hahn entfernten sich, nachdem sie ihre Handtücher geholt hatten. Tom und Nadeshda unterhielten sich über die Marslandung, über Leute, die sie gekannt hatten, die mit diesem Unternehmen zu tun gehabt hatten. Kojote und Tiger stiegen aus dem Pool, setzten sich einander gegenüber, faßten sich bei den Händen und sangen zur Musik: Hank, klein und stämmig, ein Bündel kräftiger, drahtiger Muskeln – Jody groß und kurvenreich, ausgeprägte Muskeln, üppige Brüste und ausladendes Gesäß. Kevin und Ramona beobachteten sie.

Der Frosch und die Krähe saßen am schmalen Ende des Beckens, ein Stück von den anderen entfernt, und warfen sich gelegentlich den Ball über das Wasser zu, damit er nicht durch den Ausfluß verschwand und stromab trieb. Sie hatten sich nicht viel zu erzählen. Die Krähe beobachtete nämlich insgeheim Pferd und Adler. Und von der anderen Seite des Pools, während sie sich mit Tom unterhielt, schaute Nadeshda ihnen allen zu.

»Sieh mal meine Fingerspitzen«, sagte das Pferd. »Sie werden schon schrumpelig.«

»Meine auch«, erwiderte der Adler. »Ich glaube, sogar meine ganze Haut sieht schon so aus.« Sie ließ sich auf dem Zementrand des Beckens nieder. Nahm die Maske ab, schüttelte den Kopf. Wasser umsprühte sie wie eine gelbliche Aura. Kevin konnte sich an ihrem nun wieder entblößten Gesicht nicht sattsehen.

Sie schaute ihn an, und sein Atem stockte. »Mir wird es allmählich zu heiß«, sagte sie.

Er nickte.

»Sollen wir einen Spaziergang machen?«

»Gerne«, entgegnete er. »Bald geht der Mond auf.«

Sie stiegen aus dem Pool, gingen in die Hütte, trockneten sich ab und zogen sich an. Dann zurück zum Pool. »Wir gehen ein Stück«, sagte Ramona.

Kurz nachdem sie verschwunden waren, setzte auch Doris sich auf den Beckenrand. Ihr Körper sah im Vergleich zu Ramonas klein und zierlich aus. »Mir wird zu heiß«, sagte sie mit gepreßter Stimme. Sie erhob sich. Der Frosch beobachtete sie schweigend. Sie ging schnell zur Hütte, fing an, sich anzuziehen.

Die Katze glitt hinüber zum Frosch. »Meinst du nicht, du solltest sie begleiten?« fragte sie leise.

»O nein«, sagte der Frosch und blickte ins Wasser. »Wenn sie das wollte, hätte sie mich sicherlich gefragt.«

»Nicht unbedingt. Wenn sie dich vor uns darum gebeten hätte und du hättest nein gesagt …«

»Nein, ich glaube nicht. Sie möchte … nun. Keine Ahnung.« Er drehte sich zum Rand um, griff nach einer Flasche, leerte sie. Dann schwang er sich aus dem Pool, tappte zum Picknicktisch hinüber, trank aus einer anderen Flasche. Als er sich umdrehte, sah er, daß Doris gegangen war.

Er nahm die Froschmaske ab, zog sich an. Oscar spürte ein seltsames Brennen hinter seinem Zwerchfell, und er preßte die Lippen aufeinander. Vielleicht hatte Doris sich insgeheim gewünscht, daß er sie fragte, ob er sie begleiten solle. Das würde er jetzt nie mehr erfahren. Es sei denn ...

Der Wind, der über seinen nassen Kopf strich, war kalt und trocken. Trotz der Kälte konnte er spüren, daß es ein warmer Wind war. Es tat gut, ihn zu spüren. Sein ganzer Körper fühlte sich warm und entspannt an. Vielleicht ... Wenn er sie fände ... Schnell streifte er seine Schuhe über, ging zum Pool, hockte sich neben Nadeshda. »Ich glaube, ich suche sie mal«, sagte er leise.

Die Katze nickte. »Sie ist den gleichen Weg an den Tümpeln entlanggegangen.«

Oscar nickte, richtete sich auf. Er sah den Weg so deutlich, als sei er beleuchtet. Er marschierte los in den Wald.

Tom und Nadeshda saßen nebeneinander und hatten die Masken abgenommen. Tom empfand den Wind in seinem Gesicht als angenehm. Hank und Jody sangen noch. Dann standen die beiden auf, kleiner Mann, große Frau, und gingen Hand in Hand zum Pavillon und blieben nur kurz stehen, um ein Handtuch aufzuheben.

»Nun«, sagte Tom. »Da wären wir.« Er lachte. Auf dem Bildschirm stand die Landefähre auf der roten Felsebene von Hellas. »So ein seltsames kleines Gefährt.«

»Sagen sie das, wenn sie aussteigen?«

Er schüttelte den Kopf. »Ich sage das. Jetzt und hier.«

Nadeshda nickte ernst. »Aber das sollten sie sagen. Warum holst du uns nicht noch eine Flasche Tequila? Allmählich finde ich Geschmack daran.«

»Ja.« Er stieg aus dem Becken und fand eine volle Flasche auf dem Tisch. »Ich glaube, ich bin auch schon betrunken.«

»Und ich erst. Wenn es das wirklich ist. Du hast recht, es fühlt sich etwas anders an. Aber ich mag es.«

»Jetzt.«

»Und das allein zählt. Weißt du, ich werde immer kälter anstatt wärmer. Es ist, als säße man zu lange in einem Bad.«

»Wir können ein Becken weiter nach oben gehen. Dort ist es wärmer.«

»Dann los.«

Sie stand auf und stieg in das Bachbett, ging mit vorsichtigen, kleinen Schritten stromauf. Selbst in der Dunkelheit schimmerte ihr silbergraues Haar wie eine Kappe. So schlank wie sie war, konnte man sie fast für ein junges Mädchen halten. Tom blinzelte, faßte den Flaschenhals fester und folgte ihr.

Als er das nächste Becken erreichte, stand Nadeshda bereits auf dem Beckenrand. Das Wasser reichte ihr bis zum Knie, der Dampf bis zu den Hüften. Der Mond stieg gerade über der östlichen Cañyonwand hoch, und er war so hell wie eine Straßenlaterne. Fast wünschte Tom sich, er wäre nicht da. Doch dann zogen seine Pupillen sich zusammen, und die Umgebung erschien ihm gedämpfter, fast wieder dunkel. Nadeshda sah ihn an. »Du hast recht«, sagte sie. »Es ist wärmer.«

»Gut.« Sie saßen nebeneinander auf dem Beckenrand, die Füße auf der Bank darunter. Sie tranken aus der Flasche. Der Wind hatte ihre Körper fast vollständig abgetrocknet, aber nach einiger Zeit wurde ihnen kalt, und sie ließen sich ins Wasser gleiten.

»Ich hoffe, Oscar findet Doris.«

»Ich denke schon.«

»Er muß es versuchen.« Sie lachte. »Schöne Körper.«

»Ja. Vor allem Ramona und Jody.«

Sie stieß ihn mit dem Ellbogen an. »Und Kevin und Hank!«

»Ja, stimmt.«

»Und Gabby und Mike und Doris und Oscar!«

Er lachte. »Stimmt.«

Sie nahm einen Schluck aus der Flasche, rückte näher an ihn heran. »Außer, daß sie noch ein wenig ungeformt sind, glaube ich. Wie Porzellan oder wie Kinder. Um wirklich schön zu sein, muß ein Körper noch mehr haben. Ihre Haut ist zu glatt. Schöne Haut hat ein Muster.« Sie kniff in die Haut seines Oberarms. »Wie dies.«

Er lachte. »Ja, sie brauchen ein paar Falten, etwas mehr Persönlichkeit, Charakter.« Er lachte wieder.

»Ich habe eine Menge Charakter«, sagte Nadeshda und kicherte.

»Ich auch.«

»Und ihr Haar hat nur eine einzige Farbe. Keine Mischung.«

»Herbe Schönheit. Gott sei Dank gibt es unvollkommene Dinge ...«

»Ja, herbe Schönheit.« Ihre Finger zeichneten Linien auf seiner Brust.

Toms Hand fand warmen Sand auf dem Boden des Pools; er nahm etwas davon und schrieb seine Initialen auf Nadeshdas Brust. »TB sieht gut aus, ist aber etwas verwirrend.« Er machte aus den beiden Buchstaben Kästchen.

Nadeshda nahm eine Handvoll Sand und zeichnete Streifen auf seine Stirn, seine Wangen, um die Augen. »Du siehst richtig unheimlich aus«, sagte sie. »Wie einer der heiligen Wanderer in Indien.«

»Aha.« Er nahm sich auch ihr Gesicht vor, zog es näher zu sich heran. Nur zwei Streifen auf jede Wange. »Gespenstisch.«

»Ich wette, sie wissen nicht mal, wie man richtig küßt«, sagte sie und beugte sich zu ihm vor.

Als sie sich wieder trennten, lachte Tom. »Nein«, sagte er. »Ich wette, das wissen sie nicht.«

Sie zeichneten weiter gegenseitig Muster auf ihre Haut. Und Tom konnte Nadeshda sehen, ihren Körper, bemalt und pulsierend. Ihre Brüste waren voller Sand, von der Erde geküßt. Er nahm so viel in sich auf. Den Wind in den Bäumen, das heiße Wasser um seine Beine, den Halbmond, die makellosen Sterne, den Körper unter seiner Hand.

Sie hörten das ferne Geheul der Kojoten – seltsam melodisch, mondsüchtig. Aus dem Pavillon hörten sie einen einzelnen Schrei der Erlösung, und sie sahen einander an und lachten, lachten darüber, wie alles sich von selbst zusammenfügte, sich vereinte, besser, als jede Berechnung es vorauszusagen vermochte. Und nichts ließe sich wiederholen. Die Kojoten in der Ferne heulten weiter, und der Wind frischte auf und fuhr durch die Äste über ihnen und ließ sie heftig schwanken, und Nadeshda umarmte ihn und drückte ihn an sich, als sie sich im Rhythmus bewegten.

Als sie in die Welt zurückkehrten, lachte sie keuchend. »Sie alle seien gesegnet.«

Kevin und Ramona, Pferd und Adler, stiegen in den Canyon hinauf, vorbei an der Quelle und in die Dunkelheit des dichten nächtlichen Waldes. Kevin genoß den Weg zwischen den Bäumen hindurch, das Steigen über Zweige und dicke abgebrochene Äste. Nach dem heißen Bad tat die kühle Luft ihm gut.

Er blieb stehen, als der Cañyon sich verzweigte, und Ramona trat neben ihn. Drückte sich an ihn. Er kannte diese Cañyons seit seiner Kindheit, doch in dem ungewissen Licht und abgelenkt, wie er war, fiel es ihm schwer, sich auf seine Erinnerung zu konzentrieren. Bald würde der Mond aufgehen, und dann fände er sich wieder zurecht. Er entschied sich für den linken Weg. Irgendwann würden sie den Grat schon erreichen, und dann wüßte er auch wieder, wo sie waren.

Das Gelände in diesem Cañyon war etwas unwegsamer, und sie mußten ihre Hände zu Hilfe nehmen, um weiterzukommen. Eine letzte Anstrengung brachte sie über die Stirnwand des Canyons, und dann standen sie auf einem breiten Grat, der zum Saddleback hinüberführte. Hier war der Untergrund trocken und lose – eine dünne Schicht Erde und Geröll auf solidem Sandstein. Vereinzelt waren Krüppeleichen und schüttere Salbeibüsche zu sehen, und es war einfach, sich einen Weg zwischen ihnen zu suchen.

Im Osten leuchtete der Horizont, dann wurde er weiß. Mondaufgang. Sofort verblaßten die Sterne, der Himmel verlor seine tiefe Schwärze. Als der Mond hochstieg, sahen sie vor ihm eine Bewegung. »Was ist das denn?« Dann wußte Kevin, was es war. Auf dem Grat im Osten waren Tiere aufgetaucht, die ihre Schnauzen himmelwärts richteten. Und wenige Sekunden später hörten sie auch die Rufe und das Geheul.

Kojoten. »Hank kommt aber schnell herum«, flüsterte Kevin. Die gespenstischen Laute, dieses Auf und Ab der Tierstimmen, schickten kalte Schauer über Kevins Rücken. Auf seinen Armen bildete sich Gänsehaut. Er zog Ramona an sich. Sie umarmten einander. Dies war das erste Mal. Sie sahen sich im ungewissen Licht in die Augen. Kevin sah ihre Augen, ihre Haut, das schwarze Haar, das Weiße ihrer Zähne ... Zähne, die auf die Unterlippe bissen, und dann küßten sie. Die Kojoten heulten ekstatisch, und sie schienen von dieser Ekstase ebenfalls erfüllt zu sein. Ihr erster richtiger Kuß. Kevins Blut wurde leichter und leichter, heißer, freier. Kevins Blut vereinigte sich mit dem Wind.

Für Doris war es nicht so. Sie verließ die heißen Quellen wütend und dann niedergeschlagen und achtete kaum darauf, wohin sie ging. Den Cañyon hinauf, dorthin, wohin Kevin und Ramona verschwunden waren. Aber sie würde ihnen nicht folgen. Das wäre dumm. Und auch unmöglich. Aber wenn sie Kevin alleine begegnen würde, dann würde sie ihn fragen, ihn anschreien: *Warum*? Warum sie und nicht ich? Wir haben schon oft miteinander geschlafen. Wir sind Freunde, leben schon seit Jahren in einem Haus. Und du hast mich noch niemals genauso angesehen, wie du sie ansiehst. Niemals warst du so etwas wie *leidenschaftlich*. Für dich war es nur so ein Dahinplätschern, eine Freundschaft eben. »Verdammter Kerl«, sagte sie laut. In dem Wind konnte niemand sie hören. Der Wind und der Cañyon, sie waren ihre Verbündeten. Sie schützten sie. Niemand würde sie hören. Es sei denn, sie schrie. Und das würde sie niemals tun. »Nicht ich, ich bin nicht der Typ, der schreit. Ein lautes Wort vielleicht, eine bissige Bemerkung. Aber keine hysterischen Anfälle bei Doris Nakajama.« Dabei erhob sie ihre Stimme immer mehr, und sie endete mit einem »Ahhh!« Schlug sich mit der Hand auf den Mund, biß sich auf die Finger, lachte wütend. Wischte sich die Tränen von den Wangen. Es tat gut, durch den Wald zu stolpern und zu schimpfen und zu fluchen. »Du Narr, nur weil sie groß und schön und klug ist und gut Softball spielen kann. Und sie ist sehr hübsch, sicher, aber wann bringt sie dich mal zum Lachen? Wann bringt sie dich zum Nachdenken und erzählt dir irgend etwas Neues? Ihr seid von der gleichen Sorte. Langweilig und ignorant. Zusammen habt ihr nicht mehr Hirn als ein toter Stein. Ich glaube, ich werde dich gar nicht vermissen!«

Der Cañyon gabelte sich, und Doris wandte sich nach links in den steilen Seitenarm. Dort konnte sie ihre Wut am besten abreagieren. Sie attackierte den Fels, als wäre es ein persönlicher Feind. Sie war von der verdammten Quelle völlig überhitzt. Murmelte vor sich hin, während sie aufwärts stieg. Sie geriet mitten in einen Salbeistrauch, und ein ganzer Schwarm schlafender Tauben flatterte aufgescheucht hoch. Sie roch den Wind, roch den Salbei. Vor den Menschen und dem Eukalyptus und den Orangen mußte es in diesen Bergen so gerochen haben. Sie zerbrach einen Zweig, roch an ihren Fingern. Salbei. Hank und seine seltsame Zeremonie mit dem Gesumme.

Sie erreichte den oberen Rand der Stirnwand, als die Kojoten gerade ihren Gesang anstimmten, und sie richtete sich auf dem Grat auf, als sie die Gestalten über sich gewahrte. Erschrocken ließ sie sich hinter einen Strauch fallen. Sicher nähmen sie an, sie habe sie verfolgt. Sie drückte sich an den Erdboden. Schließlich wagte sie es, sich zu rühren, einen Blick um den Busch herum zu wagen. Und so sah sie, wie sie sich umarmten und küßten: schwarze Schattenrisse im Mondlicht. Ohne auf den Lärm zu achten, den sie verursachte, machte sie kehrt und rannte über den Grat davon, um in einen anderen Seitencanyon hinabzutauchen.

Ramona löste sich von Kevin. »Was war das?«

»Wie?«

»Hast du nichts gehört? Irgend etwas hat sich bewegt. Auf dem Weg, auf dem wir hergekommen sind.«

»Vielleicht ein Kojote.«

»Es war viel größer.«

Der Schatten, den Kevin an dem Abend nach seiner ersten Stadtratssitzung gesehen hatte. Er hatte es vergessen, doch nun erinnerte er sich. Und es hieß, daß es in den Santa-Ana-Bergen wieder Berglöwen gab. Obgleich es unwahrscheinlich war, daß sie sich so nahe an die Menschen heranwagten. Ihr Revier lag weiter oben. Nun, diese Möglichkeit wollte er nicht zur Sprache bringen, um die Stimmung dieses Augenblicks nicht zu zerstören.

»Meinst du, es war ein Berglöwe?« fragte Ramona beiläufig.

»Nee.« Er räusperte sich. »Zumindest ist das nicht sehr wahrscheinlich.«

Das Geheul der Kojoten schien jedoch genau das Gegenteil zu verkünden.

»Komm, gehen wir rüber in den nächsten Canyon«, schlug Ramona vor.

Kevin nickte, und sie gingen über den Grat. Er beschrieb zwischen den Salbeibüschen einen weiten Bogen, bis sie den Mond im Rücken hatten. Der Wind spielte mit ihren Haaren. Sie blieben oft stehen, um sich zu küssen, und jeder Kuß war länger und leidenschaftlicher.

Rechts von sich gewahrten sie einen ziemlich flachen, breiten Canyon. An seinem Rand drängte sich eine Gruppe alter Platanen. Der höchste Baum stand etwas abseits und ragte über den Rand hinaus. Ein Seil schien von einem hohen, kräftigen Ast herabzuhängen. »Das ist die Schaukel«, sagte sie. »Daher Swing Cañyon.«

»Tatsächlich«, sagte Kevin. »Hey, jetzt weiß ich auch wieder, wo wir sind.«

»Dann los«, sagte sie und lief voraus nach unten. »Schaukeln wir!«

Es war keine normale Schaukel, sondern ein einzelnes dikkes Seil, das an einem dicken Seitenast befestigt war, so daß es frei neben dem dicken alten Stamm herabhing. Der Untergrund fiel hinter dem Baumstamm ab, so daß man das Seil oberhalb eines dicken Knotens packen konnte, dann Anlauf nahm und sich von einem Holzbalken, der in den Cañyonrand eingelassen war, abstieß. Danach schwang man in einem weiten Bogen hinaus über den Cañyonboden.

Sie wechselten sich ab. Kevin schwebte hinaus in den freien Raum, genoß den rauhen Kontakt ihrer Körper, wenn sie sich gegenseitig bremsten, spürte den Wind und verfolgte den Weg ihrer Schatten im Mondlicht. Nach jedem Flug fühlte er sich leichter und leichter, als werfe er jedesmal weitere Last von sich ab. Er schien sich mehr und mehr von der Erde zu lösen. Manchmal glaubte er, zu den Leuten auf dem Mars zu gehören.

»Warte«, sagte Ramona am Ende eines Fluges. »Wir können es auch gemeinsam versuchen. Wir halten uns am Seil fest und stoßen uns nebeneinander am Balken ab.« Sie küßten einander. »Meinst du, das geht?«

»Warum nicht? Versuchen können wir es mal.«

»Okay.« Kevin packte das Seil. Ramonas Hände faßten dicht über seinen zu. Dann rannten sie los. Der Balken unter ihnen wackelte. Und dann flogen sie hinaus in die Nacht, und sie küßten sich und überließen sich dem Spiel ihrer Zungen. Dann löste Ramona sich atemlos, lachte. Sie drehten sich. »Erinnerst du dich noch, als wir in der dritten Klasse waren und hinter dem Schulgebäude herumknutschten?« fragte sie in sein Ohr. »Nein!« erwiderte Kevin erstaunt. War das tatsächlich passiert? Sie küßte sein Ohr, tastete mit der Zunge darin herum. Sein ganzer Körper summte, und fast hätte er losgelassen und wäre abgestürzt. Er legte einen Arm um sie, und sie rieb sich an seinem Oberschenkel. Der Wind spielte mit ihnen, während sie sich gegenseitig die Reißverschlüsse der Hosen aufzogen. »Ich will dich überall küssen«, hauchte Ramona. Und sie griff in seine Hose und drückte fest zu – Kevin sog zischend die Luft ein, und es durchfuhr seinen Bauch und sein Rückgrat wie ein Blitz. Ramona streifte ihre Hose ab und schleuderte sie in die Nacht. Und sie küßten sich wieder und drehten sich. Sie hatten überhaupt kein Gewicht mehr und glichen Blumensamen, die der Wind vor sich hertrieb.

»Oh, hey«, sagte Kevin. »Gleich landen wir wieder!« Und schon stolperten sie über den Hang, ließen das Seil los, rutschten über loses Erdreich. Sie stürzten. Trug Ramona ihre Hose noch? Er seine auch. Wie war das möglich? Die Gedanken eilten voraus. Aber jetzt runter damit, über ihr Gesäß, die langen Beine, bis sie beide nackt waren. Warmes Fleisch unter suchenden, findenden Händen, Körper, die sich aneinander preßten, Haut auf Haut, alle Schranken waren gefallen. Und dann war er in ihr, war er die männliche Hälfte der Kreatur, die sie in ihrer Einheit bildeten, genoß es, die weibliche Hälfte um sich zu spüren ...

Er blickte auf und sah das Seil im Wind pendeln. Sie hatten bei ihrer Landung einige Blüten Immergrün abgerissen, und diese Blüten trieben jetzt im Wind, landeten auf ihnen, auf seinem Rücken, auf Ramonas Gesicht (die Augen geschlossen und der Mund halbgeöffnet), regneten auf sie herab, bis sie sich in einem Blütenmeer bewegten. Er sah einen schwarzen Berglöwen vorbeischleichen, der zustimmend schnurrte. Er ließ sich auf einem der unteren Äste nieder und schaute träge auf sie herab. Kevin spürte sein Schnurren tief in sich, wurde davon eingehüllt wie vom Klang des Windes in den Ästen. Und er stürzte mit Ramona der Erfüllung entgegen. Sie drehten sich ...

Oscar hatte den Weg durch den Canyon fast sofort verloren und wäre an der Quelle beinahe in den kleinen Tümpel gestürzt. Zweige und Blätter schlugen ihm ins Gesicht. Er starrte wie gebannt auf die aufgewühlte Oberfläche des Tümpels, auf dessen Grund das Wasser sprudelnd austrat. Woher kam es? Oh, er wußte es. Aus der Rechtsakademie, erstaunlich, wieviel man wissen mußte, um das Gesetz zu verstehen. Vor allem wenn Sally unterrichtete, sowohl oben im Dusin Basin und unten auf dem Campus; er verstand das Prinzip der Grundwasserbecken. Er stand auf den uralten, zerrissenen Bergen, Äonen alt und vom Wasser durchsetzt bis hinunter zu ihrem Felskern. Das Wasser da unten strömte langsam durch geheime Leitungen. Dann kam eine unterirdische Barriere, das Wasser staute sich, drückte hoch und trat aus dieser Öffnung. Und heiß war es, weil Risse im Felsgrund die Wärme aus dem Erdinnern heraufsteigen ließen. Eigentlich stand er auf einer Kugel aus kochender Lava, und die Erdschicht, die ihn davor schützte, war dünn wie eine Aluminiumfolie.

Das Wasser der Quelle verbrühte seine Finger, und hastig wich er zurück. Er stieg über den Bach hinweg und bewegte sich weiter den Canyon hinauf.

Der Wald war dunkel. Schwarz auf schwarz. Oscar prallte gegen Äste, die ihn aufzuhalten versuchten. Er konnte kaum etwas erkennen. Wie schafften die anderen das? Der Canyonboden war uneben und stellenweise weich. Er empfand so etwas wie Ekel. Er brauchte eine Taschenlampe. Aber es war nicht vollkommen dunkel wie damals in den Höhlen in den Shenandoah Mountains, die er besichtigt hatte. Dort hatte man die Hand vor Augen nicht erkennen können.

Hier glitzerten am Himmel Sterne, und eine einzelne Solarstation funkelte im Westen wie eine Lampe in weiter Ferne. All diese Quellen spendeten etwas Licht.

Er konnte tatsächlich einiges erkennen. Seine Hand zum Beispiel. Ein schwarzes, oktopushaftes Gebilde. Aber nicht, was sich vor ihm befand. Er konnte trotzdem gegen einen Baum prallen. Auch das probierte er aus. Schließlich gewöhnte er sich an, die Hände vor sich auszustrecken wie ein Schlafwandler.

Nichts zu sehen, aber dafür konnte er eine Menge hören. Die Stimme des Windes, wie er über Gestein strich, um Ecken und Kanten pfiff. Das Rauschen von Millionen Blättern um ihn herum und über ihm, manchmal das Plätschern von Wasser. Ein Rascheln vor seinen Füßen, das ihn noch vorsichtiger auftreten ließ. Winzige Lebewesen, die die Flucht ergriffen vor diesen Riesenmonstern aus der Stadt. Und vielleicht versuchten sogar ein paar winzige Burschen mit einer Superwaffe wie Schlangengift, ihn zur Strecke zu bringen. Er mußte sich langsam bewegen. Ihnen Zeit lassen, sich in Sicherheit zu bringen.

Nach einer Weile beschleunigte er wieder seinen Schritt. Er mußte sich beeilen. Dabei war es wichtig, daß er sich mehr auf seine Sinne verließ, auf sein Gehör, seinen Tastsinn.

Er erreichte den düsteren Schatten der Cañyonwand. Also konnte man doch etwas sehen. Ein bißchen verwirrend; offenbar gabelte der Cañyon sich hier. Er ging nach rechts, und schon nach kurzer Zeit kämpfte er sich durch dichte Salbeisträucher und andere Gewächse. Eines hatte lange scharfkantige Blätter wie Bajonette. Davor sollte er sich lieber in acht nehmen. Eigentlich war es töricht, was er da trieb. Was wollte er hier finden? Bestimmt hatte niemand vor ihm diesen Weg gewählt. Dazu hätte er eine Planierraupe gebraucht.

Doch er mühte sich weiter. Das war der Vorteil, wenn man allein unterwegs war; man konnte eine Menge törichte Dinge tun. Außerdem konnte er jederzeit umkehren und zur heißen Quelle zurückkehren. Einmal hatten die Leute seiner Gruppe Punkte für Verrücktheit verteilt. Oscar war der einzige gewesen, der die Höchstpunktzahl Zehn erreichte. Nette Freunde.

Aber es machte ihm Spaß, sich durch die Büsche zu wühlen. Das war das Leben – im Dunkeln herumstolpern und einen Weg zwischen Ästen und Hindernissen suchen, die einen bremsen wollten. Jeder mußte seinen eigenen Dschungel überwinden.

Der Mond ging auf, und alles veränderte sich schlagartig. Eine Art weißer, leuchtender Sirup ergoß sich in den Canyon und verwandelte die Bäume in unterscheidbare Wesen und entriß die Buschgruppen der Dunkelheit. Die länglichen Blätter des Eukalyptus schaukelten in der Dunkelheit, raschelten, rieben sich aneinander. Ein Baum vor ihm.

Eiche. Er hat ein Herz aus Eiche, sagte Hank, als er empfahl, Oscar als Anwalt einzustellen. Er hätte wissen müssen, wie verrückt Städte waren, die Leute wie Hank in solchen Dingen um Rat fragten. Schatten tanzten und schwankten, alles schien sich zu bewegen, und im Licht des Mondes gewahrte er plötzlich ein Schemen zwischen den Bäumen. Ja, da war etwas, etwas Schnelles und Großes ...

Es rannte durch den Canyon, abwärts, stürmte blindlings auf ihn zu ...

Oscar hob die Hände. »Hey!«

»Ahh!« schrie die Erscheinung und wich mit einem Satz zurück.

»Doris!« rief Oscar. »Entschuldige ...«

»*Was?* ...«

»Ich bin's!«

»Wer?« Die Panik in der Stimme verwandelte sich in Wut.

»Oscar!« sagte er, und dann: »Du erinnerst dich sicher, ich war unten im Pool.«

»Mach keine dummen Scherze!« Ihre Stimme klang erregt. Sie wischte sich mit der Hand durch das Gesicht. Worte brachen aus ihr hervor: »Warum verfolgst du mich?«

»Das tue ich gar nicht! Ich meine – ich ...« Eine Reihe verschiedener Rechtfertigungen lähmten seine Zunge. »Ich habe nur einen Spaziergang machen wollen. Ich dachte, wenn ich dich fände, dann hätte ich etwas Gesellschaft ...«

»Ich will keine Gesellschaft!« rief sie. »Laß mich in Ruhe!«

Und sie rannte weiter und verschwand zwischen den Büschen.

Er stand reglos im Mondlicht, verblüfft von dem Zorn und der Abneigung in ihrer Stimme. Sein Herz schlug ihm bis hinauf in die Ohren. Er war verletzt. Und seine lebenslang geübte Verteidigungstaktik wurde aktiv. Keine Hänselei durch Schulkameraden oder Studienkollegen konnte ihm etwas anhaben. »Nun«, sagte er geistesabwesend, »dann muß ich diesen Hügel wohl alleine besteigen.«

Der Weg wurde steiler, und er mußte seine Hände zu Hilfe nehmen. Manchmal kam er nur weiter, wenn er auf dem Bauch unter besonders dichten Büschen hindurchkroch. Erde schob sich unter sein Hemd und seinen Gürtel. Saubere trockene Erde. Der Salbeigeruch war so stark, daß er nach Luft schnappte. Irgend jemand mußte das Gewürzregal umgeworfen haben.

Am Ende seines Kampfes gelangte er auf einen breiten Grat. Der Mond badete ihn in seinem Licht. Graue Berge drängten sich um das Massiv des Saddleback. Schwarze Cañyons klafften dazwischen. Der Mond hatte einen Hof aus weißem Licht, der die Sterne verblassen ließ. Der Wind war stark und zerrte an ihm. Vereinzelte Baumwipfel ragten in die Höhe wie die Überreste alter, verfallener Häuser. In seinem Augenwinkel eine Bewegung.

Er wirbelte herum, sah nichts. Aber es war kein Ast gewesen, der im Wind schaukelte. War Doris zurückgekommen? Um ihn noch mehr zu beschimpfen? Oder – absurde Hoffnung – sich für ihre Unfreundlichkeit zu entschuldigen? Bestimmt. »Doris?« Die Hoffnung starb. Nichts, aber …

Und da war es wieder, ein Schatten zwischen zwei Büschen. Ein Tier.

Und in der Ferne, vom Wind herbeigetragen, ein unheimliches Heulen und Kreischen. Ähnlich dem Schrei, den er vorher schon mal gehört hatte, nur … Wölfe?

»Unmöglich, Jones«, flüsterte er. »Die Wölfe sind in dieser Gegend doch längst ausgestorben.«

Trotzdem eilte er den Grat hinauf, um die Umgebung besser überblicken zu können. Sein Fußknöchel schmerzte. Auf dem Grat ragte eine Gruppe hoher Sandsteinblöcke auf. Ein Ausguck nach allen Seiten.

Dorthin zu gelangen war nicht einfach. Er suchte sich seinen Weg zwischen Büschen und verkrüppelten Bäumen, stürzte beinahe vom Grat. Rosen blieben an seinen Kleidern hängen, Blüten rissen ab, ließen die Blütenblätter als gelbe

Funken herabregnen. Oscar rannte weiter. Er stolperte, stürzte auf die Knie. Zwei Äste schoben sich ihm warnend entgegen. Er brach sie ab. Verdorrt.

Er stolperte auf eine freie Grasfläche, sah, daß hüfthohe Steinblöcke im Kreis aufgestellt waren. Etwa zwanzig an der Zahl, und sie warfen schwarze, undurchdringliche Schatten auf das Gras. Ein Stein wackelte, kippte um, rollte davon. Flügel peitschten die Luft, stürzten sich auf ihn. Lautlos. So flogen nur Eulen.

Plötzlich erschien der Platz ihm wie eine Falle, aus der es kein Entrinnen gab. Er sah sich schon als Opfer einer unheimlichen Zeremonie, und er machte kehrt und tauchte wieder in den Canyon hinunter. Er rannte zwischen Bäumen dahin und stürzte. Seine Handfläche brannte von dem Aufprall. Ein Baum stand über ihm, reckte triumphierend seine Äste. Sie waren wie Knochenhände. Wollten ihn packen. Er wälzte sich in raschelndem Laub, auf trockenen Zweigen. Er rannte weiter.

Dann war der Boden einigermaßen eben. Eukalyptusbäume drängten sich, und unter ihren Ästen war freier Raum. Weiße Schemen tauchten plötzlich auf, flatterten um seine Knie herum, und er schrie entsetzt auf. Die Schemen gaben Laute von sich, kreischten. Enten? Größer, nein, Gänse! Er lachte, sie flatterten auseinander, beschimpften ihn wütend. Schnappten nach seinen Waden.

Er ließ sich von dem kleinen Schwarm den Canyon hinunterführen. Es waren etwa zehn Tiere, die vor ihm herwackelten. Sie lockten ihn nach links. Einen flachen Hang hinauf, die fast flache Seitenwand des Canyons, und über ihm breitete sich der Himmel aus. Weiter nach oben, und der dunkle Cañyon war mit Baumwipfeln erfüllt. Ein Ozean aus runden Wellen. Sie gelangten zu einem Streifen silbernen Sandes. Sein Atem rasselte. Ein Japsen ertönte, und die Gänse versammelten sich hinter ihm, als suchten sie seinen Schutz. Hundeartige Schatten umkreisten sie. Fuchsähnlich. Füchse und Gänse? Die Gänse drehten sich mit und zischten die Wesen an. Kojoten, größer als Füchse.

Weitere Kojoten tauchten aus der Dunkelheit auf, trieben Oscar und die Gänse zum Rand des Sandstreifens. Die Gänse hackten nach den Kojoten, wenn diese ihnen zu nahe kamen. Schimpften dabei lauthals. Oscar verstand genau, was sie meinten. Doch die Sprache der Kojoten war ihm völlig fremd. Ein Japsen, das sie hervorbrachten, wie schafften sie das? Stimmbänder so straff wie die Saiten einer Gitarre.

Die Gänse beruhigten sich, begannen im Sand herzumzupicken. Sie ordneten ihr Gefieder mit den Schnäbeln. Halfen sich gegenseitig oder den Kojoten, die sich um sie herum träge ausstreckten, ruhig und wachsam. Oscar ließ sich in den Sand sinken, schlug die Beine übereinander. Ein Kojote näherte sich von hinten, legte sich auf die Seite, so daß sein Rücken sich gegen Oscar preßte. Oscar stellte fest, daß er weinte, er konnte in der Dunkelheit nur noch weiße Flecken erkennen. Der Mond ging unter, und die Gänse selbst spendeten Licht, indem sie wie kleine Monde leuchteten. Weitere Kojoten näherten sich. Der Wind füllte Oscars Brust, bis er glaubte, platzen zu müssen oder davonzutreiben wie ein Ballon. Seine Augen waren trocken und sandig, seine Nase war verstopft. Er atmete durch den Mund ein und aus. Pelzige Wärme, das Kitzeln eines Schweifs an seinem Fuß. Zufriedenheit durchströmte ihn. Er war ein artesischer Brunnen der Zufriedenheit. Die Daunen unter den Gänsefedern; es gab nichts, was weicher war. Er lag auf der Seite, empfand eine warme Erschöpfung, Grundwasser, seine Muskeln schmolzen dahin. Einmal, mit fünf Jahren, hatte er sich ähnlich gefühlt. Er hatte damals gespürt, wie groß die Welt ist, wie alles seine Bedeutung hatte. Die Gänse schoben die Köpfe unter das Gefieder und schliefen.

Als er erwachte, war es nicht aus einem Schlaf, sondern aus einem Traum, der so lebendig und real war, daß ihm das Öffnen der Augen vorkam wie ein Verschwinden, die Verwandlung in ein Gespenst. Er trat von einer hellen Welt in eine dunklere. Er lag im Sand, seine Seite war feucht und steifgelegen. Die Wanderung durch die Nacht stand deutlich in seiner Erinnerung, auch der Schwarm weißer Gänse und ihre Wächter, die Kojoten. Doch nun war der Sandstreifen leer. Überall Tierfährten. Er war allein.

Er richtete sich stöhnend auf. Der Himmel hatte das Grau seines perlgrauen Anzugs, und er schien wolkenverhangen zu sein, obgleich einige Sterne anzeigten, das die Himmelskuppel frei war. Es war das Wolkengrau der Morgendämmerung. Alles war einfarbig, nur Grautöne, Millionen von Schattierungen. Dornige Büsche säumten die Sandfläche. Vogelgezwitscher erklang im Canyon unten, und in seiner Umgebung stimmten vereinzelt kleine Vögel mit ein.

Stöhnend und ächzend erhob er sich und verließ den Sandstreifen. Wie ... Der Gedanke verwehte. Die Eindrücke der Nacht waren verblaßt. Der Wind wehte noch, aber nicht mehr in seiner Brust. Er war ruhig, leer, ausgelaugt. Die Bäume erschienen ihm wie die Figuren von Heiligen. Er ging weiter. Manchmal glaubte er, immer noch zu träumen, auch wenn er stolperte. Die Luft war warm und trocken, sogar so früh am Morgen.

Nach einiger Zeit gelangte er dort, wo der Canyon sich öffnete, zu einer einzelnen Platane, deren Äste dicht besetzt waren mit schlafenden Krähen. Ein sehr alter, sehr großer Baum, ohne Laub, bis auf einen Ast, der seitlich wegragte; und vollständig gefüllt mit reglosen schwarzen Vögeln.

»Einen Moment mal.« Er kniff sich selbst. Biß in die Haut zwischen Daumen und Zeigefinger. Ja, er war wach. Jedenfalls schien es so. Ein Cañyon im Morgengrauen. In den Santa Ana Mountains. Ja, er war wach! Wie dem auch sei, so etwas geschah häufig, sogar unten in der Stadt. Dort gab es viele Krähen, Schwärme, die Tiere so groß wie Raben. Laute Vögel, Nervensägen, kleine Vagabunden der Luft, die überall einfielen und das Regiment übernahmen. Er hatte schon früher erlebt, wie Krähen aus einem Baum auffliegen; sie hatten ihre Lieblingsbäume, zu denen sie am Ende des Tages zurückkehrten. Dieser Schwarm bevorzugte offenbar diesen Ort. Er besetzte jeden Ast wie schwarze Früchte. Im zunehmenden Licht konnte man nach und nach das Grün des noch lebenden Astes erkennen.

Er atmete tief ein, schüttelte den Kopf und fühlte sich seltsam. Er wußte, daß er wach war, fast nüchtern, relativ normal; aber der Anblick war überwältigend, erfüllt mit einer verborgenen Bedeutung, die er nicht fassen, nicht ausdrükken konnte ...

Er hatte eine Idee, und er trat unter den Baum. Er schaute nach oben; dann warf er die Arme hoch und rief laut: »*Hey*!«

Der Baum schien zu explodieren! Schwarze Schwingen schlugen, wildes Gekeife, Krähen flogen in alle Richtungen davon, und zurück blieb das filigrane Netzwerk kahler grauer Äste. Unter wildem Geschrei versammelten die Vögel sich zu einer Wolke über dem Baum, dann flogen sie nach Westen, ein tanzendes Gewoge geflügelter schwarzer Punkte. Oscar stand da wie gebannt, das Gesicht zum Himmel gerichtet.

7

Letzte Woche ein Alptraum. Auf Dulles gelandet und in der Einwanderung verhaftet. Stand auf einer Liste, angeklagt wegen Verletzung des Hayes Green Act. Die Schweizer Behörden müssen ihnen meine Ankunft mitgeteilt haben, Flugnummer und alles. Was meinen Sie? brüllte ich den diensteifrigen Beamten an. Ich bin Amerikaner! Ich habe keine Gesetze übertreten! Welch eine Erleichterung, meine Gedanken in meiner Muttersprache äußern zu können – alles, was sich in den letzten Wochen aufgestaut hatte, brach hervor, ich war richtig wütend und brüllte ihn an, und es war ein gutes Gefühl, aber es war ein Fehler, da es ihn gegen mich einnahm.

Es ist gegen das Gesetz, den Sturz der amerikanischen Regierung zu verlangen.

Was meinen Sie? So etwas habe ich nie getan!

Sie sind Mitglied bei den Anwälten von Kalifornien für den Umweltschutz, nicht wahr? Und Sie haben für Prozeßhilfe der amerikanischen Sozialisten gearbeitet, oder?

Na und? Wir haben niemals etwas anderes gefordert als eine Veränderung!

Spöttisches Grinsen, Haß. Er wußte, daß er mich in der Falle hatte.

Nahm mir einen Anwalt, aber ehe der eintraf, mußte ich mich einer ärztlichen Untersuchung und einer Blutprobe unterziehen. Erhielt die Auflage, das County nicht zu verlassen. Am nächsten Tag erfuhr ich, daß mein HIV-Test positiv ausgefallen sei. Ich bin sicher, daß das eine Lüge ist, die Schweizer testen Ausländer alle vier Monate, und dort hatte es keine Probleme gegeben, aber ich mußte weiterhin im County bleiben, bis die Folgetests ausgewertet waren. Mein Gepäck wurde ebenfalls konfisziert. Quarantäne möglich, falls positives Ergebnis sich betätigt.

Mein Anwalt informiert mich, daß das entsprechende Gesetz zur Zeit angefochten wird. Unterdessen wohne ich in einem Hotel in der Nähe. Habe Pam angerufen, und sie schlug vor, Liddy zur Familie nach OC zu schicken, damit ich mich besser um meine Angelegenheiten kümmern kann. Hab die Kleine heute morgen ins Flugzeug gesetzt, das arme Kind fragte weinend nach Pam, auch mir kamen die Tränen. Muß jetzt zwei Tage auf die Testergebnisse warten.

Muß arbeiten. Unbedingt. In der örtlichen Bibliothek, auf einer alten manuellen Schreibmaschine. Das Buch verspottet mich: wie kannst du, armseliger Wurm, derart in der Klemme, mir etwas Gutes tun? Muß trotzdem weitermachen. Irgendwie ist das alles, was mir geblieben ist.

Das Problem einer angemessenen Geschichte beschäftigt mich noch immer. Ich meine nicht meine persönlichen Probleme, sondern die Depression, die Kriege, die AIDS-Seuche. (Angst.) Jeden Tag etwas schlimmer. Zwölf Jahre nach der Jahrtausendwende, vielleicht fielen die Voraussagen der Apokalyptiker rein zahlenmäßig etwas früh aus. Vielleicht dauert es doch noch eine Weile, bis die Welt untergeht.

Manchmal lese ich das, was ich geschrieben habe, voller Wut, für sie ist es so verdammt einfach. Oh, wäre ich doch wirklich dieser Geschichtenerzähler, dieser Chronist, der sich gemütlich zurücklehnt und mit kühler, ironischer Distanz die einzelnen Charaktere und deren Leben beschreibt, weil diese Leben wirklich wichtig waren! Utopia ist dort, wo unsere Leben Bedeutung haben. Ich sehe ihn auf einem Berggipfel in Orange County an einem Tisch unter einem Olivenbaum sitzen. Er blickt über eine weite Gartenfläche und sieht auf dem fernen Pazifik die Sonne funkeln oder auch auf dem Mars, warum nicht, und beschreibt, wie seine neue Welt aus der gesunden Fruchtbarkeit der alten Erdmutter geboren wurde, während ich im Jahr 2012 festhänge, meine Frau sich einen Ozean weit im Osten und meine Tochter sich auf der anderen Seite des Kontinents im Westen aufhält, »angehalten, das Land nicht zu verlassen« (Aussage des Sheriffs).

Tage vergingen, und Kevin schien zu schweben, fühlte sich nicht normal. Später in der Woche, als er sich im Fernsehen einen aktuellen Bericht über die Marslandung ansah und einen Cerveza trank, dämmerte es ihm, daß er sich nie wieder *normal* fühlen würde. Das erschreckte ihn, verursachte ihm ein leichtes Unbehagen.

Nicht, daß er nicht glücklich war. Wenn er sich an die Nacht mit Ramona in den Bergen erinnerte, wurde er leichter. Das Hochgefühl widersetzte sich der Gravitation, als wäre es eine direkte Gegenkraft. »Auf Wolken gehen« – diese Metapher war eine genaue Beschreibung seiner gelebten Realität. Erstaunlich.

Aber es war eine seltsame Nacht gewesen. Wie ein Traum. Teile entglitten ihm, wenn er an etwas anderes dachte, daher wollte er an nichts anderes denken aus Angst, daß die ganze Nacht sich dann verflüchtigte. Als er Ramona wiedersah, übersprang sein Herz einen Schlag, und er senkte schüchtern den Blick. Würde sie es zugeben? War es tatsächlich geschehen?

Dann, als er aufschaute, sah er Ramona lächeln, selig. Sie erinnerte sich ebenfalls. Wenn es ein Traum gewesen war, dann hatten sie ihn gemeinsam geträumt.

Nun liebte er wirklich. Zum erstenmal. Wirklich ein Spätzünder! Die meisten verlieben sich schon während ihrer Schulzeit, nicht so sehr wegen des Objekts ihrer jeweiligen Liebe, sondern aus dem Urbedürfnis zu lieben. Es gehört zum Wachstum der Seele. Meistens ist diese Liebe voller Unbeholfenheit, Unsicherheit, manchmal sogar Scham ... wir haben Hemmungen, sie ins Gedächtnis zurückzurufen. Aber wenn man den Mut zur Erinnerung aufbringt, spüren wir erneut ihre Kraft; nur wenige Erfahrungen haben uns seitdem so aufgewühlt.

Kevin Claiborne hingegen hatte sich in seiner Jugend nicht verliebt – eigentlich auch niemals danach. Er hatte diesen Wunsch nie gehabt, und niemand, den er kennengelernt hatte, hatte ihn dazu animiert. Er hatte seine sexuellen Beziehungen ausgelebt und genossen, aber irgend etwas hatte immer gefehlt, auch wenn Kevin sich dessen nur vage bewußt war. Doris' Versuche, ihm das vor Jahren klarzumachen, hatten ihm die Erkenntnis nahegebracht, daß es etwas gab, das andere empfanden und er nicht. Es war verwirrend, denn er spürte, daß er liebte – daß er Doris liebte, seine Freunde, seine Familie, seine Hausgenossen, seine Mannschaftskameraden ... Offenbar war es nicht das, was sie gemeint hatte.

Daher endete die Affäre mit Doris fast genauso, wie sie begonnen hatte. Und als Kevin zum erstenmal romantische

Liebe empfand, im Alter von zweiunddreißig, geschah es nicht aus jenem seltsamen jugendlichen Drang heraus, irgend jemanden zu lieben. Es waren auch keine Kräfte in seiner Seele, die ihn antrieben. Sondern es war eine ganz besondere Reaktion auf Ramona Sanchez. Sie verkörperte all das, was Kevin an den Frauen am meisten liebte. Und als sie nun plötzlich frei war und ihm ihre Aufmerksamkeit zuwandte, war es so, als bekäme Kevins Seele einen Impuls, als bewegte sie sich wie ein Eisberg, der jahrhundertelang unendlich langsam zu Tal gekrochen war, um nun plötzlich abzubrechen und auf einen Schlag eine ganze Landschaft grundlegend zu verändern.

Dieses Verliebtsein veränderte alles. Seine Arbeit erfüllte ihn mit neuer Befriedigung. Zu Hause wurde er noch mehr zu einem angenehmen Genossen. Die Leute in seiner Umgebung fühlten sich wohl in seiner Nähe, sie konnten mit ihm reden – das hatten sie eigentlich schon immer gekonnt, aber nun schien er ihnen viel mehr zurückzugeben. Im Pool schwamm er wie ein Weltmeister, das Wasser war wie Luft, und er flog hindurch. Und im Softball war er besser als je zuvor. Seine Trefferquote blieb, und er zerbrach sich darüber nicht mehr den Kopf. Er stand jetzt bei 43 für 43, und alle nannten ihn Mr. Thousand und tobten vor Begeisterung. Er genoß es.

Und die Zeit, die er mit Ramona verbrachte. An diesem Morgen auf der aufgerissenen Straße begriff er, wie es sein würde – sie war da, er konnte sie ansehen, wann immer er es wünschte, in ihrer anmutigen, eleganten, selbstsicheren Schönheit –, und wenn sie ihn ansah, dann wußte er, was es bedeutete. *Ich erinnere mich. Ich gehöre dir.*

Mein Gott, es war Liebe.

Für Doris waren die Tage nach der Party wie ein ausgewachsener Kater. Sie fühlte sich benommen, unwohl und war reizbar. Eines Abends, als Hank zum Essen herübergekommen war, sagte sie wütend zu ihm: »Verdammt noch mal, Hank, irgendwie schaffst du es, mich dazu zu bringen, daß ich viel mehr Tequila trinke, als ich wirklich will! Warum tust du das?«

»Weißt du«, sagte Hank mit einem etwas ratlosen Gesichtsausdruck. »Ich versuche nach der griechischen Weisheit zu leben. Alles in Maßen.«

»Alles in Maßen!« wiederholte Doris zornig.

Die anderen am Tisch brachen in lautes Gejohle aus. »Alles in Maßen«, rief Rafael lachend. »Das ist wieder mal typisch Hank.«

Nadeshda meinte: »Ich war mal in Rhodos, woher dieser Spruch stammt. Cleobolus hat ihn 650 vor Christus geprägt. In meinem Reiseführer stand eine etwas andere Übersetzung: Maßhalten ist die beste aller Tugenden.«

Andrea lächelte. »Das klingt schon etwas anders, nicht wahr?«

»Was meinst du eigentlich damit?« wollte Doris wissen. »Nennst du fünfundzwanzig geleerte Flaschen Tequila etwa Maßhalten?«

»Nun, wenn es heißt, alles in Maßen, dann zählt dazu auch das Maßhalten selbst, verstehst du? Man soll auch mal über die Stränge schlagen, meine ich.«

Dann erschien Tom, und nach dem Essen sahen er und Doris sich die Unterlagen an, die Doris sich bei Avending besorgt hatte. Kevin half Donna und Yoshi beim Aufräumen und versorgte Tom und Nadeshda mit Getränken. Doris verzichtete.

Irgendwann schüttelte Tom den Kopf. »Zuerst einmal scheint mir eine ganze Menge davon verschlüsselt zu sein.

Vielleicht ist es nur eine bestimmte Chiffre, aber wenn es eine Chiffre ist und dazu noch verschlüsselt, dann haben wir Pech gehabt.«

Doris machte ein finsteres Gesicht.

»Außerdem«, fuhr Tom fort, »selbst wenn wir den Code brechen sollten, ergäbe es für mich nur wenig Sinn. Ich bin kein Finanzfachmann.«

»Ich dachte, Sie fänden wenigstens einen kleinen Hinweis«, sagte Doris.

»Tja, vielleicht. Aber Ihr Freund John wird sowieso keinen Zugang zu den geheimsten Unterlagen von Avending haben, vor allem dann, wenn sie in irgendwelche krummen Dinge verwickelt sind.«

»Mist«, sagte Doris, »warum habe ich mir dann überhaupt die Mühe gemacht, dieses Material zu besorgen?«

»Was fragen Sie mich?«

Nadeshda sagte zu Tom: »Hast du keine Freunde mehr in Washington, die dir in dieser Angelegenheit helfen können?«

Tom überlegte. »Vielleicht. Ich muß deshalb telefonieren. Während ich das tue, könnt ihr das Zeug sortieren in das, was verständlich ist, und das, was verschlüsselt ist. Soweit ihr das erkennen könnt.«

»Eigentlich müßte John in seiner Position auch an solche Informationen herankommen«, meinte Doris.

Tom schüttelte nur den Kopf und schaltete den Schirm des Telefons ein. Für einige Zeit unterhielt er sich mit einer kleinen grauhaarigen schwarzen Frau; dann mit einem hochgewachsenen Mann mit Glatze; dann drei- oder viermal mit einem leeren Bildschirm. Es gab eine Menge persönliche Bemerkungen, als er alte Bekanntschaften auffrischte. »Nylphonia, ich bin's. Tom Barnard.«

»Ich dachte, du wärst längst tot.«

Und so weiter. Anschließend sprach er lange mit einer weiblichen Stimme und einem leeren Schirm, häufig von

Gelächter unterbrochen. »Das dauert ja Stunden«, sagte Tom einmal. »Wir haben hier Tausende von Blättern.«

»Das ist dein Problem«, sagte die Stimme. »Wenn wir dir helfen sollen, dann mußt du sie rüberschicken. Halte sie nacheinander vor den Schirm, und ich fotografiere sie von hier aus. Ich habe jetzt sowieso Frühstückspause. Ich melde mich später bei dir, wenn wir uns alles angesehen haben.«

»Meinst du, es hätte überhaupt Sinn?«

»Woher soll ich das wissen? Eigentlich müßten wir etwas finden. Diese Datenmenge dürfte recht gründliche Aufschlüsse über die Finanzen der Firma liefern. Und wenn sie etwas verstecken, dann zeigt sich das in dem, was sie nicht verstecken. Wir erklären es dir dann.«

»Und was ist mit dem verschlüsselten Material?«

Gelächter.

»Also, danke, Em.« Tom wandte sich an Doris und Nadeshda. »Okay, wir müssen jetzt jedes dieser Blätter vor den Bildschirm halten, und je besser alles geordnet ist, desto schneller können meine Freunde die Daten analysieren.«

So begannen sie mit der Übermittlung. Kevin beteiligte sich ebenfalls. Jedes Blatt Papier wurde etwa eine Sekunde lang vor den Bildschirm gehalten, bis ein Piepton erklang. Doch auch so dauerte es bis zum späten Abend, ehe alles fotografiert war. »Und dabei scheint der größte Teil dieses Zeugs sowieso unwichtig zu sein«, meinte Doris einmal.

»Das ist für meine Freunde schlimmer als für uns«, entgegnete Tom.

»Müssen wir ihnen dafür eigentlich irgend etwas bezahlen?«

»Aber klar. Doch es ist im Grunde ein richtiges Netz von Freunden und Beziehungen, und einige sind mir noch etwas schuldig. Wir werden uns etwas einfallen lassen, nachdem sie sich damit befaßt haben.«

»Wonach suchen sie überhaupt?« wollte Kevin wissen.

»Nach Verstößen gegen das Gesetz, das die Größe von

Firmen regelt, nach Kapitalverschiebungen und solchen Dingen. Das Hauptanliegen der vierundzwanzig internationalen Abkommen bestand darin, die Größe von Konzernen so weit zu beschränken, daß nur noch Firmen und Gesellschaften übrigblieben. Damit beschäftigen wir uns schon seit fünfundzwanzig Jahren. Zurück blieb eine Menge kleiner Firmengebilde und eine ganze Menge Beziehungen und Informationsquellen. Alles ganz gut, aber es gibt nun mal Projekte, für die sehr viel Kapital nötig ist, und dafür waren wiederum spezielle Verfahren und Gesetze notwendig, und so entstand ein regelrechter Sumpf von Vorschriften und Bestimmungen. Alfredos Anwälte machen sich ganz gewiß die Lücken und Schlupflöcher zunutze, und es ist möglich, daß Avending einen total legalen Weg beschreitet, aber das Ganze könnte auch auf unklare Besitzverhältnisse hinauslaufen, auf eine Art versteckten Konzern. Bei einem Projekt dieser Größe ist es immer einfacher, den gesetzlichen Weg zu beschreiten. Doch sie können auch mit gewissen Tricks arbeiten. Wenn ich mir überlege, wie Alfredo den Antrag zur Neubewertung einbrachte und sofort seinen Vorschlag mit dem Wasser nachschob …«

»Gewiß ist, daß Alfredo und seine Partner bei Heartech verdammt schnell sein müssen«, sagte Doris.

»Damit sie am Ende absahnen können«, fügte Kevin hinzu.

»Können sie? Das wollen wir doch mal sehen.«

Ein paar Tage später wurde das Umweltgutachten von Higgins, Ramirez und Bretner eingereicht, und jedermann konnte es im Stadtcomputer abrufen und sich ansehen. Kevin informierte sich während des Mittagessens in Oscars Haus. Nach der Lektüre war ihm der Appetit vergangen. Mit einer theatralischen Geste legte er ein halbgegessenes Sandwich zurück auf den Teller. »Was meinen die mit Erosion auf der Westseite? Es gibt dort überhaupt keine Erosion.«

»Sie meinen wohl die alten Fluß- und Bachbetten«, sagte Hank. »Das könnte eine Folge der Erosion sein, meinst du nicht?«

»Ja, aber das ist doch eine total natürliche Sache. Es findet nicht beschleunigt statt. Ich kenne jeden Quadratzentimeter dieses Berges, und es gibt dort keine ungewöhnliche Erosion.«

Oscar kam in die Küche, um ebenfalls zu essen. »Aha, HRB haben wieder zugeschlagen. Der natürliche Zustand hat Erosion zur Folge, Abfall, keine Nutzung. Klar.« Er las den Text auf dem Bildschirm, während er sich ein Sandwich bereitete. »Seht mal, wie sie die vierte Alternative verbrämen. Bau eines kommerziellen Zentrums, Wegeausbau zum Gipfel – das ist wohl die bisher beste Beschreibung dessen, was Alfredo im Sinn hat. Ein Parkplatz am Ende des Crawford Canyon. Dadurch wird die Erosion am Westhang unterbunden, der auf dem Gipfel entstehende Müll kann besser abtransportiert werden, die Landschaft wird verbessert, die Stadt wird auf die Vorteile aufmerksam gemacht, und schon wird das Projekt allgemein unterstützt.«

»Mist«, sagte Kevin.

»Das ist echtes LA-Gutachten. Andere Alternativen werden nur am Rande erwähnt. Und wie steht es mit der Absicht, den Berg zu einem Naturpark zu erklären? Aha, nur ein geringer Zuwachs für den Santiago Park, der sowieso kaum genutzt wird, und es sind immerhin siebzehn Prozent vom Grundbesitz der Stadt. Tatsächlich.«

»Mist«, sagte Kevin erneut.

Oscar biß in sein Sandwich. Umweltgutachten hatten eine lange Geschichte, erzählte er Hank und Kevin. Das Department of Water and Power von LA hatte mal vier unannehmbare Gutachten bei dem Versuch vorgelegt, die Tatsache zu verschleiern, daß ein exzessiver Verbrauch des Grundwassers in Owens Valley zu einer totalen Vernichtung der Wüstenflora führen würde. Der offensichtliche Widerspruch in diesen Gutachten hatte dem Inyo County zu einem Sieg über LA vor dem Obersten Gericht von Sacramento verholfen; und jede Partei, die ein Umweltgutachten vorlegen mußte, hatte daraus gelernt. Alternative Verwendungsmöglichkeiten mußten detailliert beschrieben werden. Nachteilige Auswirkungen durften nicht mehr ignoriert oder übergangen werden. Die Untersuchung mußte zumindest einen ausgewogenen und vollständigen Eindruck hinterlassen. »Die Zeiten, in denen man feststellen konnte, daß es an der jeweiligen Stelle überhaupt keine beachtenswerte Umwelt gibt, sind endgültig vorbei. Und Beratungsfirmen wie HRB sind überaus raffiniert – sie haben sich ihren hervorragenden Ruf dadurch erworben, daß sie Untersuchungen vorlegen, die jeder Anfechtung standhalten. Sie sind erschöpfend, aber sie erfüllen für den Antragsteller ihren Nutzen.«

»Große Scheiße!« schimpfte Kevin.

Gabriela, die gerade durch die Küche ging, meinte: »Nun wird es wohl Zeit, ihm was vor den Latz zu knallen, was, Kev?«

An diesem Abend kochte Kevin für alle ein Huhn à la Stroganoff, während die anderen sich mit dem Gesetz zur Erhaltung der Umweltqualität von Kalifornien beschäftigten und nach Möglichkeiten suchten, das Umweltgutachten anzufechten.

»Zuerst einmal gehört uns das Land!« rief Kevin aus der Küche.

Tom grinste. »El Modena hat zehntausend Einwohner, demnach sind wir nur zu drei Zehntausendsteln Eigentümer.«

»Das reicht nicht«, sagte Doris.

»Nein. Aber es geht um nichts anderes als um die Meinung der anderen. Der Staat und die Nation und sogar die übrige Welt haben auch ein Wort mitzureden, und vielleicht können wir diese Macht für uns ausnutzen, doch erst einmal müssen wir die Leute in der Stadt auf unsere Seite ziehen. Die restliche Welt dürfte sich kaum für den Rattlesnake Hill interessieren.«

Oscar aß ziemlich oft bei ihnen zu Abend, da seine Küche sich noch im Umbau befand. Eines Abends erschien er mit dem Anflug eines Lächelns im Gesicht, und Kevin fragte gespannt: »Was ist los?«

Oscar hob eine Augenbraue. »Ich habe Erkundigungen bei der Staatlichen Kontrollstelle für Wasservorräte eingezogen.«

»Ja und?«

Oscar nahm dankbar von Doris ein Glas Wasser an und ließ sich am Rand des Schwimmbeckens nieder. In Sacramento herrsche wie üblich ein großes Durcheinander, erzählte er. Einerseits habe der Sieg von Inyo County über Los Angeles den landesweiten Effekt gehabt, daß jedes County nun frei über sein Grundwasser verfügen könne. Jedoch hielten Grundwasservorkommen sich nicht an Countygrenzen, daher müsse die Benutzung des Grundwassers vielerorts gerichtlich geklärt werden. In vielen Fällen habe die staatliche Kontrolle ein Vorrecht. Wasserangelegenheiten überstiegen häufig die Verfügungsmöglichkeiten regionaler Verwaltungen. Und so ergebe sich ein seltsames Durcheinander; einige Counties hätten nun die Kontrolle über Wasservorräte, die ihnen früher sozusagen unter den Füßen weggezapft wurden, während andere Counties plötzlich völlig abgeschnitten waren von Grundwasserbecken. Hinzu käme Wasser aus dem Norden, das vom Staat kontrolliert und in die Kanäle des alten Central Water Project eingespeist würde. Ein schlimmes Durcheinander – typisch für

Kalifornien und so, wie man es bereits sattsam kannte. Aber einiges war doch neu.

»Daher«, fuhr Oscar fort, »brauchte ich eine Weile, um herauszubekommen, wie die Behörde auf Alfredos Antrag reagieren würde, Wasser vom MWD zu kaufen und den Überschuß dann an den OCWD weiterzuverkaufen. In der Behörde redet nämlich niemand über hypothetische Fälle. Sie haben auch so schon mit den anfallenden Problemen genug zu tun. Doch eine der Angehörigen der Behörde ist eine gute Freundin von Sally. Mit ihr konnte ich einige Zeit reden und meine Fragen loswerden. Unterm Strich läuft es darauf hinaus, daß die Behörde eine solche Transaktion nicht zulassen würde.«

»Prima!«

»Und wie kommt sie darauf?« fragte Tom.

»Wasser zu kaufen und zu verkaufen oder es anderweitig kommerziell zu nutzen erlaubt die Behörde nicht mehr auf Gemeindeebene – das ist ein Vorrecht des Staates.«

»Und was ist mit dem MWD?«

»Er wurde in eine Non-Profit-Institution umgewandelt.«

»Das heißt, daß LA nun nach all den Jahren der Kontrolle und der Ausbeutung auf Kosten von Owens Valley und des übrigen Südens sein ganzes Wasser auf Non-Profit-Basis bezieht und weiterverteilt?«

»Genau.«

Tom brach in schallendes Gelächter aus.

Oscar wuchtete sich aus seinem Sessel hoch und ging in die Küche, um sein Glas neu zu füllen. »Es gibt nichts Komplizierteres als die Wassergesetze«, murmelte er halblaut vor sich hin.

So kam es, daß Kevin sich blendend fühlte, und eines Tages, nach einem harten Arbeitstag in Oscars Haus, genehmigte er sich ein Bier und rief Ramona an. »Hast du Lust, heute abend zum Strand zu fahren?«

»Klar.«

So einfach war das. »Hey, hast du nicht bald Geburtstag?«

Sie lachte. »Tatsächlich. Und zwar morgen.«

»Das hatte ich vermutet. Wir können feiern, ich lade dich zum Abendessen im Crab Cooker ein.«

»Einverstanden.«

An diesem Abend schien es, als verfügte sein Fahrrad plötzlich über einen kleinen Hilfsmotor.

Es war ein wunderschöner Abend in Newport Beach. Sie wanderten zum langen Strand westlich des Piers an der 15. Straße. Der Seewind war nur schwach, und ein gelblicher Dunst lag in der Luft. Die Sonne ging mit einem orangefarbenen Leuchten über Palos Verdes unter. Die Felswände hinter der Küstenschnellstraße waren dunkel, und es schien, als wäre dieser Strand von der übrigen Welt völlig abgetrennt. Sterne funkelten in der salzigen Luft. Sie wateten barfuß und Arm in Arm durch den Sand. Unten am Strand brannte in einer Feuerstelle aus Zement ein Grillfeuer, und sie konnten Kinder erkennen, die auf gebogenen Kleiderbügeln aufgespießte Würstchen über die Glut hielten. Der Geruch von gebratenem Fleisch wehte zu ihnen herüber.

An der Mündung des Santa Ana River machten sie Halt. Ein Wachtturm blickte starr hinaus auf die Wellen, die in der Dunkelheit funkelten. Sie kletterten die sieben Holzstufen hinauf, die die Rettungsschwimmer mit einem einzigen Satz überwanden. Sie ließen sich auf der Holzbank nieder, blickten aufs Meer und küßten einander, bis ihnen die Luft ausging. Der Bratenduft stieg ihnen wieder in die Nasen. »Hungrig?« »Ja.«

Sie fuhren gemütlich zum Crab Cooker. Kevin fühlte sich besser als je zuvor in seinem Leben. Er bestellte sich Salat, Brot und eine Riesenportion Krabbenbeine. Der Weißwein hatte auf ihn fast die gleiche Wirkung wie Hanks Tequila.

Anschließend tranken sie Kaffee und unterhielten sich über alles mögliche.

Die Nacht draußen war kühl. Sie fuhren über die Kriechspur des Newport Freeway und brauchten für den Heimweg fast eine ganze Stunde. Ohne ein Wort fuhr Ramona die Fairhaven hinunter und zu ihrem Wohnhaus, einem würfelförmigen alten, umgebauten Apartmentbau. Sie schoben die Fahrräder in den Ständer, und sie ergriff seine Hand und ging voraus ins Gebäude. Durch das Atrium und am Pool vorbei, die Treppe zur inneren Galerie hinauf und zu ihrem Zimmer. Er hatte es noch nie betreten. Es war ein großer quadratischer Raum – groß genug für zwei, natürlich –, und er befand sich in diesem Gebäudeflügel über allen anderen Zimmern, so daß alle vier Wände über Fenster verfügten. »Schön«, sagte er und schaute sich um. »Eine gute Idee.« Ein großes Bett in einer Ecke, Regale an den Wänden, auch unter den Fenstern. Die offensichtlichen Lücken auf den Regalbrettern waren die einzigen Hinweise auf den kürzlich ausgezogenen Mitbewohner. Kevin ignorierte sie bewußt. Eine Ecke des Zimmers wurde vom Bad und einem Wandschrank eingenommen. Kleidungsstücke lagen auf dem Fußboden, andere Gegenstände, es herrschte eine allgemeine Unordnung. Eine Musikanlage auf einem der unteren Regalbretter, aber sie schaltete sie nicht ein.

Sie ließen sich auf dem Fußboden nieder, küßten sich. bald streckten sie sich auf dem Boden aus, entkleideten sich, liebten sich.

Kevin ließ sich treiben. Der Teppich unter seinem Kopf war zerschlissen. Sie flüsterte irgend etwas, bewegte sich unter ihm. Ramona, dachte er, Ramona Sanchez. Das Gefühl für sie war stärker als die physische Lust, die seine Nerven vibrieren ließ, und die Kombination von beidem ... so etwas hatte er noch nie verspürt. Bei ihrem Liebesspiel wanderten sie über den Teppich. Ramona gab leise keuchende Laute von sich, sobald er sich heftiger bewegte. Er wurde davon regelrecht angefeuert. Schneller, schneller ... Er hielt sie in den Armen, schlug schließlich mit dem Schädel gegen die Wand, und dann schrie sein Geist nur noch Ramona, Ramona, Ramona.

Nachher lag er in ihren Armen. Der Schweiß kühlte seine Haut auf dem Rücken und den Beinen. Sein Gesicht hatte er in dem duftenden Haar hinter ihrem Ohr vergraben. Ich liebe dich, ich liebe dich. In seinem ganzen bisherigen Leben, dachte er, war die Glückseligkeit nicht mehr gewesen als die satte Zufriedenheit einer Kuh in der Sonne. Doch nun hatte sich etwas in ihm verändert, und ohne es genau benennen zu können, wußte er, daß er nie mehr so sein würde wie früher. Und er wollte es auch gar nicht. Denn er lag auf einem alten zerschlissenen braunen Teppich neben seiner Geliebten, den Kopf an die Wand gelehnt und in einer völlig neuen Welt.

»Komm mit ins Bett«, sagte Ramona. Er richtete sich auf, sah ihr zu, wie sie aufstand und ins Bad ging.

Sie kam zurück, zog ihn hoch auf die Füße. Sie legten sich auf die Matratze, und er zog das Laken hoch und deckte sie zu. Die Welt versank erneut, und bald liebten sie sich wieder und gaben sich dem Rhythmus der Sprungfedern hin und ließen sich davon zum Höhepunkt wiegen. Dieses Mal war es am besten. Die Nacht in den Bergen war seltsam gewesen, und Kevin hatte nicht gewußt, was er davon halten sollte. Es war vielleicht nur ein Zufall gewesen, beflügelt durch Hanks Tequila. Doch nun war es eine ganz normale Nacht in Ramonas Bett, und alles erschien ihm nun viel realer. Er war da, und sie auch, und sie lag neben ihm, als hätte sie nie etwas anderes getan.

Ihr Atem verlangsamte sich. Sie wurde schläfrig. »Erinnerst du dich noch an den Swing Tree?« fragte sie mit träger Stimme.

»Ja?«

»An diesen einen Schwung – den langen.«

»Ich glaube, wir waren eine ganze Stunde draußen.«

Sie lachte leise. »Die ganze Nacht. Mir kam es so vor, als hätten wir während dieses einen Schwungs alles gemacht, was man machen kann. Ich glaubte glatt, wir hätten keine Kleider mehr am Leib gehabt.«

»Ich auch!«

»Es war wunderbar. Ein einziger langer Schwung.«

»Herzlichen Glückwunsch zum Geburtstag«, flüsterte Kevin nach einer Weile.

»Danke für das wunderbare Geschenk.«

Sie schlief ein.

Kevin betrachtete sie. Seine Augen gewöhnten sich an die Dunkelheit. Irgendwo im Haus wurde eine Tür geschlossen, Stimmen erklangen. Ein später Heimkehrer.

Dann war es wieder still. Die Zeit verging. Kevin trank ihren Anblick in sich hinein. Er lag auf der linken Seite, stützte sich auf den Ellbogen. Ramona lag auf dem Rücken, hatte den Kopf zur Seite gedreht und den Mund halb geöffnet.

Sie hatte kräftige Schultern. Seltsam, wie flachbrüstig sie war. Die dunklen Brustwarzen sahen selbst schon aus wie kleine Brüste. Er erinnerte sich, wie sie einmal zornig gelacht und gemeint hatte, Alfredo drehe sich immer nur nach Frauen mit dicken Titten um. Trotzdem sah sie unendlich fraulich aus.

Die Zeit flog dahin, aber Kevin wurde nicht müde. Irgendwie wollte er sie wecken und sie wieder lieben. Dann wieder wollte er nur neben ihr liegen, während sie schlief ... ein langer Schauer durchfuhr ihn.

Seine Hand schlief ein, und er ließ den Kopf sinken. Vielleicht döste er sogar für eine Weile ein.

Im Zimmer wurde es hell. Das Morgengrauen meldete sich. Nein! dachte er: Viel zu schnell! In diesem Licht schien Ramona zu leuchten. Sie regte sich, bewegte die Lippen, murmelte etwas im Schlaf. Kevin beobachtete sie, bewunderte ihre Haut, die Rundung ihrer Hüfte. Draußen zwitscherten Vögel.

Und der Tag brach an, viel zu schnell. Denn als die Sonne über den Bergen hochstieg und das Zimmer hell erleuchtet war, drehte Ramona sich auf die Seite, seufzte und wachte auf. Die Nacht war vorüber.

Sie benutzten nacheinander das Bad, und als Ramona herauskam, trug sie eine Turnhose und ein T-Shirt. »Hast du geduscht?« fragte er.

Sie schüttelte den Kopf. »Noch nicht. Geh ruhig rein.Ich bereite Kaffee.«

Also duschte er und wünschte sich, sie wäre bei ihm unter dem herabprasselnden Wasser. Warum auch nicht?

Dann, später, als er auf dem Fußboden neben der Kaffeemaschine saß, duschte sie selbst. So ein Mist, dachte er, hatte er es ihr nicht deutlich genug zu verstehen gegeben? Vielleicht duschte sie aber auch lieber allein.

Dann kam sie heraus, die Haare glatt zurückgekämmt, das Handtuch um den Hals und wieder angezogen. Sie saßen auf dem Fußboden in der Sonne und tranken Kaffee aus ihrer kleinen Maschine. Sie erkundigte sich nach seinen Plänen für den Tag. Er erzählte ihr ein wenig über Oscars Haus, über den Stand der Arbeiten.

Es klopfte an der Tür. Sie blickte überrascht hoch. Es war erst kurz vor acht. Mit der Tasse in der Hand ging sie zur Tür. Sie öffnete.

»Herzlichen Glückwunsch zum Geburtstag!« sagte eine Stimme auf dem Treppenabsatz vor dem Zimmer.

Alfredo.

»Vielen Dank«, sagte Ramona und ging hinaus. Sie schloß die Tür hinter sich.

Kevins Zwerchfell war wie ein hartes Brett in seinem Bauch. Er entspannte sich, nahm einen Schluck Kaffee. Er starrte die Tür an. Nun, irgendwann würde Alfredo es sowieso erfahren. Er konnte draußen ihre Stimmen hören. Plötzlich ging die Tür wieder auf, und er zuckte zusammen. Ramona schob den Kopf durch den Spalt. »Nur eine Minute, Kev. Es ist Alfredo.«

»Ich weiß«, erwiderte Kevin, doch die Tür war schon wieder geschlossen. Er konnte Alfredos Stimme hören, angespannt, gepreßt. Er redete leise, sie auch.

Worüber sprechen sie? Neugierig erhob Kevin sich und näherte sich der Tür. Er konnte ihre Worte nicht verstehen. Nur den Tonfall: Alfredo erregt, vielleicht sogar flehend. Ganz gewiß stellte er eine Menge Fragen. Ramona betont gleichgültig und ausweichend.

Er entfernte sich wieder von der Tür und fühlte sich zunehmend unbehaglich. Angst und Zuversicht kämpften in ihm, versuchten sich gegenseitig zu verdrängen, und zurück blieb ein Gefühl der Verwirrtheit. Ein Unwohlsein. Das war seltsam, dachte Kevin. Sehr seltsam.

Er betrachtete die Gegenstände im Raum. Auf ihrem Schreibtisch lagen einige Bücher: vorwiegend Wörterbücher. Dazu mehrere Bücher in Spanisch. Ein Band mit Sonetten von Petrarca. Er griff danach, schlug ihn auf, konnte sich aber nicht auf die Zeilen konzentrieren. Ein Buch von Ambrose Bierce. Nähzeug. Sechs oder sieben kleine Seemuscheln und ein paar Körnchen Sand darunter. Eine Schreibtischlampe mit einem langen Schwenkarm. Durch das Fenster sah man auf die Fichte im Atrium des Hauses. Worüber unterhielten sie sich?

Nach etwa einer Viertelstunde öffnete Ramona wieder die Tür und kam allein herein. Sie kam sofort zu ihm, ergriff seine Hand. Ihr Gesichtsausdruck war bedrückt, nachdenklich. »Hör mal, Kevin. Alfredo und ich, wir haben eine Menge zu bereden – Dinge, die nie ausgesprochen wurden und die jetzt geregelt werden müssen. Er regt sich schrecklich auf, und ich muß ihm das mit uns erklären.« Sie drückte seine Hand. »Ich fände es nicht gut, wenn du hier sitzt und wartest, während wir uns über alte Zeiten unterhalten.«

Kevin nickte. »Ich verstehe.« Er konnte kaum einen klaren Gedanken fassen.

»Fahr doch schon zur Arbeit, ich komme dann später rüber.«

»In Ordnung«, sagte er tonlos.

Sie brachte ihn zur Tür. Alfredo würde seine feuchten Haare sehen und annehmen, daß sie gemeinsam geduscht hatten. Auf jeden Fall würde er wissen, daß Kevin die Nacht dort verbracht hatte. Gut. Kevin blieb vor der Tür stehen und gab Ramona einen Kuß. Sie war etwas geistesabwesend, aber sie lächelte ihn an, und die vergangene Nacht wurde wieder lebendig. Dann öffnete sie die Tür, und Kevin trat hinaus.

Alfredo stand am Rand des Treppenabsatzes, an das Geländer gelehnt, und schaute hinunter. Kevin verharrte auf der obersten Stufe und sah ihn an. Alfredo hob den Kopf, und Kevin nickte. Alfredo erwiderte das Kopfnicken mit verkniffener Miene. Sein Blick wanderte weiter zur offenen Tür und zu Ramona. Kevin ging die Treppe hinunter. Als er sich noch einmal umdrehte, war Alfredo verschwunden, und die Tür war geschlossen.

Kevin fuhr zu Oscars Haus. Er, Hank und Gabriela arbeiteten auf dem Dach, rissen die alten, brüchigen Zementpfannen heraus, um Platz zu schaffen für die Deckenfenster, die zu den südlichen Zimmern gehörten. Den ganzen Tag wartete er darauf, daß Ramona auf dem Fahrrad die Straße von der Prospect herunterkam. Erinnerungen an die vergangene Nacht suchten ihn derart heftig heim, daß er manchmal vergaß, was er gerade tat, und aufhören mußte. Gelegentlich passierte dies, wenn er mit Hank gemeinsam irgendeine Arbeit erledigte. »Hey, Kev, du benimmst dich heute ja fast so wie ich manchmal, was ist los?«

»Nichts.«

»Bist du okay?«

»Ja.«

»Du träumst wohl ein bißchen.«

»Kann schon sein.«

Die einzige Person, die auf dem Rad zum Haus kam, war Oscar, der sich zum Mittagessen einfand. Er sah ihnen eine Weile zu, dann ging er hinein, um für alle das Essen zu bereiten. Nach der Mahlzeit erkundigte er sich nach dem Stand der Arbeiten, stieg ächzend eine wackelige Leiter hinauf, um sich alles anzusehen. Dann fuhr er wieder in die Stadt, und sie nahmen ihre Arbeit wieder auf.

Und immer noch keine Ramona. Nun, vielleicht wußte sie nicht, daß er gerade bei Oscar war. Nein, sie wußte es. Das war seltsam. Aber mußte sie heute nicht unterrichten?. Natürlich. Demnach käme sie sicher erst um drei oder um vier. Und wie spät war es jetzt?

Und so schlich der Nachmittag dahin. Was hatten Alfredo und Ramona sich denn noch zu erzählen? Es mußte für Alfredo ein Schock gewesen sein, Kevin dort anzutreffen. Er konnte nichts davon erfahren haben, es sei denn, jemand, der ebenfalls bei den heißen Quellen gewesen war, hatte etwas erwähnt, und das Gerücht hatte sich verbreitet, wie es in El Modena stets sehr schnell geschah. Aber von der vergangenen Nacht und dem Morgen konnte niemand etwas gewußt haben. Warum war er dann so verdammt früh vorbeigekommen, um ihr zum Geburtstag zu gratulieren?

»Bist du ganz sicher, daß du okay bist?« erkundigte Hank sich, als sie ihr Werkzeug in Oscars Gartenhaus brachten.

»Ja.«

Er radelte nach Hause, aß, ohne zu schmecken, was er auf dem Teller hatte. Nachher drückte er sich zehn Minuten lang im Atrium herum und dachte nach, dann ging er rüber zu Ramonas Haus. Er konnte nicht anders.

Zögernd klopfte er an die Küchentür und sah hinein. Pedro, Ramonas Vater, war da und spülte Geschirr. »Kommen Sie rein«, sagte Pedro.

»Danke. Ist Ramona da?«

»Ich glaube nicht. Sie hat nicht hier gegessen.«

»Wissen Sie denn, wo sie ist?«

»Nee. Ich hatte eigentlich angenommen, sie sei bei Ihnen. Ich habe sie heute noch nicht gesehen.«

»Oh.« Kevin trat von einem Fuß auf den anderen. Wie gut Pedro Bescheid wußte, aber viel wichtiger war, *wo ist sie*? Er stellte fest, daß er nicht gut reden konnte. Pedro war etwas kleiner als Ramona, aber er hatte die gleiche braune Haut und die gleichen schwarzen Haare wie Ramona, nur waren seine mit weißen Strähnen durchsetzt. Ein gutaussehender Mann. Seine Art zu reden erinnerte Kevin an Ramona.

»Ich glaube, ich versuche es morgen noch einmal«, sagte Kevin. »Würden Sie ihr bestellen, daß ich hier war?«

»Gern. Soll ich sie bitten, Sie anzurufen, wenn sie kommt?«

»Ja«, erwiderte er dankbar. »Tun Sie das.«

Aber das war ein Fehler, denn nun verbrachte er den Abend damit, auf das Klingeln des Telefons zu warten. Bis in die Nacht. Und es klingelte nicht.

Am nächsten Tag arbeitete er vormittags und reparierte am Nachmittag Toms Pumpe, die defekt war. In der Zeit erhielt Tom einen Anruf und unterhielt sich eine halbe Stunde lang.

Als Tom wieder aus dem Haus kam, erzählte er: »Meine Freunde meinen, daß es bei dem Heartech-Avending-Geschäft noch irgendeine dritte Partei gibt.«

»Und was heißt das?«

»Das heißt, daß Avending oder Heartech über irgendeine illegale Kapitalquelle verfügen. Sie könnte hier bei uns sitzen oder in Hongkong, sie haben Anzeichen für beides gefunden.«

»Hongkong?«

»Die Chinesen halten eine schützende Hand über Hongkong und die schwarzen Konzerne und Unternehmensgruppen dort, obgleich sie ebenfalls das internationale Abkommen unterzeichnet haben, das solche Firmenkonstruktionen verbietet. Die Chinesen verlangen von diesen Firmen ganz ordentliche Prozente von deren Gewinn. Sozusagen als Schweigegeld.«

»Damit hätten wir ja etwas in der Hand. Das wäre doch nett.«

»Nett? Wenn meine Freunde etwas finden, dann wären alle unsere Probleme gelöst! Was ist los mit dir, Junge?«

»Nichts. Ich bin nur gespannt, wie sich alles entwickelt. Sag mal, wo ist Nadeshda?«

»Unten auf ihrem Schiff. Es wird bald in See stechen – ich glaube, es gab irgendeine Verzögerung. Sie warten auf Ware aus Minnesota.«

Kevin hörte Tom nur mit halbem Ohr zu, und er verlor völlig den Faden. Bis Tom schließlich meinte: »Geh nach Hause, Junge, du bist sicher müde. Ruh dich aus.«

Als er sein Haus betrat, saß Ramona in der Küche und half Denise und Jay bei ihren Hausaufgaben. Sie sah ihn lächelnd an, und er wurde von einer Woge der Erleichterung ergriffen, so daß er sich hinsetzen mußte. Erst in diesem Moment wurde ihm klar, wie sehr ihn die Ungewissheit mitgenommen hatte.

Ramona überließ die Kinder sich selbst und ging mit Kevin hinaus ins Atrium. Er umarmte sie in der Dunkelheit und drückte sie an sich. Sie erwiderte seine Umarmung, aber dabei wirkte sie seltsam starr, und sie wich seinem Kuß aus. Er sah sie prüfend an.

Sie lachte über seinen Gesichtsausdruck. »Ärgere dich nicht!« sagte sie, beugte sich vor und gab ihm einen Kuß.

»Was ist passiert? Wo warst du? Was wollte er von dir? Warum hast du nicht angerufen?«

Ramona lachte wieder und ging mit ihm zum Beckenrand. Sie ließen sich in den Liegestühlen nieder.

»Nun, ich habe mit Alfredo gesprochen«, sagte sie. »Ich glaube, das beantwortet all deine Fragen gleichzeitig. Er kam gestern früh herüber, um sich mit mir zu unterhalten. Und als er feststellte, daß du da warst und wir gemeinsam die Nacht verbracht hatten, brach er regelrecht zusammen. Er wollte sowieso mit mir reden, und nun hatte er erst recht das Bedürfnis.«

»Worüber?«

»Über ihn und mich. Darüber, was passiert ist, was schiefgelaufen ist.«

»Will er, daß ihr beide wieder zusammenkommt?« fragte Kevin mit gepreßter Stimme.

»Na ja.« Sie wich seinem Blick aus. »Irgendwie schon. Ich glaube es zumindest.«

»Und du?« stellte Kevin die Frage, die ihm am meisten auf der Zunge brannte.

Ramona ergriff seine Hand. »Ich ... ich weiß nicht, was ich will, Kev.«

Er spürte, wie seine Eingeweide sich mehr und mehr verkrampften. O mein Gott, dachte er, o mein Gott.

»Weißt du«, fuhr sie fort, »Alfredo und ich waren lange zusammen. Wir haben sehr viele Gemeinsamkeiten. Und einiges war schlimm, sehr schlimm sogar. Doch du weißt ja auch, was ich für dich empfinde, Kevin. Ich liebe dich. Und mir gefällt, wie wir miteinander umgehen. So wie in der vergangenen Woche habe ich mich schon lange nicht mehr gefühlt.«

Ich habe mich noch nie so gefühlt wie vergangene Woche! wollte Kevin sagen, aber er verschluckte die Worte.

»Wie dem auch sei«, sagte Ramona und hielt immer noch seine Hand, »ich weiß nicht, was ich denken soll. Ich weiß nicht, wie ich zu Alfredo stehe. Er will wieder zurückkommen, aber ich bin mir nicht sicher ...«

»Ob wir zusammenbleiben sollen«, meinte Kevin tonlos.

Und plötzlich blinzelte sie heftig, als wollte sie gleich weinen. Was hatte das zu bedeuten? Kevins Angst wuchs. »Ich weiß nicht, was ich tun soll!« rief sie gequält. »Ich bin mir mit Alfredo nicht sicher, und ich möchte nicht, daß das, was zwischen uns angefangen hat, zerstört wird.«

Genau, dachte Kevin und drückte ihre Hand. Er schob seinen Sessel näher an ihren heran und versuchte, einen Arm um sie zu legen.

»Aber«, sagte sie, sammelte sich und legte eine Hand auf seinen Arm. »Tatsache ist, daß es geschehen ist. Ich kann es nicht ignorieren. Ich meine, es waren schließlich fünfzehn Jahre meines Lebens. Ich kann ihm einfach nicht sagen, er soll mich in Ruhe lassen – wenn ich nicht weiß, was ich fühle!« Sie drehte den Kopf und sah ihn flehend an. »Begreifst du das denn nicht?«

»Doch.« Er konnte kaum schlucken. Solch einen Kloß hatte er im Hals. »Aber Ramona«, sagte er, und es brach gegen seinen Willen aus ihm heraus, »ich liebe dich!«

»Ah!« schrie sie auf, als hätte er ihr sehr weh getan; und plötzlich hatte er schreckliche Angst.

Sie sprang aus dem Sessel auf, als wollte sie wegrennen, stieß gegen ihn, da er ebenfalls aufgestanden war, umarmte ihn und wurde von einem heftigen Schluchzen geschüttelt. Kevin drückte sie an sich, spürte ihre Wärme. Und er kam sich plötzlich so hilflos vor. Diese Liebe zu Ramona, dieses völlig neue Gefühl ... es machte ihn so verletzbar ... Wenn sie jetzt von ihm wegging ... Er wagte kaum daran zu denken. Gehörte auch diese furchtbare Angst dazu, wenn man liebte?

»Komm, wir gehen nach oben«, raunte er in ihr Haar.

»Nein«, antwortete sie erstickt in sein Hemd. »Nein.« Sie sammelte sich, löste sich von ihm und richtete sich auf. Sie sah ihn an, und ihr Blick war fest und entschlossen. »Ich werde für eine ganze Weile mit niemandem schlafen. Es geht nicht ... Ich muß wissen, was ich denke, was ich will. Ich brauche Zeit. Verstehst du das?«

»Ich verstehe«, sagte er und war kaum fähig, die Worte hervorzubringen.

»Ich liebe dich«, sagte sie, als müßte sie ihn davon überzeugen, als zweifelte er daran. Furchtbar!

»Ich weiß«, sagte er schwach. Er wußte nicht, was er sonst noch sagen sollte.

Sie betrachtete sein Gesicht, nickte. »Das sollst du wissen«, sagte sie fest. »Ich gehe jetzt nach Hause. Ich sehe dich beim Spiel und bei der Straßenarbeit. Bitte, mach dir keine Sorgen.«

Er lachte freudlos. »Keine Sorgen.«

»Versprichst du es mir?«

Er atmete tief durch. »O Ramona ...« Seine Stimme bebte, seine Kehle war wie zugeschnürt. »Ich werde wohl nichts daran ändern können«, meinte er dann.

Sie seufzte. »Es tut mir leid. Aber wir müssen uns Zeit lassen.« Sie schluchzte leise, dann machte sie einen Schritt auf ihn zu und gab ihm einen flüchtigen Kuß und eilte davon durch das Atrium und nach draußen.

Die folgenden Tage waren endlos. Kevin hatte diese Art innerer Anspannung noch nie kennengelernt, und dieser Zustand gefiel ihm nicht. Manchmal wünschte er sich, Alfredo und Ramona hätten sich nie getrennt. Er hätte sein bisheriges Leben weiterführen können, zufrieden, glücklich, ruhig. Er wäre nicht von irgend jemandem abhängig ...

Zwei oder drei Tage später erfuhr er, daß Ramona nach San Diego gefahren war und dort Freunde besuchte. Sie hatte auf seinem Hausschirm eine kurze Nachricht hinterlassen. Jody vertrete sie in der Schule, und sie wolle in einer Woche wieder zurückkommen. Verdammt, dachte er, als er die Notiz las. Warum hast du es mir nicht persönlich gesagt? Warum tust du das? Entscheide dich endlich! Laß mich nicht in der Luft hängen!

Trotzdem war es für ihn etwas leichter, als er wußte, daß sie nicht in der Stadt war. Er konnte sie nicht sehen, brauchte nicht auf sie zu warten. Und Alfredo konnte sie auch nicht sehen. Er versuchte so zu tun, als sei alles völlig normal, und führe sein Leben wie immer.

Da war zum Beispiel an diesem Donnerstag die turnusmäßige Stadtratssitzung. Es war eine ganz gewöhnliche Tagesordnung. Es ging um neue Geräte für die Feuerwehr, dann um das Schicksal der alten Eiche an der Ecke Prospect und Fairhaven, um die Waschbär-Frage am Santiago Creek, um die Genehmigung für die Eröffnung eines neuen Gemischtwarenladens und so weiter. Alfredo leitete die Diskussion geschickt wie immer, aber ohne Glanz. Kevin kam er irgendwie bedrückt und unkonzentriert vor. Er sah Kevin nicht in die Augen, sprach ihn aber direkt an, wobei er angestrengt auf seine Notizen blickte. Kevin seinerseits gab sich so lokker wie möglich und machte zu Antragstellern und anderen Mitgliedern des Stadtrates scherzhafte Bemerkungen. Dabei war er mindestens genauso nervös wie Alfredo.

Er fragte sich, wie viele Leute bei der Versammlung wußten, was im Gange war. Sicherlich hatten viele in der Stadt längst bemerkt, daß er und Ramona sich gefunden hatten. Oscar, drüben an seinem Tisch, würde niemandem etwas erzählen. Hank, Tom, Nadeshda? Auch nicht. Jody? Gabriela oder Mike? Warteten sie vielleicht darauf, daß er und Alfredo aneinandergerieten? Nicht bei einer solchen Tagesordnung.

Er erinnerte sich an etwas, das Tom gesagt hatte. »Jedes Thema steht ab jetzt mit der Geländebewertung in Zusammenhang, denn ihr seid im Rat sieben Leute, und deine Möglichkeiten, etwas zu unternehmen, werden dadurch beeinflußt, wie du mit den anderen sechs Mitgliedern zusammenarbeitest. Einige sind deine Gegner, aber andere stehen in der Mitte, sind unentschieden. Und die mußt du pflegen. Unterstütze sie in Angelegenheiten, die ihnen am Herzen liegen. Das hilft. Schmiere ihnen Honig ums Maul, stelle ihnen Fragen, so daß sie ihre Sachkenntnis demonstrieren können. Du mußt sehr behutsam und sehr raffiniert vorgehen. Und laß nicht nach. Sei wachsam, Kev. Diplomatie ist harte Arbeit.«

So trank Kevin seinen Kaffee und arbeitete. Hiroko Washington ärgerte sich über die Partei, die die Waschbären am Santiago Creek völlig in Ruhe lassen wollten. »Wo wohnen Sie eigentlich? Haben Sie Kinder?« wollte sie von ihnen wissen. Jerry Geiger schien ebenfalls gegen die Waschbärfreunde zu sein. Es war zweifelhaft, ob Jerry überhaupt durch irgend etwas beeinflußt werden konnte, seine Erinnerung reichte sowieso nur für einen Tagesordnungspunkt, aber dennoch, er und Hiroko …

»Haben wir irgendwelche Zahlen über den Umfang der Population da unten?« wollte Kevin vom Vertreter des Amtes für Fisch- und Wildwirtschaft wissen.

»Nein, keine aktuellen.«

»Können Sie eine halbwegs zuverlässige Schätzung nennen?«

»Na ja …«

»Gibt es denn keine Angaben über den Umfang von Populationen, über die hinaus sich die Lebensbedingungen für die Tiere verschlechtern?«

»Sicher.«

»Demnach könnten wir uns bereits in dieser Größenordnung befinden, so daß die Tötung einiger Tiere für die überlebenden Waschbären von Vorteil sein könnte?«

»Klar.«

»Wie lange würde es dauern, eine solche Zählung durchzuführen?«

Und so weiter. Ein- oder zweimal sah er Hiroko heftig nicken, und sie war es dann, die den Antrag für eine neue Wildzählung stellte. Und Jerry unterstützte sie.

Gut. Das war angewandte Diplomatie. Eine Hand wäscht die andere. Kevin schürzte die Lippen und kam sich irgendwie hinterhältig vor. Aber Diplomatie war nun mal ein hinterhältiges Geschäft. Er fing an, das zu begreifen.

Und dann kamen sie zu dem Gemischtwarenladen, und er verlor sein Interesse. Alles erschien ihm so nebensächlich. Sollte er in Zukunft mit so etwas die Abende seines einzigen Lebens verbringen? Seine gesamte Existenz war bis in die Grundfesten erschüttert, und er diskutierte darüber, ob man erlauben sollte, einen weiteren Kramladen zu eröffnen oder nicht.

Er wußte sich keinen Rat.

Die Zeit schien stillzustehen. Er konnte kaum einschlafen, und die Nächte erschienen ihm endlos.

Auf der Baustelle hatte er Schwierigkeiten, sich auf die anfallenden Arbeiten zu konzentrieren. Der Juni ging in den Juli über, und jeden Tag trieben neue Wolken vom Meer landeinwärts. Und häufig stand er fröstelnd auf Oscars Dach und blickte wie gebannt zu ihnen empor.

Hank und Gabby, die wußten, was mit ihm los war, ließen ihn in Ruhe. Meistens brachte Hank ein paar Flaschen Bier mit, und am Ende des Arbeitstages hockten sie auf den Bretterstapeln und leerten sie gemeinsam und redeten kaum. Dann fuhr er nach Hause für eine weitere lange Nacht.

Kevin verbrachte viel Zeit vor dem Telefonschirm und unterhielt sich mit den Schwesterfamilien des Hauses überall auf der Welt und erkundigte sich nach ihrem Wohlergehen. Schlimm, wie wenig die Leute das Schicksal dieser

Menschen interessierte, die einmal im Monat auf dem Bildschirm auftauchten. Häufig versuchten sie sogar, sich den Verpflichtungen zu entziehen, die diese Telefonschirm-Kontakte mit sich brachten. Dabei brauchte man eigentlich nur aufmerksam zuzuhören. Die Übersetzungsautomaten begannen ihre Arbeit, und schon befand man sich an einem anderen Ort, nahm an einem anderen Leben teil. Das brauchte er jetzt. Daher setzte er sich vor den Bildschirm, sagte Hallo und fragte, wie es seinen Gesprächspartnern ging. Die indonesische Familie hatte gerade ihr drittes Kind bekommen und stöhnte unter mörderischen Steuern. Die südafrikanische Familie beklagte sich über die Handelspolitik ihrer Regierung. Der russische Haushalt in der Nähe von Moskau plante einen Anbau an das Haus, und sie unterhielten sich fast zwei Stunden lang mit Kevin darüber. Er versprach, sich im nächsten Monat noch einmal zu melden und sich zu erkundigen, wie sie zurechtkämen.

Und dann erlosch jeden Abend der Schirm, und er war allein in seinem eigenen Haushalt, zusammen mit den Leuten, die gerade anwesend waren. Sie lenkten ihn ab, aber viel lieber hätte er sich mit Tom unterhalten. Doch Tom war gewöhnlich mit Nadeshda unterwegs. Daher wünschte er sich, seine Schwester würde anrufen. Er versuchte selbst sein Glück bei ihr, aber sie war nicht Dakka. Er konnte ihr nur Nachrichten hinterlassen.

Seine Trefferquote beim Softball blieb weiterhin hoch und kam ihm vor wie ein schlechter Witz. Er haßte es. Und doch erschien es ihm geradezu lebenswichtig, daß er weitermachte, als stiege und falle seine Existenz mit seinem Erfolg beim Spiel.

Die folgende Woche kam ihm fast wie ein ganzer Monat oder auch nur wie ein einziger Tag vor. Kevin konnte sich nicht entscheiden, doch er saß wieder in einer Ratssitzung, daher war es wohl eine Woche gewesen. Gegen Ende der Sitzung sagte Matt Chung: »Wir haben die nötigen Informationen bekommen, um über den Vorschlag des Metropolitan Water District beraten zu können, sollen wir schon jetzt damit anfangen? In der nächsten Woche ist diese Angelegenheit sowieso Punkt zwei der Tagesordnung.«

Niemand hatte etwas dagegen, und plötzlich steckten sie mitten in der Diskussion. Sollten sie Wasser vom MWD kaufen oder nicht?

Kevin versuchte, seine Gedanken zu ordnen.

Doris begann mit einer Frage: »Alfredo, was fangen wir mit dem überschüssigen Wasser an, das sicherlich anfallen wird?«

Alfredo erklärte erneut, daß es finanziell klug sei, Wasser ins Grundwasserbecken abzuleiten und sich so ein Guthaben an Wasser zu schaffen, das sie vom OCWD holen könnten.

Doris nickte. »Na schön, Mr. Baldarramma, haben Sie überprüft, ob ein solches Vorgehen legal ist?«

Oscar nickte. »Das habe ich.«

»Und?«

»Moment mal«, unterbrach Alfredo und starrte Oscar verblüfft an. »Warum haben Sie das getan?«

Oscar hielt seinem Blick stand und meinte ruhig: »Soweit ich verstanden habe, besteht meine Aufgabe als Rechtsberater der Stadt darin, die rechtliche Seite aller Ratsbeschlüsse zu überprüfen.«

»Aber es hat doch noch keinerlei Schritt gegeben.«

»Ein Antrag ist bereits ein Schritt.«

»Ist es nicht! Bisher diskutieren wir noch darüber.«

»Haben Sie etwas dagegen einzuwenden, den rechtlichen Status Ihrer Vorschläge zu erfahren?«

»Nun ja, natürlich nicht. Ich meine nur, Sie eilen den Dingen voraus.«

Oscar hob die Schultern. »Wir können die einzelnen Aufgabenbereiche meines Jobs gerne nach der Sitzung besprechen, wenn Sie das wünschen. Wollen Sie trotzdem erfahren, wie sich die rechtliche Seite Ihres Vorschlags hinsichtlich der Verwendung des Wassers darstellt?«

»Natürlich, klar.«

Oscar legte einen Bogen Papier vor sich auf den Tisch und sah die Ratsmitglieder an. »Vor einigen Jahren reagierte die Staatliche Behörde zur Kontrolle der Wasservorräte auf neue Gesetze der Staatsversammlung von Kalifornien, indem sie neue Bestimmungen zur Regelung der Wasserverkäufe erließ. Der Revidierte Water Code des Staates Kalifornien bestimmt, daß keine Stadtgemeinde in Kalifornien Wasser kaufen und es später weiterverkaufen oder als Verrechnungsguthaben benutzen kann, es sei denn, die betreffende Stadtgemeinde hat das Wasser ursprünglich zum Verbrauch freigegeben, und in diesem Falle auch nur so lange, wie für diese Art der Wasserzuteilung bezahlt werden muß. Das Recht, Wasser zu kaufen und zu verkaufen, ohne es zu verbrauchen, ist ausschließlich dem Staat vorbehalten.«

»Demnach könnten wir das überschüssige Wasser, das wir vom MWD bekämen, überhaupt nicht weiterverkaufen«, sagte Doris schnell.

»Das ist richtig.«

»Also müßten wir es verbrauchen.«

»Oder dem OCWD geben, ja.«

Im Ratssaal wurde es still.

Doris ließ nicht locker. »Demnach brauchen wir das Wasser nicht, und es würde uns auch keine finanziellen Vorteile bringen, weil wir es nicht verkaufen dürfen. Und der Kauf würde gegen den Ratsbeschluß zwei-zwei-null verstoßen, der El Modena dazu verpflichtet, alles zu unternehmen, um unsere Abhängigkeit zum MWD zu mindern. Ich beantrage, daß wir darüber abstimmen und das Angebot ablehnen. Wir brauchen dieses Wasser gar nicht.«

»Einen Augenblick«, sagte Alfredo. »Die Diskussion ist nicht abgeschlossen.«

Aber die Diskussion war ihm vorerst aus den Händen geglitten. Doris verlangte in jeder Sprechpause eine Abstimmung und fragte scharf, ob zu der Angelegenheit überhaupt noch etwas zu bemerken sei. Nicht mehr lange, und Alfredo mußte die Abstimmung zulassen. Er und Matt stimmten für den Kauf des Wassers. Der restliche Stadtrat sprach sich dagegen aus.

Nachher, als sie nach Hause gingen, um den Sieg zu feiern, waren die anderen in Hochstimmung. »Na prima«, sagte Kevin. Wenigstens etwas lief wunschgemäß. »Dieser Ausdruck in Alfredos Gesicht, als Oscar ihn auflaufen ließ – herrlich!«

Doris sagte mit tiefer Stimme: »Haben Sie etwas dagegen einzuwenden, den rechtlichen Status Ihrer Vorschläge zu erfahren?«

Tom war im Haus und saß zusammen mit Nadeshda, Rafael, Cindy und Donna am Pool. Kevin und Doris erstatteten ihm Bericht. Kevin leerte seine Bierflasche fast in einem einzigen Zug. »Soviel zu dem Versuch, uns den Berg wegzunehmen!« sagte er.

»Immer langsam«, sagte Tom lachend. »Das heißt nur, daß sie jetzt ihre Strategie ändern müssen.«

»Was meinst du damit?« fragte Kevin.

»Sie wollten nur die Grundvoraussetzungen für ihr Projekt schaffen, ehe sie einen förmlichen Antrag vorlegen, um das Verfahren zu erleichtern. Nun beantragen sie das Projekt trotzdem und werden versuchen, die Stadt von den Vorteilen zu überzeugen.«

»Mist«, sagte Kevin.

»Hey, es ist immer noch ein Erfolg.« Tom gab ihm einen

Klaps auf den Arm. »Eine Schlacht ist gewonnen, aber noch nicht der ganze Krieg.«

Vier Tage später erfuhr Kevin, daß Ramona wieder in der Stadt war. Er hörte es von Stacey unten am Hühnerhaus, als er sich gerade mit Susan unterhielt. Daß er es auf diese Weise erfuhr, erschreckte ihn, und er eilte mit seinem Paket Brustfilets und Schenkel nach Hause und bemühte sich, nicht daran zu denken. Daß sie nach El Modena zurückgekehrt war und ihm nichts gesagt hatte, nicht sofort zu ihm gekommen war …

Zu Hause angekommen, rief er sie an. Pedro meldete sich und holte sie. Sie erschien. »Ich hörte, daß du wieder da bist«, sagte Kevin.

»Ja, ich bin heute morgen angekommen.« Sie lächelte, als wäre das nichts Besonderes. Dabei war es schon kurz vor Sonnenuntergang. Sie sah ihn abwartend an. »Komm doch rüber, dann können wir reden.«

Er unterbrach die Verbindung und fuhr gleich los.

Sie erwartete ihn draußen auf dem Hof, und sie spazierten zum Santiago Creek hinunter. Sie trug eine fast weißgewaschene Jeans mit ausgefransten Beinen und eine weiße Bluse.

Plötzlich blieb sie stehen, drehte sich zu ihm um, ergriff seine beiden Hände.

»Kevin – Alfredo und ich kommen wieder zusammen. Wir wollen zusammenbleiben. Er möchte es, und ich will es auch.«

Kevin zog seine Hände weg. »Aber …« Er wußte nicht, was er sagen sollte. Er konnte nicht denken. »Aber ihr habt doch Schluß gemacht«, hörte er sich antworten. »Ihr habt es jahrelang immer wieder versucht, und es hat nicht geklappt. Nichts hat sich geändert, außer daß wir beiden jetzt zusammen sind.«

»Ich weiß«, sagte Ramona. Sie biß sich auf die Lippe, starrte zu Boden. »Aber …« Sie schüttelte den Kopf. »Ich wollte das alles nicht.« Sie drehte den Kopf zur Seite. »Doch Alfredo ist nach San Diego gekommen, und wir haben uns lange unterhalten …«

»*Was?*« stieß Kevin hervor. »Alfredo war in San Diego?«

Sie schaute ihn an, ihre Augen hell im Zwielicht. »Ja.«

»Scheiße!« Ein heftiger Schmerz in seiner Brust, ein Druck gegen seine Rippen. »Du hast gesagt, du wolltest uns beide nicht sehen, wolltest Ruhe zum Nachdenken. Und dann triffst du dich mit ihm!«

»Ich wollte auch weg. Aber er ist mir gefolgt. Er hatte herausbekommen, wo ich wohnte, und stand plötzlich vor der Tür. Ich sagte, er solle weggehen, aber er weigerte sich. Er meinte, er müsse mit mir reden, ja, und dann haben wir uns unterhalten, die ganze Nacht lang, und …«

Kevin machte kehrt und entfernte sich.

»Kevin!«

Er rannte. Er bog um die Ecke und beschleunigte seine Schritte. Er lief, so schnell er konnte, die Chapman hinauf und in die Berge. Aus einem plötzlichen Impuls heraus, wie ein Tier, das seinem Instinkt folgt und Schutz sucht, wandte er sich nach links und brach durch die Büsche den Rattlesnake Hill hinauf.

Dort ließ er sich unter den Walnußbäumen und den Platanen auf den Boden sinken.

Er starrte ins Geflecht der Äste vor dem abendlichen Himmel. Er brach Blätter ab, steckte ihre Stengel ins Erdreich. Gelegentlich fielen ihm heftige Erwiderungen ein, die er Ramona in imaginären Unterhaltungen entgegenschleuderte. Doch die meiste Zeit war sein Kopf völlig leer.

Viel später stolperte er durch die kalte feuchte Nachtluft hinunter zu seinem Haus. Zu seiner grenzenlosen Verblüffung traf er auf Ramona, die draußen vor der Hintertür auf dem Erdboden hockte.

Sie blickte zu ihm hoch. Sie hatte geweint.

»Ich wollte nicht, daß es so kommt«, sagte sie. »Ich liebe dich, Kevin, weißt du das nicht?«

»Wie soll ich das wissen? Wenn du mich liebtest, dann würdest du bei mir bleiben.«

Sie preßte die Hände gegen ihre Schläfen. »Ich ... ich würde es auch so gerne tun, Kevin. Aber Alfredo und ich waren so lange Zeit zusammen. Und er ist wirklich unglücklich, er will zurückkommen. Und ich habe soviel in diese Beziehung hineingesteckt, habe mich so sehr bemüht, daß sie funktioniert. Ich kann diese Jahre nicht einfach wegwerfen, aus meinem Leben streichen, das verstehst du doch, oder?«

»Es ergibt keinen Sinn. Du hast es versucht, gut, aber es hat nicht geklappt, und ihr seid beide unglücklich geworden. Warum sollte es denn ausgerechnet jetzt funktionieren? Es hat sich doch nichts geändert!«

Sie erschauerte. »Doch, es ist einiges anders ...«

»Ja, wir haben uns gefunden, das ist anders! Und jetzt ist Alfredo eifersüchtig! Er wollte dich nicht mehr, aber jetzt, wo ich da bin ...«

Sie schüttelte heftig den Kopf. »Es ist mehr als das, Kevin. Als er an meinem Geburtstag zu mir kam, sagte er mir genau das gleiche wie in San Diego. Und damals hatte er von uns keine Ahnung.«

»Das sagt er jetzt.«

»Ich glaube ihm.«

»Was war ich denn dann? Was ist mit dir, was willst du?«

Sie holte tief Luft. »Ich möchte es mit Alfredo noch einmal versuchen. Ich liebe ihn, Kevin, ich habe ihn immer geliebt. Er gehört zu meinem Leben. Ich will alles versuchen, daß es mit uns funktioniert ... Ich muß es ...« Ihr Mund verzog sich schmerzhaft. »Er ist ein Teil von mir.«

»Demnach war ich nichts anderes als das Mittel zum Zweck, das Instrument, um Alfredo den Kopf geradezurücken.«

Tränen traten in ihre Augen, rannen über ihre Wangen. »Das ist nicht fair! Das stimmt nicht!«

Kevin verspürte eine grimmige Befriedigung, er wollte sie unglücklich sehen, wollte ihr weh tun ...

Sie erhob sich. »Es tut mir leid. Das ertrage ich nicht.« Sie schickte sich an, wegzugehen, und er ergriff ihren Arm. Sie riß sich los. »Bitte! Ich habe gesagt, daß es mir leid tut, also quäl mich nicht.«

»*Ich* quäle *dich*?«

Aber nun war sie es, die wegrannte, und ihre weiße Bluse war nur noch ein verblassender Fleck in der Dunkelheit.

Seine Genugtuung verflüchtigte sich. Er fühlte sich für einige Zeit ziemlich mies. Sicher hatte sie nicht gewollt, daß es so kam.

Trotzdem wuchs sein Zorn auf sie. Und auf Alfredo. Dieser verdammte Kerl, er hatte sich nicht um sie gekümmert, als er mit ihr zusammen war, und kaum sah es so aus, als könnte er sie verlieren, war er wieder da! Eifersucht – er war nichts anderes als eifersüchtig. Demnach war sie eine Närrin, wenn sie wieder zu ihm zurückkehrte. Sie hätte Alfredo wegschicken sollen, als er in San Diego auftauchte, wenn sie wirklich fair hätte handeln wollen! Statt dessen hatte sie mit ihm geredet. Und sich mit ihm vertragen, in irgendeinem Bett in San Diego.

In dieser Nacht konnte er nicht schlafen. Ein dumpfer Schmerz bohrte in ihm. Ansonsten fühlte er nichts.

Zwei Tage später hatten die Lobos ein Spiel. Kevin kam zu spät. Er fuhr zum Spielfeld hinunter und ließ sein Fahrrad einfach ins Gras fallen. Ramona erschien gleich nach ihm. Alle hatten zum Aufwärmen bereits ihre Partner gefunden, daher zogen sie ihre Schuhe an und gingen hinaus auf den Platz und warfen den Ball hin und her. Alles ohne ein Wort zu sagen.

Und so sah es aus: am Rande eines Softballfeldes stehen ein Mann und eine Frau, schweigend, und werfen sich gegenseitig einen weißen Ball zu. Hin und her fliegt der Ball, immer schneller, härter. Wie eine Pistolenkugel. Als wäre es kein Spiel, sondern ein Duell. Mit einem lauten Klatschen landet der Ball im Handschuh, wenn er gefangen wird. Die Frau beißt sich auf die Lippen, der Mann wirft noch härter. Sie wirft den Ball mit aller Kraft zurück.

Und im Licht der untergehenden Sonne wird der Ball zu einer kleinen weißen Kanonenkugel.

8

In einem Lager in Virginia. Interniert. Großer Fehler, den Beamten der Einwanderungsbehörde anzugreifen. Daß die Feindseligkeit eines einzigen Beamten soweit führen kann! Aber es ist natürlich mehr als nur das. Angst. Der Anwalt meint, alle privat durchgeführten Tests seien negativ, daher ist das Ganze nur ein Komplott, um mich so lange festzuhalten, bis sie mir etwas auf der Grundlage des H-G Act vorwerfen können. Fälschungen. Unterdessen bin ich in einer Art Lager. Holzbaracken in langen Reihen, verdorrtes Gras, staubiges Baseballfeld, Bänke, Zäune. Stacheldraht, ja. Ein Ort der Sterbenden. Gefälschte positive Tests, diese Bastarde. Tat-

sächlich haben viele Leute hier das gleiche Anliegen. Einige sicherlich nicht zu recht.

Sommer in Virginia, heiß, feucht. Gewitter mit Hagel und Blitz. Der tägliche Krieg der Schlagzeilen. Krieg auf dem Balkan. Die Apokalypse im Fernsehen. Vier Flugzeuge über dem Atlantik explodiert. Internationale Flüge werden in Zukunft noch stärker eingeschränkt. Pam wird wohl per Schiff zurückkehren müssen, wenn sie überhaupt nach Hause kann. Die Welt wird immer größer, während sie auseinanderbricht. Ich kann nicht mehr schreiben.

Wie Tom prophezeit hatte, mußte Alfredo mit seinen Plänen für den Rattlesnake Hill nun an die Öffentlichkeit treten. Er und Matt meldeten sich mittags vor der Stadtratssitzung am Mittwoch im städtischen TV-Kanal und beschrieben ihr Vorhaben. Dabei zeigten sie auch ein Modell des Berges nach seiner Bebauung. Man sah kleine grüne Bäume, vor allem auf dem Gipfel – das Wäldchen dort oben könnte bleiben, zumindest teilweise. Und die Neubauten waren ziemlich flach und wie eine Krone um den Gipfel arrangiert. Stellenweise wurde die Terrassenstruktur dadurch erhalten, daß Gebäudeteile in den Berg hineingebaut wurden. Die Gebäude bestanden aus hellgelbem Klinker, und zwischen den Bauten erstreckten sich weite Rasenflächen. Es war ein wunderschönes Modell.

Matt äußerte sich zu den Finanzen der Stadt und verglich die Bürgeranteile El Modenas mit denen der umliegenden Städte und beschrieb den Rückgang, der während der vergangenen zehn Jahre zu verzeichnen war. Er wies nach, daß das neue Projekt das Einkommen der Stadt steigern würde, und dann deutete er knapp an, auf welche Weise Heartech und Avending die Finanzierung durchführen wollten. Zeitpläne wurden vorgelegt, das gesamte Programm vorgestellt.

Schließlich erschien Alfredo wieder auf dem Bildschirm. »Letztendlich ist es Ihre Stadt, und es ist Ihr Land, daher müssen Sie allein die Entscheidung treffen. Wir können nur Vorschläge machen und müssen abwarten, wie Sie darüber denken. Wir meinen, daß unser Vorhaben El Modena erhebliche Vorteile bringt, Restaurants und Läden und ein Wegesystem würden den Berg viel stärker in die Stadt einbinden, und die Läden im Tal würden auch davon profitieren. Wir haben im Stadtrat entsprechende Anträge zur Baulandbewertung und zur Verwendung der Wasservorräte eingebracht. Das Umweltgutachten wurde erstellt, und es kommt im großen und ganzen zum gleichen Ergebnis wie wir, nämlich, daß das Aussehen des Berges verändert werden wird, aber nicht nachteilig. Fast ein Viertel des gesamten Grundbesitzes der Stadt besteht aus Naturlandschaft genauso wie der Berg, der direkt dahinterliegt – wir könnten diesen Berg durchaus anderweitig nutzen und seine Einzigartigkeit in der Geographie von Orange County zum Vorteil der Stadt und ihrer Finanzkraft einsetzen.«

»Scheiße«, sagte Kevin, während er auf den Bildschirm blickte. »Geschwätz.«

Tom lachte. »Allmählich fängst du an zu begreifen, Junge.«

Alfredo und Matt beendeten ihren Auftritt mit der Aufforderung an die Zuschauer, sich bei ihren Stadträten für die Durchführung des Projektes auszusprechen. Weitere Informationen zu diesem Thema wurden angekündigt.

»Okay, jetzt ist es öffentlich«, sagte Tom. »Und jetzt können im Rat die wesentlichen Fragen gestellt werden. Ihr könnt das Projekt noch immer zu Fall bringen, wenn der Umwidmungsantrag nicht durchgeht. Wenn die Leute das Projekt wollen, müssen sie einen neuen Stadrat wählen, und dann hättet ihr wenigstens etwas Zeit gewonnen.«

»Ja, aber wenn die Leute zustimmen, wird der Rat sich wahrscheinlich anschließen.«

»Möglich. Das hängt von den Ratsmitgliedern ab – sie

brauchen sich nicht nach dem Ergebnis der Bürgerumfrage zu richten.«

Kevin winkte ab. Tatsächlich interessierte er sich seit seinem Gespräch mit Ramona kaum noch für den Berg und sein Schicksal. Er lebte wie in einer undurchdringlichen Hülle, ohne Gefühle.

Eines Abends erhielt Tom einen Anruf von seiner alten Freundin Emma. »Hör mal, Tom, wir sind dieser Heartech-Sache nachgegangen, und es scheint da eine starke Verbindung zu der American Association für Medical Technology zu geben.«

»Was ist das denn?«

»Nun, im Grunde eine Art Schirmorganisation der alten gewinnorientierten Krankenhäuser im Lande, die enge Verbindungen zu Hongkong unterhält.«

»Aha!« Tom richtete sich gespannt auf. »Das klingt ja vielversprechend.«

»Sehr sogar. Diese AAMT war an einer ganzen Reihe von Bauprojekten an der Ostküste beteiligt. Letztendlich versuchen sie nichts anderes, als so viele Teile der medizinischen Industrie wie möglich zu übernehmen.«

»Ich verstehe. Kann ich irgend etwas tun?«

»Nein. Ich habe alles an Chris weitergereicht, und sie behandelt die Sache als offizielle amtliche Untersuchung, daher wird sich bald einiges tun. Aber eines mußt du noch wissen – wir mußten uns aus der Deckung wagen, um einhaken zu können.«

»Sie wissen also, daß sie überprüft werden?«

»Genau. Und wenn Hongkong dahintersteckt, dann könnte das unangenehme Folgen haben. Einige dieser Banken in Hongkong arbeiten mit ziemlich rüden Methoden.«

»Okay, ich halte die Augen offen.«

»Tu das. Ich melde mich wieder, wenn ich mehr habe, und Chris setzt sich direkt mit dir in Verbindung.«

»Prima. Danke, Emma.«

»Es war mir ein Vergnügen. Schön, daß du wieder mitmischst, Tom.«

Doris war wütend. Vor allem auf sich selbst. Nein, das stimmte nicht ganz. Sie war vorwiegend auf Kevin wütend. Sie beobachtete seine offensichtlichen Leiden in der Affäre mit Ramona, und sie reagierte mit Mitleid, Wut, Haß. So ein Narr! Sich in jemanden zu verlieben, der ganz offenbar an jemand anderem hing! Fast genauso wie Doris selbst. Ja, sie war wütend auf sich selbst, auf ihre eigene Dummheit.

Und sie ärgerte sich darüber, daß sie in jener Nacht in den Bergen zu Oscar Baldarramma so unfreundlich gewesen war. Er hatte es wirklich nicht verdient.

Wenn die Leute es verdient hatten, empfand Doris kein Bedauern über ihr abweisendes Verhalten ihnen gegenüber. So war sie nun mal. Ihre Mutter Ann hatte sie anders erzogen, zu Höflichkeit, Freundlichkeit, im Sinne ihrer japanischen Tradition. Aber das ging gegen Doris' Natur. Sie war nicht geduldig, sie war nicht freundlich und entgegenkommend; sie hatte eine scharfe Zunge und reagierte heftig auf Leute, die nicht so schnell denken konnten wie sie. Auch Kevin hatte sie häufig angegriffen, und er hatte offensichtlich nichts dagegen gehabt, aber wer wußte das schon? Ganz gewiß hatte sie ihn verletzt. Ja, die Lektionen ihrer Mutter waren nicht ganz vergessen, und sie war sich darüber im klaren, daß man an Menschen nicht seine Wut auslassen sollte, wenn sie es nicht verdient hatten. Und gegen dieses Prinzip hatte sie häufig verstoßen. Aber niemals so eindeutig wie bei Oscar oben in den Bergen.

Und das war bitter. Diese Nacht ... zwei Bilder waren in ihrer Erinnerung haften geblieben. Das eine von Kevin und

Ramona, wie sie sich auf dem Felsgrat umarmten, sich küßten – okay, daran konnte sie nichts ändern. Das andere aber war Oscars Gesicht, als sie ihn anschrie und davonrannte. Verwirrt, verletzt. Sie hatte diesen Ausdruck bei ihm noch nie zuvor beobachtet. Sein Gesicht war sonst wie eine Maske, ruhig bis zur Gleichgültigkeit. Was sie in jener Nacht erblickt hatte, war das Gesicht unter dieser Maske.

Zutiefst verwirrt über ihr eigenes Verhalten und wütend auf sich selbst, schwang sie sich daher eines Abends auf ihr Fahrrad und fuhr rüber zu Oscars Haus. Die Haustür war ausgehängt, und der gesamte südliche Flügel war im Zuge von Kevins Umbauten zerlegt worden. Sie ging zur Seitentür, die durch einen Waschraum in die Küche führte, und klopfte.

Oscar öffnete die Tür. Als er sie erkannte, zogen sich seine Augenbrauen zusammen. Ansonsten blieb sein Gesicht ausdruckslos. Eine Maske.

Sie sah das andere Gesicht, verwirrt, erschrocken.

»Hör mal, Oscar, damals, in der Nacht in den Bergen, es tut mir wirklich leid«, stieß sie hervor. »Ich war etwas durcheinander ...«

Oscar hob die Hand, unterbrach ihren Redefluß. »Komm rein«,sagte er. »Ich sitze gerade vor dem Bildschirm und unterhalte mich mit meiner armenischen Familie.«

Sie folgte ihm. Auf dem Bildschirm erkannte sie einen kleinen Garten hinter einem Haus, der von nackten Glühbirnen erhellt wurde, die in den Bäumen hingen. Auf einem weiß gedeckten Tisch standen Flaschen und Gläser. Eine Reihe Männer mit Schnurrbärten und schwarzhaarige Frauen saßen daran und blickten auf den Bildschirm. Plötzlich verlegen, meinte Doris: »Dort herrscht ja tiefe Nacht.«

Sie hörte, wie ihre Bemerkung vom Computer ins Armenische übersetzt wurde. Die Versammlung am Tisch lachte, und einer sagte etwas. Oscars Fernsehschirm meinte dann:

»Im Sommer schlafen wir tagsüber und leben bei Nacht, um die Hitze zu meiden.«

Doris nickte.

Oscar sagte: »Es war mir wie immer ein Vergnügen, Freunde, aber ich verlasse euch jetzt. Im nächsten Monat sehen wir uns wieder.«

Und alle lächelnden Gesichter auf dem Schirm sagten: »Auf Wiedersehen, Oscar!« und winkten. Oscar drehte die Lautstärke ab.

»Ich mag die Leute«, meinte er und ging in die Küche. »Sie laden mich immer ein, sie mal zu besuchen. Wenn ich das täte, müßte ich wohl ein Jahr dort bleiben, damit jeder mich in seinem Haus aufnehmen und bewirten kann.«

Doris nickte. »Ich habe auch solche Familien. Bei denen vergißt man die anderen, die sich nie melden.«

Sie wollte noch einmal von vorn anfangen. »Hör mal, das in der Nacht neulich tut mir wirklich leid …«

»Ich hab dich schon beim ersten Mal verstanden«, sagte er rauh. »Die Entschuldigung ist angenommen. Sie war aber nicht nötig. Am Ende hatte ich doch noch eine wunderschöne Nacht.«

»Tatsächlich? Das kann ich von mir nicht behaupten. Was hast du denn erlebt?«

Oscar betrachtete sie ausdruckslos. Aha, dachte sie. Vielleicht ist er wütend auf mich. Hinter der Maske.

Sie sagte: »Darf ich dich zum Essen einladen?«

»Nein.« Er blinzelte. »Heute sowieso nicht. Ich wollte gerade aufbrechen zum Rennen.«

»Zum Rennen?«

»Ja. Komm doch mit, wenn du willst, und nachher können wir ja immer noch eine Kleinigkeit essen. Außerdem gibt es dort Hot Dogs.«

»Hot Dogs.«

»Kleine Rindfleischwürstchen …«

»Ich weiß, was Hot Dogs sind«, fauchte sie.

»Dann weißt du genug, um dich zu entscheiden.«

Das tat sie zwar nicht, aber sie gönnte ihm nicht die Genugtuung, ahnungslos zu erscheinen. »Schön«, sagte sie. »Dann nichts wie los.«

Er bestand darauf, daß sie mit dem Automobil fuhren, damit sie nicht zu spät kämen. Sie fuhren runter zum südlichen Ende von Irvine und stellten den Wagen auf einem fast vollen Parkplatz neben einem langen Stadion ab. Von dort drang ein dumpfes Dröhnen nach draußen.

»Das klingt ja wie eine Fabrik«, sagte Doris. »Was für ein Rennen ist das denn?«

»Drag Racing.«

»Automobile?«

»Genau.«

»Aber fahren sie mit Gas?«

Ein Aufheulen aus dem Stadion erstickte Oscars Antwort. Scheiße, dachte Doris, er ist wütend auf mich. Er ist mit mir hergefahren, weil er weiß, daß es mir nicht gefallen wird.

»Alkohol!« sagte Oscar in der plötzlichen Stille.

»Für die Autos oder die Leute?«

»Beide.«

»Aber sie fahren doch nirgendwohin!« Straßenrennen hatten wenigstens ein Ziel.

Oscar sah sie mit funkelnden Augen an. »Aber sie fahren unwahrscheinlich schnell nirgendwohin.«

Na schön, dachte Doris. Beruhige dich. Laß dich nicht hochnehmen. Wenn du jetzt weggehst, dann hält er dich für ein verbissenes moralisierendes Biest, und dann hat er gewonnen. Heute nicht.

Oscar besorgte Eintrittskarten, und sie betraten das Stadion. Menschen drängten sich auf den Tribünen, unterhielten sich mit lauten Zurufen und tranken Bier aus Dosen und Pappbechern. Erdnüsse flogen durch die Luft. Jede Menge schmutzigblaue Jeans, Jeanswesten und -jacken. Sehr viel schwarzes Leder. Und eine Menge Leute waren richtig fett. Oder sehr massig. Vielleicht gefiel es Oscar deshalb so gut.

Sie fanden in einer der oberen Reihen Platz, auf numerierten Sitzen. Oscar holte Bier aus einem Automaten. PLötzlich sprang er auf und brüllte: »Orange County ... In-ter-national ... Race-Way!«

Als er bei »In-ter-national« war, brüllte die ganze Menge mit. Leute schauten zu Oscar herauf, und jemand fragte direkt: »Wen hast du denn mitgebracht?« Oscar wies auf Doris. »Do-ris Na-ka-jama!« brüllte er, als sagte er eine Berufsringerin an. »Anfängerin!«

Etwa dreißig Leute johlten: »Hi, Doris!«

Sie winkte matt.

Dann rollten Wagen auf den langen Streifen schwarzen Asphalts unter ihnen. Sie waren so laut, daß eine Unterhaltung unmöglich war. »Rail Cars!« rief Oscar ihr ins Ohr. Riesige dicke Hinterreifen; lange Chassis, die von großen schwarzen und silbernen Motoren beherrscht wurden. Dünne Streben und Gestänge, die Rails, erstreckten sich weit nach vorne bis zu extrem schmalen Rädern, wie man sie durchaus auch an einem Fahrrad hätte finden können. Die Fahrer saßen in kleinen Mulden hinter den Motoren. Es waren große Wagen, wie Doris erkennen konnte, als sie die Köpfe der Fahrer mit ihren Helmen nur als winzige Punkte ausmachte. Selbst im Leerlauf waren die Maschinen laut, doch als die Fahrer sie aufheulen ließen, erhob sich ohrenbetäubendes Geknatter, und Flammen schlugen aus den Auspuffrohren. Doris spürte die Vibrationen bis in ihren Magen.

»Eine Viertelmeile!« rief Oscar. »Bis zu zweihundert Meilen in der Stunde! Unwahrscheinliche Beschleunigung!«

Seine Tribünenfreunde riefen ihr weitere Informationen zu. Doris nickte eifrig und versuchte wißbegierig auszusehen.

Die beiden Wagen übten den Start und ließen dicke Qualmwolken aufsteigen, als die Räder auf dem Beton durchdrehten. Ein Gestank von verbranntem Gummi und Alkohol stieg auf.

»Burnout!« riefen Oscars Freunde ihr zu. »Heizt die Reifen auf und verbessert die Reibung!«

»Das tun Oscars Fahrradreifen auch, wenn er bremst«, meinte Doris.

Gelächter.

Die beiden Wagen rollten an die Startlinie. Zwischen ihnen stand ein Pfosten mit untereinander angeordneten Lampen. Als die Wagen bereitstanden, leuchteten die Lampen in schneller Folge von oben nach unten auf, und die Wagen machten einen brüllenden Satz nach vorn, die Menge sprang johlend auf, die Wagen flogen über den schwarzen Asphalt bis zur Ziellinie vor der Tribüne. Sie rasten vorbei und jagten die Bahn hinunter, kleine Fallschirme hinter sich herziehend.

»Damit bremsen sie schneller«, erklärte Oscar.

»Tatsächlich?« rief Doris.

Zwei weitere Wagen näherten sich der Startlinie.

So verging der Abend: ohrenbetäubender Lärm, unterbrochen von den Erklärungen Oscars und seiner Freunde und den Kommentaren, die Doris dazu abgab. Die rohe Kraft der Wagen war beeindruckend, aber dennoch. »Das ist doch albern«, meinte Doris irgendwann. Oscar lächelte verhalten.

»Oscar sollte mal so ein Ding fahren!« meinte sie ein anderes Mal.

»Die würden ihn doch nie reinbekommen.«

»In einen Funny Car schon.«

»Du brauchtest ein größeres Fahrzeug«, sagte Doris. »Ein Oscarmobil.«

Oscar hielt die Hände vor sich, als lenkte er, und verdrehte dabei die Augen, bis er schielte.

»Genau«, sagte Doris. »Die meisten Wagen brauchen sowieso etwas mehr Gewicht auf den Hinterreifen, oder?«

Sofort beeilten einige sich, ihr zu erklären, daß das nicht unbedingt notwendig sei.

»Es ist ein schwieriger Sport«, sagte Oscar. »Man muß ohne Kupplung schalten, und das Timing muß äußerst genau sein. Dann neigen die Wagen dazu, seitlich auszubrechen, und man muß sich aufs Lenken und Schalten gleichzeitig konzentrieren.«

Irgendwann erschienen Fahrzeuge mit Karosserien, wie man sie auch auf den Freeways sehen konnte, allerdings näherten sie sich mit dem gleichen Lärm und Gestank der Startlinie. Es waren Funny Cars, Phantasiegebilde aus Fiberglas und riesigen Motoren. Als die ersten beiden starteten, bekam Doris einen Eindruck, wie schnell die Fahrzeuge wirklich waren. Sie zischten vorbei und waren dabei mindestens viermal so schnell wie die schnellsten Wagen, die sie je auf dem Freeway gesehen hatte. »Mein Gott!«

Als die Rennen beendet waren, erhoben die Zuschauer sich von ihren Plätzen und kamen zusammen. Oscar bildete bald den Mittelpunkt der Gruppe. Doris wurde ringsum vorgestellt, und sie hörte mehr Namen, als sie im Gedächtnis behalten konnte. Oscar unterhielt sich mit seinen Freunden über die Chancen verschiedener Wagen bei den nächsten Rennen, und Doris holte Papier und Zeichenstift hervor und skizzierte ein Oscarmobil: ein Rail Car mit einem ausladenden eiförmigen Heck zwischen weit auseinanderstehenden riesigen Rädern. Dafür erntete sie jede Menge Gelächter.

Als sie das Stadion verließen und zu ihrem Wagen gingen, kamen sie an einer Gruppe Leute vorbei, die schwarze Lederjacken und schwarze Cowboystiefel trugen. Die Frauen hatten als Schmuck dicke Ketten. Doris beobachtete die Gruppe, die zu ihren Motorrädern hinüberschlenderte. Viele der Männer waren noch dicker als Oscar, und ihre langen Haare und Bärte waren strähnig und verfilzt. Die Arme waren mit schwarzen Tätowierungen übersät. Der Anführer der Gruppe, ein riesiger Mann, der sein Haar zu einem Pferdeschwanz zusammengebunden hatte, schwang sich auf ein Motorrad. Dabei mußte er die Beine anziehen, so daß seine Knie seitlich weit hinausragten. Seine Freundin quetschte sich hinter ihm auf den Sozius, und der Hinterreifen wurde fast vollständig plattgedrückt. Der Anführer gab seinen Leuten ein Zeichen, rief etwas und betätigte den Kickstarter. Die zweizylindrige Maschine sprang an. Die gesamte Gruppe startete die Maschinen. Dann ratterten sie vom Parkplatz.

»Wer ist das denn?« wollte Doris wissen.

»Hell's Angels.«

»Die Hell's Angels?«

»Ja«, sagte Oscar und schürzte die Lippen. »Die Vorschriften hinsichtlich der Leistungsbeschränkung von Motorrädern haben sie irgendwie, äh ...«

Er schnaubte. Doris platzte heraus. Oscar legte den Kopf in den Nacken und lachte schallend.

Tom und Nadeshda verbrachten die Tage gemeinsam, manchmal in El Modena bei Toms alten Freunden. Sie sahen sich Susan Mayers Hühnerfarm an und arbeiteten mit Rafael, Andrea und Donna im Obstgarten des Hauses, sie aßen mit Fran und Yoshi und vielen anderen Leuten, die in den Büros der Verwaltung arbeiteten, in der Rathauskantine. Die Leute schienen sich darüber zu freuen, Tom wiederzusehen, wieder mit ihm reden zu können. Er erkannte, daß er ihre Gefühle verletzt hatte, als er sich damals völlig zurückzog. Fran strahlte ihn an. »Tom, es ist wunderschön, daß du wieder da bist!« Zustimmende Reaktionen von den anderen am Tisch.

»Und nun komme ich und will ihn euch wegnehmen«, sagte Nadeshda.

Verlegen erklärte Tom ihnen ihren Vorschlag, sie zu begleiten. Aber damit war offenbar nicht gemeint, daß sie zu ihm in seine Hütte zog. Sie hielten es für eine wunderbare Idee. »Das solltest du tun, Tom.«

»Ach, ich weiß nicht.«

Eines Tages radelten er und Nadeshda durch Orange County. Sie hatten kleine Mountainbikes mit hohen Lenkern und extrem kleiner Übersetzung, um leichter die hohen Steigungen zu überwinden. Tom zeigte ihr die verschiedenen Orte seiner Jugend, die sich teilweise völlig verändert hatten, so daß seine Erzählungen sich manchmal anhörten wie die Vorträge eines Archäologen. Unten in Newport Harbor sahen sie sich das Schiff an. Aus der Nähe betrachtet, wirkte es sehr groß. Man fühlte sich an die Gemälde und Fotos von Schiffen aus dem neunzehnten Jahrhundert erinnert; doch dann veränderte das Glänzen von Titan, eine Computerkonsole oder das Leuchten eines foliendünnen Segels das Bild zu etwas Neuem und Seltsamem.

Erneut forderte Nadeshda Tom auf, sie zu begleiten, wenn sie in See stachen, und er meinte: »Ich wäre doch als Seemann völlig nutzlos.« Dabei blickte er zweifelnd hinauf in das Geflecht aus Leinen und Tauen.

»Das bin ich auch, aber deshalb wären wir ja gar nicht dabei. Wir wären Lehrer.« Ganesh war ein Campus der Universität von Kalkutta und bot Studiengänge in Meeresbiologie, Ökologie, Wirtschaftswissenschaften und Geschichte an. Die meisten Dozenten saßen in Kalkutta, doch von jeder Disziplin hielten einige sich an Bord auf. Nadeshda war Gastdozentin in der Historischen Abteilung.

»Ich weiß gar nicht, ob ich lehren will«, sagte Tom.

»Unsinn. Du tust doch in El Modena den ganzen Tag nichts anderes.«

»Ob mir das so gut gefällt, weiß ich auch nicht.«

Sie seufzte. Tom senkte den Blick und massierte seinen Nacken. Er nickte, hörte sich Nadeshdas Erklärungen über das Schiff an, stellte sich winzige Gestalten vor, die in den Leinen und Tauen umherkletterten, wenn sie auf hoher See waren.

»Unser Kapitän ist trotz allem immer noch schneller als jeder Computer.«

»Schön, daß es noch solche Leute gibt. Leider zu wenige.«

»Aber nicht in der Seefahrt.«

Während sie durch die Irvine Hills und an der Universität vorbei und ins Landesinnere radelten, die Sonne im Rücken und vom Santa Ana umweht, zählte Tom die Gründe auf, weshalb er nicht mitkommen konnte. Nadeshda wischte jeden Grund beiseite. Kevin könne sich um die Bienen kümmern. Den Kampf um den Rattlesnake Hill könne er per Bildtelefon auch vom Schiff aus führen. Der innere Drang, dazubleiben, sei ein Zeichen von Furcht.

»Ich möchte, daß du mich auf dieser Reise begleitest«, erklärte Nadeshda mit Nachdruck.

»Schön, und ich möchte, daß du hierbleibst.«

Sie verzog unwillig das Gesicht, und er lachte.

Am Rand von Irvine hielt er an, lehnte das Rad gegen den Bordstein. »Damals sind meine Frau und ich mal zu meinen Eltern geflogen, und die Freeways waren verstopft, und mein Vater, der uns nach Hause fuhr, mußte Nebenstraßen benutzen, die genau durch diese Gegend hier führten. Damals war dies hier eine Art Übergangszone zwischen Stadt und Land. Es gab Orangenhaine und Erdbeerfelder, unterbrochen von Eukalyptuswäldern, um die Wucht des Windes zu mildern – doch all das wurde eingeebnet und durch billigste Wohnsilos ersetzt. Überall wurden riesige Bauprojekte hochgezogen, man sah nur noch Planierraupen, Baukräne, aufgerissene Erde. Ganze Straßen waren gesperrt, und wir mußten ständig Umleitungen benutzen. Ich weiß noch, wie furchtbar ich mich fühlte. Damals war ich sicher, daß Orange County zum Untergang verurteilt war.«

Er lachte.

Sie sagte: »Ich glaube, man kann sich niemals einer Sache hundertprozentig sicher sein.«

»Nein.«

Sie fuhren weiter, betrachteten die Industriegebiete mit ihren langgestreckten Gebäuden mit Glasdächern in Blau, Bronze, Gold, Grün oder auch Kristallweiß. Sie waren umgeben von großzügigen Rasenflächen.

»Das sieht aus wie Disneyland«, stellte Nadeshda fest.

Er zeigte ihr Wohngegenden, wo die Häuser pastell- und erdfarben gestrichen waren. »In Irvine gibt es strenge Vorschriften über das Aussehen der einzelnen Häuser. Damit nichts den schönen Eindruck stört. Es sieht aus wie in einem Museum oder wie das Modell eines Architekten oder wie Disneyland, tatsächlich.«

»Und dir gefällt das nicht.«

»Nein. Es ist reine Nostalgie, eine Lüge, ich weiß nicht was. Es ist so, als lebte man unter einem Glassturz und täte so, als wäre immer noch 1960!«

»Ich glaube, du solltest lieber an Bord der *Ganesh* kommen und all dies hinter dir lassen.«

Er gab einen Laut des Unwillens von sich.

Weiter im Norden war der Himmel gefüllt mit Drachen und angebundenen Heißluftballons, die im aufkommenden Wind aufs Meer hinaustrieben. »Hier ist das genaue Gegenteil«, sagte Tom, und seine Miene hellte sich auf. »El Toro ist ein Dorf der Baumfreunde. Wenn der Wind weht, dann stehen ihre Drachen direkt über Irvine.«

Sie radelten in einen Wald riesiger, genetisch veränderter Platanen. Tom blieb unter einem dieser Baumriesen stehen und blickte durch das Geäst hinauf zu den Laufgängen und den kleinen Holzhütten, die dazwischen befestigt waren. »He, Hyung! Bist du da?«

Als Antwort senkte sich ein Fahrstuhl aus Korbgeflecht herab, gehalten von großen schwarzen Gegengewichten. Sie stiegen hinein und wurden zwanzig Meter in die Luft gehoben bis zu einer Plattform, auf der Hyung Nguyen sie erwartete und begrüßte. Hyung war etwa in Nadeshdas Alter, und es stellte sich heraus, daß sie sich schon mal getroffen hatten, und zwar während einer Konferenz in Ho Chi Minh City vor fünfunddreißig Jahren. »Die Welt ist wirklich ein Dorf«, sagte Tom fröhlich.

Sie saßen dann auf Hyungs Terrasse, die mit dem mächtigen Geäst sacht hin und her schaukelte, tranken grünen Tee und unterhielten sich. Hyung war der Bürgermeister von El Toro und hatte maßgeblichen Anteil an der Stadtplanung gehabt, und es machte ihm Spaß davon zu erzählen: mehrere tausend Menschen, die wie Eichhörnchen in Platanen lebten und in der gentechnischen Industrie arbeiteten. Nadeshda gefiel das. »Aber auch das ist ein Disneyland, oder? Das Schweizer Familien-Baumhaus.«

»Klar«, gab Hyung bereitwillig zu. »Ich wuchs in Little Saigon auf, über einem Garten, und als wir Disneyland besuchten, war das für mich der schönste Tag des Jahres. Als ich noch ein Kind war, betrachtete ich es als ein Zauberreich. Und das Baumhaus hat mir immer am besten gefallen.« Er summte die Melodie, die ständig in der Plastikbaumkrone des Vergnügungsparks zu hören gewesen war, und Tom stimmte mit ein. »Ich wollte mich immer mal verstecken, wenn der Park geschlossen wurde, und eine Nacht in dem Baumhaus verbringen.«

»Ich auch!« rief Tom.

»Und jetzt schlafe ich jede Nacht darin. Und meine Nachbarn auch.« Hyung grinste.

Nadeshda wollte wissen, wie sich alles entwickelt hatte,

und Hyung gab bereitwillig Auskunft. Es gab eine Flugbasis der Marine, die gleichzeitig ein genetisches Forschungsinstitut betrieb. Dies ging in den Besitz von El Toro über, zusammen mit einem Teil des Platanenwaldes. Eine Gruppe von Leuten unter der Leitung Hyungs ertrotzte sich von der Stadtverwaltung die Genehmigung, sich in den Bäumen Behausungen zu bauen, und das wurde schnell zum Wahrzeichen der Stadt. »Die Bäume sind die Grundlage unserer Philosophie, unser Lebensprinzip.« Nun gab es ähnliche Ansiedlungen auf der ganzen Welt, sogar eine Vereinigung aller Baumstädte.

»Wenn Sie das hier schaffen«, meinte Nadeshda, »dann können Sie sicherlich auch einen kleinen Berg in El Modena beschützen.«

Sie erklärten Hyung die Lage, und er stimmte zu. »Aber sicher. Es ist keine Frage juristischer Streitigkeiten, sondern man muß nur die Meinung der Stadtbewohner entsprechend beeinflussen.«

»Ich weiß«, sagte Tom, »aber das wird schwierig. Der Vorschlag kommt von unserem Bürgermeister, der sehr beliebt ist. Möglicherweise kriegt er eine Mehrheit, die sich für das Vorhaben ausspricht.«

Hyung hob die Schultern. »Dann habt ihr Pech gehabt.« Er grinste. »Demokratie ist etwas Wunderbares, wenn man zur Mehrheit gehört, was?«

»Aber es gibt immer noch Gesetze, die die Rechte der Minderheit schützen. Die Rechte der Minderheit, des Landes, der Tiere ...«

»Sicher. Aber lassen sie sich auch auf eine solche Sache anwenden?«

Tom sog zischend die Luft ein. Er wußte es nicht.

»Ihr solltet die Diskussion so öffentlich wie möglich führen, das dürfte euch die besten Chancen bieten.«

»Ja.«

Und wieder ein Grinsen. »Es sei denn, es würde euch am Ende schaden.«

Ein Telefon klingelte, und Hyung stieg einige Stufen hinunter zu einem mit großen Fenstern versehenen Raum einige Äste tiefer. Tom und Nadeshda schauten sich um, spürten, wie der Wind sie wiegte. Nadeshda meinte, sie käme sich vor wie in einem Kindertraum.

»Das sind nur unsere Gene«, erklärte Tom. »Für Millionen von Jahren waren die Bäume unser Heim, unsere Zuflucht, unser Schutz vor den Gefahren der Savannen und Steppen. Diese Liebe steckt in unserem Denken, ist in unseren Gehirnen verankert, und wir werden sie niemals verlieren, werden sie niemals vergessen, egal wie schön wir unsere Behausungen in der Stadt gestalten. Vielleicht sollten wir alle hierher umziehen.«

»Schon möglich.«

Hyung kam eilig herauf, das Gesicht sorgenvoll. »Feuer in den Bergen, Tom. Östlich von hier, und es kommt schnell näher. Es scheint ganz in deiner Nähe ausgebrochen zu sein.«

Und sie konnten tatsächlich weißen Qualm über den Bergen sehen.

Tom sprang auf. »Wir sollten lieber fahren.«

»Natürlich. Nehmt einen Wagen, die Räder könnt ihr später holen. Ich habe schon an der Station angerufen, daß sie einen für euch bereitstellen.« Er betätigte die Fahrstuhlsteuerung, und die schwarzen Gewichte stiegen in die Luft.

Ein sommerliches Buschfeuer in den kalifornischen Bergen ist ein beängstigendes Schauspiel. Die Pflanzen sind nicht nur knochentrocken, sondern viele enthalten auch Öle und Fette, die in der trockenen Jahreszeit ihr Überleben sichern. Wenn jedoch ein Feuer ausbricht, bieten sie den Flammen reichlich Nahrung, und die Berghänge sehen manchmal aus, als hätte jemand sie mit Benzin übergossen. Kommt auch noch ein kräftiger Wind hinzu, dann ist das Inferno perfekt.

Nadeshda und Tom bogen um die letzte Ecke des Weges zu Toms Haus und folgten dabei mehreren Leuten und einem dreirädrigen Geländefahrzeug, das mit allen möglichen Löschgeräten und anderem Werkzeug beladen war. Dann sahen sie das Feuer. »Mein Gott«, stieß Nadeshda hervor. Die gesamte Landschaft östlich von Toms Hütte war schwarz. Dünne Rauchfäden stiegen davon auf. Und die unregelmäßige Linie, die die neue schwarze Fläche von dem graugrünen Berghang trennte, war ein orangefarbenes Flakkern unter vor Hitze wabernder Luft. Weißer Qualm stieg von dieser Linie auf, verdeckte die Sonne. Gelegentlich sprang eine Flamme ruckartig heraus und näher auf Toms Behausung zu. Hinzu kam ein lautes Knistern und Krachen.

Tom stand wie erstarrt auf dem Weg vor Nadeshda, starrte durch das seltsame gedämpfte Licht nach oben und versuchte die Gefahr einzuschätzen. »Verdammt«, sagte er. »Die Bienen!«

Hank rannte mit einigen anderen vorbei. »Kommt schon!« rief er. »Von weitem kann man kein Feuer löschen!«

Kevin erschien mit einer Schaufel in der Hand, sein Gesicht und die Arme mit schwarzer Asche und brauner Erde beschmiert. »Wir haben die Bienenkörbe auf einen Karren geladen und weggeschafft. Ich weiß nicht, wie viele Tiere umgekommen sind. Auch die Hühner sind in Sicherheit. Wir übergießen das Dach mit Wasser, und sie ziehen eine Schneise bis zum Bergrat, aber ich weiß nicht, ob wir alles retten können, der Wind dreht dauernd. Hol lieber raus, was du brauchst, ehe ...« Aber er war schon weitergerannt. Tom lief zu seiner Hütte, und Nadeshda folgte ihm. Die Luft war heiß und voller Qualm und Asche. Es roch nach verbrannten ätherischen Ölen und Salbei. Zweige und und sogar Äste tanzten über ihren Köpfen durch die heiße Luft.

Nicht weit von der Hütte arbeiteten mehrere Leute mit Hakken, Schaufeln, Äxten und Pflügen und Schubkarren und verbreiterten eine alte zugewucherte Feuerschneise. Die Hütte stand mitten auf einem besonders breiten Teil der Schneise und war theoretisch ungefährdet, aber das Gelände war unwegsam und zu beiden Seiten steil und rauh, und Nadeshda erkannte sofort, daß die Arbeiter große Mühe hatten. Ein höherer Grat im Westen schien bessere Chancen zu bieten, das Feuer aufzuhalten, und auch dort oben waren Leute und sogar Pickup-Trucks tätig.

Ein Rattern über ihnen deckte das Knistern und Donnern der Flammen zu, und vier Helikopter erschienen am Himmel. Gabriela brüllte etwas in ihr Walkie-talkie und dirigierte offensichtlich die Piloten. Sie schwebten langsam heran und warfen große Mengen eines weißen Pulvers ab. Ein Helikopter versprühte Wasser. Rauchwolken stiegen auf, blähten sich, wurden vom Wind zerfasert. Die Helikopter drehten ab, wendeten, versuchten einen neuen Anflug. Dann verschwanden sie, und das Knattern des Waldbrandes füllte wieder ihre Ohren. In dem ausgetrockneten Bachbett unter ihnen schien das Feuer allmählich zu erlöschen, doch auf ihrer Seite explodierten immer noch Büsche und Bäume in der infernalischen Hitze.

Am Rand der Feuerschneise arbeitete fast jeder, den Nadeshda in El Modena kennengelernt hatte, hackte auf die Büsche und Bäume ein und schleifte sie den Grat hinunter. Klingen blitzten in der Sonne. Zwei Frauen hielten Schläuche, aber der Wasserdruck war nur gering, und sie konnten nicht allzuweit spritzen. Sie legten einen Wasservorhang über alles in ihrer Reichweite: Arbeiter, die frische Erde der Feuerschneise, die Büsche, die weggeschleppt wurden. Unterhalb des Hauses arbeitete Kevin mit einer Spitzhacke, fällte einen Salbeistrauch und stand direkt neben Alfredo, der gerade das gleiche tat; sie fanden einen gemeinsamen Rhythmus, als wären sie schon seit Jahren ein Team. Der Salbeibusch kippte, rutschte hangabwärts, und sie stürzten sich auf einen neuen.

Nadeshda folgte Tom zur Hütte. Ramona war darin zusammen mit den anderen Sanchez, die Arme voller Kleider. »Tom, schnapp dir sofort das Nötigste!« Die Hitze war erstickend, und durch das Küchenfenster sah Nadeshda glühende Äste vorbeifliegen. Solarzellen hinter den leeren Bienenstöcken wölbten sich auf und sackten dann nach unten.

»Laßt die Kleider!« sagte Tom und rief dann: »Die Fotoalben!« Er rannte in die kleine Kammer hinter dem Schlafzimmer.

»Raus hier!« brüllte jemand vor dem Haus mit verstärkter Stimme. »Es wird Zeit!« Das Megaphon verlieh der Stimme einen metallischen Klang. »Alles raus aus dem Haus und die Feuerschneise verlassen! SOFORT!«

Sie mußten Tom aus dem Haus herauszerren, und er brüllte sie an. Ein dumpfes Donnern erfüllte die Luft, unterbrochen von zahllosen kleinen Explosionen. Der ganze Berghang zwischen Bachbett und Grat entzündete sich. Die Leute verließen fluchtartig die Feuerschneise, die sie gerade geschaffen hatten, und diejenigen, die im Haus mitgeholfen hatten, schlossen sich ihnen an. Tom stolperte hinterher und preßte ein Fotoalbum an seine Brust. Alfredo und Kevin betrachteten eine Karte und diskutierten aufgeregt. Kevin wies mit blutendem Finger auf einen Punkt. »Da oben haben wir eine natürliche Feuerschneise«, sagte er. »Das ist die einzige Stelle diesseits des Peter Canyon, wo wir es schaffen könnten! Alle sollen dort rübergehen und sie verbreitern. Auch die Hubschrauber müssen dort rüber. Dann sollten wir die Flammen eigentlich aufhalten können.«

»Schon möglich.« Alfredo zuckte mit den Achseln. »Okay, versuchen wir's.« Er rief Anweisungen, während sie den Weg hinunterrannten, und Gabriela gab seine Befehle per Walkie-talkie weiter. Weißer Qualm erschwerte das Atmen, und das Licht war gedämpft und ließ alles grau in grau erscheinen.

An der ersten Biegung des Weges drängten sich die Menschen. Sie schauten zurück und sahen Toms Hütte inmitten der Flammen stehen, offenbar unberührt und unversehrt; doch die Solarzellen waren zerschmolzen, dichter schwarzer Qualm stieg von ihnen auf. Alle Pflanzen im Garten standen in Flammen, und die alten Standuhren brannten wie Vogelscheuchen. Während sie hinaufsahen, fingen die Schindeln an einer Ecke des Daches Feuer, als hätte ein Zauberer sie mit seinem Stab berührt. Eine ganze Wand schien in einem einzigen Flammenmeer zu explodieren. Nadeshda ergriff Toms Arm, aber er schüttelte sie ab. Sein faltiges Gesicht war mit Asche verschmiert, seine Augen vom Qualm gerötet, sein graues Haar ein zerzauster Kranz auf seinem Schädel. Sein Mund war verzerrt. »Es sind nur tote Dinge«, sagte er heiser zu Nadeshda. »Nur Dinge.« Aber dann kamen sie an einem kleinen Knäuel getöteter Bienen am Wegesrand vorbei, und er atmete zischend aus und hatte plötzlich einen gequälten Ausdruck in den Augen.

Er bestand darauf, an der Feuerschneise im Westen mitzuhelfen, und Nadeshda begleitete ihn auf der Ladefläche eines kleinen Lastwagens. An der Feuerschneise sprangen sie vom Wagen und gesellten sich zu einer größeren Schar, die bereits dort arbeitete. Sie schufteten wie die Wilden, und ständig kam die orangefarbene Linie mit der weißen Qualmwolke darüber näher und näher. Die schwarze Fläche hinter dieser Linie schien sich bis zum Horizont auszudehnen, als wäre die ganze Welt verbrannt. Die Stimmen der Menschen waren heiser, krächzend, wütend. Berge, Senken, Canyons, alles verschwand im Qualm.

Hubschrauber flogen in regelmäßigen Wellen heran, zuerst Zivilmaschinen, dann die riesigen Ungetüme der Marine und der Küstenwache. Als sie auftauchten, stießen alle begeisterte Rufe aus. Wie Drachen aus einem Alptraum jagten sie heran, so schnell wie Düsenjets und nur wenige Meter über den Baumwipfeln, und attackierten das Feuer mit langen weißen Pulverfahnen, die sie hinter sich herzogen. Nadeshda beobachtete sie wie gebannt. Sie fuhr mit einer Schubkarre zwischen den Arbeitern und den Pickup-Trucks hin und her und verspürte eine seltsame Zufriedenheit in sich. Sie war durchnäßt von den Wassermassen der Helikopter. Kleine Planierraupen erschienen, die aussahen wie die Schneepflüge in Moskau. Sie vergrößerten die Feuerschneise, bis sie sich, dreißig Meter breit, als roter Streifen einige Kilometer lang über den Berggrat wand. Es war nicht sicher, ob sie das Feuer aufhalten würde oder nicht. Es hing allein vom Wind ab. Wenn er nachließ, dann wäre alles in Ordnung. Wenn er stärker wurde, dann würde es gefährlich.

Irgendwann blieb Kevin neben Nadeshda stehen. »Ich glaube, mit den Helikoptern schaffen wir es«, sagte er. »Sie sollten sich lieber Handschuhe anziehen.«

Nadeshda schaute am Rand der Feuerschneise entlang. Gabriela lenkte eine Planierraupe und entfernte gerade einen Mesquitestrauch. Dabei glänzten ihre Augen begeistert. Ramona und Hank besprühten einen weiteren freigeräumten Abschnitt der Schneise, wobei sie hinter einem Wasserwagen hergingen. Alfredo hieb mit einer Axt auf eine Krüppeleiche ein. Stacey und Jody brachten gerodete Büsche und Sträucher zu einem Pickup, wie Nadeshda es kurz vorher auch getan hatte. Viele andere, die sie noch nie zuvor gesehen hatte, waren mit ähnlichen Arbeiten beschäftigt. Mindestens hundert Leute, wenn nicht gar zweihundert, arbeiteten auf diesem Schneisenabschnitt. Mehrere hatten sich verletzt und wurden in einem Ambulanzwagen behandelt. Sie ging rüber auf der Suche nach Tom. »Ist das hier Ihre freiwillige Feuerwehr?« erkundigte sie sich bei dem Sanitäter.

»Unsere was? Nein, das ist unsere Stadt.«
Sie nickte.
Die Feuerschneise hielt.

Hank ging zu Tom und ergriff seinen Arm. »Wenn das Haus verbrennt, hat man immer noch die Nägel.«

Kurz vor Sonnenuntergang fuhren Hank und Kevin mit Alice Abresh, der Chefin der kleinen freiwilligen Feuerwehrtruppe von El Modena, mit einem der Pickup-Trucks über die Black Star Canyon Road, um die Ursache des Feuers zu suchen. Bei dem herrschenden Wind war das relativ einfach. Sie brauchten nur bis zu der verbrannten Fläche zu fahren, die am weitesten im Osten lag, und sich dort umschauen.

Die Stelle befand sich unweit der Kuppe eines kleinen Hügels in dem von kleinen Canyons durchzogenen Gelände östlich von Toms Haus. Von dieser Bergspitze aus dehnten sich die verbrannten schwarzen Baumstümpfe fächerförmig nach Westen bis zu der fernen Feuerschneise aus. Sie konnten die Ausmaße des Waldbrandes von dort genau erkennen. »Einige Pflanzen scheinen ein solches Feuer als Teil ihres Lebenszyklus zu brauchen«, sagte Hank.

»In den Sierras«, meinte Alice geistesabwesend und sah sich prüfend um. Sie hob etwas Erde auf, zerrieb sie zwischen den Fingern, roch daran. Füllte etwas davon in Plastiktüten. »Hier überstehen sie es meistens. Aber sie gedeihen danach etwas besser.«

»Es sind sicherlich mehrere hundert Morgen verbrannt«, sagte Kevin.

»Meinst du?«

»Riecht doch mal«, sagte Alice zu ihnen. Sie rochen an

dem Erdklumpen. »Das ist von der Stelle, wo das Feuer ausgebrochen ist, und für mich riecht das wie Kerosin.«

Sie sahen einander verblüfft an.

»Vielleicht hat jemand die Kontrolle über sein Lagerfeuer verloren«, meinte Kevin.

»Ganz bestimmt ein ziemlich ungünstiger Platz für ein Feuer, soweit es Tom betrifft«, sagte Hank. »Sein Haus steht genau in der Windrichtung.«

Kevin schüttelte den Kopf. »Ich kann nicht glauben, das jemand so etwas tun könnte.«

»Wahrscheinlich nicht.«

Alice schüttelte den Kopf. »Vielleicht war es nur ein Unfall. Aber wir müssen auf jeden Fall die Polizei davon informieren.«

In dieser Nacht blieb Tom im Haus am Fuß des Rattlesnake Hill und benutzte ein Gästezimmer direkt neben dem von Nadeshda. Als sie sicher waren, daß die zweite Feuerschneise hielt, hatten sie ihn zum Haus hinuntergebracht, doch nach dem Essen war er wieder verschwunden und war den ganzen Abend weggeblieben. Leute kamen vorbei mit Kleidung und Lebensmitteln, doch er war nicht da. Die Hausbewohner bedankten sich in seinem Namen.

Nadeshda blätterte die Fotoalben durch, die er gerettet hatte. Viele Seiten waren leer. Auf anderen fand sie Bilder von Kindern, von Tom, als er noch viel jünger war, von seiner Frau. Nicht viele Bilder waren in dem Album geblieben.

Später kam er zurück, sehr müde. Er ließ sich einen Sessel am Wasserbecken im Atrium sinken. Nadeshda spülte das Geschirr und ging dann hinaus zu ihm.

Das Fotoalbum lag neben ihm. Er wies darauf. »Ich habe viele herausgenommen und sie an die Wände geheftet. Es ist schon lange her. Ich hab sie nicht heruntergenommen.« Er starrte auf das Album.

Nadeshda meinte: »Ich habe mal vier Schuhkartons voller Bilder verloren. Ich weiß noch nicht mal wie oder wann. Eines Tages suchte ich danach, und sie waren nicht mehr da.«

Sie holte eine Flasche Scotch und zwei Gläser aus der Küche. »Trink etwas.«

»Danke.« Er seufzte. »Was für ein Tag.«

»Es ist alles so schnell passiert. Ich meine, heute morgen sind wir noch umhergeradelt, und alles erschien so normal.«

»Ja.« Er nahm einen Schluck. »So ist das Leben.«

Sie setzten sich. Er stieß mit dem Fuß gegen das Fotoalbum. »Nur tote Dinge.«

»Möchtest du sie mir zeigen?«

»Ich denke. Willst du sie denn sehen?«

»Aber ja.«

Er erklärte ihr die Bilder nacheinander. An die Entstehung der meisten konnte er sich erinnern. Bei einigen war er sich nicht ganz sicher. »Das ist in der Wohnung, entweder in San Diego oder in Santa Cruz, sie sahen sich so ähnlich.« Manchmal verstummte er, schaute nur auf die Bilder, dann blätterte er weiter. Ziemlich schnell war er zur letzten Seite gelangt, die leer war.

»Nur Dinge.«

»Nicht ganz«, sagte Nadeshda. »Aber fast.«

Sie stießen mit ihren Gläsern an, tranken. Über ihnen gingen die Sterne auf. Sie hatten immer noch den Rauchgeruch in der Nase. Langsam leerten sie die Gläser, schenkten sich nach.

Tom erhob sich schließlich. Er leerte sein Glas, sah sie an, lächelte verschmitzt. »Wann startet dein Schiff denn endlich?«

Es war seltsam, dachte Kevin, daß man ein Feuer bekämpfen, daß man umherrennen und mit einer Axt auf Bäume und Büsche einschlagen konnte, bis die Lungen brannten, als stünden auch sie in Flammen, und trotzdem nichts empfand. Gleichgültig zusah, wie das Haus des eigenen Großvaters in Brand geriet, und zur Kenntnis nahm, daß Plastikmaterial mehr Qualm entwickelte als Holz ...

Taub.

Er verbrachte viel Zeit mit bei seiner Arbeit. Er flieste die Fläche um Oscars Computerterminal in der Küche. Hatte die Hände voller Kleber. Erledigte jetzt die Feinarbeiten. Darin konnte man sich verlieren, indem man alles noch perfekter auszuführen versuchte. Oder gedankenverloren betrachtete, wie alles sich zusammenfügte. Vorher war Oscars Haus eine völlig normale Allerweltsbehausung gewesen, doch nun, nachdem die südlichen Zimmer zusammengelegt und die Fenster eingesetzt worden waren, bestand es aus einem langen, mit Pflanzen gefüllten, lichtdurchfluteten Raum, an den die Wohnräume grenzten, abgeteilt durch Wände, die nicht bis zur Decke reichten. So wurden die Wohnräume – Küche, Wohnzimmer, Lesezimmer – indirekt mit einem warmen grünen Lichtschein erfüllt und wirkten weitaus geräumiger und großzügiger. Einige Fußböden waren abgesenkt oder angehoben worden, und der Pool unter dem zentralen Oberlicht war von kräftigen Feigenbäumen umgeben, die sich mit schwarzen wassergefüllten Säulen abwechselten. Man hatte den Eindruck, sich einerseits draußen aufzuhalten, aber dennoch vor den Unbilden der Witterung geschützt zu sein. Kevin verbrachte Stunden damit, durch das Haus zu wandern, letzte Hand anzulegen oder sich einfach hinzusetzen und ein Gefühl dafür zu entwickeln, wie die Zimmer aussähen, wenn sie erst einmal fertig und eingerichtet wären. Das machte er immer am Ende einer Arbeit. Wieder ein Auftrag ausgeführt, wieder ein neuer Lebensraum entworfen und geschaffen …

Er sah Ramona nur noch bei den Spielen. Sie grüßte ihn stets mit einem Lächeln, das ihm nichts verriet, allenfalls, daß sie sich wegen ihm Sorgen machte und daß sie wegen der Situation bedrückt war. Er vermied es, sich mit ihr zusammen aufzuwärmen, und sie redete nicht mehr wie sonst mit ihm. Und wenn sie ihn mit Zurufen von der Ersatzbank anfeuerte, geschah es unsicher, verlegen, gehemmt.

Seine Trefferquote blieb und lastete auf ihm wie ein Fluch, dem er nicht entrinnen konnte. Doch es war ihm gleichgültig, und das war der Schlüssel. Wenn man gleichgültig wird, dann verschwindet auch der Druck.

Einmal begegnete er ihr in Frans Bäckerei, und sie zuckte zurück, als hätte sie Angst. Mein Gott, dachte er, tu doch nicht so. Zur Hölle mit ihr, wenn sie sich schuldig fühlte, weil sie ihn verlassen hatte, und dennoch tat er nichts, um diesen Zustand zu ändern.

Wenn man nicht handelt, dann ist das Gefühl auch nicht echt. Eine von Hanks zahllosen Weisheiten. Wenn das stimmte und wenn Ramona nicht handelte, dann …

Die Arbeit war die beste Medizin. Er arbeitete jetzt am Frühstückszimmer in der alten Garage. Er setzte Oberlichter ein, transparente Kästen im Dach, die mit Wolkengel gefüllt wurden. Mehr Fliesen in der Küche in Mosaikform. Er erneuerte den nördlichen Teil des Dachs, wobei er sich plötzlich vorstellte, wie es wäre, wenn er abstürzte und sich schwer verletzte. Gabriela trug eine Armschiene zum Schutz vor Tendonitis, und sie war viel jünger als er. Sie wurden alle alt. Das große Schlafzimmer würde trotzdem ein kühler, schöner Raum.

Eines Tages, nach der Arbeit, holte Hank ein Sechser-Pack Bier aus seiner Fahrradbox und stellte sie vor Kevin, der gerade seine Arbeitsschuhe auszog, auf den Boden. »Komm, machen wir die leer.«

Sie hatten zwei Biere getrunken, als Hank meinte: »Es heißt, daß Ramona zu Alfredo zurückgekehrt ist.«

»Ja.«

»Schade.«

Kevin nickte. Er bemerkte dazu, daß Ramona sich selbst etwas vormachte, daß sie und Alfredo nicht glücklich werden könnten, jedenfalls nicht gemeinsam.

»Kann schon sein.« Hank kniff die Augen zusammen. »Schwer zu sagen. So etwas kann man als Außenstehender nie beurteilen.«

»Wahrscheinlich nicht.« Kevin betrachtete sein Bier. Es war leer. Sie öffneten zwei weitere Flaschen.

»Aber nichts ist für die Ewigkeit«, sagte Hank. »Vielleicht dauert es mit ihnen nicht lange, und dann könnt ihr dort weitermachen, wo ihr aufgehört habt. Es kommt darauf an, wie du dich jetzt verhältst, weißt du? Ich meine, wenn ihr Freunde seid, dann darfst du ihr nicht weh tun. Sie versucht doch nur, das zu tun, was sie für sich als richtig annimmt.«

»Sicher.«

»Wenn du das willst, dann mußt du auch etwas dafür tun.«

»Ich will aber nicht schauspielern, Hank.«

»Das hat doch nichts mit Schauspielern zu tun. Wenn du etwas bekommen willst, dann mußt du dich dafür anstrengen. Es ist nicht ganz einfach, denn vielleicht bekommst du am Ende gar nicht, was du haben willst, und vielleicht ist es wirklich einfacher, gar nichts zu tun. Sicherer auf jeden Fall. Aber wenn du es wirklich willst ...«

»Wenn man nicht handelt, dann war das Gefühl nicht echt«, erklärte Kevin mit betont gewichtiger Stimme und äffte ihn nach.

»Genau, Mann! Genau das, was ich sage.«

»Aha.« Und deshalb war Alfredo nach San Diego gefahren.

»Hey, Mann. So ist das nun mal im Leben. Möglich, daß

sie noch jahrelang so weitermachen. Und wenn du mit deiner Meinung über sie recht hast, dann werden sie es schon herausfinden, irgendwann, vielleicht wirklich erst in ein paar Jahren.«

»Mein Gott, Mann, ich dachte, du wolltest mich aufmuntern!«

»Tue ich doch!«

»Hank, mach mich nicht verrückt, ja? Und vor allem nicht besoffen. Ich weiß nicht, wie ich dann reagiere.«

Jahre und Jahre. Jahre und Jahre und Jahre, und dabei hatte er nur dieses eine einzige Leben. Mein Gott!

Tagein, tagaus hämmerte er Nägel ein, verlegte Fliesen, turnte er auf dem Dach herum, programmierte er die Temperaturregelung. Abends schwamm er tausend Meter, und dann deckte die Musik aus den Kopfhörern jeden weiteren Gedanken zu.

Er wußte gar nicht, wie sehr die Arbeit ihm half, seine Zeit totzuschlagen, bis er an der Reihe war, die Nachbarskinder tagsüber zu beaufsichtigen. Diese Aufgabe hatte er einmal im Monat. Er sah zu, wie die Erwachsenen das Haus verließen, während er das Frühstück zubereitete, dann brachte er die Kinder rüber zum Haus der McDows und fing mit den improvisierten Spielen an, die ihm dann immer einfielen. Heute waren es sechs Kinder, alle zwischen drei und sechs. Er hatte viel zuviel Zeit zum Nachdenken. Gegen zehn Uhr versammelte er sie, und sie wanderten zusammen runter zu Oscars Haus. Es war leer – da Kevin anderweitig beschäftigt war, hatten die anderen das neue Projekt in Villa Park begonnen. Daher ließ er von den Kindern Dachpfannen von den Stapeln in der Auffahrt zum Aufzug tragen. Schön, das machte Spaß. Ebenso lustig war es, als sie den überschüssigen Klebstoff von den Fenstern des Treibhauses kratzten. Und so weiter. Erstaunlich, wie man alles in ein kindliches Spiel verwandeln konnte. Er schnaubte. »Ich bin der reinste Kindergärtner.«

Wolken türmten sich vor den Bergen auf, und es begann zu regnen. Regen! Zuerst nur wenige Tropfen, dann ging es richtig los. Die Kinder kreischten und rannten aufgeregt herum. Er hatte Schwierigkeiten, sie zusammenzuholen und nach Hause zu bringen. Kevin wünschte sich, er hätte einen Schäferhund, der ihm dabei half. Als sie zu Hause ankamen, war jedermann damit beschäftigt, die Regenfänger aufzustellen, große umgedrehte Schirme, die über jeder Zisterne und jedem Teich und jedem Regenfaß aufgespannt wurden. Einige waren automatisch, aber die meisten mußten von Hand bedient werden. »Alle Segel auf!« schrien die Kinder. »Alle Segel auf!« Sie standen sich an den Kurbeln gegenseitig im Weg, bis Kevin eine lange breite Bahn Regenbogenfolie hervorholte und sie auf der Grasfläche neben dem Weg ausrollte. Kreischend rannten die Kinder nun die kleine Erhebung zwischen den Häusern hinunter, sprangen auf die Plastikbahn und rutschten darauf hinab, auf Rücken, Bäuchen, Knien, Füßen. Die Erwachsenen machten mit, als die Regenfänger aufgestellt waren, oder sie verschwanden im Haus, um Bierdosen zu holen. Wie immer war nach kurzer Zeit ein großes Regenfest im Gange. Wasser, das vom Himmel fiel, war in dieser wüstenhaften Gegend so etwas wie ein Wunder, das entsprechend gewürdigt werden mußte.

So achtete Kevin einerseits auf die Kinder und organisierte gleichzeitig einen Wettkampf im Weitrutschen und schaffte sogar selbst einige Versuche. Außerdem reparierte er schnell einen defekten Regenfänger. Und die ganze Zeit ertönten laute Rufe. »Wasser! Wasser! Wasser!« Es klang wie ein Gebet. Und bei alldem empfand er überhaupt nichts. Es regnete, und er war innerlich wie abgestorben, rutschte über die Plastikbahn, trank Bier und fühlte … nichts! Dann saß er im Gras, ausgehöhlt und leer wie ein zerbrochener Krug.

Aber am Abend, nach einem ziellosen Spaziergang auf den Berg, kam er nach Hause und sah, daß das Signallicht des Bildtelefons blinkte. Er schaltete ein, und Jills Gesicht erschien. »Hey!«

Er nahm vor dem Schirm Platz. »... hattest sicherlich Schwierigkeite, mich zu erreichen, aber ich war in Atgaon und oben in Darjeeling. Erst heute abend bin ich in Dakka eingetroffen, und ich kann nicht schlafen.« Ein seltsamer Ausdruck, zwischen Lachen und Weinen. »Ich habe heute nachmittag in Atgaon ein Spiel geleitet, von dem ich dir erzählen muß.« Gerötete Wangen, ein Glas mit einer bernsteinfarbenen Flüssigkeit neben ihr auf dem Tisch. Sie stand plötzlich auf und begann auf und ab zu gehen. »Es gibt dort eine Softball-Liga für Frauen, von der ich schon erzählt habe, und das Feld liegt hinter der Klinik. Es sieht etwas seltsam aus, im Linksfeld stehen ein paar Bäume, und in der Mitte des rechten Mittelfeldes steht eine Bank, auf der während der Spiele auch Zuschauer sitzen.« Gelächter, zwei Geschwister, eine Welt und mehrere Stunden voneinander getrennt. »Das Innenfeld ist die meiste Zeit ein einziger Sumpf, und es gibt ein ständiges Home-Mal, aber das ist gewöhnlich derart matschig, daß man eine reguläre Base anderthalb Meter davor auslegen muß und diese als Home-Mal benutzt. Und genau das haben wir heute getan.«

Sie nahm einen Schluck aus dem Glas, zwinkerte heftig. »Es war ein wichtiges Spiel – das örtliche Team, von der Rajhasan Landless Co-op gesponsert, trat gegen das Meisterteam von Saidpur, einer ziemlich großen Stadt, an. Die Landbesitzer in Saidpur übten bisher die Kontrolle über das Land in der Umgebung aus, das eigentlich der Regierung gehört. Es gibt immer noch gewisse Ressentiments, daher besteht eine heftige Rivalität zwischen beiden Gruppen.

Die Meister trafen ein, und es waren ziemlich kräftige Frauen in Uniformen. Du weißt ja, daß Mannschaften in gemeinsamer Kluft immer den Eindruck erwecken, als könnten sie besonders gut spielen. Ich sah, wie einige Spielerinnen der hiesigen Mannschaften ziemlich besorgt aussahen.

Die Hiesigen waren eigentlich sehr gut, sie sahen zwar etwas abgerissen aus, aber sie spielten sehr geschickt. Und die Unis brachten auch eine Menge, sie machten mit ihrer Kluft also keine Schau. Die Fängerin war ein bißchen verrückt, sie schrie die Werferin ständig an. Aber auch sie beherrschte ihr Geschäft.

Während der ersten paar Innings war klar, daß die Unis hervorragend angriffen. Aber das hiesige Team verteidigte raffiniert, und es war die Verteidigung, die sie im Spiel hielt. Sie gaben ein paar Läufe ab, aber ein Ball landete direkt unter der Bank im Mittelfeld, und die Zuschauer spritzten auseinander, als wäre unter ihnen eine Bombe eingeschlagen. Es wurde ein Home Run.« Sie lachte.

Ein weiterer Schluck aus dem Glas. »Danach stand es vier zu drei für die Unis. Ein knappes Spiel, und so blieb es bis zum Ende. Die Zuschauer spielten verrückt, und die Mannschaften kämpften verbissen.

Also.« Sie hielt kurz inne, trank von ihrem Scotch und schüttelte sich. »Das Ende des neunten Innings nahte, und die Hiesigen hatten ihre letzte Chance. Die erste Schlägerin schaffte es nicht, die zweite auch nicht. Und dann kam die Frau von der dritten Base. Alle feuerten sie an, und ich konnte das Weiße ihrer Augen sehen. Aber sie trat ans Mal und ging in Position, und die Werferin zog ab, und die Frau von der dritten Base traf voll! Der Ball flog über den Kopf der Frau im Linksfeld und zwischen die Bäume, es war wunderbar! Alle schrien, und die dritte Basefrau umrundete die Bases so schnell sie konnte, aber die Linksfeldspielerin der Unis fand den Ball schneller als erwartet und warf ihn zwischen den Bäumen der Shortstopfrau zu, die sich wiederum umdrehte und den Ball über die Fängerin in den Backstop schleuderte, während die dritte Basefrau die Platte überquerte.«

Sie starrte in den Schirm und verdrehte die Augen. »In ihrer Aufregung war die dritte Basefrau jedoch zum alten Home-Mal gerannt! Alles sahen es, und als sie auf ihre Mannschaftskameradinnen zulief, winkten alle ihr zu, schrien: Raus, raus, zurück, zurück, falsche Base. Und die Menge brüllte auch, und sie verstand nicht, was man ihr mitteilte. Die Fängerin aus Saidpur rannte hinter dem Ball her, und als die dritte Basefrau das sah, wußte sie, daß das Spiel noch lief, daher flog sie geradezu durch die Luft zurück zur Platte und rutschte praktisch auf dem Gesicht auf die Base, aber wieder die alte! Und die Fängerin erwischte den Ball und fiel regelrecht auf sie drauf.«

Jill holte tief Luft, nahm einen Schluck Scotch.

»Daher entschied ich auf Aus. Und das war doch richtig, oder? Sie hatte die Home Base nicht berührt, mit der wir spielten.

Das ganze Team kam aufs Feld und schrie mich an, und auch die Menge schrie, und ich war selbst unheimlich enttäuscht, aber was konnte ich anderes tun? Ich lief nur herum und rief: ›Sie ist aus! Sie war nicht auf dem Home-Mal, das für dieses Spiel gilt! Das Spiel ist beendet! Sie ist aus! Ich kann nichts dafür!‹ Und sie weinten und schrien, und der arme Trainer flehte mich an, ein ziemlich alter Mann aus Oakland, der ihnen alles beigebracht hatte. ›Es war ein Home Run, und das wissen Sie, die Bases sind genau gleich‹, aber ich konnte nur erwidern, nein, sie ist aus, so lauten die Regeln, und sie war gar nicht dran, tut mir leid! Zwanzig Minuten lang müssen wir herumdiskutiert haben, ich bin immer noch heiser. Und die ganze Zeit liefen die Unis herum und beglückwünschten sich gegenseitig, als hätten sie tatsächlich das Spiel gewonnen, und es machte mich richtig krank. Aber ich konnte überhaupt nichts tun.

Am Ende waren nur noch ich und der Coach übrig, und

wir standen am Wurfmal. Ich fühlte mich schrecklich, aber was hätte ich tun können? Seine Mannschaft saß weinend auf der Bank. Und die dritte Basefrau war längst verschwunden, sie war nirgendwo zu sehen. Der Trainer schüttelte den Kopf und meinte, das bricht ihr das Herz. Das bricht ihr das Herz ...«

Und Kevin schaltete den Bildschirm aus und rannte aus dem Haus in die Nacht; weinte und kam sich lächerlich vor – aber dieser gequälte Ausdruck im Gesicht seiner Schwester!

9

Nacht im Schlafsaal, in der Hitze und der Dunkelheit. Atemgeräusche, abgehacktes Husten, Alptraumwimmern, angstvolle Schlaflosigkeit. Schweißgeruch, leichter Gestank, daß sie uns das antun können. Ein Geräusch am Ende des Saals, jemand ist krank, Fieber. Eines der typischen Anzeichen. Blutiges Zahnfleisch, Übergeben, hohes Fieber, Mattigkeit, Desorientierung. Alle Symptome. Er bemüht sich, still zu sein. Sie versuchen ihn zu überreden, die Sanitäter zu rufen, in ein Krankenhaus zu gehen. Er will es natürlich nicht. Wer würde so etwas schon wollen? Sie kommen nicht mehr zurück. Daß es einen Platz gibt, läßt die Menschen hierbleiben. Angstgeruch. Er ist ernsthaft krank. Sie knipsen das Licht in der Toilette an, damit es nicht so dunkel ist, und versuchen sich still zu verhalten, und doch liegt jeder im Schlafsaal hellwach in seinem Bett und lauscht. Die Sanitäter sind da. Sie töten alle. Geflüsterte Unterhaltung. Legen ihn auf eine Bahre, der Kranke weint, sie tragen ihn zwischen den Betten hindurch, und alle schweigen, niemand weiß, was er sagen soll, dann richtet sich eine Gestalt auf – »Wir sehen uns drüben, Steve.« Mehrere Leute sagen es, und er ist verschwunden.

Er brach in die Berge auf. Auf dem schmalen Pfad, der in Serpentinen auf den Rattlesnake Hill führte. Die späte Sonne durchbrach die Wolken, Lichtfinger tasteten sich über die bewaldete Ebene. Der Eukalyptuswald auf dem südlichen, niedrigeren Kuppe des Berges erinnerte an einen wilden Park. Die Bäume standen etwas weiter voneinander entfernt, der Untergrund war frei, als weideten dort Ziegen. Nichts als festgestampfte Erde und Eukalyptusblätter. In diesen Blättern waren chemische Substanzen enthalten, die Unkraut vernichteten. Es gab Menschen, die ihnen ähnlich waren, die allem in ihrer Umgebung schadeten, das kleiner, schwächer war als sie, die sich ihren eigenen Lebensraum schufen. Amerika. Alfredo. Groß, gutaussehend, stark. Aber keine tiefen Wurzeln. Und giftig, verderblich. Alles auf diesem Berg würde vernichtet. Damit er sein Geschäft vergrößern konnte.

Jeder glich einem Baum. Ramona war eine Zypresse. Doris ein Orangenbaum, nein, ein Zitronenbaum. Der alte Tom glich einem knorrigen Lorbeer der Sierra, der sich trotz abgestorbener Äste an seinem Platz behauptete. Oscar war eine der Platanen von El Toro, Hank ein Manzanita, ein natürlicher Bonsai, ein Teil der Berge seit ihrem Ursprung. Kevin? Eine Krüppeleiche. Sah immer aus, als zerbreche er.

Nach dem schmalen Pfad der Gipfel. Er spürte seine Beinmuskeln. Ließ sich nieder. Saß stundenlang dort oben. Beobachtete den Sonnenuntergang. Verfolgte, wie die Dunkelheit aus der Erde aufstieg und sich am Himmel ausbreitete.

Wieder zurück den Berg hinunter. Er war zu ruhelos, um ins Haus zu gehen. Er schwang sich auf sein Mountainbike. Fuhr durch die kühle Nachtluft.

Ziellos rollte er den Rundkurs hinab, wo Foothill und Newport aufeinandertrafen, dann weiter zur Crawford Canyon Road; und dort war Alfredo und radelte ihm entgegen. Alfredo blickte auf, gewahrte Kevin, senkte wieder den Kopf. Als sie aneinander vorbeijagten, erkannte Kevin den Ausdruck in seinem Gesicht. Es war Triumph, klar und deutlich, wenn auch mühsam unterdrückt.

In diesem Moment haßte Kevin Alfredo Blair mehr, als er jemals zuvor in seinem Leben etwas gehaßt hatte.

Er staunte über die Heftigkeit dieses Gefühls, die Macht, mit der es sein Denken beherrschte. Er fuhr weiter und konnte nichts anderes mehr denken. Rache! Ihm nachts begegnen, ihn vom Rad stoßen, sich auf ihn stürzen, ihn erwürgen, tot liegenlassen – diesen Ausdruck des Triumphs auf seinem Gesicht auslöschen.

Und es wäre nicht nur Rache, nein, er würde sie vor Alfredo beschützen, Ramona, die Stadt, vor seinem arroganten, rücksichtslosen Streben nach Macht. Er wollte ihm ins Gesicht schlagen, kraftvoll – dieser Gedanke bohrte in ihm, beflügelte ihn.

Viel später kehrte er nach Hause zurück. Seine Beine waren müde. Er ging durch den Garten zum Haus …

Und da, im Wäldchen, eine Bewegung. Diese Gestalt! Sofort dachte Kevin an die Stelle mit dem Kerosingeruch unweit von Toms Haus – Brandstifter, Voyeur, ein nächtlicher Eindringling. »Hey!« rief er laut, und schon rannte er los, sprang über die Tomaten, drang in das Wäldchen ein, dunkle Bewegung vor ihm. Zwischen den Reihen seltsam geformter Avocadobäume hindurch, Bewegung, Eile, nichts. Ein Laut, und er rannte weiter, bemühte sich, leise zu keuchen, als er dem matten Knacken heruntergefallener Avocadozweige folgte.

Er wandte sich zur Seite und sah es wieder, fünfzehn Bäume weiter, eine dunkle Gestalt, ruhig und groß. Ein winziger Laut, ein Kichern, und seine Wut verflog, wurde abgelöst von einem Kribbeln der Angst. *Was war das?* Er rannte hinterher, und es entfernte sich bergab. Er blieb an einem Baum stehen und blickte ins Leere.

Keine Bewegung, kein Geräusch.

Ein leeres stilles Wäldchen, Schwarz in Schwarz. Kevin stand zitternd dort, schwitzend, und schaute gehetzt nach links und rechts.

An einem Tag stieg er auf den Berg und traf Tom und Nadeshda, die in dem kleinen Wäldchen unter der höchsten Platane saßen.

Sie winkten ihn herüber. »Wie läuft es denn?« erkundigte Tom sich.

»Gut. Und bei dir?«

»Prima. Nadeshdas Schiff hat jetzt alle Fracht geladen, und es geht wohl bald los. Ich glaube, ich fahre mit.«

»Das ist schön, Tom.« Er lächelte sie an und fühlte sich dabei niedergeschlagen. »Ich hatte gehofft, daß du dich dazu entschließt.«

»Ich entführe ihn ja nur für eine einzige Reise«, versprach Nadeshda.

Kevin ließ sich nieder.

Sie unterhielten sich für eine Weile über den Berg. »Ich habe einiges von meinen Freunden erfahren«, erzählte Tom. »Ich glaube, ich weiß jetzt, warum Alfredo das Ganze angefangen hat.«

»Tatsächlich!« rief Kevin. »Und?«

»Das ist eine lange Geschichte.« Tom sammelte eine Handvoll Blätter vom Boden auf und ließ sie nacheinander herabsegeln. »Heartech stellt doch Produkte für die Herzmedizin her, nicht wahr? Schrittmacher, Herzklappen, künstliches Blut und so weiter. Alfredo und Ed Macey gründeten die Firma vor acht Jahren, als sie ihre Ausbildung an der UCI beendet hatten. Sie wollten lediglich ein verbessertes Herzklappenventil auf den Markt bringen, das sie entwickelt hatten. Für den Start erhielten sie von der American Association for Medical Technology ein Darlehen. Dies ist eine Vereinigung, die in den dreißiger Jahren entstand, als die Gesetze für Investitionskapital geändert wurden. Seitdem hat die AAMT sich zu einer Art Zufluchtsort für viele der geldgierigsten Elemente innerhalb der amerikanischen Medizin entwickelt. Teile der alten AMA, Leute aus den Privatkrankenhäusern, sie alle kamen zur AAMT und fingen an, sich dort eine Macht- und Einflußbasis aufzubauen.« Tom lachte freudlos. »Macht scheint ein ganz besonderer Stoff zu sein. Jeder ist ganz wild darauf. Und einige Leute mehr als andere.

Aber soweit ich das beurteilen kann, gehört Alfredo nicht dazu. Er wollte medizinisches Gerät herstellen, mehr nicht. Du weißt ja noch, wie er immer redete, als sie gerade anfingen. Und ihr Start war ganz gut. Aber wie bei vielen kleinen Firmen kamen sehr schnell härtere Zeiten. Anfangs war nicht unbedingt klar, daß ihr Ventil tatsächlich eine Verbesserung gegenüber den anderen Geräten darstellte, und sie mußten um ihr Überleben kämpfen. Es kam so weit, daß ihnen der Untergang drohte – und an dieser Stelle meldete sich die AAMT.

Sie boten Alfredo und Ed ein weiteres Darlehen an. Diese Hilfe war nach den neuen Gesetzen illegal, doch sie meinten, daß sie an die Qualität der Produkte von Heartech glaubten und daß sie ihnen helfen wollten. Die AAMT eröffnete für Heartech ein schwarzes Konto, so daß sie später immer eine Adresse hatten, wohin sie sich wenden konnten, woher sie Geld bekamen oder wo sie Kapital verstecken konnten – also alles, was dazu gehört, sozusagen eine schwarze Bank. Und Alfredo und Ed gingen darauf ein. Sie hätten sicherlich auch einen anderen Weg finden können, aber ich glaube, sie haben es nicht mehr versucht. Sie nahmen an.«

Kevin stieß einen Pfiff aus. »Wie haben deine Freunde das denn herausbekommen?«

»Zuerst einmal haben sie die Bank der AAMT in Hongkong unter die Lupe genommen. Und dann haben sie eine Spionin bei der AAMT sitzen, die dort eine Menge aufschnappt und weitergibt. So ist es gelaufen.« Tom spreizte die Hände. »Das war der Anfang. Heartech schaffte das schwere Jahr und begann zu wachsen. Das neue Ventil erhielt hervorragende Beurteilungen und wurde schon bald zum Standardprodukt bei bestimmten Techniken. Dann kamen andere Produkte hinzu. Dabei verstrickten sie sich jedoch mehr und mehr in die undurchsichtigen Machenschaften der AAMT. Sie arbeiteten mit ihrem Kapital, versteckten dort ihre Gewinne, vor allem als ihre Firma größer wurde, als die Gesetze es erlauben. Sie melden einen Teil ihrer Gewinne der Steuer, doch ein anderer Teil fließt in die AAMT, damit sie damit unkontrolliert arbeiten können.«

»Aber warum?« fragte Nadeshda. »Warum tun sie das?«

Tom zuckte mit den Achseln. »Es ist der gleiche Impuls, aus dem heraus Alfredo damals angefangen hat. Er glaubt an seine Geräte, er möchte damit noch mehr Menschenleben retten. Und gleichzeitig mehr Geld verdienen.«

Kevin schüttelte den Kopf. »Aber er hätte doch selbst eine Organisation gründen können, die einen Teil der Gewinne in kleinere Firmen steckt, oder? Diese Möglichkeit gibt es doch.«

»Ja, aber sie nahmen den einfachen Weg, und jetzt hat die AAMT sie in der Tasche.«

»Ein Faustischer Pakt«, stellte Nadeshda fest.

»Das stimmt.« Tom sammelte wieder eine Handvoll Blätter. »Und er hätte es eigentlich besser wissen müssen. Damals muß er ziemlich verzweifelt gewesen sein. Oder er gehört auch zu jenen klugen Leuten, die im Grunde ein bißchen dumm sind. Oder er ist einfach nur gierig nach Macht.«

»Willst du denn damit sagen, daß die Idee zu diesem Bauprojekt letztendlich von der AAMT kommt?« fragte Kevin.

Tom nickte. »Sie benutzen die kleinen Firmen, die sie an sich gebunden haben, als Tarnung und finanzieren solche Projekte überall im Land. In einer kleinen Stadt bei Albanay, New York, regte sich Widerstand, daher kauften sie den gesamten Stadtrat – sie unterstützten einige New-Fed-Kandidaten, und als sie die Mehrheit hatten, ging das Projekt reibungslos durch. Und so ist es auch an anderen Orten passiert. Sobald die Projekte verwirklicht sind, kann die AAMT darüber verfügen. Sie bauen Labors oder medizinische Zentren, deren Gewinne der AAMT zufließen. Natürlich meinen sie, sie unternähmen all das zum Wohle der Nation. Und zum Teil stimmt das auch, aber es steckt auch viel Gewinn- und Machtstreben dahinter. Und für ihre Projekte suchen sie sich meistens landschaftlich besonders schöne Flecken aus.«

»Dann war es also deren Idee?«

»Das wurde meinen Freunden mitgeteilt. Tatsächlich erfuhren sie auch, daß Alfredo sich am Anfang dagegen gewehrt hat.«

»Ist das ein Witz?«

Tom schüttelte den Kopf. »Alfredo meinte, es wäre keine gute Idee, und er wolle nicht, daß Heartech darin verwickelt ist. Aber sie haben ihn in der Tasche, und sie können ihn drehen und wenden, wie sie wollen.

Trotzdem kämpfte er. Er sagte, daß der Berg geschützt ist, daß er als Naturlandschaft ausgewiesen ist und daß die Stadt gar nicht über soviel Wasser verfüge. Und mit Hilfe des Wasser-Frage wurde das Projekt ja auch erst einmal gestoppt. Aber er ist in einer Position, in der er keine Entscheidung beeinflussen kann. Sie verlangten von ihm, daß er den Antrag direkt einbringt, und genau das tut er jetzt.«

»Wie haben deine Freunde denn das herausbekommen?« fragte Kevin.

»Ihre Spionin in der AAMT hat es schwarz auf weiß gesehen. Sie ist sich ganz sicher.«

Kevin war verwirrt und wußte nicht, welchen der vielen Gedanken, die ihm durch den Kopf gingen, er zuerst äußern sollte. »Also – dann haben wir ihn doch, oder? Ich meine, wenn diese Sache herauskommt ...«

Tom schüttelte den Kopf. »Es ist eine Frage der Beweise. Wir brauchen mehr als nur diese Geschichte, denn die Spionin wird sich wegen dieser Angelegenheit nicht exponieren. Wir brauchen handfeste Unterlagen, um unsere Anklage zu untermauern, sonst streiten sie einfach alles ab, und dann sieht das Ganze aus wie eine Schmutzkampagne.«

»Gibt es denn solche Unterlagen?«

»Nicht viele. Solche Vereinbarungen werden nicht schriftlich festgehalten, und sie sind auch nicht in Computern gespeichert. Aber meine Freunde bleiben am Ball und hoffen, daß sie in Hongkong irgend etwas finden. Bisher hatten sie allerdings kein Glück.«

Die drei schwiegen für eine Weile.

»Donnerwetter«, sagte Kevin. »Ich hatte nicht die geringste Ahnung.«

»Ich auch nicht.«

Nadeshda sagte: »Aber es klingt einleuchtend. Für diesen Berg gab es eigentlich keinen einleuchtenden Grund.«

»Nun, ich weiß nicht«, sagte Tom. »Vielleicht gefällt Alfredo die Vorstellung. Höhe bedeutet Macht, und für Macht hat er eine Menge übrig. Aber es stimmt schon, er ist bis zu einem gewissen Grad nicht mehr Herr seiner Entscheidungen.«

»Ich hatte keine Ahnung«, sagte Kevin erneut.

»Die Motive der Menschen sind immer ziemlich verwikkelt, Kevin.«

»Das glaube ich jetzt auch.« Er seufzte.

Nach einer Weile meinte er: »Irgendwie wünschte ich, du würdest nicht weggehen.«

»Ich höre ja nicht auf, an der Sache weiterzuarbeiten. Das meiste erledige ich sowieso per Telefon, und das kann ich auch vom Schiff aus tun.«

»Deine persönliche Anwesenheit ist aber auch wichtig«, sagte Kevin.

Tom sah ihn ernst an. »Wenn das so ist, dann wird sich das ändern. Jetzt mußt du diese Rolle übernehmen, Kevin.«

Kevin nickte.

»Du wirst es schon schaffen.«

Kevin nickte wieder und hatte seine Zweifel.

Für einige Zeit schwiegen sie.

Dann erkundigte Nadeshda sich, was mit Ramona los war.

Verlegen begann Kevin zu erzählen.

Sie hörten ihm aufmerksam zu.

Als er fertig war, hockte er da und fühlte sich ziemlich seltsam.

Tom betrachtete ihn mit seinem prüfenden, wissenden Blick. »Es gibt Schlimmeres, was einem passieren kann.«

»Ich weiß.« Aber für mich ist das schon schlimm genug, dachte er gleichzeitig.

Er erinnerte sich an Toms lange Jahre des Schweigens, sein Verschwinden in den Bergen, nachdem Großmutter gestorben war. Sicher. Es gab Schlimmeres. Aber wenigstens hatte Tom mit seiner großen Liebe zusammensein können! Kevins Kehle war wie zugeschnürt.

»Das stimmt nicht. Viel Schlimmeres gibt es nicht«, widersprach Nadeshda Tom. Dann zu Kevin: »Die Zeit wird schon alles richten. Wenn genug Zeit verstrichen ist ...«

»Ich werde niemals vergessen!« unterbrach Kevin sie.

»Nein. Du vergißt nicht. Aber du änderst dich, selbst wenn du dich bemühst, es nicht zu tun.«

Tom lachte und zupfte an seinen weißen Haaren über

einem Ohr. »Das stimmt. Die Zeit ändert uns grundlegender, als wir es uns vorstellen können.« Seine Stimme bebte. »Du vergißt nicht, aber deine Reaktion auf das Erlebte, die ist es, die dich verändert.«

Er stand auf, ging zu Kevin hinüber und klopfte ihm auf die Schulter. »Aber es könnte wirklich schlimmer sein! Du könntest alles vergessen! Und das wäre furchtbar.«

Er stand neben Kevin, und Nadeshda saß ein Stück entfernt. Und lange schwiegen die drei und beobachteten, wie die Sonne durch die Wolken brach.

Am Abend, als sie das Abendessen bereiteten, meinte Kevin: »Eigentlich ärgere ich mich darüber, daß jeder in der Stadt Bescheid zu wissen scheint. Ich hasse es, wenn fremde Leute über meine Privatangelegenheiten reden.«

»Zum Teufel, dagegen kannst du nichts tun«, sagte Tom. »Die Leute reden sicherlich auch über mich und Nadeshda.«

Donna, Cindy und Yoshi kamen in die Küche. »Schlimm ist vor allem«, fuhr Kevin fort, »daß die Leute meinen, ich sei nur wegen Ramona gegen Alfredos Projekt.«

»Niemand meint das. Alle wissen, daß du grundsätzlich dagegen bist. Wahrscheinlich bringt das Ganze dir noch mehr Sympathien ein. Und du kannst jede Stimme brauchen.«

Während des Essens brütete Kevin über Toms Abreise. Mexiko, Mittelamerika, über den Pazifik nach Manila, Hongkong, Tokio. Es klang wunderbar. Gut für Tom. Aber er war allein, Jill war in Asien, seine Eltern im Weltraum …

Hank wäre noch da. Gabby. Die Mannschaft. Yoshi, Cindy, Donna, die Kinder, der übrige Haushalt. Und Doris wäre auch noch da. Doris.

Zwei Tage später war Kevin als einziger unten in Newport, um Tom und Nadeshda zu verabschieden. Alle anderen hatten zu tun und schauten morgens im Haus vorbei oder wünschten per Telefon eine gute Reise. »Es scheint, als sei die halbe Stadt ausgeflogen«, klagte Jerry Geiger. »Bleibt nicht zu lange weg.«

Sie fuhren mit einem Automobil nach Balboa, und Kevin half ihnen, das Gepäck an Bord zu bringen. Das Schiff erschien riesengroß. Durch die Takelage schossen Möwen in elegantem Flug, stießen ihre schrillen Schreie aus und hielten das Ganze für eine etwas groß geratene Angeltour. Der Pavillon hinter dem Pier war dicht bevölkert.

Schließlich war die *Ganesh* auslaufbereit. Kevin umarmte Nadeshda und Tom. Dann stand er winkend mit den anderen Leuten auf dem Pier. Tom und Nadeshda über ihm winkten zurück. Die *Ganesh* schwang vom Pier weg, dann entfalteten sich drei Topsegel am Hauptmast gleichzeitig. Langsam, als trieb es in einer Strömung, glitt das Schiff durch den Kanal.

Kevin rannte über die Halbinsel hinunter zur Hafeneinfahrt. Er stieg auf die Steinblöcke am Wedge und hielt Ausschau nach dem Schiff.

Dann erschien es zwischen den Palmen in der Kanalbiegung. Der Wind blies von Norden, daher konnten sie direkt hinaussegeln. Der Anblick war majestätisch. Kevin ließ sich auf einem flachen Stein nieder. Dabei erinnerte er sich, wie er mit Ramona hier gesessen und das Rennen der beiden Frachtschiffe verfolgt hatte. Denk nicht dran! Vergiß es!

Ein wenig später befand sich das Schiff mit ihm auf gleicher Höhe, und Kevin konnte Gestalten an Deck erkennen. Er entdeckte Tom und Nadeshda, die am Bugspriet standen. Er legte die Hände zu einem Trichter geformt an den Mund. »Tom! TOM!« Er war nicht sicher, ob sie ihn hören konnten; das dumpfe Tosen des Ozeans verschluckte alle anderen

Geräusche. Aber Nadeshda sah ihn und deutete in seine Richtung. Alle drei winkten.

Die *Ganesh* schwang nach Süden, die Segel drehten sich gleichzeitig, so daß die Topsegel nun genau im Schiebewind standen. Und dann entfalteten sich alle anderen Segel des Schiffes. Es war so, als würde eine fremdartige Kreatur ihre Flügel ausbreiten. Augenblicklich sprang das Schiff im Wasser vorwärts, jagte über die eigene Bugwelle hinweg und erzeugte an Steuerbord eine dichte Gischtwolke.

In El Modena führte Kevin den Kampf gegen das Rattlesnake-Hill-Projekt weiter, wie Tom es empfohlen hatte. Er und Doris stellten im städtischen Fernsehstudio einen Spot zusammen, in dem sie ihre Argumente gegen das Vorhaben vorstellten und begründeten. Sie demonstrierten an einem von ihnen angefertigten Modell die zahlreichen Straßen, die angelegt würden, und die zahlreichen Gebäude, die das Aussehen der Landschaft gründlich veränderten. Oscar führte Regie und steuerte einen längeren Artikel über die Wasserverhältnisse bei, den er geschrieben hatte. Doris stellte in einer Grafik die nötigen Kosten und die zu erwartenden Einnahmen dar sowie den Bevölkerungszuwachs und die allgemeine Kostensteigerung, die mit dem Zuzug neuer Bürger zu erwarten waren. »Wir haben im Laufe vieler Jahre eine Stadtpolitik erarbeitet, die El Modena stets zum Vorteil gereicht hat, und wir haben es geschafft, den Charakter El Modenas, seine Grundstruktur, zu erhalten und zu festigen. Wenn wir dieses Projekt gestatten, würde sich all das grundlegend ändern.« Dann führte Kevin Videoaufnahmen vom Berg vor. Sie zeigten ihn in der Abenddämmerung, während eines Regenschauers, dann den Blick vom Gipfel, das Wäldchen auf der Kuppe, die Salbeibüsche und die Kaktusfelder mit Eidechsen und Ameisenburgen. Im Hintergrund war Vogelgezwitscher zu hören. Hinzu kamen

Kevins lakonischer Kommentar und gelegentliche kurze Schwenks zur South Coast Plaza oder anderen Einkaufszentren mit ihren Menschenscharen und ihren Betonmassen und den seltsam grünen Zierpflanzen, die nach Plastik aussahen, ob sie nun echt waren oder nicht.

Es war ein guter Film, und die Reaktion darauf war durchweg positiv. Alfredo und Matt konterten mit einem weiteren Film, in dem sie sich vorwiegend auf wirtschaftliche Argumente konzentrierten, dennoch schien es Kevin, als hätten sie die erste TV-Runde gewonnen. Tom sah sich den Spot auf der *Ganesh* an und zeigte sich bei einem ihrer Telefongespräche sehr zufrieden. »Damit habt ihr sicherlich eine Menge Stimmen gewonnen.«

Dann, auf Toms Drängen hin, wanderte Kevin von Tür zu Tür und unterhielt sich mit den Leuten. Viermal in der Woche und jeweils zwei Stunden lang unterzog er sich dieser Mühe. Einige Leute waren sehr freundlich und unterstützten seine Bemühungen, indem sie ihn gelegentlich sogar auf seinen Runden begleiteten. Andere wiederum wollten ihn gar nicht erst anhören. Sie sagten ihm direkt ins Gesicht, daß sie ihn für selbstsüchtig hielten, da er seinen eigenen Hausgarten zu schützen versuchte, während der Wohlstand der Stadt auf dem Spiel stand. Einmal beschuldigte ihn jemand, sich gegen die Parteilinie der Grünen zu wenden. Er wehrte sich heftig gegen diesen Vorwurf, aber er begann nachzudenken. Das war doch eine Sache, in der die Parteiorganisation helfen könnte – viel mehr Leute sollten solche Hausbesuche machen oder die Bürger per Telefon informieren. Er beschloß, mit Jean darüber zu reden.

»Sehr gut«, sagte Jean und schaute vom Telefon auf. »Ich wollte dich sowieso schon sprechen.«

Kevin nahm in dem Sessel ihr gegenüber Platz.

Sie schaltete den Lautsprecher des Telefons ab. »Ich melde

mich in Kürze bei Ihnen, Hyung. Ich habe gerade Besuch bekommen.« Sie unterbrach die Verbindung und drehte sich zu ihm um.

»Hör mal, Kevin, ich glaube, man sollte Alfredos Idee etwas wohlwollender gegenüberstehen. Es geht schließlich um medizinische Technologie und keine Waffenfabrik. Wir sehen ziemlich schlecht aus, wenn wir dagegen sind.«

»Mir ist es gleich, was es ist«, sagte Kevin verblüfft. »Der Berg ist Naturlandschaft und sollte Teil des Saddleback Parks werden.«

»Im Augenblick ist es ungenutztes Land. Es zu einem Naturpark zu machen wurde bisher nicht in Angriff genommen.«

»Das ist doch nicht meine Schuld«, sagte Kevin. »Damals war ich noch nicht im Stadtrat.«

»Und ich war es, wolltest du das damit sagen?«

Kevin schwieg.

Jean drehte sich mit ihrem Sessel, erhob sich, ging zum Fenster. »Ich finde, ihr solltet den Kampf gegen dieses Projekt aufgeben, Kevin. Du und Doris.«

»Warum?« fragte Kevin entgeistert.

»Weil es die ganze Partei der Grünen dastehen läßt wie einen Verein von Extremisten, wenn wir uns gegen ein solches Projekt wenden. Es mindert unseren Einfluß in wichtigen Angelegenheiten.«

»Das ist eine wichtige Angelegenheit«, erwiderte er scharf. »Ich dachte, darum ginge es der Partei der Grünen – Bremsen des Wachstums, Kampf für das Land und für eine menschenwürdigere Lebensweise, wie wir sie bei uns haben. Es waren die Grünen, die die Stadt zu dem gemacht haben, was sie ist.«

»Genau.« Sie sah aus dem Fenster auf die Stadt. »Aber die Zeiten ändern sich, Kevin, und wir müssen jetzt sehen, daß wir unseren Einfluß erhalten. Und das können wir am besten, wenn wir in wichtigen Fragen eine gemäßigte Position einnehmen, aber nicht, wenn wir eine extreme Seite der öffentlichen Meinung vertreten.«

»Aber genau dafür machen wir uns doch immer stark!«

»Ich weiß das, Kevin. Wir kämpfen noch immer für das Land. Aber ich denke, daß man dieses Land nutzen kann, und daß es auch dem anderen Land rund um die Stadt zugute kommen wird.«

Sie wollte sich nicht weiter dazu äußern. Schließlich verließ Kevin sie, nachdem er einen Wutausbruch nur mit Mühe hatte unterdrücken können.

»Ich begreife sie nicht!« rief er aus, als er Oscar von dem Gespräch berichtete. »Was meint sie damit, gut für das andere Land? Sie gibt doch nur klein bei!«

»Nein, das tut sie nicht. Ich glaube, sie und Alfredo haben eine Abmachung getroffen. Ich habe einige Gerüchte aufgeschnappt. Wir haben wohl mit unserer Aktion einigen Druck auf Alfredo ausgeübt, und ich glaube, Jean meint, jetzt wäre ein günstiger Zeitpunkt, um Konzessionen zu machen. Die Grünen genehmigen das Rattlesnake-Hill-Projekt, dafür unterstützt Alfredo im Stadtrat alle anderen Programmpunkte der Grünen.«

»Das ist wohl ein Witz.«

»Nein.«

»Und warum hat sie mir das nicht gesagt?«

»Sie hat wahrscheinlich angenommen, daß du dabei nicht mitmachst.«

»Und damit hat sie verdammt noch mal recht!«

Er erschien wieder bei Jean. »Stimmt das mit der Vereinbarung mit Alfredo?« fragte er wütend, als er ihr Büro betrat.

Sie blickte ihn kühl an. »Setz dich, Kevin. Und beruhige dich.«

Sie trat wieder ans Fenster. Sie sprach vom nachlassenden Einfluß der Grünen innerhalb der Stadt. »Politik ist die Kunst des Möglichen«, sagte sie einmal.

»Der Punkt ist, wir haben in der Stadt einige Umfragen zu

diesem Thema durchgeführt, und die Ergebnisse zeigen, daß wir, falls es zu einem Referendum kommen sollte, wahrscheinlich verlieren werden. So einfach ist das. Das läßt sich vielleicht ändern, aber ich bin mir sicher, ob das nicht geht. Alfredo kann natürlich auch nicht sicher sein. Es ist eine sehr heikle Situation.«

Und Alfredo weiß Dinge, die du nicht weißt, dachte Kevin plötzlich.

»Daher ist Alfredo nervös und bereit zum Verhandeln. Wir können ihn jetzt dazu bringen, Dingen zuzustimmen, denen er später nicht mehr zustimmen muß. Dieses Projekt kann für die Stadt ein Vorteil sein, und es kann in einer Weise durchgeführt werden, die dem Berg wenig Schaden zufügt. Gleichzeitig erhalten wir Alfredos Zustimmung zu unseren Plänen mit dem Hinterland und dem Streifen Gartenland entlang des Freeway sowie zu unseren Straßen- und Wegevorhaben und zur beantragten Zuzugspere. Begreifst du nun, was ich meine?«

Kevin starrte sie an. »Ich sehe nur, daß du aufgibst«, meinte er. Er stand auf und fühlte sich wie ein Fremdkörper. »Wir brauchen ihm in keiner Weise entgegenzukommen«, sagte er. »Wir können all diese Dinge auf Grund ihrer ganz speziellen Vorteile durchkämpfen.«

»Ich glaube nicht.«

»Ich schon!« Zorn stieg wieder in ihm auf.

Jean musterte ihn kalt. »Hör gut zu, Kevin, ich führe die Partei, und ich habe mit dem Vorstand gesprochen …«

»Es interessiert mich einen Scheißdreck, mit wem du geredet hast! Ich gebe den Rattlesnake Hill nicht so einfach weg!«

»Ich gebe ihn nicht weg!«

»Und ich mache mit ihm auch keine Geschäfte.«

»Du wurdest gewählt, um ein Mandat für die Grünen auszufüllen, Kevin. Du bist ein grünes Mitglied des Stadtrates.«

»Aber jetzt nicht mehr.«

Er stürmte hinaus.

Er erzählte Oscar von seiner Unterhaltung. Könnte er sich von den Grünen trennen, während er im Stadtrat ihr Mandat innehatte?

Oscar überlegte. »Ich denke schon. Der Punkt ist, wenn du der Grüne im Stadtrat bist, dann ist deine Politik die Politik der Grünen. Du brauchst also gar nicht aus der Partei auszutreten. Du kannst sagen, dies ist die politische Haltung der Grünen. Die Leute sind vielleicht nicht damit einverstanden, du bekommst Schwierigkeiten mit der Partei, und man stellt dich vielleicht nicht mehr zur nächsten Wahl auf. Aber rechtliche Probleme gibt es nicht.«

»Gut. Ich bewerbe mich sowieso nicht mehr für eine Wiederwahl.«

Aber danach wurden seine abendlichen Hausbesuche schwieriger. Viele Leute wollten nicht mehr mit ihm reden. Und die anderen machten ihm klar, daß sie seine Aktion für einen persönlichen Kampf gegen Alfredo hielten und daß sie auch den Grund dafür kannten.

Eines Abends kam er nach einem besonders ausgedehnten Spaziergang nach Hause. Unten war niemand, und er ging nach oben in sein Zimmer.

Tomas erschien in der Türöffnung. »Du kommst spät.«

»Tomas! Was machst du denn?«

»Eine kleine Pause.«

»Du machst mal Pause?«

»Ja, sicher. Jeder muß das doch mal.«

»Ich wünschte, ich könnte das auf Video aufnehmen. Damit könnten wir dich öfter mal von deinem Schirm loseisen.«

»Na ja, ich habe viel zu tun. Aber ich habe festgestellt, daß ich in letzter Zeit so ein Zucken im rechten Augenwinkel habe, wenn ich zu lange auf den Bildschirm blicke. Aber laß uns in die Küche gehen. Mal sehen, ob Donna und Cindy noch Bier im Kühlschrank übriggelassen haben.«

»Klar.« Sie setzten sich in die Küche und unterhielten sich über Yoshi und Bob, Tafael und Andrea, Sylvia und Sam. Über sich selbst. Irgendwann wurde es Kevin klar, daß er jetzt erst anfing, sich mit dem Menschen zu beschäftigen, der gleich neben ihm wohnte. Das gefiel ihm.

Eines Abends, nach einem seiner Rundgänge, suchte er die Rathauskantine auf, um dort zu Abend zu essen. Die Spätsommersonne wärmte die Bäume und Mauern des Kantinengartens, und es war ruhig. Das Essen war vorzüglich.

Er war fertig, und Delia hatte seinen Teller abgeräumt und brachte ihm ein letztes Cerveca, als Alfredo aus dem Bürotrakt des Rathauses auf der anderen Hofseite kam. Er hatte das schmiedeeiserne Tor erreicht, als er Kevin entdeckte. Kevin ließ den Blick sinken, doch er sah Alfredo zögern – dann kehrtmachen und herüberkommen. Kevins Herz schlug heftig.

»Was dagegen, wenn ich mich setze?«

»Von mir aus«, erwiderte Kevin unsicher. Alfredo wirkte ebenso unsicher, und für einen kurzen verlegenen Moment war ihnen beiden sehr unbehaglich zumute.

Alfredo ließ sich auf einen der weißen Plastikstühle sinken. Delia kam mit Kevins Bier, und Alfredo bestellte einen Margarita. Dabei bemerkte Kevin, wie Delia sich bemühte, nicht allzu überrascht auszusehen. Sie waren tatsächlich das Stadtgespräch.

Als sie gegangen war, rutschte Alfredo bis zur Kante seines Stuhls vor und stützte die Ellenbogen auf den Tisch. Während er auf seine Hände blickte, sagte er: »Weißt du, Kevin. Es … tut mir wirklich leid. Das mit Ramona, meine ich.« Er schluckte. »Der wahre Grund ist …« Er hob den Kopf und sah Kevin in die Augen. »Ich liebe sie.«

»Ja«, sagte Kevin, wandte unbehaglich den Blick ab. Er hörte sich erwidern: »Ich glaub's dir.«

Tat er das? Alfredo mit all seinen … Aber er dachte an Ramona. Alfredo wäre dumm, sie nicht zu lieben, und dumm war er bestimmt nicht. »Es ist zwar ein Schock«, fuhr er fort, »aber ich glaube dir.«

Alfredo lehnte sich zurück und machte ein erleichtertes Gesicht. Delia brachte seinen Margarita, und er leerte das Glas zur Hälfte. »Ich hatte es fast vergessen«, meinte er dann mit leiser Stimme. »Es tut mir leid. Ich glaube, deshalb ist alles so gelaufen.« Er schluckte. »Es tut mir wirklich leid.«

»Es steckte sicher noch mehr dahinter«, sagte Kevin und trank sein Bier. Er wollte nicht mehr darüber reden. Er verspürte den Drang, eine ganze Karaffe Margarita zu bestellen, um seine Verlegenheit zu überspielen.

»Ich weiß«, meinte Alfredo. »Glaub mir, ich will nichts beschönigen. Ramona ist auch unglücklich über die Entwicklung, die das Ganze genommen …«

»Sicher«, bemerkte Kevin und ärgerte sich über das allgemeine Gerede, das immer aufkam, wenn Liebe im Spiel war.

»Und mir tut es auch leid, ich meine, ich hätte niemals so gehandelt. Ich war eben …«

Die Karaffe Margarita wurde gebracht, und sie füllten ihre Gläser, nahmen von dem Salz, tranken und vermieden es, einander in die Augen zu sehen.

»Ich war ein Narr!« stellte Alfredo fest. »Ein überheblicher, dummer Narr.«

Und wieder, wie aus weiter Ferne, hörte Kevin seine eigene Stimme. »Manchmal verlieren wir aus den Augen, was wirklich wichtig ist.« Und er dachte an Doris. »Du hast getan, was du gefühlt hast.«

»Ich wünschte nur, es wäre nicht so gelaufen.«

Kevin zuckte mit den Achseln. »Niemand kann etwas dafür.«

Hatte er das wirklich gesagt? Ganz sicher war er sich nicht, ob er an das glaubte, was er von sich gab. Allmählich begann er sich betrunken zu fühlen.

Alfredo leerte sein Glas, schenkte sich nach, trank wieder. »Und dieser Zusammenstoß an der dritten Base tut mir auch leid.«

»So ist das schon mal beim Softball.«

Sie tranken schweigend. »Was ...«

»Ich ...«

Sie lachten verlegen.

»Ich wollte eigentlich nur sagen«, meinte Alfredo, »es ist okay, daß wir privat so heftig aneinandergeraten sind. Aber ich begreife nicht, warum du dich so vehement gegen die Vorstellung sträubst, auf dem Rattlesnake Hill ein erstklassiges Technikzentrum zu bauen.«

»Ich wollte eigentlich genau das gleiche sagen«, erwiderte Kevin. »Warum bist du so erpicht darauf, diesen Berg als Standort zu nehmen?«

Eine lange Pause. Kevin betrachtete ihn neugierig. Interessant, Alfredo in diesem neuen Licht zu betrachten und zu wissen, was er über Heartech und die AAMT erfahren hatte. »Es ergibt keinen Sinn«, hakte er nach. »Wenn dieses Zentrum wirklich nur das ist, was du behauptest, dann könnte es genausogut woanders in der Stadt errichtet werden. Aber wir haben nur einen einzigen unbebauten Berg. Ich begreife das nicht.«

Alfredo beugte sich vor und zeichnete mit einem Finger Linien in das verstreute Salz und den verschütteten Alkohol auf der Tischplatte. »Ich strebe eben immer nur nach dem Besten. Sicher, je besser das Zentrum läuft, desto besser ist es auch für mich persönlich, aber warum sollte es nicht so sein?«

Überaus interessant, seinen Erklärungen zuzuhören – zu sehen, wie es in seinem Kopf angestrengt arbeitete.

Kevin nickte. »Schön, ich möchte auch gut verdienen, und ich möchte hervorragende Arbeit leisten. Aber dann braucht man doch nicht die Stadt zu ruinieren, in der man wohnt.«

»Sie würde doch gar nicht ruiniert! Ein Zentrum dieser Art mit Labors und Büros und Restaurants, mit einer Aussichtsplattform, einem kleinen Amphitheater für Konzerte und Partys, und dann dieser herrliche Blick – Mann, davon haben die Stadtplaner doch seit Jahren geträumt. Viel mehr Menschen als jetzt würden den Berg nutzen.«

»Mehr ist aber nicht besser, das ist der Punkt. Orange County ist dafür der schlagende Beweis. Nach einem bestimmten Punkt bedeutet alles Mehr eine Verschlechterung, und diesen Punkt haben wir schon längst erreicht. Es wird Jahre dauern, alles wieder so weit zu reduzieren, daß Land und Bevölkerungszahl in einem gesunden Verhältnis zueinander stehen. Und jetzt redest du nur von Wachstum. Der Berg ist ein Stück Wildnis, auch wenn er in nächster Nähe der Stadt liegt, und so ist er mehr wert als jedes noch so grandiose Industrie- und Geschäftszentrum.«

Kevin verstummte, um Luft zu holen. Mal sehen, was Alfredo darauf erwiderte.

Alfredo schüttelte den Kopf. »Wir haben das ganze Hinterland vom Peter's Canyon Reservoir bis zum Black Star Canyon. Dieser Berg gehört mittlerweile zur Stadt. Das Zentrum dorthin zu bauen würde der Stadt in erheblichem Maße nützen.«

Plötzlich konnte Kevin den Ursprung dieser Argumente erkennen. Sicherlich war es genau das, was die AAMT-Vertreter zu Alfredo gesagt hatten, als sie Druck auf ihn ausübten.

Faszinierend. Kevin brauchte nur den Kopf zu schütteln, und Alfredo schlug mit der Faust auf den Tisch und erhob die Stimme, um seinen Worten Nachdruck zu verleihen: »Doch, das würde es, Kevin! Damit würden wir zu einer ersten Adresse!«

»Ist mir egal«, erwiderte Kevin. »Ich will gar keine erste Adresse sein.«

»Das ist doch verrückt!« schimpfte Alfredo. »Dir ist alles egal, genau!«

»Deine Ideen interessieren mich nicht«, korrigierte Kevin. »Es sind Ideen aus Wirtschaftsmagazinen. Ideen, die von woanders kommen.«

Alfredo atmete aus. Er zog die Augenbrauen zusammen und starrte Kevin an. Kevin erwiderte ruhig den Blick.

»Na ja«, sagte Alfredo. »Darin unterscheiden wir uns eben. Ich will El Modena nach oben bringen. Und ich will auch nach oben. Und deshalb will und muß ich das durchpauken.«

»Das sehe ich.« Irgendwie verspürte Kevin sogar so etwas wie Mitleid mit Alfredo.

»Ich will nur nicht, daß das Ganze sich zu einem persönlichen Krieg ausweitet«, sagte Alfredo. »Ich weiß, was passieren kann, wenn man eine solche Auseinandersetzung persönlich nimmt. Ich will nicht wütend sein auf dich, Kevin. Und ich möchte nicht, daß du auf mich Wut verspürst.«

Kevin musterte ihn. Dann atmete er tief durch. »Das ist vielleicht der Preis, den man zahlen muß. Ich mag deinen Plan nicht, und ich mag nicht, wie du dich darin verbeißt trotz aller Gegenargumente, die ich für einleuchtend halte. Daher müssen wir abwarten, wie es weitergeht. Wir müssen alle tun, was unsere innere Stimme uns befiehlt, nicht wahr?«

Alfredo war verblüfft und gab darauf keine Antwort. Er ist zu sehr daran gewöhnt, immer seinen Willen zu bekommen, dachte Kevin. Daß jedermann ihn liebt.

Alfredo zuckte mit den Achseln. »So ist es wohl«, sagte er düster und leerte sein Glas.

Liebe Claire,

... Mein Wohnzimmer wird allmählich fertig. Mein Lehnsessel mit der Leselampe steht bereits an seinem Platz, gleich neben dem Kamin und einem kleinen Bücherregal daneben, das vollgestopft ist mit den schönsten Büchern. Zur Zeit habe ich einen Stapel ›Autoren Kaliforniens‹ hier, während ich versuche, diesen Ort zu verstehen, in den ich gezogen bin – die Legenden und Stereotypen zu durchschauen und die wahre Meinung der hier Ansässigen zu ergründen. Mary Austin, Jack London, Frank Norris, John Muir, Robinson Jeffers, Kenneth Rexroth, Gary Snyder, Usula LeGuin, Cecelia Holland und noch andere ... sie alle zusammen vertreten eine Auffassung, die ich mehr und mehr wertzuschätzen beginne. Muirs ›athletischer Philosoph‹, seine ›Universität der Wildnis‹, diese Ideen ziehen sich durch die ganze Tradition, und das Ergebnis ist eine sehr lebendige und klare Literatur. Das griechische Ideal, ja, die Liebe zum Land, ein gesunder Geist in einem gesunden Körper – oder, wie Hank es ausdrückt, Maßhalten in allem, auch im Maßhalten selbst! Du kannst sicher sein, daß ich in meiner Begeisterung für die mehr physischen Aspekte dieser Philosophie maßvoll bleibe ...

... Ja, der politische Kampf hier wird hitziger; ein Waldbrand in den Canyons östlich der Stadt hat mehrere hundert Morgen vernichtet, darunter auch das Haus von Tom Barnard. Das Feuer hatte keine natürliche Ursache. Irgendwer hat es angezündet, sei es unabsichtlich oder durchaus geplant. Wer? Das weiß niemand. Doch Barnard will jetzt mit der wunderbaren Nadeshda eine Seereise unternehmen.

Nur wenige teilen meine Ansicht. Die Polizei hat, aus Mangel an Beweisen, die Sache als Unglücksfall zu den Akten gelegt, allerdings mit einem Hinweis, sie wieder aufzunehmen, falls sich ein ähnlicher Fall ereignen sollte.

Damit ist die Angelegenheit wohl erledigt, aber ich habe weiterhin meine Zweifel.

Unterdessen hat die Partei des Bürgermeisters alle notwendigen Schritte für ein Referendum unternommen. Wenn es zu einer Abstimmung kommt (was sehr wahrscheinlich ist) und sie gewinnen, dann waren alle unsere Bemühungen umsonst.

Ich versuche das Ganze mit Gelassenheit zu betrachten. Und ich habe mich aus Trauer über den Verlust Nadeshdas etwas mehr der strengen Doris zugewandt. Du hast recht gehabt, ich bewundere sie mehr und mehr. Ich habe sie zu einigen ziemlich albernen Vergnügungen mitgenommen und mich dabei benommen wie ein Idiot. Das ist ja immer meine starke Seite, wenn ich anderen Leuten gefallen will.

Doris revanchierte sich, indem sie mir ihr neues Labor zeigte. Es war sehr interessant. Sie hat einen neuen Posten in einer Firma, die Avending sehr ähnlich ist, ›jedoch in den Bereichen, die mich interessieren, Avending voraus ist‹. Demnach, meinte ich daraufhin, habe sie bei ihrem großen Opfer, bei Avending zu kündigen, nichts anderes im Auge gehabt als ihren eigenen Vorteil. Das sei das Ergebnis, meinte sie fröhlich darauf. Ihre neue Firma heißt SSlabs und entwickelt eine Reihe von Materialien zur Kontrolle der Raumtemperatur und für andere Anwendungen. Es sind spezielle Kombinationen von Keramik und Metall – Metalle, die man auch als seltene Erden oder Lanthaniden bezeichnet. Natürlich werden die Zusammensetzungen der verschiedenen Legierungen geheimgehalten, und ich bekam nur Doris' Büro und einen Lagerraum zu sehen, in dem sie ihre Skulpturen aufbewahrt. Ich begreife jetzt, was sie dazu bringt, sich in dieser Weise auszudrücken. Die Künstlerin in ihr wird durch das angeregt, was die Wissenschaftlerin zu Tage fördert. Die Ergebnisse sind wunderbar. Ich werde meinem nächsten Brief ein Foto von dem Stück beilegen, das sie mir geschenkt hat.

... Meinem Freund Kevin geht es leider sehr schlecht; seine geliebte Ramona ist zu ihrem Ex, dem Bürgermeister, zurückgekehrt, und Kevin ist am Boden zerstört. Ehrlich gesagt, hatte ich gar nicht erwartet, daß er zu einer solchen Reaktion überhaupt fähig war.

Auf Grund meiner eigenen Erfahrungen mit E im vergangenen Jahr in Chicago kann ich mir vorstellen, was er durchmacht, und obgleich ich in solchen Dingen nicht gerade gut bin, habe ich es immerhin geschafft, ihn ein wenig aufzumuntern. Außerdem habe ich auch daran gedacht, daß sonst mein Haus niemals fertig würde.

Daher habe ich ihn ins Theater mitgenommen. Katharsis und so weiter, Du weißt schon. Ja, ich hab mich geirrt, es gibt ein Theater in Orange County, das habe ich vor ein paar Wochen in Erfahrung gebracht. Eine kleine Gruppe, die unten in Costa Mesa in einer Garage arbeitet. Es passen zwar nur fünfzig oder sechzig Zuschauer hinein, aber sie ist immer voll.

Kevin hat noch nie ein Schauspiel gesehen. Man interssiert sich hier einfach nicht dafür. Aber er hatte schon davon gehört, und ich erklärte ihm einiges darüber auf dem Hinweg. Ich besorgte sogar einen Wagen, so daß wir nicht in Schweiß gebadet dort ankamen. Er war beeindruckt.

Die kleine Gruppe führte Macbeth auf, schafften es jedoch nur, indem die Schauspieler zwei oder gar drei Rollen spielten. Kevin hatte den Titel schon mal gehört, kannte aber die Geschichte nicht. Er hatte auch keine Ahnung von dem Prinzip der Doppelrollen, so daß er von den ersten beiden Akten nicht viel mitbekam, weil er mir dauernd Fragen stellen mußte.

Aber wie begeistert er dann der Handlung folgte! O Claire, das hättest Du sehen müssen! In dieser Gesellschaft wird viel geredet, daher war diese Form der Vermittlung von Ideen für ihn völlig selbstverständlich.

Trotzdem hatte er keine Ahnung, was jeweils als nächstes

passierte! Und die Theatergruppe – klein, noch sehr jung und unerfahren, aber um so begeisterter bei der Sache – und die beiden Hauptpersonen, etwas älter als der Rest, waren hervorragend: Macbeth, überzeugend in seinem Drang König zu werden – und Lady Macbeth, ehrgeizig und hart. Ihre Diskussion, ob sie Duncan ermorden sollten oder nicht, war ein Erlebnis.

Und für Kevin erst recht. Gelegentlich sah ich zu ihm hinüber und hatte das Gefühl, daß jede Gefühlsregung sich überdeutlich auf seinem Gesicht abzeichnete. Es war, als würde sein Innerstes nach außen gekehrt.

Als die Beleuchtung im ›Saal‹ anging, saß Kevin wie erschlagen auf seinem Platz neben mir. Wir verließen die Garage und stützten uns gegenseitig. Die Leute betrachteten uns verwundert und lachten sogar.

Auf der Heimfahrt meinte er: Mein … Gott. Gibt es noch mehr davon?

Nicht genauso.

Gott sei Dank, sagte er.

Aber einige der Schauspiele Shakespeares sind so ähnlich und genausogut.

Sind alle so traurig?

Die Tragödien ja. Die Komödien sind sehr lustig. Und die Problemstücke sind extrem problematisch.

Donnerwetter, sagte er. So etwas habe ich noch nie gesehen.

Ja, das Theater ist wirklich eine Macht. Kevin und ich vereinbarten, daß wir demnächst noch mal hingehen würden.

… Ich weiß nicht, ob ich Dir das Folgende erzählen soll oder nicht. Es war sehr seltsam. Ich weiß auch nicht, was ich davon halten soll. Es ist einfach so passiert.

Eines Abends ging ich hinaus in den Garten, um ein paar Avocados zu holen. Plötzlich hatte ich ein so seltsames Gefühl und blickte zum Haus zurück. Und dort, unter meiner Lampe, saß ein Paar, beide lasen Zeitung, einer auf dem

Sofa, der andere im Sessel. Die Frau hatte eine siamesische Katze auf dem Schoß.

Ich erschrak heftig. Aber dann sah der Mann auf und blickte über denm Brillenrand die Frau an; und ich spürte, wie ich innerlich ganz ruhig wurde, und ich verspürte ein Gefühl der Zuneigung, der Wärme. Plötzlich fühlte ich mich zu Hause, und ich ging zur Glastür, um ins Haus zu treten, und ich hatte keine Angst mehr. Aber als ich die Tür aufschob, waren sie nicht mehr zu sehen.

Ich ging hinein und legte die Hand auf das Sofa, und es war kalt. Aber in mir herrschte eine totale Ruhe und Gelassenheit. Es war wie eine Woge der Freundlichkeit und Liebe, die mich überspülte. Ich fühlte, daß ich in diesem Haus willkommen war …

Ich denke, ich sollte diesen Brief lieber nicht abschicken. Wahrscheinlich meinst Du, daß ich den Verstand verliere. Zuviel Sonne, dann die Verrücktheiten Kaliforniens und so weiter. Viele Dinge scheinen sich in mir zu verändern. Da war zum Beispiel die Nacht mit den Gänsen und den Kojoten, dann der Baum mit den Krähen – aber davon habe ich Dir lieber nichts erzählt. Es ist wohl besser so.

Und dennoch bin ich glücklich! Du kannst Dir denken, was für ein Fortschritt das ist. Wenn mir also Geister erscheinen, dann heiße ich sie willkommen, so wie sie mich willkommen geheißen haben.

Ich glaube, ich kann hier Schluß machen und mir den Rest schenken.

10

Mehrere Nächte hintereinander schlief ich kaum und versank nur in jenem seichten halbwachen Zustand, in dem man teilweise spürt, daß man wach ist, während man andererseits den Eindruck gewinnt, als verstriche jeweils eine Stunde zwischen den einzelnen Gedanken. Gegen drei wurde ich vollends wach, fühlte mich unwohl und konnte noch nicht einmal wieder in den jämmerlichen Halbschlaf fallen. Ich wälzte mich herum, dachte nach und versuchte dabei, gar nichts zu denken.

Im Morgengrauen stand ich auf und ging in die Kantine und trank eine Tasse Kaffee und versuchte zu schreiben. Den ganzen Tag saß ich da und starrte auf das Blatt Papier, starrte in die Leere zwischen meiner Welt und der Welt in meinem Buch. Bis meine Hand zitterte. Als ich mich umsah und betrachtete, zu was mein Land fähig war, wenn es Angst hatte und ihr nachgab. Ich sah die Schlagzeilen auf den verstreut herumliegenden Zeitungen. Ich sah meine Gefährten und den Zustand, in dem sie sich befanden.

Und eines Tages erhob ich mich mit meinen Notizbüchern und ging hinaus, an der Rückseite der Kantine vorbei und zu den Abfallcontainern. Das Buch bestand aus drei dicken Notizblöcken mit Spiralheftung. Ich ließ mich auf dem Zementboden nieder, schlug die Beine übereinander und begann die Seiten aus den Drahtspiralen herauszureißen, und zwar immer zehn auf einmal. Ich riß sie mitten durch, zuerst in der Länge, dann in den Breite. Als ich einen kleinen Papierstapel aufgehäuft hatte, warf ich die Schnipsel in den Container. Das tat ich, bis alle Seiten vernichtet waren. Ich riß auch die Kartondeckel von den Spiralen los und zerkleinerte sie. Die verbogenen Spiralen waren das letzte, was in den Abfall flog.

Kein Utopia mehr für mich.

Danach kehrte ich in die Kantine zurück und saß dort wie vorher, nur fühlte ich mich schlechter als je zuvor. Aber es hatte keinen Sinn fortzufahren, wirklich nicht. Die Zeit war vorbei, in der ein Utopia irgendwem hätte helfen können. Besonders mir. Die Diskrepanz zur Wirklichkeit war einfach zu groß.

So saß ich da, trank Kaffee und blickte aus dem Fenster. Einer meiner Schlafsaalgenossen, er liegt zwei Betten weiter, kam zum Essen herein. Hey, Barnard, sagte er, wo ist dein Buch?

Ich hab's weggeworfen.

O nein, sagte er und sah erschreckt aus. Hey, Mann. Das kannst du nicht tun.

Doch, ich kann.

Am nächsten Tag, um die gleiche Zeit, brachte er einen Kugelschreiber und eine graue Laborkladde mit. Bestimmt stammte beides aus dem Krankenhaus.

Hey, Mann, fang wieder an zu schreiben. Ein todernster Ausdruck auf seinem Gesicht. Du mußt erzählen, was hier passiert! Wenn du es nicht tust, wer wird es dann? Du mußt, Mann. Und er legte das Notizbuch auf den Tisch und ging weg.

So. Ich werde das Buch nicht schreiben. Aber hier, jetzt, mache ich diese Notizen. Um die Zeit totzuschlagen, wenn es denn keinen anderen Grund gibt. Ich stelle fest: Hier herrscht weniger Verzweifelung, als man annehmen sollte. Verzweifelung wird abgelehnt, verdrängt. Es ist ein Stadium jenseits der Panik. Es gibt einen Mut, der uns alle beschämen sollte. Es gibt ein Lager, ein amerikanisches Internierungslager, wo jeden Tag Menschen in ein Krankenhaus gebracht werden, wo andere da sind, die ihnen helfen und die durchhalten. Es gibt einen Ort, wo die Menschen im Angesicht des Todes scherzen, sich gegenseitig helfen, untereinander das wenige teilen, das sie haben, wo sie durchhalten. In dieser Hölle schaffen sie sich ihr eigenes ›Utopia‹.

Das Leben auf See gefiel Tom. Nadeshda und er bewohnten eine kleine Kabine, die kaum breit genug war, um ihnen beiden Platz zu bieten. Nachts preßte das ständige Rollen des Schiffes ihren Körper rhythmisch gegen ihn, und sie wurde für ihn zu einem Teil der See. Er hatte das Vergnügen völlig vergessen, mit jemand anderem ein Bett zu teilen. Im Morgengrauen, wenn sie noch schlief, stand er auf und ging an Deck. Er sah das erste Tageslicht am Horizont, schwelgte in den frischen Farben des Meeres. Wie unendlich schön es doch war, durch diese blaue Salzwasserwelt zu segeln, und er war in seinem bisherigen Leben ohne dieses Erlebnis ausgekommen. Unglaublich! Er mußte lachen.

Am frühen Morgen hatte er das ganze Deck fast für sich allein. Diejenigen, die Wache hatten, hielten sich für gewöhnlich auf der Brücke auf, eine Glaskabine, die direkt vor dem Besanmast auf dem Deck aufragte. Einmal traf er auf eine Gruppe Leute, die die ganze Nacht wachgeblieben waren, um das grüne Leuchten bei Sonnenaufgang zu beobachten.

Die Mannschaft bestand zu gleichen Teilen aus Männern und Frauen. Ihre Arbeit, ihr Spiel und ihre Ausbildung gingen ineinander über. Geselligkeit und Liebeleien ließen sie bis in die tiefe Nacht aufbleiben; sie waren die ausgelassenste Gruppe junger Menschen, die Tom jemals kennengelernt hatte, und er konnte auch erkennen warum. Was für ein Leben führten sie. Vor allem die jungen Frauen waren kaum zu bändigen. Es war ihr erster Ausflug ins ungebundene Leben! Tom beobachtete sie, wie Ingres seine Modelle in den Bädern beobachtet hatte, und erfreute sich daran, wie anziehend sie waren. Makellose dunkle Haut, üppige Brüste, breite Hüften, wie Frauengestalten aus dem Kama Sutra, die lebendig geworden und den Zweck ihres Daseins vergessen hatten und nun frei waren wie die Fische im Wasser.

Gelegentlich stieg er hinunter in den Funkraum des Schiffs und meldete sich zu Hause. Er unterhielt sich mit Kevin und erfuhr auf diese Weise von den aktuellen Entwicklungen und gab seine Ratschläge, wenn er darum gebeten wurde. Er rief außerdem von Zeit zu Zeit Nylphonia und seine anderen Freunde an und erkundigte sich nach ihren Erfolgen bei ihrer Suche in den Geschäftsakten von Heartech. Es gab wohl Verbindungen zwischen Heartech und der AAMT, doch sie waren sehr verzweigt. »Wir müssen wahrscheinlich massiv an die AAMT herangehen, um mehr über Heartech zu erfahren, und das wird nicht leicht sein.«

»Ich weiß. Versucht es trotzdem.«

Sturmwolken, an der Unterseite grau und darüber strahlendweiß, zeigten an, wie hoch der Himmel wirklich war. Eine ganze Reihe davon wanderte über den südlichen Horizont wie eine Flotte stattlicher Galeonen, und dann befand das Schiff sich unter ihnen. Die *Ganesh* ritt auf den Wellen, und der Wind pfiff in der Takelage. Die wachhabenden Seeleute refften die Segel mit Hilfe der Motorwinden, die über die große Kontrolltafel des Schiffs gesteuert wurden. Tom und Nadeshda saßen in ihren Decksesseln vor und oberhalb der Matrosen und blickten durch das breite Glasfenster hinaus. Ihr Kapitän, Gurdial Bahaguna, kam vorbei, sah der Steuerfrau über die Schulter und kontrollierte die Kompaßanzeige. Er nickte ihnen grüßend zu und verschwand wieder. »Er ist aber ganz schön lässig«, stellte Tom fest.

Nadeshda lachte. »Das ist doch nur ein winziges Windchen, Tom. Du solltest mal sehen, was im Nordpazifik los ist.«

Tom sah zu, wie das Wasser als Vorhang winzigster Tröpfchen vom Bug wegstiebte und dann vom Wind gegen ihr Fenster gedrückt wurde. »Das ist doch die Rückroute, nicht wahr? Dann werde ich es wohl erleben.«

Sie lächelte und ergriff seine Hand.

Einen Tag später kletterte Tom mit dem Bootsmann, Sonam Singh, der einen Werkzeuggürtel trug und eine Reparatur am Hauptmondsegel ausführen mußte, in die Takelage. Sie mußten zum höchsten Punkt auf dem Schiff hinaufsteigen, etwa fünfundsiebzig Meter über dem Deck; Tom kam es kilometerhoch vor. Er schaute hinab auf die winzigen mausgroßen Menschen, die auf dem Modellschiffchen unter ihm herumrannten, und er spürte, wie seine Hände sich um die Leinen krampften. Er spürte den Wind und das Schwanken des Mastes. Indem er nach hinten blickte, sah er das Kielwasser, das wie ein leuchtendweißes V auf dem satten Blau des Meeres lag. Der Horizont war weit weg und schien den halben Himmel einzunehmen. Das Stück der Welt, das er überschauen konnte, war rund wie ein Teller und von einem nahtlosen Blau.

»Hängen Sie sich an dieser Leine ein«, riet Singh ihm und wies auf ein Kabel, das in Abständen an der Unterseite der schlanken Mondsegelstenge befestigt war. »Und dann stellen Sie die Füße auf das Fußtau und kommen mir langsam nach. Und dann benutzen Sie die Handgriffe an der Stenge. Ein Schritt nach dem anderen. Alles klar? Dann los.«

Tom trug ein Geschirr wie ein Felskletterer, das zur Sicherheit unter der Stenge eingehängt war. Auch wenn er ausrutschte und seine Hände den Halt verloren, würde er immer noch da oben in seinem Geschirr hängen und hin und her baumeln. »Ich kann einfach nicht glauben, daß die Seeleute früher ohne diese Sicherung hier heraufgeklettert sind«, meinte er, während er sich über das Fußtau schob.

»O ja, das waren tollkühne Männer«, sagte Singh und drehte sich zu ihm um. »Sind Sie okay? Wollen Sie tatsächlich weitergehen?«

»Ja.«

»Na schön. Ja, sie standen auf ihren Tauen und bedienten die Segel mit den Händen, reﬀten oder setzten sie, lösten eingefrorene Knoten, und das manchmal im heftigsten

Sturm. Eine Fahrt um Kap Hoorn von Osten nach Westen war das Schlimmste, was man sich vorstellen konnte.«

»Einige sind sicherlich abgestürzt.«

»Ja, sie haben einige Matrosen verloren, die über Bord gingen. Wir sind da. Sehen Sie den kleinen Block? Die Laufscheibe darin klemmt. Wenn Sie mich fragen, ist das ein Fabrikationsfehler. Die Leine klemmt und würde reißen, wenn man sie einzuziehen versuchte. Sie brauchen sich übrigens nicht so krampfhaft festzuhalten, das Geschirr ist absolut sicher.«

»Aha.« Tom lehnte sich zurück und spürte den Wind und das Rollen des Schiffs. Von dort oben konnte er die Muster sehen, die von den Wellen geschaffen wurden und die das Sonnenlicht reflektierten. Er sah zu, wie der Bootsmann die Taurolle reparierte.

Singh konzentrierte sich auf seinen Schraubenzieher und die Rolle, wobei er hin und her pendelte. Gleichzeitig erklärte er seinem Begleiter die Bedeutung und Aufgaben der Leinen unter ihnen. »Alles in allem ein recht ansehnliches Stück neuzeitlicher Technologie bei einer uralten Sache. Ausnutzung einer kostenlosen Energiequelle. Eigentlich unfaßbar, daß man diese Methode tatsächlich mal verworfen hatte.«

»Aber waren sie denn nicht gefährlich? Ich meine die Segelschiffe der letzten Generation, die Riesen mit ihren fünf und sechs Masten?«

»Das stimmt schon. Die *Kopenhagen* und die *Karpfanger* verschwanden spurlos. Aber das geschah auch mit dieselgetriebenen Schiffen. Was diese Generation von Segelschiffen betrifft, so lag es vorwiegend an unzureichenden Baumaterialien, ungenauen Wettervorhersagen und daran, daß sie einfach zu hohe Lasten beförderten. Außerdem gab es natürlich gewisse Konstruktionsfehler. Sie waren einfach zu groß. Doch davon ist man abgekommen. Jetzt sind diese Schiffe zwar noch immer recht groß, aber nicht zu groß. Zudem arbeiten wir jetzt mit besseren Materialien. Und dann verfügen wir über Funk und Radar und können Satellitenfotos zu Rate ziehen, und die Daten werden nachher von einem Computer gesammelt und berechnet … Es ist schon wunderbar, oder?«

Sie machten in Corinto, Nicaragua, Halt und mußten einen Tag lang warten, um einen Platz am Pier zu bekommen, wo sie schließlich in einer langen Reihe ähnlicher Schiffe lagen. Tom und Nadeshda schlossen sich einer Gruppe an, die an Land ging, und verbrachten einen Tag auf dem Markt hinter den Hafenanlagen, wo sie Obst, einen altmodischen Sextanten und leichte Kleidung für die Tropen kauften. Tom saß eine Stunde lang auf dem Vogelmarkt, fasziniert von den leuchtenden Farben der zum Verkauf stehenden tropischen Vögel. »Sind die alle echt?« fragte er Nadeshda.

»Die Papageien und die Mynahs und Quetzals schon. Auch die Loris sind echt, wenngleich sie nicht aus dieser Gegend stammen. Die anderen sind nicht echt, jedenfalls nicht so, wie du es meinst. Hast du denn noch nie genetisch manipuilierte Vögel gesehen?«

Tom schüttelte den Kopf. »Ich glaube nicht.«

»Du mußt wirklich mehr reisen.« Sie lachte über seinen Gesichtsausdruck, gab ihm einen Kuß und zog ihn am Arm hinter sich her. »Komm, hier werden auch sehr gute Fahrräder gebaut, und davon verstehst du ja etwas.«

Tom folgte Nadeshda wie benommen durch dieses Durcheinander von Düften, Farben und Tierlauten.

Am Ende hatten sie alles Geld ausgegeben, das sie an Land mitgenommen hatten. Das Schiff entlud Mikrochips, Titan, Mangan und Wein und nahm dafür Kaffee, Stereolautsprecher, Kleidung und genetisch optimiertes Saatgut auf.

Am folgenden Abend, dem letzten, ehe sie wieder ablegten, gingen sie noch einmal an Land und tanzten die ganze Nacht hindurch.

Sie setzten die Segel und starteten nach Westen über den Pazifik. Endlose Tage im Blau des Wassers und des Himmels. Tom wurde ein richtiger Wolkenfan. Er erhöhte die Dosis seiner Altersmedikamente. Er verbrachte viel Zeit im Ausguck, er entdeckte Wale und hatte große Träume. Sie passierten ein Korallenatoll, und er stellte sich vor, dort für immer zu leben.

An einem besonders milden Abend traf Nadeshdas Klasse sich auf dem Vordeck, und Tom erzählte von dem Kampf um die internationalen Gesetze zum Schutz vor zu großen Wirtschaftskonzernen. »Damals waren die Menschen sich einig, daß Monopole eine schlechte Sache sind, denn sie schadeten im Grunde dem Geschäft und beschnitten die Möglichkeiten des freien Handels und des Wettbewerbs. Das wurde noch schlimmer, als die multinationalen Konzerne entstanden, denn sie waren groß und mächtig genug, um untereinander Abkommen und Absprachen zu treffen, und am Ende war es eine Welt der Kartelle. Die Regierungen wehrten sich gegen die Multinationalen, weil sie sich der Kontrolle entzogen. Die Menschen haßten sie, weil sie jedermann zu einem winzigen Rädchen in einer gigantischen Maschinerie reduzierten und weil sie Geld verdienten für jemanden, den man niemals in Person zu Gesicht bekam. Aus diesem Grunde gingen wir gegen sie vor. Und trotz großer Unterstützung hätten wir beinahe verloren.«

»Sie beschreiben das, als wäre es ein Krieg gewesen«, meinte Pravi kritisch. Sie war eine der intelligentesten Studentinnen Nadeshdas.

»Es war auch ein Krieg«, sagte Tom und betrachtete sie

voller Interesse. Sie war eine noch sehr junge Hindufrau, eine Kali. »Sie kauften Menschen, Gerichte, Zeitungen – sie töteten auch. Und wir mußten auf Länder Druck ausüben, die meinten, daß es eine lukrative Angelegenheit sei, wenn sie den Konzernen ihren Schutz anboten.«

»Druck ausüben«, sagte Pravi zornig. »Ihr Supermächte mit eurer Arroganz, ihr glaubt wohl, ihr könnt die Welt nach eurem Gutdünken herumkommandieren. Es ist nichts anderes als eine neue Form des Imperialismus. Ihr zwingt die Welt, das zu tun, was ihr für richtig haltet!«

Tom zuckte mit den Achseln und betrachtete sie, so gut es im Dämmerlicht ging. »Die Leute meinten, daß die Kolonialmächte, die ihre Souveränität über ihre Kolonien verloren oder aufgaben, ihre Macht mittels wirtschaftlicher Abkommen erhielten. Das nannte man Neo-Kolonialismus, und ich sehe schon, was dahintersteckt. Aber in dieser Form des Neo-Kolonialismus waren es allein die Konzerne, die die Kontrolle behielten und die Ausbeutung fortsetzten. Da die heimischen Märkte gesättigt waren, mußte man ins Ausland gehen, um die Gewinne in gewohnter Höhe zu erhalten, und so geschah es, daß sie sich nach und nach den unterentwickelten Teil der Welt einverleibten.«

»Genau.«

»Na schön. Aber das Zerschlagen der Konzerne, die Verteilung ihrer Werte innerhalb des Systems, um damit die Wirtschaft weiter anzukurbeln, lief auf eine Freisetzung von Kapital hinaus, eine Rückgabe des Wohlstands an die, die ihn geschaffen hatten. Es war etwas Neues, sicher, doch man wirft einiges durcheinander, wenn man diesen Schritt Neo-Kolonialismus nennt. Tatsächlich war es eine Zerschlagung des Neo-Kolonialismus.«

»Per Zwang! Auf Befehl der Supermächte, die dem Rest der Welt ihre Vorschriften diktierten! Druck auf sie ausübten, wie Sie es nannten!«

»Sehen Sie doch, wir hatten nicht immer eine solche internationale Übereinstimmung, um solche Aktionen gemeinsam durchzuführen. Die Macht der Vereinten Nationen als Ganzes ist das Ergebnis einer ziemlich jungen Entwicklung. In der Zeit, von der ich rede, war Kapital sehr beweglich, es konnte ohne Beschränkungen von einem Land zum anderen wandern. Wenn nur ein Land bereit war, ihm Zuflucht zu gewähren, würde das alte System fortbestehen.«

»Damals hätten die Länder der Dritten Welt an Macht gewinnen können, und das hätte den Supermächten nicht gepaßt. Das konnten sie nicht zulassen.«

»Aber die armen Länder hätten überhaupt keine Macht besessen. Sie hätten vielleicht höhere Steuereinnahmen gehabt, aber im Endeffekt wären sie von den Konzernen abhängig gewesen, denen sie Zuflucht boten. So mächtig war der Konzern-Kapitalismus. Heute können Sie sich das nicht mehr vorstellen.«

»Wir wissen nur, daß Sie wieder einmal über unser Schicksal entschieden haben.«

»Nicht wir allein«, widersprach Tom. »Es war eine gemeinsame Aktion auf Grund der herrschenden Weltmeinung mit Zustimmung der Regierungen und der Presse. Es war eine Revolution der Menschen, die die Macht ihrer Regierungen einsetzten gegen eine kleine Managerklasse, der die Konzerne gehörte und die sie leitete.«

»Was verstehen Sie unter Revolution?« wollte eine andere Studentin wissen.

»Wir änderten die Gesetze. Wir zerschlugen die Welt der Konzerne. Diejenigen, die sich wehrten und sich in die Länder zurückzogen, die ihnen Schutz boten, wurden praktisch enteignet. Wir ließen bestimmte Wirtschaftsverbindungen bestehen, achteten aber darauf, daß die Gewinne nicht abgeschöpft, sondern wieder angelegt wurden.«

»Ein stille Revolution«, warf Nadeshda ein.

»Ja, natürlich. All das dauerte viele Jahre – insgesamt zwei Generationen. Es ging zwar langsam, war aber eine radikale Entwicklung, denn nun gibt es nur noch kleine Unternehmen, die überall verstreut sind. Zumindest in dem Teil der Welt, der auf Legalität achtet. Und das ist doch eine ziemlich radikale Veränderung, oder?«

Pravi hob anklagend einen Finger. »Die Vereinigten Staaten wurden sozialistisch!«

»Nein, das nicht. Wir taten nichts anderes, als der Habgier Grenzen zu setzen.«

»Indem Energie, Wasser und Land verstaatlicht wurden! Was ist das anderes als Sozialismus?«

»Nun ja, Sie haben irgendwie recht. Aber wir boten damit jedem die Möglichkeit zur Weiterentwicklung. Die Rohstoffquellen wurden zum Allgemeingut, doch im Dienste langfristiger Eigeninteressen ...«

»Altruismus im Namen der Eigeninteressen!« sagte Pravi abfällig. Ihre Aggression, ihr Haß auf Amerika – all das irritierte Tom, machte ihn traurig. Überall nur Feinde, nach all den Jahren.

»Soziobiologen meinen, daß es immer so ist«, sagte er. »Viele bezweifeln die Existenz des wahren Altruismus außer als besondere Form des Eigennutzes.«

»Der Imperialismus liefert einem eine ziemlich zynische Sicht der menschlichen Natur«, sagte Pravi. »Und Sie wissen so gut wie ich, daß die Gesellschaft sich nach philosophischen Erkenntnissen richtet.«

»Zweifellos.« Er zuckte mit den Achseln. »Was soll ich dazu sagen? Das Wirtschaftssystem war eine Pyramide, und das Geld floß zur Spitze. Wir haben die Pyramide gekappt und nur die Basis übriggelassen und überließen die Funktionen der oberen Bereiche der Regierung, ohne das Geld herauszuholen, außer für die Belange der Öffentlichkeit. Das war entweder angewandter Altruismus im großen Rahmen oder ein Ausdruck sehr weitsichtigen Eigeninteresses. Immerhin wurden auf diese Art und Weise Kriege und Katastrophen abgewendet, die die Pyramide sonst vernichtet hätten.«

Pravi winkte ab. »Sie sahen das Ende kommen und rannten davon. Wie die Briten aus Indien.«

»Sie dürfen uns nicht böse sein, daß wir Ihnen die Notwendigkeit einer gewalttätigen Revolution erspart haben«, meinte Tom beinahe amüsiert. »Eine solche wäre zwar dramatisch, aber ganz sicher nicht sehr angenehm gewesen. Ich kannte Revolutionäre, deren Leben war ziemlich chaotisch, es waren Besessene. Und daran ist wenig romantisch.«

Beleidigt stand Pravi auf und ging davon. Die Klasse murrte unwillig, und Nadeshda diktierte eine lange Liste von Texten, die vorbereitet werden sollten. Dann beendete sie die Stunde.

Später, als sie zusammen am Bugspriet standen und die Sterne betrachteten, die sich im Wasser spiegelten, seufzte Tom. Die Luft war feucht, und die tropische Nacht hüllte sie ein wie ein Mantel. »Ich bin gespannt, wann wir endlich das Stigma verlieren«, sagte er leise zu Nadeshda.

»Keine Ahnung. Wir werden das nicht mehr erleben.«

»Nein.« Er schüttelte den Kopf. »Aber wir haben doch unser Bestes getan, nicht wahr?«

»Ja. Wenn sie die Verantwortung selbst tragen müssen, dann werden sie alles begreifen.«

»Vielleicht.«

Eines Abends wurde er in den Kommunikationsraum gerufen, wo ihn ein Anruf von Nylphonia erwartete. Sie sah zufrieden aus und meinte: »Ich glaube, wir können Heartech und der AAMT den Verstoß gegen Fazio-Matsui nachweisen. Sieh dir das mal an.«

Die AAMT hatte das schwarze Konto von Heartech bei einer Bank in Hongkong angelegt, aber die Gelder wurden nur »gewaschen, aber nicht getrocknet«, wie Nylphonia es ausdrückte. Immer noch aufzuspüren. Einige Informationen waren aus der Bank besorgt worden, und sie paßten genau zu elektronischen Überweisungen, die bei der Ausführung über das Telefonnetz aufgezeichnet worden waren, Überweisungen von Heartech zur AAMT. Es reichte zwar nicht für eine gerichtliche Verurteilung aus, aber es würde die Menschen davon überzeugen, daß diese Verbindung tatsächlich existierte. Für ihre Zwecke war es genug.

Tom nickte. »Schön. Dann schick mir schnellstens eine Kopie davon, ja? Und vielen Dank, Nylphonia.«

Prima, dachte er. Sehr interessant. Wenn Kevin und Doris in die nächste Stadtratsitzung gingen, dann konnten sie das als Bombe hochgehen lassen. Sie konnten ihre Anklage vorbringen, den Beweis präsentieren, zeigen, daß hinter dem Projekt Rattlesnake Hill illegale Gelder standen. Das wäre das Ende.

Er dachte an das kleine Wäldchen auf dem Hügel und grinste.

Im nächsten Morgengrauen verließ er leise ihre Kabine, zog sich an und stieg an Deck. Sie liefen vor einem kräftigen Ostwind, durchschnitten schräg die Wellenkämme. Der Bug war in eine Gischtwolke getaucht, daher ging Tom zur mittschiffs gelegenen Reling auf der dem Wind zugewandten Seite. Er schob einen Arm durch die Falleinen am Fuß des Hauptmastes, um nicht weggeblasen zu werden. Die Schnüre vibrierten. Immer wieder ritt die *Ganesh* auf einem Wellenhang abwärts, und bohrte sich mit dem Bug in die nächste steile Welle. Weißer Wassernebel wallte vor dem Bug hoch, wurde dann vom Wind erfaßt und als weißglitzernder Fächer über den Bugspriet geweht. Der Himmel zeigte ein fahles Blau, und die Sonne fing sich in den Gischtwolken, so daß sie für Momente in breite, intensiv gefärbte Regenbogen verwandelt wurden.

Kapitän Bahaguna hielt sich auf der anderen Seite des Decks auf und half zwei Männern von der Crew, Metallkisten über die Takelrollen zu legen. Es war nicht einfach, bei solchem Seegang das Deck zu überqueren. »Was ist los, Captain?«

»Es kommt Sturm auf.« Er machte ein ärgerliches Gesicht. »Ich versuche schon seit zwei Tagen, ihn in einem nach Norden verschobenen Kurs zu umgehen, aber er wandert wie ein Besoffener übers Meer.«

Tom stieß mit dem Fuß gegen eine Kiste. »Brauchen wir die?«

»Kann man nie sagen. Ich mach sie klar, wenn wir dazu noch Zeit haben. Haben Sie schon mal einen heftigen Sturm erlebt?«

»Den von Baja.«

Bahaguna sah zu Tom hoch und lächelte.

Unter Deck führte Sonam Singh einer Gruppe Matrosen vor, wie man Schotten sicherte. »Tom, sehen Sie lieber auf der Brücke nach, Sie sind hier im Weg.« Die jungen Seeleute lachten, während sie arbeiteten. Sie schienen sich auf den Ausbruch der Naturgewalten zu freuen, dachte Tom.

Im Kommunikationsraum studierte Pravi ein Satellitenfoto vom mittleren Pazifik. Linien gleichen Drucks, halbverdeckt von einem Mischmasch von Wolkengruppen, lenkten die Aufmerksamkeit auf eine klassische Strudelstruktur. »Ist das ein Hurrikan?« fragte Tom.

»Nur ein Tropengewitter«, sagte Pravi. »Aber es könnte durchaus stärker werden.«

»Wo sind wir?«

Sie wies auf die Karte. Nicht weit weg von dem Unwetter.

»Und in welche Richtung zieht es?«

»Im Augenblick steuert es auf uns zu.«

»Aha.«

Sie lachte. »Ich liebe diese Stürme.«

»Wie viele haben Sie denn bisher miterlebt?«

»Zwei. Aber in zwei Stunden sind es schon drei.«

Noch jemand, der den Nervenkitzel suchte. Das Toben der Elemente.

Tom kehrte an Deck zurück. Dort hatte sich einiges während seiner kurzen Abwesenheit verändert; die See war aufgewühlter, die Wellen höher, und der Horizont schien sich entfernt zu haben, als bewegten sie sich nun auf einem größeren Planeten. Die *Ganesh* erschien viel kleiner. Sie tanzte von einer Welle zur nächsten, rauschte in die Täler hinab, um gleich wieder emporzusteigen.

Ein wenig benommen und voller Angst, seekrank zu werden, stellte Tom fest, daß er sich am besten fühlte, wenn er sich in den Wind stellte und zum Horizont sah. Er kämpfte sich zum Besanmast, umschlang mit den Armen ein dickes Tau und verfolgte, wie die See regelrecht zerfetzt wurde.

Der Wind nahm an Wucht zu. Wassertropfen trafen sein Gesicht wie Nadelstiche. Es wurde lauter. Die Wellen bekamen weiße Schaumkronen. Der Wind sang in den Leinen sein vielstimmiges Lied. Hinter diesen Lauten ertönte ein tiefes Dröhnen: ein dumpfes Rumpeln wie von einer gigantischen untermeerischen Lokomotive. Vielleicht war es auch der Wind in seinen Ohren, doch es klang eher wie die gesamte Atmosphäre, die offenbar versuchte, sich aufzulösen und für immer in die Unendlichkeit zu entweichen.

Nadeshda erschien neben ihm und reichte ihm eine orangefarbene Regenjacke. »Zieh das an. Willst du nicht lieber nach unten gehen?«

»Dort würde mir nur schlecht!« Sie mußten schreien.

»Wir hatten ein solches Unwetter, als wir von Tokio kamen«, meinte Nadeshda und betrachtete die mächtigen Wellenberge, die um sie herum tobten. »Es dauerte drei

Tage! Du wirst dich schon daran gewöhnen müssen, unten zu bleiben.«

»Noch nicht.« Er wies auf die schwarze Linie am südlichen Horizont. »Ich komme, wenn das dort über uns ist.«

Nadeshda nickte. »Ein schwerer Sturm.«

»Pravi meinte, es sei beinahe ein Hurrikan.«

»Das glaube ich auch.« Sie lachte und leckte sich Salz von der Lippe. Das Gesicht gerötet und naß, die Augen hell und voller Tränen. Finger gruben sich in seinen Oberarm. »So wild, das Meer! Niemals werden wir es bändigen können!«

Über ihnen wurden die schmalen Segelrechtecke noch kleiner. Die meisten Segel waren nun gerefft, und die, die noch draußen waren, waren auf ihre geringste Fläche reduziert. Trotzdem legte das Schiff sich bei jeder Bö weit zur Seite. Sie klammerten sich an die Falleinen. »Kannst du dir vorstellen, jetzt hinaufklettern zu müssen!« rief Tom.

»Nein.«

Das Schiff wühlte sich durch einen schweren Brecher. »Wir sollten wirklich lieber nach unten gehen«, sagte Nadeshda. Und tatsächlich stand Sonam Singh im Niedergang und winkte ihnen heftig zu. Während das Schiff wieder mal einen Wellenhang hinabritt, rannten sie zum Niedergang und wurden grob hereingezerrt.

»Unten bleiben!« befahl Singh. »Sie können auf die Brücke, wenn Sie etwas sehen wollen, aber stehen Sie nicht im Weg herum.«

Einige Männer, alle triefnaß, rannten vorbei. »Gehen sie an Deck?« fragte Tom.

»Um einen Treibanker auszusetzen«, erwiderte Singh und folgte ihnen nach draußen.

Der Korridor erschien viel enger. Man mußte sich an den Wänden abstützen. Auf der Brücke herrschte hektische Betriebsamkeit: Kapitän Bahaguna und der Steuermann standen vor dem Fenster und beobachteten das Schiff durch die Wassermassen, die gegen die Fenster peitschten. Der vierte Mast stand vor ihnen wie ein weißer Baum. Die Reling an Steuerbord stand kaum über dem Wasser, und die Wellen überspülten sie, wenn sie zum Heck liefen. Das Schiff schob sich noch immer durch das Wasser wie ein Unterseeboot, das auftauchte. Der Himmel zeigte nun ein dunkles Grau, und die aufgewühlte weiß schäumende See leuchtete seltsam in diesem Dämmerlicht.

Der Kapitän überwachte den Kontrollschirm. Zwischen den grünen Signalen blinkt ein rotes. »Wahrscheinlich verlieren wir dieses Segel«, sagte Bahaguna, dann entdeckte er Tom. »Die Rolle klemmt schon wieder. Gehen Sie lieber nach unten, und schnallen Sie sich in einem Sessel an. Der richtige Sturm kommt noch.«

Der Horizont war verschwunden und wurde durch eine graue Wand ersetzt. Sie begaben sich schwankend nach unten, ließen sich in freie Sessel fallen und legten Sicherheitsgurte an.

Das Schiff bewegte sich schwerfällig unter der Wucht der Wassermassen. Dann konnten sie graue Wolken erkennen, die am Mast vorbeitrieben.

»Der Treibanker ist draußen«, sagte Nadeshda. »Das ist es, was uns auf Kurs hält und dafür sorgt, daß uns die Wellen nicht von der Seite erwischen.«

Wenig später erschienen Sonam Singh und seine Leute, total durchnäßt. »Wir haben es geschafft. Zum Glück sind an Deck Sturmleinen gespannt.«

Demnach bewegten sie sich rückwärts und zogen einen Treibanker. Es war eine spitz zulaufende Röhre, geformt wie ein Windsack, deren Öffnung über ein Kabel mit dem Bug des Schiffes verbunden war. Der Anker sorgte dafür, daß der Bug des Schiffes genau rechtwinklig zu den auflaufenden Wellen stand, was die einzige sichere Methode darstellte, einen solchen Sturm auszureiten. Diese Methode war alt, aber zuverlässig.

Der Sturm überfiel sie schlagartig. Das Getöse verdoppelte sich, die Glasscheiben wurden vollends blind. Es war nur noch ein graues Wabern zu erkennen. Die Seeleute verließen die Brücke wie Trampolinspringer.

Windböen drückten gelegentlich das Wasser von den Scheiben weg, und Tom sah eine völlig verwandelte Welt. Die Regionen über und unter Wasser schienen zu einer weißen, brodelnden Masse verschmolzen zu sein.

Die nackten Masten hatten bei diesem Wind die Wirkung von Segeln. Die Leinen waren zum Zerreißen gespannt; sie gaben ein Singen von sich, das man sogar auf der Brücke hören konnte. Die Masten und Stengen und Spieren bogen sich unter dem Ansturm des Windes durch, so daß man es deutlich erkennen konnte.

Eine weitere Welle prallte gegen die Fenster, und erneut kamen sie sich vor wie vor einem riesigen Aquarium, von dem sie nur durch die Glasscheiben getrennt waren und dessen düsteres grün-schwarzes Licht sie sehen konnten.

Das Schiff stieg auf und nieder. Sie spürten mehr als daß sie sahen, wie sich der Bug durch die Wasserberge schob. Der Lärm war nahezu unerträglich, als ob mehrere Düsenjets gleichzeitig starteten. Rauf und runter, rauf und runter. Tom gewöhnte sich an die Bewegung, ihm war nicht mehr übel, noch nicht einmal in den kurzen Momenten der Schwerelosigkeit, wenn das Schiff in ein Wellental raste. Er versank in einer Art Trance, erzeugt durch das unwirkliche unterseeische Licht. Eigentlich gewöhnte er sich weniger an den Sturm, als daß er davon regelrecht überwältigt wurde – er distanzierte sich psychisch von den Attacken des Ozeans, weil sein Geist der Ruhe, des Friedens bedurfte.

Lange Zeit verstrich so, unterbrochen von kurzen klaren Eindrücken, die durch das Fenster zu erkennen waren. Toms Hände waren müde vom ständigen Umklammern der Armlehnen. Er mußte dringend auf die Toilette. Würde er es bis nach vorne schaffen?

Plötzlich ließ der Lärm schlagartig nach, das Licht wurde heller. Die heftigen Bewegungen des Schiffs ließen nach, und als das Fenster sich wieder klärte, sah er über ihnen am Himmel weiße Wolken. »Das Auge«, sagte Sonam Singh und kam auf seinem Weg zum Kapitän bei ihnen vorbei.

»Ich gehe in unsere Kabine und lege mich hin«, sagte Nadeshda. »Ich bin müde.«

»Paß auf dich auf.«

»Ich halte mich an der Reling fest.«

»Ich komme später runter und sehe nach, wie es dir geht.«

»Prima.« Sie entfernte sich, wobei sie geschmeidig das Gleichgewicht hielt.

Oben auf der Brücke unterhielten sie sich über die Schäden an der Takelage. Tom erhob sich, stolperte nach vorne. Er erleichterte sich, wobei seine Schultern gegen die Wände prallten.

Dann kehrte er wieder zu seinem Sessel zurück und war froh, sich wieder anschnallen zu können. Kapitän Bahaguna gab knappe, schnelle Befehle. »Wenn er wieder zuschlägt, dann von Südost. Gleich geht es los.« Mitglieder der Crew rannten vorbei. Pravi hielt kurz inne, um nach ihm zu sehen, und fragte: »Meinen Sie nicht, daß die Wasseroberfläche höher geworden ist, so als befänden wir uns auf einer Art Hügel?«

Tom konnte das nicht so empfinden. Grüne Brecher, von weißem Schaum gekrönt, darüber weiße Wolken, die grünlich schimmerten von den Regenmassen, die sie bargen. Im Süden war eine schwarze Masse zu erkennen. »Ist das Land?« rief Tom ängstlich aus.

»Das ist die andere Seite des Sturms«, sagte sie. »Wir haben noch etwa zwanzig Minuten Zeit.«

Der Kapitän rief Singh zu, daß das Segel sich nicht einholen ließ. »Es bricht uns sonst noch die Rahe weg und wahrscheinlich auch ein Stück vom Mast.«

»Daran können wir jetzt nichts ändern, Sir.«

Dann erklang wieder das explosionsartige Toben des Sturms. Das Schiff legte sich weit nach Steuerbord über. Es schien, als ginge permanent eine Bombe in nächster Nähe los. Das Fenster klärte sich, und er sah, daß die Wellen wieder mächtiger geworden waren. Wenn sie in ein Wellental hinabsanken, kam es ihm so vor, als befände sich sogar die Spitze des höchsten Mastes unter der Wasserlinie. »Mein Gott«, sagte Tom staunend. Eine Welle überspülte sie, und das Glas wurde schwarz. Das Getöse erklang gedämpft. Sie waren tatsächlich unter Wasser.

Das Schiff kämpfte sich wieder zur Wasseroberfläche durch.

Eine weitere Welle rollte auf sie zu, genauso hoch, wenn nicht sogar noch höher. Er hielt den Atem an und versuchte das Schiff mit seine Gedanken anzutreiben, schneller hochzusteigen.

Die Woge, die sich auf sie stürzte, war übersät mit schwarzen Flecken.

»Was ist das denn?« rief er, aber niemand hörte ihn. Dann krachten sie gegen die Welle, und Tom spürte den Aufprall sogar durch den Sessel.

Das Schiff bewegte sich plötzlich völlig anders. Viel träger. Der Bug drehte sich leicht. Rufe ertönten an Deck. Lange Minuten verstrichen. Sonam Singh kroch auf Händen und Knien vorbei. »Wir sind auf irgend etwas aufgelaufen!« rief er Tom zu.

»Das habe ich wohl gesehen!« erwiderte Tom. »Ein Wrack – Holzbalken, glaube ich.«

Dann legte sich der ganze Raum auf die Seite. Tom hing mit seinem ganzen Gewicht im Sicherheitsgurt. Gedämpftes Dröhnen, wieder unter Wasser. Leute brüllten. Singh drückte sich an eine Wand. Das Schiff schüttelte sich heftig, drehte sich, richtete sich auf. Der Lärm nahm zu, und es wurde wieder heller. Tom konnte durch das Fenster erkennen, daß Hauptmast und zweiter Mast beide verbogen waren und von einem Gewirr von Tauen und Leinen gehalten wurden. Das Deck um den Fockmast herum war verworfen und wölbte sich auf. Das Schiff legte sich stark auf die Seite.

Er löste den Sicherheitsgurt und befreite sich aus dem Sessel. Leute hinter ihm riefen etwas, aber er konnte nicht den Kopf wenden, um nachzusehen. Dann packte ihn Sonam Singh. Kapitän Bahaguna kletterte auf der Leiter von der Brücke hinunter, gefolgt von Pravi und dem Steuermann.

Sie berieten sich schreiend: »... Rettungsboote!« rief Singh ins Ohr des Kapitäns. Dann kollidierten Mund und Ohr, und sie schrien beide auf und hielten sich die Köpfe.

»Kein Rettungsboot übersteht dieses Inferno!« rief Tom und verspürte plötzlich Angst.

Singh schüttelte den Kopf. »Es sind Unterseeboote, wissen Sie noch? Wir gehen unter und warten dann.«

»Das Schiff sinkt nicht«, sagte Bahaguna. Die Vorstellung gefiel ihm gar nicht.

»Nein, aber wir wissen nicht, welche Abteilungen überflutet sind. Einige Leinen sind gerissen, und es ist möglich, daß uns auch die anderen Masten wegbrechen. Hier ist es viel gefährlicher als in den Booten. Wir sollten aussteigen, so lange es noch geht. Wir können ja wieder an Bord gehen, wenn der Sturm vorüber ist.«

Erneut wurden sie überspült. Überall auf der Kontrolltafel

blinkten jetzt rote Lämpchen. Die Glaswände klärten sich und wurden gleich wieder mit Wasser überschüttet.

Das Schiff arbeitete immer mühsamer, schwerfälliger. Und es wurde schlimmer.

Schließlich nickte der Kapitän mit grimmiger Miene. »Okay. Geben wir das Schiff auf.«

Sie krochen alle durch den Korridor, der nach hinten führte. Plötzlich waren sie wieder von Dunkelheit umgeben und bewegten sich auf der Seitenwand weiter. Sonam Singh fluchte. »Diese verdammten Holzfrachter, sie verlieren ständig ihre Decksladung ...« Er sah eine Gruppe taumelnder Gestalten vor sich und erhob seine Stimme zu einem Brüllen. »Langsam da vorne! Langsam! Alle Mann auf Position zum Aussteigen!« Doch die Gestalten rannten weiter. Die Rettungsboote befanden sich in Hecknähe. Tom erinnerte sich deutlich daran. Sie würden hinauskatapultiert wie die Schleudersitze in den alten Düsenjägern. Er und Nadeshda waren herumgeführt worden. O mein Gott, dachte er. Nadeshda!

Ihre Kabine befand sich gleich unter und ein Stück hinter dem zweiten Mast.

Er eilte die Stufen hinunter, rannte nach vorn. Es war wie ein wilder Kampf. Dabei verletzte er sich irgendwo seine linke Hand, sie ließ sich nicht mehr richtig bewegen, und von dem Handgelenk stach ein greller Schmerz in seinen Arm. Er gelangte zum Korridor, der zu ihrer Kabine führte. Mehrere Zentimeter Wasser standen auf dem Fußboden oder auf der Seitenwand, was immer unten war. Er riß ihre Tür auf. Die Kabine war leer. Gut. Wasser umspülte seine Knie. Das Schiff lag ständig auf der Backbordseite, doch er mußte nach Steuerbord und zum Heck, wo die Rettungsboote bereit lagen. Er hörte seinen keuchenden Atem. Nadeshda war sicherlich schon hinten. Der Korridor vor ihm kam ihm fremd vor. Mist, auf keinen Fall jetzt verlaufen! Er hielt sich an einem Geländer fest, bemühte sich, zu Atem zu kommen. Um eine Ecke, in einen anderen Korridor, Stufen hinauf. Das Wasser folgte ihm. Schlimm, Wasser in einem Schiff zu haben. Er stieß sich die Stirn, aber nicht schlimm. Er mußte nach Steuerbord, das Wasser erreichte nun seine Oberschenkel. Er war müde, Arme und Beine erschienen ihm wie nutzlose Holzbalken. Okay, noch ein langer Gang, und dann hätte er es geschafft. Sonam Singh würde toben, daß er sich verlaufen hatte.

Der Korridor endete vor einem geschlossenen Schott. Sehr gut. Dahinter befände sich ein noch freier Raum. Aber er mußte das Schott aufbekommen. Lauwarmes Wasser schwappte in Hüfthöhe, während er mit einer Hand die Schrauben des Schotts löste. Er war in Gefahr, umgeworfen zu werden, im Innern des Schiffs zu ertrinken. Er mußte tauchen, um auch die untersten Verschlüsse zu öffnen. Okay, der letzte. Ein Gefühl des Triumphs, als er sich auf die Klinke stützte und gegen die Klappe drückte. Das Schott wurde ihm aus der Hand gerissen. und das Wasser hinter ihm spülte ihn hindurch – und auf das offene Deck des Schiffs. Das falsche Schott! Er stemmte seine Füße auf den Boden, versuchte Halt zu bekommen und wieder ins Schiff zurückzukehren. Dann packte ihn das Wasser, und er wurde hilflos mitgerissen. Sein Bein schlug gegen irgend etwas, und er griff danach. Erwischte es, und dann entglitt es wieder seiner Hand. Dann tauchte er unter Wasser, wurde umhergeworfen wie beim Brandungsschwimmen, brach mit brennenden Lungen zur Oberfläche durch, holte tief Luft, würgte und tauchte wieder unter.

Weg vom Schiff, dachte er. Wahrscheinlich. Die Angst trieb jeden Lufthauch aus seinen Lungen. Er schwamm verzweifelt, wollte nur nach oben. Er tauchte auf, trat in der kochenden See Wasser. Ja, er war nicht mehr auf dem Schiff. Er konnte es nirgendwo sehen. Über Bord in einem Hurrikan. »Nein!« rief er, und das Wort wurde ihm von den Lippen gefetzt. Dann ging es wieder hinab, und er hielt die Luft an, bis seine Lungen in hellen Flammen standen. Er würde ertrinken. Er kämpfte mühsam, um nach oben zu gelangen. Ein weiterer Atemzug, noch einer. Er suchte das Schiff. Nichts. Er war zu müde, um sich zu bewegen. Und er befand sich auf dem Boden eines riesigen Kruges mit fünfzehn Metern Wasser über seinem Kopf. Die reinste Hölle.

Er schlug einen Salto. Erhielt einen Schlag in den Magen. Das war ihm als Junge auch schon mal beim Brandungsschwimmen passiert, wobei er drei- oder viermal beinahe ertrunken wäre. Er mußte an Land schwimmen. Zwang sich, die Augen zu öffnen. Grün, weiß, schwarz. Er mußte atmen, konnte es aber nicht. Er würgte voller Panik, ruderte mit den Armen, wollte nach oben und raus, nichts als raus. Er spürte das Wasser in sich, wie es ihn zurückzog, und er staunte, daß er noch bei Bewußtsein war, daß er noch lebte. Du bekommst tatsächlich deinen letzten wachen Moment, dachte er. Hättest du das gedacht?

Und er spürte tatsächlich, wie sich in ihm plötzlich Klarheit ausbreitete. Es war wie ein Wirbel bunter Blasen, die um ihn herum aufstiegen und leuchteten. Erledigt. Entspann dich. Konzentriere dich. Er kehrte in Gedanken zu seiner Frau, zu ihrem Gesicht zurück, hielt wieder sein Baby im Arm, und dann gerieten die Bilder ins Schwanken, purzelten durcheinander, eine bewaldete Klippe über dem Ozean, ein Fenster, gefüllt mit blauem Himmel und Wolken, und er dachte an Pamela, und der Schrei seiner Zellen nach Sauerstoff war wie ein Schmerz erlebter und verlorener Liebe, nichts war ihm geblieben, nichts als die Implosion des Ertrinkens, die Euphorie der Erlösung – und die blaue Welt um ihn herum geriet ins Taumeln, blitzte weiß auf, und er erwachte. Wollte etwas sagen, wollte einen Gedanken äußern, der nicht mehr zu Ende geführt werden sollte, ehe er endgültig verging.

11

Draußen.

Wie ich meinen Anwalt umarmte. Er sah nur müde aus. Glück, sagte er. Ein Verfahrensfehler.

Er fuhr mich zu einem Restaurant. Ich blickte wie benommen durch die Fenster des Autos nach draußen. Alles sah so anders aus. Zerbrechlich. Sogar Amerika ist zerbrechlich. Das hatte ich vorher gar nicht gewußt. Was für eine große Welt.

Im Restaurant tranken wir Kaffee.

Was werden Sie jetzt tun? fragte der Anwalt.

Ich hatte keine Ahnung. Ich weiß es nicht, sagte ich. Ich fahre nach New York und warte auf das Schiff, mit dem meine Frau ankommt. Dann fahre ich unser Kind holen, suche mir eine Arbeit. Lebe.

Auf dem Nachbartisch lag eine Zeitung, aber ich konnte nichts erkennen. Von einer Krise zur nächsten, wir stehen dicht vor dem Absturz, man spürt bereits die heiße Luft, das Gleiten in den Abgrund.

Und plötzlich erzählte ich ihm davon, von der Hitze, dem Stacheldraht, den Nächten im Schlafsaal, dem Hospital, der Angst, dem Mut der Insassen. Es ist nicht fair, sagte ich und hörte, wie meine Stimme sich anstrengte. Das sollten sie ihnen niemals antun dürfen! Ich griff nach der Zeitung, schüttelte sie. Nichts von alldem sollte ihnen erlaubt sein!

Ich weiß, sagte der Anwalt, trank seinen Kaffee und sah mich an. Aber die Leute haben Angst. Sie haben Angst vor dem, was passiert, und sie haben Angst vor den Veränderungen, die wir durchführen müssen, damit so etwas nicht passiert.

Aber wir müssen uns ändern! rief ich.

Der Anwalt nickte. Wollen Sie mithelfen?

Was meinen Sie?

Wollen Sie mithelfen, die Dinge zu verändern?

Natürlich möchte ich! Natürlich, aber wie? Ich meine, ich habe es versucht, als ich noch in Kalifornien lebte, setzte ich meine ganze Energie ein …

Sehen Sie, Mr. Barnard, sagte er. Tom. Es ist mehr nötig als das Streben eines einzelnen. Und mehr als die alten Institutionen. Wir haben hier in Washington, DC, eine Organisation ins Leben gerufen. Im Augenblick ist es nicht mehr als eine für viele Themen tätige Lobbyistentruppe, doch grundsätzlich versuchen wir, eine neue politische Partei zu gründen.

Er beschrieb, was sie gerade taten, wie ihr Programm aussah. Ändern der Gesetze, der Wirtschaftsgesetze, der Umweltgesetze, der Beziehung zwischen lokal und global, der Gesetze des Besitztums.

Es gibt aber Leute, die eine solche Veränderung gründlich ablehnen, sagte ich. Sie haben versucht, mich auszuschalten, mir etwas anzuhängen.

Das wissen wir. Es gibt Leute, die haben Angst vor uns, wissen Sie. Es ist ein Zeichen dafür, daß wir erfolgreich sind. Aber wir haben noch einen langen Weg vor uns. Und wir können alle Hilfe brauchen. Wir wissen, was Sie in Kalifornien getan haben. Sie könnten uns helfen. Sie sollten nicht einfach dorthin gehen und nur leben, das wäre reinste Verschwendung. Sie sollten hier bleiben und helfen.

Ich starrte ihn an.

Überlegen Sie es sich, sagte er.

So dachte ich darüber nach. Und später traf ich einige seiner Kollegen und redete mit ihnen über diese neue Partei und lernte andere Leute kennen und redete mehr. Und ich sah, daß es dort Arbeit gibt, die ich leisten kann.

Ich werde bleiben. Es gibt einen Job, und den nehme ich. Auch Arbeit für Pam. Ich habe mit ihr auf dem Schiff gesprochen, und sie schien begeistert zu sein. Ein Job, trotz allem, und auf ihrer Linie. Und auf meiner.

Soviel war eigentlich gar nicht nötig, um mich zu überzeugen. denn ich muß irgend etwas tun. Nicht nur ein Utopia zusammenschreiben, sondern in der realen Welt dafür kämpfen – das muß ich, ich bin dazu gezwungen, und während ich mich mit den Leuten hier unterhielt, begriff ich eines späten Abends, warum das so ist: weil ich in einem Utopia aufgewachsen bin. Als ich noch ein Kind war, war Kalifornien das reinste Kinderparadies, ich war gesund, wohlgenährt, gut gekleidet, hatte ein schönes Zuhause, ich ging zur Schule, und dort gab es Bibliotheken, in denen die ganze Welt steckte, und nach der Schule spielte ich in Orangenhainen und in der Little Legue und in der Band und unten am Strand, und jeder Tag war ein Abenteuer, und wenn ich nach Hause kam, dann hielten Vater und Mutter ein Heim für mich bereit, die ganze Welt erschien so sicher, so unerschütterlich! Und genau das war es, wenn Sie verstehen, was ich meine – ich wuchs in einem Utopia auf.

Aber das stimmte gar nicht. Nicht richtig. Denn während ich auf der Sonnenseite in meinem Heim aufwuchs, mußte der größte Teil der Welt leiden, hungern, war er krank, wohnte in Baracken und wurde von Soldaten oder der eigenen Polizei getötet. Ich hatte auf einer Insel gesessen. Es war die Kindheit von jemand, der in den Adel hineingeboren worden war, und indem ich das begriff, verstand ich auch die Erinnerung meiner Kindheit anders; aber ich weiß noch immer, wie es war, ich habe es gelebt, und ich weiß es! Und jeder sollte das wissen, nicht in allen Einzelheiten, sondern in seinen allgemeinen Grundzügen, im Segen einer glücklichen Kindheit, in einem lebenslangen Gespür für Sicherheit und Zufriedenheit.

Daher werde ich dafür arbeiten. Und wenn – wenn! – die Welt eines Tages zum Utopia gelangt, dann wird dieses Traum-Kalifornien zum Vorreiter, zu einem Zeichen, wie es einmal werden kann; und meine Kindheit steht wieder auf. Ich werde vielleicht niemals wissen, was genau geschehen wird, es wird vielleicht nicht einmal richtig klar sein, ehe wir sterben, doch die Zukunft wird über uns urteilen! Sie werden zurückblicken und uns einschätzen, entweder als Refugium der Privilegierten oder als ein im Bestehen begriffenes Utopia; und ich wünschte mir das Utopia, ich möchte etwas dafür tun, und deshalb bleibe ich hier und kämpfe dafür, denn ich war dort und habe es erlebt, gelebt, und ich weiß nun Bescheid. Es war eine perfekte Kindheit.

Kevin arbeitete in Oscars Haus, als er die Nachricht erhielt. Er stand auf dem Dach und legte letzte Hand an die Oberlichter des Schlafzimmers, und Pedro, Ramonas Vater, kam mit seinem Fahrrad den Berg herauf. »Kevin!« rief er.

»Ja, Pedro! Was ist los?«

Ernster Blick. »Kommen Sie runter, ich habe schlechte Neuigkeiten.«

Kevin stieg die Leiter hinab, dachte, daß ihr irgend etwas zugestoßen war und daß er ihn zu ihr bringen wollte.

»Es ist Tom«, sagte Pedro, als er unten war. Kevins Herz krampfte sich zusammen. Der Ausdruck in Pedros Gesicht verriet ihm genug. Er ergriff Kevins Arm. »Ihr Schiff geriet in einen Sturm, und Tom – er wurde über Bord gespült.«

»Was wurde er?«

Er ließ sich alles ausführlich erklären, doch Pedro wußte nicht alle Einzelheiten. Nach und nach wurde Kevin klar, daß Einzelheiten nicht mehr wichtig waren.

Er saß auf einer Werkbank. In Oscars Vorgarten lagen ihre Geräte verstreut. Er konnte es nicht glauben.

»Ich dachte, heutzutage sinken keine Schiffe mehr.« Die stolze *Ganesh*, die er hatte vorbeifliegen gesehen.

»Es ist nicht gesunken, aber einige Abteilungen wurden überflutet, und sie hielten es für sicherer, in die Rettungsboote umzusteigen, falls es doch sinken sollte. Es liegt immer noch als Wrack draußen. Ich glaube, es war ein Taifun, und sie kollidierten mit einer Holzladung, die ein anderer Frachter verloren hatte und die ihr Schiff aufriß.«

Pedro hielt wieder seinen Arm fest. Kevin sah sein verkrampftes Gesicht. Er sah Ramona so ähnlich, und plötzlich verspürte Kevin heftige Trauer. »Danke, daß Sie mir

Bescheid gesagt haben.« Pedro schüttelte nur den Kopf. Kevin schluckte. Er war völlig taub.

Pedro ging davon.

Kevin stand in Oscars Garten, sah sich um. An diesem Nachmittag arbeitete er hier allein. War das gut oder schlecht? Er wußte es nicht. Er fühlte sich einsamer als sonst. Er stieg wieder zurück aufs Dach und beendete die Arbeit an den Oberlichtern. Dichtete sie ab. Saß dann da, starrte sie an. Als er noch ein Kind war, hatte Tom ihn immer in die Berge mitgenommen. Sie taten so, als verfolgten sie die Fährte eines wilden Tiers. Sie verirrten sich, und Kevin fand das unglaublich lustig. Sieben Jahre alt war er, und Tom lachte mit ihm. Einmal stolperte Kevin und schlug sich beide Knie auf, und ehe er zu weinen begann, meinte Tom, das wäre ja eine ganz tolle Gelegenheit, und er zog seine Hosenbeine hoch und entblößte seine ebenfalls zernarbten Knie, und dann holte er sein Schweizer Offiziersmesser hervor und brachte sich an jedem Knie einen kleinen Schnitt bei. Dann preßten sie ihre blutenden Knie gegeneinander, und er saugte tatsächlich Blut aus Kevins Kratzern, was Kevin damals schockierte, und spuckte es in alle vier Himmelsrichtungen. Dabei sagte er die Phantasieworte eines indianischen Blutzaubers auf, bis Kevin umherstolzierte und selig auf seine blutenden Knie blickte, die nun sein Zeichen der Männlichkeit und der engen Verbindung mit der Natur und den Bergen waren.

An diesem Abend und den ganzen nächsten Tag kamen die unerwünschten Trauerbesucher. Er ging lieber allein schwimmen. Runden im Pool, mehrere tausend Meter.

Er rief Jill und seine Eltern an. Jill war wie immer nicht zu erreichen. Er hinterließ ihr eine Nachricht. Er bekam seine Mutter an den Schirm: eine seltsame Mischung aus Kraft und Hilflosigkeit, als er sie informierte. Das kleine Gesicht auf den Schirm vor ihm, so vertraut – entsetzt von der Nachricht. Nach einer verlegenen kurzen Unterhaltung versprachen sie sich gegenseitig, daß sie bald wieder miteinander reden würden.

Später an diesem Tag sah er Doris dabei zu, wie sie das Abendessen für das Haus zubereitete, das eigentlich seine Aufgabe gewesen wäre. »Wir habe keine Möglichkeit, uns an seine Freunde zu wenden«, sagte sie. »Ich hoffe, sie melden sich bei uns.«

»Ja.«

Sie runzelte die Stirn.

Er empfand Zorn auf die Mannschaft der *Ganesh* und auf Nadeshda. Dann telefonierte sie mit ihm, und er sah sie mit einem Arm in der Schlinge, traurig, fassungslos. Er erinnerte sich, was Tom über sie und ihr schweres Leben erzählt hatte. Sie berichtete ihm, was sie von dem Schiffsunglück wußte. Vier weitere Mannschaftsmitglieder wurden ebenfalls vermißt. Was Tom zugestoßen war, konnte niemand genau sagen. Jeder hatte angenommen, er säße in einem der Rettungsboote. Kevin bat sie, nach El Modena zurückzukommen. Sie sagte zu. Aber nach dem Gespräch war er sich nicht so sicher, daß sie ihr Versprechen auch einhalten würde. Und dann fand er sich endlich mit der Katastrophe ab. Er akzeptierte, daß Tom tot war.

Zwei Wochen später beendeten sie die Arbeiten an Oscars Haus. In der brütenden Hitze des Spätseptember wanderten sie in ihren Arbeitsschuhen und staubigen Arbeitsanzügen durch das Haus und führten eine letzte Inspektion durch. Dann standen sie mit Oscar draußen auf der Straße und schüttelten ihm die Hand und übergaben ihm seine neue Behausung: der Bau erinnerte an ein großes Zelt, das über ein oder zwei kleinere Bauten gespannt worden war. Oscar war begeistert.

Im Hausinnern trennten sie sich und wanderten durch die Räume und sahen sich alles an. Kevin traf schließlich Oscar und Hank im Atrium in der Mitte des Hauses. Hank meinte: »Diese schwarzen Säulen sind wirklich hübsch. Sie ergeben diesen Eindruck von Ägyptisch-römisch in Plastik verpackt.«

Oscar schaute sich etwas verwirrt um. »Ägyptisch-römisch in Plastik«, murmelte er. »Davon habe ich schon immer geträumt.«

Kevin ging hinaus, um sich ein frisches Bier aus seinem Fahrradkorb zu holen.

Ramona radelte zu ihm herauf. Er winkte ihr zu. Er kam sich etwas seltsam vor. Sie hatten sich vor ein paar Tagen das letzte Mal gesprochen, nachdem die Nachricht von Toms Tod bekannt geworden war. Sie hatte ihm ihr Beileid ausgesprochen.

»Hallo«, sagte sie. »Wie geht es dir?«

»Ganz gut. Wir feiern gerade ein bißchen.«

»Alles fertig?«

»Ja.«

»Oscar veranstaltet doch sicher eine Einweihungsparty, oder?«

»Ich denke schon. Das hier ist eher eine inoffizielle Feier. Drinnen herrscht noch ein großes Durcheinander.«

Sie nickte. Schürzte die Lippen. »Aber du bist okay, oder?« meinte Ramona.

»Sicher.«

»Kann ich mal ... mit dir reden?«

»Klar.«

»Kommt es dir jetzt nicht ungelegen?«

»Nein. Komm, gehen wir ein Stück.«

Sie nickte, und sie spazierten über den Radweg. Sie schien nervös zu sein. Als Kevin sie von der Seite betrachtete und sah, wie ihr schwarzes Haar im Sonnenlicht glänzte, empfand er eine unendliche Sehnsucht nach ihrer Gesellschaft. Er wollte ihre Freundschaft nicht verlieren. »Hör mal, Ramona, es ist schon gut.«

Sie schüttelte den Kopf. »Nein, es ist nicht gut.« Ihre Stimme klang erstickt. »Ich hasse, was passiert ist, Kevin. Ich wünschte, es wäre nie dazu gekommen.«

»Nein!« widersprach Kevin. »Sag das nicht! Das ist ja gerade so, als meintest du …«

Er wußte nicht, wie er den Satz beenden sollte, aber sie nickte und starrte immer noch zu Boden. »Ich weiß, ich bin ja auch froh, aber ich wollte dich nicht verletzen, und ich möchte, daß wir trotzdem Freunde bleiben.«

»Natürlich, Ramona. Wir bleiben Freunde.«

Sie schüttelte den Kopf. Kevin verdrehte die Augen. Er konnte fast gar nicht glauben, was er da aus seinem Mund hörte.

»Selbst wenn …« Sie blieb abrupt stehen, sah ihm in die Augen. »Auch wenn Alfredo und ich heiraten?«

Aha.

Das war es also.

Nun, dachte Kevin, dann los, sag was. Verblüffe dich selbst aufs neue.

»Ihr heiratet?«

Sie nickte mit gesenktem Kopf. »Ja. Wir haben es vor. Wir sind schon so lange zusammen, weißt du, und wir … wir wollen es versuchen. Eine Familie gründen und …«

Kevin wartete ab, aber sie schien fertig zu sein. Er war an der Reihe. »Schön«, sagte er. »Das ist aber eine sensationelle Neuigkeit. Herzlichen Glückwunsch.«

»O Kevin …«

»Nein«, sagte er und streckte eine Hand aus. Aber er wagte es nicht, sie zu berühren, nicht einmal ihren Arm. »Ich meine es ernst. Ich wünsche euch alles Glück. Und ich möchte, daß wir Freunde sind. Es wäre schlimm, wenn wir uns nicht mehr verstehen würden, ich meine, du bist mir regelrecht aus dem Weg gegangen ...«

»Ich habe mich schrecklich gefühlt!«

Er holte tief Luft. »Ich weiß, aber ...« Er zuckte mit den Achseln.

»Ich hatte Angst, du würdest mich hassen«, sagte sie.

»Nein, nein.« Er lachte knapp. »Das würde ich niemals.«

»Es klingt vielleicht sehr eigensüchtig, aber ich möchte dich als Freund nicht verlieren.«

»Vielleicht paßt das Alfredo nicht. Er könnte eifersüchtig werden.«

»Nein. Er weiß, was mir das bedeutet. Außerdem fühlt auch er sich schrecklich ...«

»Ich weiß. Ich habe mit ihm gesprochen.«

Sie nickte. »Er versteht schon. Sicherlich ist es ihm auch lieber so.«

Plötzlich wurde ihm bewußt, daß alles, was sie jetzt noch redeten, überhaupt keine Bedeutung hatte. Sie würden sich im Laufe der Jahre unweigerlich aus den Augen verlieren.

»Kommst du zur Hochzeit?«

Er blinzelte. »Möchtest du denn, daß ich komme?«

»Natürlich! Aber nur wenn du wirklich willst.«

Er atmete ein, dann wieder aus. Er wollte nicht mehr darüber nachdenken.

Sie sagte etwas, das er nicht verstanden hatte. Plötzlich konnte er die Situation nicht mehr ertragen und meinte: »Hör mal, Ramona, ich glaube, ich sollte wieder zurückgehen. Wir können ja später noch mal miteinander reden, ja?«

Sie nickte schnell. Sie wollte eine Hand auf seinen Arm legen, hielt aber mitten in der Bewegung inne. Vielleicht wären sie nie mehr in der Lage, sich gegenseitig zu berühren.

Er ging die Straße hinunter. Blieb vor Oscars Haus stehen. Er war innerlich wie taub. Aber es tat nicht mehr weh.

Hank war neben dem Haus gerade im Begriff, seinen Fahrradanhänger vollzuladen. »Hey, wo warst du?«

»Ramona ist vorbeigekommen. Wir haben uns unterhalten.«

»Ach?«

»Sie und Alfredo wollen heiraten.«

»Aha!« Hank betrachtete ihn blinzelnd. »Das ist ja für dich eine wilde Woche gewesen, oder?« Schließlich griff er in seinen Anhänger. »Da, Bruder, trink noch ein Bier.«

Alfredo und Matts Antrag gelangte in die monatliche Abstimmung, und eines Abends wurde der Komplex im Fernsehen vorgestellt. Die Leute, die sich dafür interessierten, gaben ihre Personalcodes ein und stimmten ab. Knapp unter sechstausend von den zehntausend Einwohnern waren überhaupt gewillt, ihre Stimme abzugeben, und knapp über dreitausend stimmten für den Antrag. Für das Projekt auf dem Rattlesnake Hill.

»Okay«, sagte Alfredo bei der nächsten Stadtratsitzung, »beschäftigen wir uns erneut mit der Neubewertung des Rattlesnake-Hill-Areals. Mary?«

Mary verlas den Antrag der Planungskommission.

»Diskussion?« fragte Alfredo, als sie geendet hatte.

Stille. Kevin sah sich unbehaglich um. Warum mußte er wieder in die Bresche springen? Es gab in der Stadt Hunderte von Leuten, die gegen den Plan waren. Wenn doch nur die Unentschlossenen ebenfalls abgestimmt hätten!

Aber Jean Aureliano war nicht gegen den Plan. Auch ihre Partei nicht. Demnach kam es auf die Leute an, denen das Ganze wirklich am Herzen lag. Kevin holte tief Luft.

Aber es war Doris, die zuerst das Wort ergriff. »Dieser Plan ist selbstsüchtig und wurde von Leuten eingebracht, die mehr an ihrem eigenen Profit als am Wohlergehen der ganzen Stadt interessiert sind.«

»Meinst du etwa mich damit?« fragte Alfredo.

»Natürlich meine ich dich!« rief Doris. »Oder dachtest du, ich rede von den Leuten hinter dir, die das Kapital zuschießen? Aber die leben nicht hier, denen ist es egal. Für sie bedeutet das Projekt nur mehr Geld, mehr Macht. Das Land ist all die Jahre vor der Zerstörung bewahrt worden. Es jetzt zu vernichten wäre abscheulich. Es wäre ein Akt des Vandalismus.«

»Das sehe ich anders«, sagte Alfredo betont ruhig. Doch seine Augen funkelten wütend. »Und offensichtlich ist die Mehrheit der Bürger nicht deiner Meinung.«

»Das wissen wir.« Doris' Stimme klang messerscharf. »Aber was wir noch nicht von dir gehört haben, ist eine Begründung dafür, daß dieses Zentrum unbedingt auf dem Berg und nicht sonstwo in der Stadt errichtet werden soll.«

Alfredo zählte noch einmal seine Gründe auf. Und bei jedem Punkt widersprach Doris ihm heftigst. »Du kannst uns nicht zu einem zweiten Irvine oder Laguna machen, Alfredo. Wenn du das willst, dann mußt du dorthin gehen.«

Alfredo verteidigte sich leidenschaftlich. Die anderen Ratsmiglieder äußerten ihre Meinung dazu. Doris erwähnte Tom und begann zu berichten, womit Tom sich bis zu seinem Tod beschäftigt hatte. Gefährliches Terrain, dachte Kevin, da sie nichts mehr von Toms Freunden gehört hatten. Und da ein Großteil des Materials von Doris selbst bei Avending herausgeholt worden war. Aber Alfredo schnitt ihr das Wort ab, ehe sie überhaupt zu diesem Punkt kam. »Es war für uns alle ein großer Verlust, als Tom starb, aber du darfst ihn jetzt nicht in diese Angelegenheit mit hineinziehen. Er war einer der wichtigsten Bürger der Stadt und gehörte sozusagen uns allen. Ich glaube, es wäre mehr als angemessen, das Zentrum, das auf dem Rattlesnake Hill erbaut wird, nach ihm zu benennen.«

Kevin brach in schallendes Gelächter aus.

Doris meinte schneidend: »Als Tom Barnard starb, arbeitete er gerade mit aller Kraft daran, das Projekt zu stoppen! Es wäre geradezu obszön, seinen Namen in dieser Weise zu mißbrauchen!«

Alfredo meinte: »Er hat mir nie gesagt, daß er dagegen ist.«

»Mit dir hat er doch gar nicht geredet!« hielt Doris ihm entgegen.

Alfredo schlug mit der Faust auf den Tisch. »Jetzt reicht es mir. Es grenzt an Verleumdung, wenn du behauptest, daß illegales Kapital hinter diesem Unternehmen steckt ...«

»Dann verklag mich doch!« fauchte Doris. »Das kannst du dir nicht erlauben, denn dann müßtest du enthüllen, woher das Geld stammt!« Kevin stieß sie mit dem Knie an, aber sie schien es nicht zu spüren. »Na los doch, verklage mich!«

Schockiertes Schweigen. Alfredo rang nach Worten.

»Genaugenommen«, meinte Jerry Geiger, »geht es doch nur um die Neubewertung eines Landstücks, oder?«

»Genau diese Bewertung ist es, die alles weitere erst ermöglicht!« sagte Doris. »Wenn Sie gegen das Projekt sind, dann ist dies die Gelegenheit, um die Stimme zu erheben.«

Jerry zuckte mit den Achseln. »Ich weiß nicht, ob das so zutrifft.«

Matt Chung schlug in die gleiche Kerbe und hob hervor, daß eine Umwidmung ihnen neue Möglichkeiten schuf. Alfredo und Doris lieferten sich ein heftiges Wortgefecht. Es dauerte etwa eine Stunde, ehe Alfredo Einhalt gebot und entschied: »Wir haben alle Argumente nun schon fünf- oder sechsmal zu hören bekommen. Wir haben außerdem das Ergebnis der Bürgerbefragung, wir wissen also, was die Leute wollen. Wir sollten endlich abstimmen.«

Doris nickte knapp. Die Entscheidung.

Sie stimmten per Handzeichen ab. Doris und Kevin waren gegen eine Umwidmung. Alfredo und Matt waren dafür. Hiroko Washington stimmte dagegen, Susan Mayer dafür. Und Jerry stimmte ebenfalls mit Ja.

»O Jerry«, stöhnte Kevin halblaut. Genausogut hätte er eine Münze werfen können.

So kam es, daß der Rattlesnake Hill zu Bauland erklärt wurde.

Anschließend gingen Kevin und Doris gemeinsam nach Hause. Sie sahen es als einen Lichtfleck in einem dunklen Orangenhain. Dahinter erhob sich die dunkle Masse des Berges, den sie gerade verloren hatten. Sie blieben stehen.

»Vielen Dank für deinen Einsatz heute«, sagte Kevin. »Ich fand es bewundernswert.«

»Verdammt«, stieß Doris hervor. Sie drehte sich zu ihm um, und er drückte sie an sich. »Verdammt«, sagte sie noch einmal, und ihre Stimme klang erstickt an seiner Brust. »Es tut mir leid. Ich habe alles versucht.«

»Ich weiß. Wir alle haben uns bemüht.«

»Noch ist es nicht vorbei. Wir können noch die Gerichte bemühen oder uns an die Vereinigung zur Erhaltung von Naturlandschaften wenden.«

»Ich weiß.«

Aber sie hatten eine kritische Schlacht verloren, dachte Kevin. Die entscheidenden Schlachten. Die Bürgerbefragung hatte eine große Unterstützung für Alfredo ergeben. Die Leute wollten, daß die Stadt mehr verdiente. Die Dinge änderten sich, das Pendel schwang in die andere Riuchtung, die Tage der Grünen waren gezählt. Sich in Amerika gegen das Geschäftemachen zu wehren ... Das bedeutete immer Ärger.

Arm in Arm gingen sie zum Haus.

Kevin konnte in dieser Nacht nicht schlafen. Schließlich stand er auf, zog sich an und verließ das Haus. Er stieg auf den Rattlesnake Hill. Er setzte sich in dem kleinen Wäldchen auf der Spitze auf den Erdboden, schlang die Arme um seine Knie und dachte nach.

Für eine Weile döste er. Er hatte einen unangenehmen Traum: Er lag im Haus und schlief in seinem Bett. Ein Geräusch weckte ihn. Er ging in den nördlichen Flügel des Hufeisens und sah hinunter in den Avocadohain, und dort entdeckte er sie wieder – die Gestalt. Aufrechtstehend auf zwei Beinen, groß und schwarz. Sie schaute zu ihm hoch, ihre Blicke trafen sich, und das Mondlicht brach sich in ihren Augen. Es waren vertikale grüne Schlitze wie bei einer großen Katze. Durch das Fenster konnte er das unheimliche Kichern der Erscheinung hören, und die Haare in seinem Nacken stellten sich auf, und plötzlich hatte er das Gefühl, als wäre die Welt ein düsterer windumtoster Ort, in dessen Winkeln und Nischen namenlose Gefahren lauerten.

Er erwachte, stand auf und wanderte über die Hügelkuppe. Es war kurz vor dem Morgengrauen.

Er hatte einen Plan. Er dachte bis zum Sonnenaufgang darüber nach, dann kehrte er ins Haus zurück und legte sich ins Bett.

Am folgenden Vormittag unterbreitete er Hank seinen Plan. Hank hielt ihn für eine gute Idee, und auch Oscar äußerte sich zustimmend. Daher beredeten sie die Angelegenheit mit Doris. Sie lachte schallend. »Laßt mir zwei Tage Zeit«, sagte sie zu ihnen. »Bis dahin schaffe ich es.«

»Ich sage den Leuten Bescheid«, meinte Hank. »Wir machen es am Sonntag.«

Am Sonntagmorgen hielten sie auf dem Rattlesnake Hill eine Gedenkfeier für Tom Barnard ab. Doris hatte eine kleine Tafel gegossen, Keramik mit einer bronzeähnlichen Legierung und einem Basrelief, das in den Ecken Tiergestalten zeigte: Schildkröte, Kojote, Pferd, Katze. Und in der Mitte einen kurzen Text:

Zum Andenken an Thomas William Barnard
Geboren in El Modena, Kalifornien, am 22. März 1984
Verschollen im Pazifischen Ozean am 23. August 2065
Was er geleistet hat, wird niemals untergehen

Hank hielt einen kleinen Gottesdienst ab. Er trug dazu sein Priestergewand der Unitarier, und zuerst wirkte es bei ihm wie eine Kostümierung. Doch dieser Eindruck verging, als er zu reden begann und von Tom erzählte. Dabei wuchs die Schar der Teilnehmer an der Feier stetig an, bis sich um die zwei- bis dreihundert Menschen eingefunden hatten.

Er redete von Tom, erzählte seine Lebensgeschichte, berichtete von Ereignissen, die er selbst beobachtet hatte. Und am Ende lud er alle ein, ihm dabei zu helfen, die von Doris geschaffene Gedenktafel an einer Platane anzubringen, deren Stamm er dafür vorbereitet hatte.

»Aber geht vorsichtig mit dem Hammer um, damit die Platte nicht zerbricht«, warnte er am Ende.

»Machst du Witze?« sagte Doris. »Das ist eine neue geheime Mischung. Keramik und Metall sind untrennbar miteinander verbunden, und ihre Eigenschaften ergänzen sich.«

»Genau wie bei uns und Toms Geist. Dann mal los.«

Und so hielten sie die Tafel etwa in Kopfhöhe an die höchste Platane des Wäldchens und verteilten einige Hämmer aus Hanks Sammlung, und sie schlenderten umher, unterhielten sich angeregt, während sie darauf warteten, daß sie an die Reihe kamen und einen der vier Nägel einschlagen konnten.

Bei seinem Rundgang entdeckte Kevin auch Ramona, die

ihn strahlend anlächelte. Er erwiderte ihr Lächeln und fühlte sich ruhig und zufrieden.

Aha. Am Ende des Hangs stand Alfredo und machte ein düsteres Gesicht. Kevin verspürte kurz einen bitteren Triumph. Er entschied, daß dies kein guter Zeitpunkt war, um mit ihm zu reden. Lieber keinen Streit während der Beerdigung seines Großvaters.

Aber Alfredo machte den ersten Schritt. Er kam zu ihm heraus und meinte wütend: »Du solltest dich schämen, den Tod deines Großvaters auf diese Weise auszunutzen.«

Kevin sah ihn nur wortlos an.

»Was glaubst du denn, was Tom davon halten würde?«

Kevin überlegte. »Ihm würde es sicher gefallen.«

»Das ändert überhaupt nichts, weißt du. Wir können drumherum bauen.«

Kevin schüttelte den Kopf, sah an Alfredo vorbei zu dem Wäldchen. »Dies verändert alles.Und das weißt du genau.« Alle Leute würden den Berg jetzt als ein Denkmal, eine Art Heiligtum betrachten, als unantastbar, und da sie alle Freunde und Familie zu Grabe getragen hatten ... Ein Anflug von Haß loderte in ihm auf. »Laß die Finger von dem Berg, Alfredo. Niemand wird mehr auf deiner Seite stehen, wenn du dich dort breitmachst.«

Dann bemerkte er, wer vor dem Baum mit der Gedenktafel stand und gerade mit dem Hammer zuschlagen wollte. Er machte Alfredo darauf aufmerksam. Alfredo drehte gerade rechtzeitig den Kopf, um Ramona einen Nagel einschlagen und den Hammer weitergeben zu sehen.

Das war der entscheidende Unterschied. Alfredo würde es nicht wagen, etwas zu tun, was gegen Ramonas Überzeugung verstieß, nicht nach dem, was passiert war.

»Bau dein Zentrum woanders«, sagte Kevin rauh. »Unten in der Stadt, am Santiago Creek oder sonstwo. Sag deinen Partnern, du hättest es hier oben versucht, aber kein Glück gehabt. Was du willst. Aber laß diesen Berg in Ruhe!«

Alfred machte kehrt und ging davon.

Später ging Kevin zu dem Baum, um die Nägel mit einigen letzten Schlägen ganz ins Holz zu treiben: einen für Nadeshda, einen für seine Eltern, einen für Jill und einen für sich selbst. Er berührte die schrundige Borke des Baums. Sie war warm von der Sonne. Ein lebendiger Baum. Er konnte sich kein besseres Denkmal vorstellen.

Auf die Zeremonie folgte eine Party im Irvine Park, die den ganzen Nachmittag dauerte. Viel Bier und Hamburger und laute Musik, aufgeregte Hunde, Grillrauch, endlose Runden Softball.

Während des langen Sommerabends wanderten die Leute nach und nach ab, rollten die Chapman hinunter, wobei ihre Fahrräder aussahen wie eine lange Kette Glühwürmchen. Kevin fuhr allein nach Hause und atmete tief die kühle Nachtluft mit ihrem Aroma von Salbei ein. Ein schönes Leben, dachte er. Der alte Mann hatte ein gutes Leben gehabt. Mehr können wir eigentlich nicht erwarten.

So kam es, daß Kevin Claiborne eines Morgens unter einem Orangenbaum vor seinem Haus erwachte. Heute war ein großer Tag: Ramona und Alfredo wurden am Vormittag getraut, und am Nachmittag fand der Empfang unten im Park statt, gleich neben den Softballfeldern. Die halbe Stadt wäre zugegen.

Ein Tag im späten Oktober, die Luft klar und kühl. Heiß am Nachmittag. Die beste Zeit des Jahres.

Kevin ging hinunter zu ihrem Straßenprojekt und arbeitete dort für ein Weile allein, füllte die Löcher mit frischer Erde auf und ließ seinen Gedanken freien Lauf. Es fiel ihm sowieso schwer, sich auf eine bestimmte Sache zu konzentrieren.

Zu Hause kleidete er sich für die Hochzeit an. Er schlüpfte in sein bestes Oberhemd und in die einzige elegante graue Hose, die er besaß. Immer noch recht lässig, aber gutaussehend. Das Hemd hellgrün und die Hose mit echten Bügelfalten.

Er hatte lange über ein Hochzeitsgeschenk für Alfredo und Ramona nachgedacht. Es sollte nicht zu persönlich sein, da er sich nicht durch eine solche Gabe in ihr Leben drängen wollte. Aber auch nicht zu belanglos.

Am Ende entschied er sich für einen Blumentopf, den er aus den alten Eichenschnitzereien in Oscars Bibliothek zusammenfügte. Achteckig, sehr hübsch, etwas rustikal, so daß er am besten nach draußen paßte. Ein Verandaschmuck. Die Farbe war noch nicht ganz trocken, und er mußte auch noch eine Pflanze dafür besorgen. Aber es wäre genau das richtige.

Er radelte mit einem kleinen Anhänger zum Santiago Creek Park, um alles transportieren zu können. Okay, sagte er sich, kein finsteres Gesicht, keine Gehässigkeiten. Lächle und genieße das Fest.

Er machte seine Sache ganz gut. Innerlich war er wie betäubt, und das war ihm nur recht. Die Sanchez waren da und auch die Blairs, und Ramona schritt zum Klang von Jodys Gitarre in einem langen mexikanischen Hochzeitskleid am Bach entlang. Alle konnten sehen, wie atemberaubend schön sie war. Kevin atmete tief durch und spürte in sich die Kraft, auch dies zu überstehen.

Hank wartete am Fluß, wieder in seiner Priesterkleidung. Er erhob seine Stimme. Wieder hörten ihm alle wie gebannt zu. Er vollzog bei Alfredo und Ramona die Trauung und nahm ihnen das Ehegelübde ab, das sie sich gegenseitig gaben.

Die Jungvermählten tauschten die Ringe. Ihr Ring ließ sich ohne Schwierigkeiten aufstecken, ihre Finger waren ja so schlank. Denk nicht dran, Kevin, schalte einfach ab. Du weißt nichts von ihren Fingern. Bei Alfredo war es etwas schwieriger; schließlich murmelte Hank: »Laß ihn über dem Knöchel stecken, ehe das Bier noch warm wird.« Sie küßten sich, und die Gästeschar applaudierte. Kevin klatschte besonders heftig, wobei er krampfhaft die Zähne zusammenbiß.

Dann die Party im Park. Kevin nahm sich vor, sich total zu betrinken. Die Lobos hatten ein Spiel vor sich, aber das war ihm egal. Er leerte das erste Glas, ließ es gleich wieder nachfüllen.

Er sah das Brautpaar bereitstehen und die Glückwünsche der Gäste entgegennehmen. Ein hübsches Paar, ohne Zweifel. Sie paßten zusammen. Beide perfekt. Nicht so wie er. Er wäre ein Partner für jemanden wie Doris. Er empfand plötzlich eine tiefe Zuneigung zu Doris, dachte an ihren Kampf gegen Alfredo während der Stadtratsitzung. Fast wären sie Partner geworden. Sie hatte es sich gewünscht. Wie war es gekommen, daß doch nichts daraus geworden war? Es war seine Schuld gewesen. Dumm war er gewesen. Aber das ließ sich ändern. Er hielt nach Doris Ausschau.

Er entdeckte sie zwischen den Lobos: klein, adrett, sogar ihr Lachen verriet ihre Intelligenz, ihren Humor. Eine tolle Frau. Mit ihr konnte er über alles reden. Er ging zu ihr. Er brauchte sie nur in den Arm zu nehmen, und sie würde die Geste erwidern, würde wissen, wie er sie meinte und warum er sie brauchte.

Und so war es tatsächlich.

Als sie mit Oscar sprach, lachten sie über irgend etwas. Oscar hüpfte herum wie eine Primaballerina. Sie alberten miteinander herum.

Kevin sah, daß sein Becher wieder leer war, und begab sich zum Tisch mit den Getränken. Er sah wieder zu Oscar und Doris. Hey, dachte er. Was ist denn nun los? Ein heftiges Gefühl regte sich in seiner Brust. Sie gehört mir, dachte er, was fiel Oscar eigentlich ein? Doris liebte ihn, das hatte er in jener Nacht in Bishop gespürt oder auch nach dem Kampf im Stadtrat. Wenn er wieder von vorne anfinge, Doris erklärte, daß er nun bereit sei, so wie Alfredo mit Ramona gesprochen hatte …

… O ja, es stimmte. Situationen wiederholten sich. Vielleicht war irgendwann jeder einmal selbst Teil eines solchen Liebesdreiecks gewesen.

Kevin verzog sich hinter einen Baum. Er konnte seine Freunde nicht mehr sehen, sondern nur noch ihre Stimmen hören. Wie war es gekommen, daß sie sich derart angefreundet hatten? Er hatte es nicht bemerkt.

Das störte ihn. Oscar war ein guter Freund, einer der besten. Oscar war wunderbar. Er lernte so viele Dinge von Oscar, er lachte und brachte Oscar zum Lachen. Es gab niemanden wie Oscar. Und wenn sich zwischen ihm und Doris etwas entwickeln sollte …

Wieder dieses intensive brennende Gefühl. Eifersucht. »Hey«, sagte er zu dem Baum. Er fühlte sich verraten, hintergangen. »Verdammt noch mal.«

Er schüttelte sich wie ein Hund, der aus dem Wasser kommt. Erinnerte sich daran, was er bei Alfredo empfunden hatte. Er lachte über sich selbst. Hob seinen Becher und trank auf das Paar auf der anderen Seite des Baums. Er leerte ihn und ging sich einen frischen holen.

Der Empfang dauerte den ganzen Nachmittag, und dann baute die Band sich auf, und der Tanz begann. Doch nach ein paar weiteren Drinks schwang Kevin sich auf sein Fahrrad, hängte den Anhänger ab und fuhr davon.

Er fühlte sich bedrückt. Vorwiegend wegen Tom. Er mußte mit Tom reden, brauchte sein grinsendes altes Gesicht und seine Stimme, die ihm sagte, daß er alles zu ernst nehme. Sollte er tatsächlich nie mehr mit Tom Barnard reden?

Während er die Redhill hinunterfuhr, wollte ihm dieser Gedanke nicht aus dem Kopf gehen. Das war das schlimmste der jüngsten Ereignisse, denn es war nicht wiedergutzumachen.

»Großvater«, sagte er und hörte für einen Moment auf zu treten, um die Fußhaken festzuzurren. Und dann stieg er kraftvoll in die Pedalen.

Der Wind umwehte ihn, und seine Oberschenkel schienen aufzustöhnen. Sein ganzer Körper erwachte schließlich und protestierte mit Schmerzen gegen diese Anstrengung. Er atmete heftiger. Schneller und schneller. Der Schweiß trocknete auf seinen Unterarmen und hinterließ auf den Härchen ein feines weißes Pulver. Und die ganze Zeit war die Enttäuschung in seinem Magen wie ein eisiger, harter Knoten. Er würde alles hinter sich lassen, sein Fahrrad bot ihm die Möglichkeit zur Flucht. Und er raste nach Süden, weiter und weiter, überholte andere Fahrzeuge, bis der Fahrradrahmen zu ächzen begann.

Doch in Dana Point wandte er sich nach Norden auf den Küstenhighway. Er wollte das Meer sehen, während er fuhr. Er mühte sich die Straße hinauf. In seinen Augen brannte der Schweiß. Oder waren es Tränen? Vorbei am Muddy Canyon. Härter, schneller, alles blieb hinter ihm. Ein Bild von Ramona, wie sie ihm auf dem Weg am Bach entgegenkam.

Er steuerte auf Newport zu, dann auf die Balboa-Halbinsel. Es war ein langer Sprint bis zum Ende mit dem Wedge, und er flog die Strecke geradezu. Er gelangte zum Ende der Straße, bremste, zog den Fuß aus dem Fußhaken.

Er befreite auch den anderen Fuß, schob das Fahrrad zur Betonwand am Fuß des Damms. Seine Oberschenkel waren völlig verkrampft, er konnte kaum gehen. Er schnappte noch immer nach Luft, und der Schweiß rann über sein Gesicht. Die ganze Welt tanzte mit jedem Herzschlag auf und nieder. Es tat gut, sich völlig verausgabt zu haben. Das brauchte man, vor allem, wenn einen das Schicksal zum erstenmal im Leben hart geschlagen hatte.

Er watete durch den Sand.

Er zog sich bis auf die Shorts aus und schritt in die Wellen des Ozeans. Das Wasser war geradezu perfekt, nicht zu kalt, nicht zu warm. Er schwamm umher und zog die Beine nur hinter sich her. Legte sich auf den Rücken, tauchte und ließ sich von den Wellen an den Strand tragen. Das hatte er schon als Kind getan, und sein Großvater hatte ihn gewarnt. »Paß auf, Junge! Paß auf!«

Er kühlte sich ab, und dann setzte Kevin sich in den nassen Sand am Rand des Wassers. Der Salzwind trocknete ihn. Die Sonne des späten Nachmittags brach sich auf den Wellen. Salziges Licht im salzigen Wind. Sand.

Er zog sein Hemd an, knöpfte es nicht zu, stellte seine Schuhe neben sein Rad und ging hinaus auf den Damm. Sie waren oft hier herausgekommen, er und Tom.

Die Sonne wurde für einen kurzen Moment von einer Wolke verhüllt und brach dann wieder hervor. Große Wolken trieben heran, zogen den Bergen entgegen und der Wüste dahinter. Der Ozean zeigte ein sattes, tiefes Blau. Sonnenlicht tanzte wie Blitzgefunkel auf den Wellenkämmen. Weißes Licht übergoß die Klippen von Corona del Mar. Dahinter das warme Grün der Fichten.

Er sprang von Steinblick zu Steinblock. Von Zeit zu Zeit tat er so, als schlüge er mit seinem Baseballschläger zu.

Er erreichte das Ende des Damms. Der Wind wehte über ihn hinweg, die Wolken trieben heran, und das Sonnenlicht legte sich auf alles, hüllte es ein. Er hatte das Gefühl, den richtigen Ort aufgesucht zu haben, und war jetzt hellwach. Er war am Ende der Welt. Die Sonne stand dicht über dem Wasser.

Lange stand er da, drehte sich, nahm alles in sich auf. Alle Ereignisse des Sommers füllten ihn aus, umwirbelten ihn und ließen ihn Freude und Sorge empfinden. Ein Meißel lag hier, den jemand vergessen hatte. Er kniete sich hin, hob ihn auf, schlug damit gegen einen Stein. Granit auf Stahl. Der Fels hielt stand, härter, als er erwartet hatte. Ein Steinbrocken, so groß wie zwei Basebälle, klemmte zwischen zwei Blöcken. Er löste ihn heraus, um ihn als Hammer zu benutzen. Er wollte auf dieser Welt sein Zeichen hinterlassen: *Ich, Kevin Claiborne, war hier im Oktober 2065 mit einem Meer von Wolken am Himmel und in meiner Brust, und ich ersticke fast daran, und alles ist völlig falsch gewesen.* Doch er gab sich mit einem knappen KC zufrieden. Dafür grub er die Initialen so tief ein, wie er es eben vermochte.

Als er damit fertig war, legte er sein Werkzeug beiseite. Hinter ihm leuchtete Orange County grün und bernsteinfarben. Es glänzte und funkelte und lebte. Es war seine Welt, und der Wind wehte hindurch. Seine Hände packten den imaginären Baseballschläger. Es kam ihm so vor, als wäre er ohne Zweifel der unglücklichste Mensch auf der ganzen Erde.

Und bei diesen Gedanken begann er zu lachen.

ENDE